"一带一路"视角

"一带一路"倡议视角下反腐败国际合作制度研究

In the Perspective of the Belt and Road Initiative

Research on Institution of International Cooperation for Anti-Corruption

李晓欧 著

百花洲文艺出版社
BAIHUAZHOU LITERATURE AND ART PRESS

图书在版编目（CIP）数据

"一带一路"倡议视角下反腐败国际合作制度研究 /李晓欧著. —
南昌：百花洲文艺出版社，2018.2
ISBN 978-7-5500-2691-9

Ⅰ.①一…　Ⅱ.①李…　Ⅲ.①反腐倡廉 – 国际刑法 – 国际合作 – 研究
Ⅳ.①D997.9

中国版本图书馆CIP数据核字（2018）第029677号

"一带一路"倡议视角下反腐败国际合作制度研究

YIDAIYILU CHANGYI SHIJIAO XIA FANFUBAI GUOJI HEZUO ZHIDU YANJIU

李晓欧　著

出 版 人	姚雪雪
责任编辑	童子乐
书籍设计	方　方
制　　作	何　丹
出版发行	百花洲文艺出版社
社　　址	南昌市红谷滩世贸路898号博能中心一期A座20楼
邮　　编	330038
经　　销	全国新华书店
印　　刷	南昌市三联印务有限公司
开　　本	720mm×1000mm　1/16　　印张　21.25
版　　次	2018年10月第1版第1次印刷
字　　数	260千字
书　　号	ISBN 978-7-5500-2691-9
定　　价	45.00元

赣版权登字　05-2018-76

邮购联系　0791-86895108
网　　址　http://www.bhzwy.com
图书若有印装错误，影响阅读，可向承印厂联系调换。

目录

绪　论／1

第一章　"一带一路"视域下反腐败国际合作之比较法考察／6

第一节　打击跨国洗钱犯罪对策研究／6

第二节　美国民事财产没收制度研究／17

第三节　日本反洗钱机制研究／53

第四节　新加坡《国家洗钱风险评估报告》对破解我国跨境反洗钱难题的启示／74

第五节　跨境追逃若干问题研究／91

第二章　"一带一路"视域下反腐败国际合作之国内法完善概览／111

第一节　国际商务交易中的预付卡制度研究／111

第二节　我国跨境反腐败刑事司法协助制度研究／122

第三节　美国FinCEN机制及其启示／138

第四节　中国跨境犯罪追诉制度设计／149

第五节　跨境犯罪资产之没收路径研究／168

第三章 "一带一路"视域下反腐败国际合作之配套制度选择／188

第一节 驻外法务参赞制度探索／188

第二节 跨国视频音频调查取证制度研究／199

第三节 "一带一路"语境下国际化人才培养模式及路径探析／213

第四章 "一带一路"视域下反腐败国际合作之法理因应／228

第一节 不纯正不作为犯等价性标准的检视与完善／228

第二节 北欧福利社会的犯罪防控体系及社会根源探析／240

第三节 "一带一路"背景下国际商事合同仲裁条款独立性及跟随性

问题研究／252

第四节 "一带一路"倡议中的隐名投资合同效力要件研究／271

参考文献／293

附录 "一带一路"沿线国司法协助法精选／295

后 记／334

绪　论

　　世界外交已经进入了中国时刻。习近平主席提出的"一带一路"倡议既是一项公共产品，也是一个广大的开放平台。"一带一路"倡议需要参与国家之间深化开放与合作，需要在发展战略和保障机制等方面相互适应。为扩大收益、规避风险，参与国家需要坚持互惠准则，"一带一路"不是中国的单边工程，互惠合作是其存在的前提。互惠原则长期以来一直是国际法和外交方面处理国家关系的既定原则。请求国如果曾经要求被请求国提供过某一类型的协助，今后会向被请求国提供同类协助，这是一项基本承诺。"一带一路"倡议已经成为最受欢迎的国际公共产品，中国的全球影响力上升到了一个新高度。"一带一路"已经成为中国展示给世界的又一张高含金量的"新名片"。习近平主席提出让"一带一路"成为廉洁之路。目前我国学界对"一带一路"建设法治化的必要性已基本达成共识，但对于如何实现法治化尤其对"一带一路"背景下的反腐败制度重构尚在探讨之中。本书认为首先要厘清"一带一路"与反腐败国际合作的辩证关系。

一、反腐败国际合作是"一带一路"的建设目标

　　将"一带一路"建成和平之路、繁荣之路、开放之路、创新之路、文

明之路，这是习近平主席对未来共建"一带一路"表达的期许，各国必须共同应对挑战，加强合作，才能构建国际反腐新秩序，使任何国家都不能成为腐败分子的"避罪天堂"。共建"一带一路"的重点在于促进区域合作。反腐败机制的有效运行是"一带一路"建设顺利进行的引领和保障。几个世纪以来，着重强调各国主权平等的国际法律秩序已经在不同的浪潮中受到冲击，因为它与国际政治中的不平等现象并不协调，因为它与民主和民权方面的理想相冲突，因为它阻碍了更有效解决国际社会中问题的方法的发展。传统的国际公法被认为无法为全球化的世界中的挑战提供急需的解决方案。随着各个国家变得越来越相互依赖而且越来越容易受到全球性挑战的冲击，一个为了保护国家自由而以牺牲公共政策为代价的秩序是落伍的。传统形式的国际公法已经无法应对这种挑战。首先，由于其基于合意的结构（比如国际陆地法法庭和国际法院），所以它对全球公共物品的有效行动存在结构性偏见，尤其是当前有如此多的主权国家。而且，批评者们也在促使修改国际法律秩序，他们都支持采用一个更加有效的问题求解机制且该问题求解机制能够用各国政府所使用的方式应对免费搭乘问题。公共物品是指在消耗方面不具有排他性和冲突性的物品。在单一民族国家框架中已经讨论过公共物品，但是最近我们将此概念延伸到国际范畴，这就表明不同的公共物品可能会不同程度地受到全球活动和行动的影响。与私有以及某些集体物品不同，公共物品通常是供不应求的。不仅是因为公共物品的生产成本很高，而且由于公共物品的非排他性，许多人都想要不劳而获。在国内环境下，这些问题通常可以由政府采取强制性措施解决，比如征税权。但是，在分散管理的国际政治环境中，与公共物品相关的集体行为问题就更加严重了。由于在未来几十年内，全球公共物品会变得更加重要，我们所面临的一个主要挑战就是设计出一个能够克服对现状的偏见以及在危及生命问题中当前国际公法的自愿性质。即使是独自努力能够获得的物品也依赖于其他国家的资金投入,因此也需要能够解决搭便车问题的合作形式。在国际公法中,并不是没有解决这些问题的方法。公共物品可以与能够更好地适应国际法律秩序的契约结构的联合物品捆绑在一起(但是不包括在内),可以提高搭便车的成本。此外,不一定非要在国际层面上寻找解决方案。我们也可以通过多中心体制完善解决方案,即在不同层面采用不同形式。尽管如此,在许多案例中,如果条约并不是适当的工具或者需要非合意性解决方案,那么对合意的需求就会阻止问题的解决。由于越来越迫切的全球合作问题,更确切地说,由于全球公共物品问题,对合意的冲击仍然有增无减。在全球公共物品的概念以及向输出合法性转移中体现出的对于解决全球问题的迫切性已经将合意以及主权平等置于更紧张的局势。通过软法律和非正式制度,能够提高决策的设计、制定以及实施的速度和灵活性,而且有时可以为决策的执行做准备,以便于单方面地处理全球公共物品。所以,此方法在近几年成为全球治理的主要方式。对于想要应对全球挑战却在国际法律制定的正式途径中遇到障碍的国家,这些选择可能为它们带来机会,至少在某些情况下可以帮它们采取正确行动。恐怖主义融资的情况可能更加复杂,因为它涉及金融市场和安全领域中的极度不对称,但是又不像强国一样拥有影响变化的能力,因为它需要依赖其他国家的行动。

综上,我国需要加快完善反腐败国内法建设并积极缔结国际条约,影响国际规则制定,更好地为"一带一路"服务。本书第二章的各项国内机制重构、第三章反腐败配套措施、第四章法理深化都是从不同维度探讨如何完善我国反腐败国内法制。

二、"一带一路"使反腐败国际合作面临新挑战

共建"一带一路"重点面向亚欧非大陆，同时向所有朋友开放。不论来自亚洲、欧洲，还是非洲、美洲，都是"一带一路"建设国际合作的伙伴，而非仅仅局限于历史上的"一带一路"。法律实施方面的双边和多边合作给参与国造成了许多问题。然而跨国犯罪愈演愈烈的事实表明，合作带来的潜在利益远大于所造成的问题。实现合作的必要步骤之一是增强对不同国家刑事司法制度的认识。因此，人们更多从国际视角看待刑事司法问题，肯定会给全人类带来好处。数百年来，世界上不同的法律传统逐步演变成形；目前，这些传统实际上已成为世界各国法律的基础。由于受到历史因素的影响，许多国家的法律传统混为一体，形成了独一无二的程序和法律要件，对于同一国家的不同地区和/或不同法律领域，这些要件可能有所不同。有些法律传统与其他法律传统相比，普及范围更广。考虑到跨国犯罪的全球性，我国至少要了解世界上主要的法律传统，鉴于反腐国际合作具有全球性，了解全世界尤其是"一带一路"合作国的主要法律传统非常有用。不同的法律传统和法律制度对调查期间的取证工作和在审判期间同一类型证据的使用的程序要求和规定有所不同。实践证明，这些程序规则和举证规则在国际合作领域是一种挑战。有些法律制度为得到某种结果要求提供的证据相对较少，而其他一些制度要求提供的证据非常多。必须牢记的教训在于不要假定采用与请求国管辖范围内相同的方式处理这些问题。请求国主管当局必须努力使自己明确与被请求国主管当局谈判可能预期的结果。请求国自身的证据要求也必须明确。事实上，更大的问题通常不是法律制度上的差别，而是人们对这些差别的误解。在许多情况下，如果两国齐心协力，认真全面地向对方国家解释本国法律的每一个细节，制度方面存在

的差异问题便能够得到妥善解决。此外，对于对方国家的法律制度，各国如有疑问，无论何时都应向对方咨询，这一点同等重要。必须尽一切努力使自己充分了解被请求国或请求国的法律传统，这一点非常重要。沟通不畅及其造成的问题都会导致误解。必须深入学习和了解被请求国和请求国现行法律制度。各国的国内立法都具有指导意义，早日了解这些法律制度及其方法不仅对当前的案件大有裨益，而且对今后可能发生的每一起案件也会产生良好效果。不同的法律传统会对有效的国际合作构成障碍。不熟悉外国法律制度以及一个国家自己的法律制度固有的偏见有时会造成难以克服的困难。不同法律制度规定方面的显著差别可能会导致司法协助请求无效，而这反过来又会导致司法协助请求处理迟延、受挫和流产。由于犯罪行为和犯罪分子越来越不尊重国际疆界，然而，现代社会却要求他们必须尊重国际疆界，因此，国际合作的作用变得越来越重要。与此同时，参与该实践活动的人员必须逐渐熟悉国际法律实务，不仅要熟悉理论知识，而且还必须具备实践层面的知识。从功能上说，现代刑事司法制度必须发现、整理和吸收国际社会合作伙伴的规则、政策与惯例。2017年3月8日，外交部长王毅出席十二届全国人大五次会议新闻中心召开的记者会时表示，习近平主席提出"一带一路"倡议成为迄今最受欢迎的国际公共产品，也是目前前景最好的国际合作平台。"一带一路"各合作国对腐败犯罪定罪标准、取证规则、引渡要件、追赃程序等各不相同。因此必须熟识甚至借鉴"一带一路"各合作国或地区的不同法制，以期使"一带一路"国际公共产品功能最大化。本书第一章中提到的美国和日本等国打击跨国犯罪的先进经验及第四章提到亚投行成员国中的北欧五国有效惩治犯罪的法制、附录部分反腐国际司法协助域外先进立法都值得我国学习，以完善我国反腐国际合作制度，为"一带一路"保驾护航。

第一章 "一带一路"视域下反腐败 国际合作之比较法考察

第一节 打击跨国洗钱犯罪对策研究

——以FATF工作任务为观照

在经济全球化、科技现代化特别是网络技术日益普及的背景下，洗钱犯罪也呈现出跨国化、国际化的趋势。跨国洗钱犯罪呈现出证据涉外性、同案犯涉外性、犯罪资产涉外性的复杂特征。为减少洗钱"烂尾案件"的频频出现，必须加强打击跨境洗钱犯罪的国际司法合作。通过对FATF工作任务的分析，可见我国在预防、打击跨国洗钱犯罪方面的诸多举措亟待完善。

一、现状：FATF简介

金融行动特别工作组（FATF）①成立于1989年，是由成员国（地区）部

---

① FATF主要是反洗钱的国际政府间组织，现拥有33个成员（31个国家和地区及2个国际组织），以及20多名观察员（7个FATF类型的地区性反洗钱机构和超过15个其他国际组织和机构）。

长发起设立的政府间组织。FATF的主要任务是制定国际标准，促进有关法律、监管、行政措施的有效实施，以打击洗钱、恐怖融资、扩散融资等危害国际金融体系的活动。FATF还与其他国际利益相关方密切合作，识别国家层面的薄弱环节，保护国际金融体系免遭滥用。《FATF建议》（包括《反洗钱40项建议》《打击恐怖融资9项特别建议》）为我国打击洗钱、恐怖融资和扩散融资设定了全面、完整的措施框架。我国的法律体系、行政管理、执行框架以及金融体系各不相同，难以采取相同的威胁应对措施。因此我国应当根据本国国情，制定相应措施执行《FATF建议》。《FATF建议》规定了我国应当建立的基本措施，包括：识别风险、制定政策和国内协调；打击洗钱、恐怖融资及扩散融资；在金融领域和其他特定领域实施预防措施；规定主管部门（如调查、执法和监管部门）的权力与职责范围，及其他制度性措施；提高法人和法律安排的受益所有权信息的透明度和可获得性；推动国际合作。

二、问题：跨国洗钱犯罪的特征及成因

（一）跨国洗钱犯罪的特征

当前我国跨国洗钱犯罪呈现出以下特征：第一，设立公司和信托隐瞒真实身份信息。因为设立、解散公司和信托相对容易，而且金融机构、监管机构和执法部门收集公司所有权人、实际控制人及特定信托交易目的的准确信息非常困难，腐败分子可以利用公司和信托来隐瞒资金来源和实际控制人身份。第二，利用市场经济"看门人"谋划洗钱方案。律师、会计师等专业人士，作为市场经济的"看门人"，有可能向腐败分子提出专业意见，为其谋划洗钱方案。专业人士不仅可为设立合法机构来掩饰洗钱的行为提供咨询服务，而且可以凭借管理和运作资金的专业能力，帮助腐败分子躲避资金监

测。例如，律师除了能够协助腐败分子利用成立公司、开设账户、转移非法收益、购买资产等方式规避反洗钱监测外，还可以利用律师业特有的为委托当事人保密的要求掩饰腐败的政治公众人物身份。第三，利用国内金融机构转移和藏匿非法所得。腐败分子需要开设本国的账户，为他们的生活提供资金支持。即使将资金藏匿国外之后，仍会转移部分资金回国。第四，利用离岸/外国的管辖权漏洞阻碍调查。持有外国账户较本国账户更"安全"，能够逃避本国调查。此外，还可以跨越多个国家以逃避调查，例如A国的企业在B国开立银行账户，而A国企业的控制者是C国的信托公司。多牵涉一个国家，会增加调查的复杂性，延长调查所需的时间，降低调查成功的几率。第五，利用代理人掩饰真实身份。利用同伙、朋友或家人帮助掩饰和转移腐败收益的情况非常普遍。这种利用代理人的情况为客户尽职调查设置了障碍。此外，如果代理人身份特殊而且具有特权，比如，外交豁免权，则客户尽职调查难度更大。第六，利用现金交易。现金具有匿名性，现金交易不会留下交易记录，因而腐败分子喜欢现金交易。

（二）跨国洗钱犯罪的成因

跨国洗钱犯罪日益猖獗基于以下原因：第一，银行业机构对"特约商户"身份识别的不重视导致套现行为的屡禁不止，容易引发洗钱风险。目前，部分银行业机构为追求市场份额，放宽对特约商户POS机准入条件，盲目为达不到条件的商户安装POS机，在不了解商户基本信息及装机动机的情况下，安装POS机容易导致不法行为的发生，如银行卡的套现、刷卡后利用违法资金还款等。同时，银行业机构对特约商户持续的身份识别较为欠缺，对一些特约商户在变更提交发卡机构后的身份识别也较为欠缺，一些特约商户便是在变更提交发卡机构的身份证明要件后开始不法行为，如变更经营地址、实际经营人等。例如前不久各大新闻媒体报道的"北京市5亿元POS机刷卡套现案"中，15名被告人成立20家空壳公司，向银行申领了37台POS机，在两年多的时间里涉嫌通过POS机刷卡套现近5亿元，主犯胡成利用朋友的身份证委托代办机构注册了北京天润鼎盛地产经纪有限公司，该空壳公司的办公地址，是他低价临时租赁的，注册完公司，就退掉了房子，然后在宾馆长期包下房间办理刷卡套现。如果银行能够在其申请POS机时认真对客户进行身份识别，就会发现这些空壳公司的存在，或者在持续的客户身份识别中，在找不到客户经营地址时发现问题。第二，信用卡资金交易监测存在盲区，无法及时准确跟踪资金流动。信用卡交易主要通过POS机和网上银行交易方式实现，目前对POS机刷卡和网上银行的资金流动的监测存在一定难度，银行对于不落地的业务没有纸质凭证，只能通过有关部门提取的数据进行分析，但二者交易性质的模糊性（POS机刷卡和网上银行交易的真实性难以判断）不利于对交易的准确判断。而不法分子可能跨行申请多张信用卡（或利用他人的信用卡），违法资金在不同卡间流动，混淆资金的性质、来源和去向，增加了资金监测的困难。[1]无论是监管机构、银联公司还是发卡机构，都没有系统完整的银行卡资金交易网络监控手段，信用卡跨区域、跨系统的资金交易难以得到有效跟踪与监测。目前对信用卡的交易信息监测主要是通过银联的监测平台进行，发卡机构无法及时查询本机构一个周期的资金交易量，信用卡资金交易成为当前监管工作的一大盲区。第三，缺乏有效的客户尽职调查。研究表明，在很多案例中，金融机构并没有实施客户身份尽职调查，以确定打交道的是否是政治公众人物，因此也未确定资金的来源并对相应交易进行

---

[1] 王红霞：《商业银行反洗钱内部控制研究》，西南财经大学2008年硕士学位论文。

监测。另一些情况下，金融机构在知道客户为政治公众人物，却可能因为政治公众人物对此进行了掩饰，或者受到政府压力，而未识别资金来源。更有甚者，还有金融机构主动隐藏涉及政治公众人物的账户及其交易。在FATF的34个成员国中，只有7个在其最近一次关于客户尽职调查的评估中为大部分合格，没有一个国家完全合格。"当前，国际政治公众人物的身份识别标准处于一种普遍的失效状态。"银行对国际政治公众人物客户身份识别存在以下不足：金融机构对资金在账户间流动缺乏身份识别，例如尼日利亚前总统萨尼·阿巴查案；明知政治公众人物身份而未努力确定其真实资金来源，例如智利前总统奥古斯托·皮诺切特案；提供空壳公司以有效帮助资金转移，例如墨西哥前总统卡洛斯·萨利纳斯的兄弟劳尔·萨利纳斯；未对外国政治公众人物的直系亲属进行身份尽职调查。第四，国家和金融机构间缺乏有效合作。在很多案例中，不法所得正是通过由实体公司掌控的不同国家间的多个账户实现了清洗。目前尚没有证据表明，外国的金融情报机构、监管机构和执法机构能够发现腐败证据并主动通知受影响国家。这是因为外国的主管部门并不搜寻这些证据。此外值得注意的是，在不同国家相关机构间共享或交流这些信息通常需要数月或数年的时间。即使在同一国家，有效的反洗钱监管也存在障碍。很多情况下，政治公众人物会在不同的金融机构以自己及控制公司的名义开设多个账户。即使金融机构发现账户可疑并打算关闭，也不会知道其在其他金融机构的账户。第五，洗钱定罪的困境。首先，通谋共犯与洗钱犯罪难以区分。《刑法》第一百五十六条规定："与走私罪犯通谋，为其提供贷款、资金、账号、发票、证明，或者为其提供运输、保管、邮寄或者其他方便的，以走私罪的共犯论处。"实践中，是否事前通谋较难分辨，犯罪嫌疑人供词成为区分通谋犯罪与洗钱犯罪的关键。由于洗钱罪刑罚比走私普通货物罪重，犯罪分子"两害相权取其轻"，往往承认事先通谋，致使部分洗钱犯罪分子被认定为上游犯罪共犯。如青岛某食品有限公司走私鳕鱼原料案中，王某作为该公司出纳未参与走私活动，但使用130余个账户对走私资金进行清洗，其行为符合洗钱罪主客观要件。若王某承认事先通谋，按走私罪应判处3年以下有期徒刑；若不承认事先通谋，则按洗钱罪应判处5年以下有期徒刑；最终王某选择承认有通谋行为，被判处走私罪，规避了刑罚较重的洗钱罪。又如卢某走私案中，薛某系走私人员卢某之妻，薛某利用自己的账户收取走私犯罪所得，其行为具有明显洗钱嫌疑，但薛某称与卢某事先通谋，最终因参与走私情节轻微，未被追究刑事责任。其次，洗钱罪"明知"要件难以界定。《最高人民法院关于审理洗钱等刑事案件具体应用法律若干问题的解释》将"明知"界定为客观故意，即洗钱分子确定知道资金为犯罪所得或无正当理由排除所清洗资金为赃款。司法实践中，洗钱分子可能以无法得知清洗资金是否为犯罪所得而逃避洗钱定罪。如赴美留学生姚某在美国购买枪支并分批邮寄走私入境，买家将购枪款存入姚某之父银行卡内，姚某之父再以信用卡还款方式将赃款转移至境外。侦查机关曾明确告知姚某之父银行卡内资金系姚某走私所得，但姚某之父在得到姚某保证不再走私后仍替其清洗走私赃款。针对姚某之父是否能以洗钱罪提起诉讼存在两种意见：一种观点认为，姚某之父在得到姚某不再走私的保证后，认为银行卡内资金属正常海外代购所得，所以不属于明知范畴；另一种观点认为，姚某之父在无法确定姚某是否不再从事走私的情况下，仍继续清洗资金，属间接故意，应对姚某之父洗钱行为提起诉讼，最终侦查机关采纳了第一种意见，姚某之父未能以洗钱罪提起诉讼。再次，法律规定的洗钱上游犯罪总类较少。各国确定洗钱上游犯罪有3种方式：一是囊括型，即将所有犯罪均列入上游犯罪，如澳大利亚、英国等；二是最低刑期型，即以犯罪最低刑期判定是否属于洗钱上游犯罪，如奥地利为刑期高于3年，瑞士为刑期高于1年；三是列举型，即列举属于洗钱上游犯罪的类型，如加拿大列举了45种犯罪，美国列举了130种犯罪。我国仅将贪污贿赂犯罪等7类上游犯罪的所得及收益进行清洗的行为认定为洗钱罪，清洗其他犯罪所得及收益的，只能以起刑较低的"掩饰、隐瞒犯罪所得、犯罪所得收益"定罪，不仅降低了洗钱定罪效力，而且出现了"同行为，不同处罚"的悖论。如青岛祁某盗窃洗钱案件中，祁某、崔某等人以经营废品收购站做掩护，明知其收购物品是犯罪所得仍予以收购、代为销售，其行为具有明显洗钱特征，但由于收购、代销的物品系盗窃犯罪所得，不属于7类洗钱上游犯罪所得，因此只能以掩饰、隐瞒犯罪所得罪追究刑事责任。

三、展望：结合FATF工作任务打击跨国洗钱犯罪的相关建议

（一）需要加强反洗钱制度实施力度以打击腐败犯罪

相比其他罪犯，腐败的政治公众人物在清洗其犯罪收益方面有一些天然的优势：他们拥有对政府事务的控制权力，使对其进行调查监测的机构和个人屈服；他们用腐败收益为政治活动与组织提供金融扶持，以加强其对权力的控制；他们的政治权力便于笼络有经验的合伙人以进行资金的转移与清洗；他们往往拥有较高的名望。腐败的政治公众人物通过合伙企业、信托公司、匿名等方式，用国内外金融机构的账户掩盖其不法收益，使用权力获得国家资产，控制司法部门。过去的案例也说明，金融机构并非都实施了反洗钱标准，而且监管机构也没有强制执行反洗钱法律规章。由于上述原因，腐败政治公众人物获得了进入国际金融系统的持续通道。对此的建议一是设立

预警指标。腐败政治公众人物会寻求各种方式转移其所得，认识掌握涉及腐败资金转移的预警指标至关重要。二是研究反洗钱制度在防范打击腐败犯罪中的有效性。对国内执法机构、监管机构和金融情报机构在腐败反洗钱方面已采取措施的有效性进行研究，确定反洗钱制度中哪些方面需要改进。三是研究地区和行业腐败洗钱风险。四是对腐败洗钱的手法开展进一步的深入研究。五是研究如何利用反洗钱追讨腐败所得。六是研究规模相对较小的腐败犯罪所使用的洗钱手段和方法。七是研究是否需要改进"40＋9项"建议的相关规定以更好地发挥其反腐败的作用。八是加强与反腐败专家的合作。九是研究利用反洗钱制度开展反腐败工作最佳做法。

（二）银行业机构要严格客户身份识别，提高可疑交易报告能力且建立相关部门或机构的信息共享机制

一是发卡机构严格发卡审核。对客户申请办理信用卡的，发卡机构要认真审核客户身份证原件，加强实地考察，保证客户身份信息的真实性。二是严把特约商户准入关，落实特约商户实名制。收单机构发展特约商户要建立严格的实名审核和现场调查制度，审查商户身份证件原件，充分利用互联网核查身份信息系统等核查方式，核实商户经营者基本信息。三是加强持续识别。发卡机构和收单行应当采取持续的客户身份措施，对客户的经营活动、交易数据以及POS机的安装使用情况进行关注，了解其资金来源、经济状况或所在单位经营状况等信息，通过持续的关注，发现其客户或商户交易中存在的异常情况。要建立包括人民银行、各发卡银行和银联在内的定期信息交流和共享制度，实现信息共享：一是建立信用卡客户黑名单定期通报制度，对信用卡客户黑名单信息共享；二是对受理市场黑名单共享，对存在套现、养卡行为的特约商户，定期进行通报；三是建立以人民银行、银联、发卡银行为成员的交易信息共享制度，提高打击银行卡犯罪的力度。有关部门应制定相关法规或司法解释，严格界定非法套现行为的构成要件和处罚标准，明确套现和养卡行为的违法性质以及应承担的法律责任以及持卡人、发卡银行和中介服务机构之间的权利与义务，并对信用卡套现、养卡行为的监管主体、监管手段、处罚条款等作出具体的规定，使相关部门对信用卡套现行为的监管有法可依。

（三）进一步修订反洗钱相关法律条款

中国《刑法》第六节第五十二条是关于罚金的规定，是刑法里与犯罪资产没收有关的条文。法官在中国判处刑事案件时，除了可以将涉案资产认定为犯罪的工具或者犯罪收益并判处没收，同时还可以判处罚金。是否判处罚金看法官的自由裁量权并结合案件具体情况。此外，《刑法》第八节第五十九条是关于没收财产方面的规定。相比我国《刑法》规定不得没收犯罪分子家属财产的规定，美国司法机关打击严重犯罪的时候，特别是经济犯罪、洗钱犯罪要比我国刑法更严厉。而且，中国《刑事诉讼法》直接对我国执法机关还有司法机关的与没收有关的调查工作进行规定。比如，侦查活动中，凡是发现可用于证明犯罪嫌疑人有罪或无罪的各类财物文件，应当查封、扣押。与案件无关的，不得查封、扣押。新《刑事诉讼法》除了对以前的有关条文做更改、修正，新增加的第五编第三章，即犯罪嫌疑人和被告人逃逸、死亡案件违法所得的没收程序按照特殊程序处理，这对中国的刑事诉讼法而言，是在顺应打击跨国洗钱犯罪的形势以及履行我们在签署和加入的国际条约和公约当中规定政府的义务方面的一大进步。比如其规定对于贪污贿赂犯罪和恐怖活动犯罪等重大犯罪，犯罪嫌疑人、被告人逃匿在通缉一年后不能到案或死亡的，检察机关有权向人民法院提出没收其违法所得的申请。人民法院受理没收违法所得的申请后，应当发出公告，公告期限为六个月，犯罪嫌疑人、被告人的近亲属和其他利害关系人有权申请参加诉讼，也可以委托诉讼代理人参加诉讼。特别没收程序对没收新《刑事诉讼法》第五编第三章二百八十到二百八十三条逃匿或者死亡犯罪嫌疑人资产的规定共4条，对中国政府履行双边国际条约和《联合国打击跨国有组织犯罪公约》或《联合国反腐败公约》等多边国际条约中规定中国在国际法上的义务和权利是一大进步。总体来看，中国目前的刑事法律，不管是刑法、还是刑事诉讼法，中国政府对于查封、扣押和没收犯罪资产还是有不少现行法律规定的。但是，在开展国际合作当中，这些法律规定还有极不完善的地方。比如当美国根据中美刑事司法协助协定向中方请求对美国调查的一起刑事案件中位于中国境内的犯罪资产进行查封、扣押和冻结时，国内法没有明确规定依据怎样的程序协助美国办理案件。但是实践当中，美方请求的上述类似案件中国也受理，根据中国现行法律，中国的调查机关可以对美方案件在中国境内的涉案资产进行查封、扣押和冻结。对来自外国查封扣除位于中国境内外国案件犯罪资产的请求，可以把外国案件内部转换成中国自己的案件，外国警方必须按照中国的立案程序办理案件。一旦中国警方立案以后，就可以根据中国现行的法律采取一切必要的手段，不管是查封、扣押还是冻结，这是实践中需要研究和推动的问题。在反洗钱相关立法完善方面，首先，合理扩大洗钱上游犯罪类型。中国的反洗钱法规定的内容范围较狭窄。[①]国际上打击腐败犯罪效果好的国家，如美国、加拿大、澳大利亚的反洗钱法对洗钱罪的上游犯罪规定得很宽，理论上任何犯罪均可能构成洗钱罪的上游犯罪，而我国

---

① 张磊：《以"反向洗钱"的入罪化为中心反思我国洗钱罪的行为方式》，《当代法学》2012年第1期。

《刑法修正案（八）》颁布后洗钱罪的上游犯罪才七种。应扩大洗钱上游犯罪种类，提高《刑法》第一百九十一条适用范围。建议借鉴其他国家关于洗钱上游犯罪的确定方式，如采用列举法，将税务犯罪、偷渡犯罪等纳入上游犯罪范围，或将《刑法》第一百九十一条与第三百一十二条、第三百四十九条归并，将一定刑期，如一年以上犯罪全部纳入洗钱上游罪。洗钱犯罪与上游犯罪的行为意图、侵害的权益均明显不同，具有独立的社会危害性，建议将上游犯罪分子纳入洗钱定罪主体范围，堵塞"自洗钱非犯罪化"漏洞，提高对洗钱分子的威慑力。还要明确规定上游犯罪不可覆盖洗钱行为。对于参与了部分上游犯罪，但洗钱金额明显超过实施上游犯罪所得及其收益的行为，建议法律明确规定追究清洗超出部分资金行为的洗钱罪。要进一步明确"明知"范畴。建议将间接故意洗钱和过失性洗钱均归为"明知"洗钱范围。追究通谋犯罪中的洗钱犯罪的行为。建议规定同时构成通谋上游犯罪和洗钱犯罪的，按处罚较重的罪名定罪处罚。其次，制定《官员财产公开法》，对预防和打击跨国洗钱犯罪具有重要意义。再次，建立刑事犯罪证人保护制度。第一，制定《揭发奖励法》。对那些检举、举报、揭露严重跨国洗钱犯罪的人，应予重奖。制定《告密法》。在开展打击洗钱国际合作当中，尤其在打击跨国洗钱有组织犯罪过程中，必须通过证据、证人查办案件。因此，对重大跨国洗钱刑事案件的证人保护非常重要。中国法律目前对证人的保护并无具体法则的规定，没有有效地保护证人，缺乏保护机制。制定一部《告密法》，鼓励知道跨国洗钱案件线索的人向政府或主管调查机关告发。在中国，跨国洗钱案件一般涉及政府高官，这类案件有圈子小、犯罪诡秘、知道的人少的特点。因此，知情人举报应受到应有的保护甚至奖励，比如对涉案的知情人给予从轻或减轻处罚。目前我国法律这方面规定的并不具体，可操作性差，作用不明显。美国有这方面的法律规定，如企业内部人士举报该企业犯罪，则政府将罚没这家企业收入的25%给举报人或对举报人给予从轻或减轻处罚。第二，制定《刑事犯罪证人保护法》，除了对提供犯罪线索、协助调查、出庭做证的证人，包括污点证人给予奖励外，规定一系列严密、安全的保护措施，使指控犯罪的人受到保护，使犯罪人和组织受到打击。建议将"自洗钱行为"定为洗钱犯罪，以便加大打击此类犯罪的力度。最后，制定《打击地下钱庄法》，根据中国国情，特别是中国跨境和跨国洗钱犯罪专门制定针对地下钱庄的法律。它应当授权刑事调查机关提供污点证人、线人和开设地下钱庄作为打击此类犯罪的有力手段，包括允许调查机关对地下钱庄组织领导人实施特侦，和派员潜伏，侦查犯罪，打击犯罪。

第二节　美国民事财产没收制度研究

孟德斯鸠曾说："自由不是无限制的自由，自由是一种能做法律许可的任何事的权利。"财产没收制度是打击跨国严重犯罪的有力手段，当前中国只有刑事财产没收制度和行政财产没收制度，并没有民事财产没收制度。而美国的财产没收制度已经被联合国公约认可，而且推荐世界各国来奉行和利用。不仅是美国，大多数西方国家都普遍奉行这项制度。[①]刑事财产没收制度的证明标准较高，民事财产没收制度的证明标准较低，所以构建中国民事财产没收制度，有利于对犯罪资产进行追缴，尤其是对跨境严重腐败犯罪的资产追缴。

---

① ［新西兰］杰里米·波普编著：《反腐策略——来自透明国际的报告》，王淼洋等译，上海译文出版社2004年版，第20页。

一、美国财产没收制度简介

在美国联邦法律体系中，有两套没收犯罪所得的程序：一是刑事没收，二是民事没收。两者的程序和条件不同，但效果相同，都是将犯罪所得收归美国联邦政府所有。在刑事没收程序中，法院在判决罪犯有罪的同时，可以判决没收其犯罪所得，包括通过犯罪直接和间接获得的资产以及用于或意图用于犯罪的资产。如果应予没收资产已被罪犯转移出法院辖区，包括转移至国外，法院可以命令没收罪犯仍在辖区内的等值的其他资产。如果这些资产已转让给第三方，仍可予没收，除非第三方能证明取得资产是善意的，且当时不了解资产将予没收。在判决前，美国政府可以要求法院命令冻结或限制资产的转让。做出没收判决后，美国司法部可将资产收归国有，并视情处置，包括可以变卖。刑事没收程序不针对位于外国的资产。因为没收位于外国的资产的判决，需要外国协助才能执行，而各国往往不协助执行其他国家的刑事判决。民事没收的对象与刑事没收的对象相同，但民事没收不以犯罪嫌疑人被判有罪为前提。即使没有对犯罪嫌疑人提起刑事诉讼，甚至犯罪嫌疑人尚未缉捕归案，也可以启动民事没收程序。民事没收包括行政和司法两种程序。行政程序的没收对象是价值不超过50万美元的动产以及价值不限的金融资产。在这一程序中，任何人均可在规定的时限内（不短于3周）对拟没收的资产主张所有权。如果有人在规定的时限内对拟没收的资产主张所有权，行政程序立即终止，并转入司法没收程序。在民事没收的司法程序中，经法院批准，美国司法部、财政部和邮政总局可以在各自的职权范围内扣押拟没收的资产，并要求法院做出没收这些资产的判决。[①]

---

① 美国财政部：《与外国、联邦、州和地区执法机关公平分享的指南》。

美国财产没收法的目的是把罪犯的犯罪所得没收。[1]罪犯的犯罪所得，即他的非法收入。比如在贩毒的案子中，毒贩卖毒品的这些收入是他的非法收入；在诈骗案子中，诈骗犯得来的钱是其非法收入；在腐败的案子中，接受的贪污贿赂的钱也是非法收入。美国政府为什么没收这些非法收入？第一个原因是司法公正的简单要求。因为这些罪犯会用巨额非法收入买豪宅或名贵汽车，而这些奢侈品对于遵纪守法的公民来说是很受限的，守法公民并不知道这些钱是罪犯犯罪得来的，所以民事财产没收法要告诉社会，要发出强烈的信息，即如果公民犯罪的话，不但因为犯罪其本身要受到刑事处罚，并且由于犯罪得到的钱自己也无法保留。[2]第二个原因是可以把犯罪工具予以没收。这个词可能与联合国公约中的词不同，实际上是一个意思，就是在作案中曾经使用的工具，比如说在毒品犯罪案件中，很多毒贩用飞机或汽车运输毒品，这些飞机、汽车即犯罪用的工具，依据美国财产没收法，这些犯罪工具可以被没收；比如诈骗案中，诈骗犯给受害人打电话用的手机、传真机、打印机等这些工具都在没收的财产范围之内。第三个原因是可以重点打击犯罪组织，把犯罪组织的非法所得没收。[3]一般犯罪组织在犯罪的过程中，这些非法所得，比如说毒品案件，犯罪组织会把贩毒的钱重新投入到犯罪组织的继续贩毒中去，以扩大贩毒的路径或增加贩毒的人员，如果把这些非法所得没收，把其犯罪工具如飞机、轮船、汽车等运输工具没收，对整个犯罪组织

---

[1]　张军：《反洗钱立法与实务》，人民法院出版社2007年版，第30页。

[2]　陈正云等：《〈联合国反腐败公约〉——全球反腐败的法律基石》，中国民主法制出版社2006年版，第27页。

[3]　杨宇冠、吴高庆：《〈联合国反腐败公约〉解读》，中国人民公安大学出版社2004年版，第50页。

来说是个很大的打击。第四个原因是可以补偿受害人。①如一般人日常生活中可能会收到一些电子邮件，但不知道这些电子邮件是谁发出的，内容是"在一些文件中我发现了你的名字，你是一项巨大财产的继承人"，该电子邮件会索要你的银行账户，"如果你把银行账户给我，我就可以把这笔钱转到你的银行账户中去"。这种诈骗的方式非常普遍，一旦你真的把自己的银行账户告诉诈骗犯，你真的相信自己是巨大财产的继承人，那么很可能你银行账户中的钱都被诈骗犯取走了。现在诈骗手段多种多样，比如有一个诈骗犯是以色列人，他人在荷兰，他所在犯罪组织有四五个人，其组织在世界上具体的位置不清楚，可以是任何地方，他们给全世界的人打电话，尤其是美国和加拿大，他们告诉接听电话的人说你们中了大奖，比如说中了一百万美元的大奖，但你若想取走这一百万的奖金需要你优先支付一定费用，就是税，你不付税，他没办法把钱给你。很多人真的相信自己中了大奖，根据大奖的奖金付了税，这个税金额并不大，可能只有几百或一千美元，数目很小，这是他们利用人贪心的特点，认为如果我拿出一百或一千美元就可以得到一百万美元的奖金是很划算的。诈骗犯给如此多的人打电话，这么多人付给诈骗犯一千或两千美元，最终诈骗金额是很大的。②此诈骗案最终被检察机关找到的诈骗金额可能有六十万美元，这些钱最终落在了一个小的岛国。这类诈骗案中的受害者很多都是老年人，也许老年人更容易轻信别人，更脆弱一些。如果岛国政府把在岛国找到的诈骗资金没收，这六十万没收后是不与外国分享的，即使岛国帮助美国检察机关把这笔诈骗资金冻结或没收，会把钱还给受害人，但可能受害人不能得到百分之百的补偿，只能得到一些补偿。因为在

---

① 陈泽宪：《刑事法前沿》第3卷，中国人民公安大学出版社2006年版，第43页。
② 何亮亮：《解密香港廉政公署》，中信出版社2006年版，第110页。

很多诈骗案中，诈骗犯的吃和用都来源于骗来的钱，因此能追缴到相当一部分钱已经很不容易了，但是由美国检察机关与当地合作进行财产没收，对受害者来说能有相对的补偿。美国司法部中的洗钱部和财产没收部有专门的行政部门专门负责处理受害人的问题，如在刚才的案件中岛国没收诈骗金额后汇回美国，任何受害人，无论受害者在哪，在美国、在加拿大、在中国等，都可以向该部门提出申请并提供证据证明自己被骗了多少钱。一些老人把钱给诈骗犯时是以支票的形式出具的，支票返回保存的部分即证据；或者给银行以电汇的形式，那么在网上会见到哪天汇的钱，汇出了多少钱，汇到哪个银行账号，从哪个银行账号汇出的，这些都是证据，根据这些证据，这个部门可以把受害人的钱还给他们。这是美国财产没收法非常有力的工具。[1]

怎么才能做成一个非常成功的财产没收案子呢？一般在美国来说，一个案子根据它的犯罪的类别，如果其是毒品案的话，是DEA（美国缉毒局）负责；如果是诈骗案，是FBI（美国联邦调查局）负责；如果是贪污案，是美国国土安全局负责。不同的部门负责调查不同的案子，要将一个财产没收的案子做成功，在检察官起诉之前必须有很好的计划。[2]一个财产没收的案子中会有一个检察官，再有一个不同部门的调查人员，如果是几个部门合作，可能会有几个部门的调查人员。一般在检察官没有起诉之前，会与调查人员有很好交流，知道自己在哪个位置上，此时你可能没有足够的信息，无法把案子整个的过程计划出来，但你大概要有如何做这个案子的设想，你以什么财产没收理论来没收这笔钱。因为很多案子中不仅仅是现金，还存在现金、股票、飞机、房子、车，为保护财产所有人的利益不同种类的财产根据美国的

---

[1] 宋英辉：《区际追赃合作中的独立财产没收》，《人民检察》2011年第6期。

[2] 曹云清、钟琳：《追赃制度研究论纲》，《政法学刊》2002年2月第19卷第1期。

财产没收法有不同的没收方式。另外一个比较实际的做法是在起诉前对想要没收的财产有一个详细的调查。①如想没收的一幢房子由贩毒的钱购得，这所房子可能是毒贩在5年前买的，美国房地产5年前的价格比现在高20%，比如说5年前罪犯花100万买了一所房子，罪犯当时是贷款，没有完全用现金支付买房的钱，罪犯自己付20万现金，80万从银行贷款支付房款，2012年在没有对房子起诉之前，检察官要有对房子详细的调查，做出详细的财产分析表，算出这所房子2012年值多少钱。②因为没收房子之后政府是不会住进去的，是要卖掉房子，卖房子的钱要进入美国的财产没收基金。在美国，财产没收基金分司法部的与财政部的，没收的钱归谁取决于哪个部门调查的这个案子。比如禁毒局DEA没收的这笔犯罪资产，则收归司法部的财产没收基金，因为DEA属于美国司法部。但比如说国土安全局做的反腐败的案子，虽然犯罪资产由司法部的律师没收，但没收后的钱最终要进入财政部的财产没收基金中，因为根据不同的调查部门来分配这笔钱往哪走。再看房子的例子，2012年这所房子市场价可能只值60万，没收并卖了房子后只得到60万，还欠银行20万，此时不会没收这个房子，因为要没收财产，而不是没收负担，所以要做成一个好的财产没收的案子，之前要好好计划，不会仓促起诉，要有一个过程来侦查、评估，根据不同的法律理论决定如何没收每一项财产。尤其在财产没收案中，起诉不是对一项财产起诉，可以对一百项财产起诉，可以起诉整个犯罪团伙的钱、银行账号、所用的犯罪工具、房地产，甚至犯罪团伙正在经营的商业，在美国犯罪团伙经常用比萨店洗钱，那么比萨店也在没收

---

① 朱星文：《论审计反腐功能的理论分析及其制度创新》，《当代财经》2007年第11期。
② 蒋娜：《英国刑法现金追缴制度对我国洗钱犯罪收益追缴的启示》，《学术交流》2010年第2期。

的范围之内，因为是洗钱的工具，但是没收后政府部门不懂怎么经营这家比萨店，就要带去一些食品类的专家来继续让其经营，因为只要此比萨店还在赢利就没有必要关闭，这些都是实际问题。这些在起诉前，都要有很好的计划。

根据美国的财产没收法，可以没收什么样的财产？第一项是犯罪的非法所得，例如有一所房子由贩毒的钱买来，这所房子可能20年前就买了，当时房子值100万美元，20年后要没收时可能这所房子值200万，那么当时用100万毒资买的这所房子现在可否予以没收？答案是可以没收，尽管这所房子增值了，犯罪所得的钱形式变了可能由现金换到了房产，但其仍然是犯罪所得，本质没变。房子增值不是由于犯罪组织的原因，而是由于市场供求的原因，仍可把现值200万的此房产全部没收，不需要再退还给罪犯100万。[①]第二项可以没收的财产是作案工具。美国财产法经过30多年的发展历史，相当复杂。第三项称之为substituted property（指对于已经转移的财产、位于法院管辖权外的财产，价值降低的财产以及与其他财产混同的财产，则没收替代财产），这项在刑事财产没收中会予以介绍。最后一项是犯有洗钱罪的财产。例如夫妻二人，丈夫是毒贩，丈夫与妻子共用一个账户，妻子有合法工作，其薪水会直接打入到这个账户中去，丈夫会把贩毒的钱也打入到这个账户中去，这个账户中既有丈夫贩毒的赃钱又有妻子工作赚来正常收入的钱。执法机关可否把整个账户都没收？现实生活中没有这么简单，检察机关要彻底搞清楚，如果丈夫之所以把贩毒的钱存入夫妻共用账户是因为他想用妻子的合法收入遮掩他贩毒的钱，使毒资更难被找到，而且妻子也知道丈夫贩毒，即

---

① 杨志琼：《美国公务贿赂犯罪最新发展趋势之研究——以美国联邦贿赂法为中心》，《中国刑事法杂志》2008年第2期。

使妻子不参与具体犯罪行为，这些钱也可以被没收，因为妻子本质上赚的干净的钱是用来遮掩丈夫的赃钱。在美国，夫妻二人共用一个账户，丈夫和妻子的薪水都进入这个账户，会给人们建立起一种假象，这是一个夫妻二人的共用账户，两人的钱都是合法的。[①]检察官可以以洗钱罪起诉，因为这个账户就是混合在一起的钱。如果可以证明把钱混合在一起是为了洗钱的话，那么妻子的合法收入也可以被没收，这说明美国洗钱法没收的范围相当地广。但这样做需要很多的证据，包括丈夫的口供、妻子的口供，尤其要证明妻子没有参与贩毒，但对丈夫贩毒的行为她是知道的。因为虽然检察官按财产没收理论可以用洗钱罪起诉这个账户，来没收整个账户的财产，但并不是说妻子不可以向检察官挑战，妻子可以向法庭递交申请的程序，在此程序中妻子可以向法庭证明其对丈夫的行为一无所知或者丈夫的口供是假的，或其从来未给检察机关口供，或者其可以提出任何其他证据来证明自己的钱并不是来掩盖丈夫的赃钱。[②]洗钱法没收的范围相当地广，用这个理论可以把混在一起的钱没收掉。夫妻共用账户只是其中一个简单的例子，一般涉及洗钱法的案子很复杂。比如国外某高级官员收受很多贿赂的钱，他不想把这笔钱存在国内，因为他怕国内人会发现，然后他把这笔钱通过不同中介的金融公司转到Caribbean countries（加勒比海地区），然后他又从这些Caribbean countries转到了美国。他在美国买了一所房子，这所房子实际是犯罪所得的钱买的，用一个很简单的犯罪所得理论可以将其没收，因为其是犯罪所得的财产购买，

---

① 蔡雪冰、罗小光：《论我国财产申报制度的完善》，《广西经济管理干部学院学报》2005年第4期。

② 吴高庆、方福建：《追回腐败资产国际合作机制研究》，《山东警察学院学报》2005年第6期。

用的是贿赂的钱，这是比较简单的。但在检察机关起诉这所房子的时候，也许用的不是一个理论，检察机关可以用多种理论去起诉这所房子，如果犯罪所得的钱没有证明出来，就要一直追着这笔钱走，比如这个国家是孟加拉国，那么要从孟加拉国追到Caribbean countries，再追到美国，这一系列的银行记录都需检察机关出示给法庭，才能证明这笔钱是犯罪所得。但如果有美国金融组织介入又可以用另外一个理论，或在起诉时一起用洗钱罪的理论，因为这笔钱从Caribbean countries转到美国后才买的这所房子。为什么要买房子？买房子的原因是使贿赂所得的钱更加隐蔽，让人们见到的不再是钱而是一所房子，其真正的目的不是要住这所房子，而是要把房子作为其转换钱的一种方式，在这个例子中就可以用洗钱的理论和犯罪所得理论来没收这所房子。①如果法庭并不满意检察机关提供的所有银行账户从孟加拉国到Caribbean countries到美国的记录，法庭觉得其中有些没连接好的地方，如果犯罪所得的理论失败了，而洗钱的理论照样成功。②因为检察机关有两个不同的理论，无论哪个理论成功，这所房子都可以被没收。如果洗钱的理论成功，这所房子仍然可以被没收。一般在美国的财产没收法中财产没收程序有两大类：一种是没有法庭介入的财产没收程序，可称之为行政财产没收程序；另外一种是有法庭介入的财产没收程序。行政没收程序如果没有法庭介入，检察机关也不会介入。虽然行政没收程序简单，但数量很大，行政没收在美国占60%。行政没收是由调查机关来没收的。如DEA在做毒品案子中，如果他们认为是贩毒的钱可以先扣押。例如，在高速公路上有一辆车超速了，州的警察把这

①　徐汉明、黄达亮、姜汉奎：《贪污调查局：权力很大但也受制约》，《检察日报》2008年9月22日第4版。

②　黄风：《论对犯罪收益的民事没收》，《法学家》2009年第4期。

辆车截住了，然后说你超速了，州警察看见司机很可疑，因为司机神情非常紧张有可怀疑之处，州警察说我是否可以看看你的车，司机为证明他什么事也没有做，会说好吧，你就看我的车吧。州警察把后备厢打开，他看到后备厢中有另外一个很秘密的小隔层，他把小隔层打开发现里面全是现金。可能有20万或30万美元的现金在里面。州警察会问司机从哪里得到的这笔钱，司机会说这不是我的钱，我不知道这笔钱怎么会到我车里。在这种情况下，因为不是司机的钱，州警察会把20万或30万美元先扣押住，州警察会怀疑这笔钱是贩毒的钱，会把这笔钱转给DEA。[①]DEA会用一个正式程序把钱扣押。因为这笔钱被扣押，DEA会给很多相关人员发出通知。什么是这笔钱的相关人员？比如司机，因为是司机开车钱才被发现。这个车可能不是司机的车，可能是司机妈妈的车，那么司机的妈妈也是钱的相关人员。再比如这辆车是司机的父母共用的，那么司机的父亲也是钱的相关人员。DEA会给所有的这些人都发出通知。是否会有人来申领这笔20万或30万美元的钱？大多数情况下没有人会申领这笔钱，因为这笔钱经过实验证明其上有毒品的残余物，如果任何人来申领，说这笔钱是我的，等于自己说我是在帮助毒贩运钱。[②]尤其在这一种案子中，在检察官还没有对任何嫌疑犯起诉时，谁都会躲得远远的，谁也不会来看这笔钱，谁也不会来领这笔钱，这样存在大量的现金，因为在美国的财产没收中都是现金，这是行政没收在美国财产没收中占60%的比例。如果没有人来申领这笔钱，钱就被DEA没收，归美国政府所有，这笔

---

① 魏红：《引入公益诉讼完善外逃腐败资产追回机制》，《贵州大学学报》2007年1月第25卷第1期。

② 陈雷：《〈联合国反腐败公约〉与资产追回制度》，《华东刑事司法评论》2006年第1期。

钱会进入到司法部的财产没收基金中，美国司法部的财产没收基金有很多，其根据美国法律规定有很多指定的用处。只有在用于这些指定的用处时，美国司法部才可以用这笔钱，在其他方面是不可以用的。[1]比如说开办跨国反洗钱理论国际研讨班，比如在美国国内DEA或FBI开设各种法学培训课程，这些费用都可以由司法部的财产没收基金来支付。再比如与诉讼相关的费用，比如孟加拉国的案例中，很多从其他国家送过来的银行记录并不是英文，但为了上交法庭必须翻译成英文，翻译的费用可能很大，司法部的财产没收基金可以支付这笔费用。再比如为了拿到证人的口供，司法部检察官到其他国家去面见证人，也会产生很大的费用，因为要带上自己的翻译官等人员，而且所有证人的证词要经过每一步的审证，这种费用也很大。再比如说作为检察官，任职前有必要的培训，只要是第一年做检察官，每个人都要去南卡罗来纳州接受培训，这些费用都由美国司法部的财产没收基金支付。[2]但如果真有人向DEA提出申请说这笔钱不可以被没收而主张自己对这笔钱的所有权，比如在高速路上被截到的这部车的主人的母亲向DEA提出一个申请说这笔钱不可以被没收，这是我的钱，是我继承的祖先的财产，如果有人提出申请，行政财产没收程序就结束了，因为这是没有法庭介入的，一旦有人提出申请，向DEA出示相关证据主张这笔钱的所有权或者不出示证据的时候，DEA就会把案子转到检察官手中，就要走法庭的程序来让法庭决定这笔钱到底属于谁。第二种是有法庭介入的财产没收程序。有法庭介入的财产没收程序分两种：一种称之为民事财产没收，在美国称为civil forfeiture（民事财产没收），

---

①　陈正云：《〈公约〉带给我们多少机遇与挑战——解读〈联合国反腐败公约〉对中国反腐败进程的影响》，《检察日报》2003年11月11日。

②　廖敏文：《资产返还国际合作机制探析》，《国家行政学院学报》2005年第3期。

但是在很多的欧洲国家或其他国家，另外一个词相当普遍即Non-Convinction based Forfeiture基于无罪财产没收，因其不是以罪犯的判罪、认罪为基础；第二种为刑事财产没收。刑事财产没收程序与刑事犯罪诉讼程序有很大的相似之处。

首先来看美国民事财产没收程序。在美国诉讼中可能会见到一些非常奇怪的案子的名字，比如在美国刑事犯罪中可以见到非常普遍的名字，比如the United States vs John Smith。但在美国的民事财产没收中案子的名字可以是美国政府对一片土地起诉、美国政府对一所房子起诉、美国政府对一架飞机起诉等。[①]因为民事财产没收以物为基础，要没收的财产是要进行追踪和审判的对象，它是以财产为基础，和人无关，这是谁的财产可以不在乎，是谁犯的罪也可以不在乎。而刑事财产没收是以人为基础，一定要找到人，比如一个毒品案件中，如果没有某个特定的毒贩或这个毒贩已经死了，就无法没收这个毒贩的财产。在美国刑事财产没收中，人必须存在，因为要对这个人起诉，把人判罪以后才可以没收掉这个人的财产。在很多国家的财产没收法或司法部的财产请求书中可见的是不同的词语，可见的词语可能不是civil forfeiture，但词义与美国的civil for feiture相同，指的就是民事财产没收。刑事财产没收，与刑事犯罪紧密相关，一定要有人，法庭对此人一定要有人身的司法权，才可以审判此案。在此人被定罪的时候，仅仅是这个人的财产，比如说A被定罪，只有A的财产可以被没收，不可以去没收B的财产。如果此人被判无罪，他的财产不能被没收。[②]

---

① 陈结淼：《〈联合国反腐败公约〉框架下我国反腐败国际合作机制的构建与完善》，《法学评论》2007年第5期。

② 易昆渝：《应构建"违法所得"的司法追缴机制》，《检察日报》2004年2月1日。

二、美国民事没收制度简介

美国民事没收制度是种法律的童话，因为控方在对物起诉，美国政府在告一所房子，在告一辆车，在告一架飞机。物是不会犯罪的，之所以可以对物起诉，是因为这些财产是非法所得，或者是非法收入，或者是作案工具，或者是被卷入到财产洗钱类中的财产。[①]这三项中的任何一项检察官都可以提起对物起诉，这是简单的美国民事财产没收程序。民事财产没收（以下简称民事没收）不是刑事案件的组成部分。在民事没收案件中，政府提起一个针对财物本身的独立的民事诉讼行为，并以优势证据证明该财物来自犯罪行为或是犯罪工具。由于民事没收不依赖于刑事定罪，没收程序可以在起诉前、起诉后或根本没有任何控告行为时进行。曾经有观点认为民事没收基于某种法律的虚构或幻想，这种法律虚构认为财物是本身是种有罪的表现。现在已经改变了这种观点。确实，民事没收程序中财物作为被告出现，但财物本身并没任何犯罪行为。物品不会犯罪，是人利用物品犯罪或从犯罪中获得某种财物。针对物品的民事没收行为体现了程序性的便利。民事没收给政府提供确认隶属于没收程序中财物的一种方式，对这个某手程序中的物品有利益的任何人都有机会同时进入庭审中来对抗政府的没收行为。相反，在行政没收程序中，对被没收财物拥有潜在利益的任何自然人或法人是不可能针对此财物来进行独立的民事抗辩的。基本上，政府开始民事没收时会宣称"此物品是源自犯罪行为或是犯罪工具，由于各种公共政策或法律强制执行的原因，必须没收这个财物。对此财务有利益的任何人或希望对没收程序抗辩的可以现在行动"。程序上，民事没收行为很像其他民事案件。政府作为原告对民

---

① 王和岩：《美司法部称美公司向中石油、中海油员工行贿》，《财经》2009年第17期。

事没收程序中的财物起诉，同时对财物有利益的相关人也要适时进入诉讼中抗辩，主张自己权利。政府承担针对该被没收财物的举证责任，并达到优势证据的标准即可。尽管政府成功在财物与犯罪之间建立了联系，这个案子还没有结束。对该财物享有利益的善意第三人的保护非常重要，因为这些善意第三人并不知道他们的财物被犯罪分子利用。此种情况，想抗辩政府没收程序并对被没收财物有利益的善意第三人需承担优势证据的举证责任证明自己的善意。最终，如果针对该被没收财物有利益的第三人无法举证证明自己的善意，那么法庭会判定政府建立民事没收程序并可以没收该财物。基于多种原因，民事没收对于政府来说是比刑事没收更有力的法律强制执行工具。在大量例子中，当刑事没收不可用或不能提供充分救济时，民事没收是种很好的选择。但是民事没收最重要的局限是没收仅仅针对来自犯罪的财物或犯罪工具这两种明确客体。当这两种客体丢失或被消耗殆尽时，民事没收是不能针对同价值的货币或替代财物进行没收的。

如一个毒贩在北京被缉毒局逮捕，经过详细调查发现此毒贩有很多钱，他把贩毒的钱存在了北京的中国银行。调查发现他从中国银行把其中的一部分钱转到了华盛顿地区的美国银行。美国司法部在接到中国司法部外事司提的司法请求：把该毒贩在美国华盛顿地区的美国银行的钱冻结并没收。美国司法部接受该请求后有两个选择：一是用美国的财产没收法开始处理这个案子，可以是民事也可以是刑事；二是不启用美国财产没收程序，而执行中国法庭发出的冻结令。[①]人民法院已对该毒贩在中国银行的钱和在美国银行的钱都发出了冻结令，美国有执行法、执行程序，可以不用再度立案，可以直

---

① 管自强：《论〈联合国反腐败公约〉的"腐败犯罪"主体》，《法学》2006年第1期。

接执行中国法庭开出的冻结令，因为中美之间有司法互助协议，尤其贩毒的非法收入在中国和美国都要被没收，即双重没收性。如果美国没有执行中国法院的财产冻结令，美国建立起自己的案子，按美国的民事财产没收程序来冻结和没收该毒贩从中国银行转到美国银行的钱，那检察官该如何做？一个成功的财产没收案子要有很好的计划，检察官和缉毒警官首先要有很好的交流，通过电话会议或视频，一起了解案情，首先明确这笔存在美国银行的钱还在不在，如果检察官对美国账号起诉时发现此账号已没有钱了，经过这么长的程序来没收却什么钱也得不到，这不是检察官愿意看到的，所以第一项要看这笔钱还在不在。美国金融法保护人的隐私权，比如你在银行开个账户，肯定不希望他人通过打电话给银行得知你账户中的金额，也不希望银行告诉他人你账户中的金额，所以美国金融法会保护开账户人的隐私权，在大多数情况下，银行工作人员是不会告诉检察官此账户中的金额。在某些情况下我们仍然可以发现此账户中有没有钱。如果美国缉毒局与美国银行联系后发现美国银行没有告诉他账户中的金额，中国公安部缉毒局要联系司法部外事司官员，发出一个司法互助请求，因为同时在中国该毒品案件也在进行，如最高检在审理此案，该毒贩已在北京被起诉，出庭需要美国银行的记录来证明该案。此时中国司法部外事司可以向美国司法部发出申请希望得到美国银行的这些账户记录。此请求一旦发出，美国司法部可以强制性地让美国银行把该毒贩所有相关的账户记录都交给美国司法部，甚至称之为传票。检察官向美国法庭申请传票，就可以让美国银行把该毒贩在美国银行的所有账户相关记录都转给美国司法部。[1]检察官看到该记录时就会知道该账户内有没有

---

① 金光旭：《日本刑法中的不法收益之剥夺以没收、追缴制度为中心》，《中外法学》2009年第5期。

钱。不仅知道该账户中有没有钱，还可以看到该账户的账目明细，比如该毒贩从北京的中国银行转到美国银行100万美元，检察官发现只剩50万美元，剩下的50万美元到什么地方去了？从此银行交给司法部的记录可以找到另外的50万美元到哪里去了。比如看到银行有汇出钱的记录，看到50万美元汇到纽约银行，检察官就再会去找纽约银行；或者用该50万买了一套房子这个记录也会存在，检察官就会去追这套房子。在民事起诉中，不仅美国银行存的50万美元，而且还有这套房子，都是检察官要起诉的对象。这就是刚才说的一个成功的财产没收案子在起诉之前要有非常好的计划。一般前面的调查是调查人员的责任，调查人员和检察官紧密联系，比如追查银行账户不见的50万美元的去向，去追踪这50万美元是缉毒局的责任。要查这笔钱的走向、这笔钱到底在哪家银行，从纽约银行可能又到了另外一个州的银行，或者这笔钱从纽约又到了墨西哥，缉毒局会追着这笔钱一直走下去，这些是在假设检察官已拿到了所有银行的证据的前提下。①

回到上文举的毒贩的例子中去。现在检察官有了所有的证据，检察官和DEA选择美国民事诉讼，需要对在美国银行的钱，比如说从中国银行转到美国银行的钱有100万美元，检察官的目标是把100万美元没收，检察官会对100万美元提出诉讼，向法庭递交诉讼书。这是在所有准备工作都结束之后，诉讼书交到法院以后进行的，其在美国所有的信息尤其是法律的信息是公开的。②24小时之后诉讼书就会在法庭的网站上公开，除非根据某些因素检察官可以要求法庭不公开一些信息，但是要告诉法庭请求不公开的原

---

① 黄风：《资产追回问题比较研究》，北京师范大学出版社2010年版，第139页。
② 杨宇冠、吴高庆：《〈联合国反腐败公约〉解读》，中国人民公安大学出版社2004年版，第55页。

因，比如在某些时候，特别在侦查毒品犯罪的案子中，有很多"线人"，因为要保证线人的安全，所以在很多情况下不会把很多的信息公开。诉讼书交到法庭以后，法庭就会发出逮捕令，逮捕的是财产，不是人，在举的例子中，这个毒贩在北京，已经在接受审讯，所以他不会被美国逮捕，那么美国检察官的目标是在美国银行的100万美元。法庭发出逮捕令，是对100万美元发出的，检察官会把这个逮捕令交给美国银行。有两种处理方式：其一是美国银行可以把这100万冻结，这笔钱就动不了了；其二是DEA可以把这100万美元从美国银行中提出，转到DEA的一个账户中去。采用哪种方式取决于哪种逮捕令，关键是这笔钱不能再动了。①这笔钱被逮捕以后，由检察官向所有"相关人士"发出通知，本案比较简单，毒贩从北京中国银行把钱转到华盛顿的美国银行，用的是毒贩自己的名字，中国银行账户开户用的自己的名字，到美国银行账户开户仍然用的自己的名字。在现实的犯罪中，我们知道这种情况一般不会发生。这些罪犯一般不会用自己的名字开账户，因为这样就太容易被警方找到线索了。现在犯罪的人经常会雇一些非常高级的金融机构，会在某些沿海的国家开账户，而这些沿海的国家被称为避税的天堂，因为它们的税收法和保护法非常健全。首先这些罪犯让这些高级的金融机构在这种避税的天堂里给他们建一个公司。在这种避税的天堂比如说Caribbean countries里面有很多，如英属维尔京群岛B.V.I（The British Virgin Islands），这些沿海国家对公司保护的法律非常健全，所以如果罪犯在这些地方

---

① 杨宇冠：《我国反腐败机制完善与联合国反腐败措施》，中国人民公安大学出版社2007年版，第38页。

建立公司，然后他们用公司在银行开账户，检察官查起来就很困难。[1]因为检察官首先要从这些避税的天堂中找到公司的这些记录，要知道开公司的人是谁，谁是真正的法人代表，谁是公司的manager（管理人员）或头目，才能知道公司背后的人是谁，是谁在指使公司收钱或存钱。在本案中，毒贩用自己的名字在北京的中国银行开自己的账户，又在美国银行开账户，那么毒贩就是相关人士，因为钱是用毒贩的名字存的，检察官就要给此毒贩发出通知；如果这笔钱是毒贩和他太太共用的账户，那么毒贩的太太也是相关人士，检察官会给毒贩太太发出通知，通知内容是告诉他这个毒贩和他太太在美国的民事财产没收程序已然开始了，检察官已经向法庭递交了诉讼书，毒贩在美国的100万美元，如果检察官的没收程序成功，那么这100万美元就被没收了。[2]因为毒贩在中国，所以检察官不可以把通知直接邮寄给毒贩或其亲属，只能通过中国司法部外事司来转交，由其与公安部禁毒局联系，公安部禁毒局把通知交给被逮捕的毒贩。这是司法互助的另外一项，可以说是很重要的内容。如果毒贩太太在家中，禁毒局会到家中把通知交给毒贩的太太。除了毒贩和太太接到的个人的通知，还有一个大众的通知称为publication。在美国有一个网站是forfeiture.com，网站上全是美国财产没收的信息，这是国家的网站，检察官要在这个网站上发出财产没收的通知，检察官要对财产有个非常详细的描述，让任何人都能知道这是什么财产，为什么美国政府要没收。在我们的例子中，这个财产是100万美元，在美国银行的100万美元，任何人在

---

① 赵秉志、王志祥、郭理蓉编：《〈联合国反腐败公约〉暨相关重要文献资料》，中国人民公安大学出版社2004年版，第203页。

② 张士金：《资产追回国际法律合作问题研究》，中国人民公安大学出版社2010年版，第22页。

网上都可以看到这个通知，这个通知在网上要公示30天。检察官知道这100万美元是毒贩与相关人士共有，他的太太是相关人士，因为使用这两个人的名字开的账户，但是我们可能不知道是否有其他的人会在这100万中有同样的利益。比如毒贩有一个孩子，这个孩子很不喜欢学习，毒贩对孩子说，如果你去美国读法学院，我给你50万美元，孩子就在这100万中有50万美元的所有权。美国财产法有上百年的历史，一般看到一项财产并不止是一项权利。①比如，说这个房子的主人是谁，这个房子产权证是谁的名字，这是房子的所有权，但对这个房子还有使用权，比如说这个房子租出去了，租户有使用权。所以在看到一项财产的时候，要想到的是这是一组权利，而不仅仅是一个权利。比如主人把房屋的一部分抵押给银行，然后用银行贷款做了一个小生意。那么银行在这所房子中也有权利，因为银行有贷款的权利。所以要看到一个财产在美国有多种权利组成，所有这些所有权利相关人，检察官都要发出通知，而检察官不完全知道这些人在什么地方，除了在本案中知道毒品贩在中国被逮捕，他的太太可能在中国北京，其他人的地址都不清楚，那么在网上的大众的通知publication也就满足了剩下的其他人，他们有权利就可以申请。②个人的通知和大众的通知都已发出，会有以下两个结果。一是没人理会通知，在北京的毒贩知道公安部的禁毒局很厉害，知道自己会被判罪，所以知道自己在美国的钱逃不掉，一定会被没收，毒贩没有理会通知。毒贩的太太会想自己丈夫是毒贩这件事很糟，所以也没有理会这个通知。网上发的大众通知，在通知中要写出指定的时间，因为检察官不可能永远等着，一般来说是30天，如果是国际的话，过程会长，因为要给相关人士更多的时间来

---

① 马海军、邹世享：《中国反腐败国际合作研究》，知识产权出版社2011年版，第33页。
② 林雪标：《腐败资产追回机制研究》，厦门大学出版社2010年版，第35页。

回复。那么，回复时间已经到了，却没有人回复，法庭就可以发出财产没收令了。财产没收令一旦发出，财产就会被美国政府没收。此时该财产中的所有权利只是属于美国政府，而不属于其他任何人，只有美国政府对财产有所有权。没收该财产后，因为是中美共同的案子，所以要进行中美国际分享。大多数情况下都没有人来回复这个通知，那么这个过程又短又容易做，拿到财产没收令就可以和别的国家分享这笔财产。第二种情况，如果有人回复了检察官的通知怎么办？如果有人回复的话，这些相关人士要向法庭递交回复书，因为在什么时间他们要回复，他们回复的方式是什么，他们要把回复书送到哪个地方，通知书中都写得非常详细。①比如在有效的时间之内，这个毒贩的太太按照这个通知书回复到美国法庭，她说存在美国银行的这100万美元不是她丈夫贩毒的钱，是她个人的钱，是她父母给我的钱，是她在存在美国银行的，那么这个诉讼就正式开始了。下面的程序称之为discovery。②没有中文的词与之对应。discovery实际是一个更进一步了解这个案子的过程。虽然在起诉之前，中美缉毒局都已调查了很久，但是因为一些局限，比如检察官一般情况下可以去当面询问这个毒贩的太太，但不可以录她的口供，因为正式程序没有开始，检察官还没有对物起诉。但如果检察官已然提起刑事起诉，毒贩太太也已经向美国法庭递交了申请书，这样的话，检察官就可以开始进一步了解过程。根据美国discovery的进一步了解过程，检察官可以有一个非常正规的程序来要毒贩太太的口供，还有其他一些在了解过程中掌握的

---

① 甄贞等：《〈联合国反腐败公约〉与国内法协调机制研究》，法律出版社2007年版，第33页。

② 李秀娟：《中国反腐败立法构建研究——以〈联合国反腐败公约〉为视角》，中国方正出版社2007年版，第33页。

信息，目的是使大家都对自己的实力有一个了解，因为通过discovery的了解过程以后，检察官会知道自己的案子是强是弱，检察官拿到这些人的口供，拿到银行的这些证据，拿到很多证明这个案子的证据，然后会坐在办公室做一个评估，这个案子如果开庭以后，检察官有没有很大的把握可以在法庭上证明这个钱是贩毒的钱。[①]同样，对于毒贩太太来说，她也会有一个评估，如果提不出来这笔钱来源正当的证据，因为你要是想说这笔钱是你的，是父母给的，要拿出一些证据。如果她有证据的话会很有信心，如果拿不出证据的话她可能会说，这个案子打官司她打不赢美国政府。如果这样，检察官和毒贩太太会有一个和解过程，就是settlement。大家可能会有疑问，检察官有这么好的案子为什么要与罪犯和解。不是检察官要和罪犯和解，是因为在每个案子中都有风险，即使你有99%的把握，你还是有1%的风险，尤其在法庭上不可能说检察官100%能赢。检察官的目标是钱，而这个诉讼要进行下去的话可能时间会很长，双方都要投入大量的人力和财力，与其让诉讼进行到一年两年，检察官还要承担着百分之几的风险，不如与罪犯的太太和解。检察官可以给罪犯太太百分之一或百分之五的钱，这样检察官给毒贩太太的钱可能比检察官用于继续打这个官司的钱要少得多。而剩下百分之九十五的钱，就可以没收了。[②]如果毒贩的太太很顽固，她不会和解，她认为自己有很强有力的证据，那就要继续往下走，就要开庭了。开庭了以后也就只有两种结局，如果检察官能在法庭上证明这笔钱是贩毒的钱，就像中国检察院要证明一个人

---

① 朱恩涛主编：《国际刑警组织与红色通缉令》，中国人民公安大学出版社2006年版，第23页。

② 黄风、赵林娜主编：《境外追逃追赃与国际司法合作》，中国政法大学出版社2007年版，第35页。

有罪，美国民事财产没收中待证明有罪的是在美国银行的100万美元，是钱，那么检察官就要证明这笔钱有罪。怎么证明这笔钱有罪？一是其是贩毒的非法收入，这笔钱检察官可以证明是在北京卖毒品所得然后存在北京的中国银行，又从中国银行转到美国银行，可以建立起一条线。追踪钱的源头来证明这笔钱有罪，是赃钱，如果可以证明，检察官就赢了，法庭就会发出财产没收令，这100万美元就会被美国政府没收。如果检察官不能证明，那么检察官就输了，这笔钱就要退还。

关于美国民事财产没收程序，上文所述只是一个很简单的过程，民事财产没收程序中的要点首先一个是对物，切记是以物为基础的；其次一个也是非常好的有力的工具，属于一个民事诉讼，不是刑事的，与刑事的证明标准不同。[①]因为刑事诉讼中，一般情况要证明一个人有罪，比如美国政府对一个人起诉，想把这个人证明有罪并把他送进监狱的话，这个标准很高。在刑事犯罪中，要证明一个人有罪要达到一定标准，这个标准称之为beyond reasonable doubt（排除合理怀疑），这个标准可以说是相当高的。尽管美国有很多很好的辩护律师，在刑事犯罪中律师的工作是在陪审团的心中来建立起一个比较合理的怀疑，不是建立起任何怀疑，而是合理怀疑，只要有一线合理的怀疑，那么此人是不会被定罪的。[②]为什么在刑事犯罪中的标准很高？因为要把一个人送进监狱，这个人就没有自由了，长期都会在监狱中，所以在刑事犯罪中要想把一个人定罪的标准很高。但是，民事财产没收法、民事财产没收不涉及刑事，没有人卷入其中，像例子中，毒贩在北京受中国人民法

[①] 黄风、赵林娜主编：《国际刑事司法合作：研究和文献》，中国政法大学出版社2008年版，第66页。

[②] 黄风：《国际刑事司法合作的规则与实践》，北京大学出版社2008年版，第69页。

院的审判，毒贩并没有在美国，在美国真正受到审判的100万美元是贩卖毒品的钱，既然是民事标准就会低一些，标准是preponderance of evidence，即优先证据，其标准会比刑事的reasonable doubt要低很多很多，你可能要证明的是可能性或者是极可能性，有人说是50%，有人说是51%，甚至有人说是40%。[①]因为尽管所有检察官都不能准确地说有百分之几十的可能性去证明，但是他们在拿到所有的证据，评估所有的证据的时候，他自己会很清楚可不可以到达这个标准，即优先证据的标准。民事诉讼、民事财产没收不以判罪为基础，在北京这个毒贩是否被判有罪与民事诉讼无关，也许在北京该毒贩最终会被判无罪，检察官仍然可以把美国的这100万美元没收，原因是什么？如果该毒贩没有在北京被审判，在美国有很多情况下，一个案子既有民事诉讼，又有刑事诉讼，检察官可以把两个诉讼一起来走。比如如果该毒贩不在北京而在美国接受审判，刑事诉讼有刑事检察官来进行，民事诉讼对财产的起诉由负责民事诉讼的检察官来进行，假如该毒品贩在刑事犯罪中被判无罪，和民事诉讼没有任何关系。因为即使刑事检察官在刑事诉讼中在reasonable doubt这个水准上无法证明这个毒贩有罪，负责民事诉讼的检察官也可以在优先证据这个水准上证明这笔钱有罪，这笔钱是赃钱。[②]另外民事诉讼的目的不是惩罚，民事诉讼没有惩罚任何人，在本案中这个罪犯在中国被审判，在民事诉讼中在美国银行没收100万美元，这里面没有牵扯到任何自然人。因为民事诉讼不是以惩罚为基础，把罪犯送进监狱是一种惩罚，但是作为民事是一种补

① 陈雷：《反腐败国际公约视野下我国反腐败刑事立法及其完善》，中国人民公安大学出版社2008年版，第53页。

② 欧斌、余丽萍、李广民等：《国际反腐败公约与国内司法制度问题研究》，人民出版社2007年版，第43页。

偿，因为这100万美元是犯罪所得的非法收入，是贩毒的钱，本来就不应该被任何人所有，本来就不属于任何人，是犯罪的钱，所以是种补偿，不算是惩罚。

这是在美国一个政府律师证明一笔钱有罪的程序。这些财产的相关人士是可以向美国的民事财产没收这个程序进行挑战的。比如像上文的例子中，丈夫是毒贩，太太没有介入贩毒或犯罪中去，如果把这个案例简单变一下，丈夫还是毒贩，和太太两人在很久以前在美国买了一所房子。这所房子在美国已然存在。然后丈夫开始贩毒，把钱汇到了美国，用贩毒所得的钱把这所房子装修得很漂亮，这所房子的价值就要比原来高很多。在这种情况下，如果检察官要没收这所房子，就像上文所述，检察官分别向丈夫和太太都发出通知的时候，太太作为申请人可以向法庭提交申请书，她可能说这所房子不是用我先生贩毒的钱买来的，这是我在他没有贩毒之前就已经买的。那么在这种情况下，检察官要回复太太的申请书，这个官司就开始了。首先由于太太在房子中的所有权，上文讲到，在丈夫贩毒之前，他们两个人在美国买了这所房子，所以太太的权利在犯罪还没有开始的时候就已然存在了，那么按照美国的法律，从犯罪开始的那一刻起，这笔财产就已经属于美国政府了，不论检察官是否发现，太太可以告诉检察官这所房子从它存在的开始时不属于美国政府。[1]因为这所房子，我买的时候，我的先生还没有犯罪，这是太太要证明的第一点。如果太太想用"无辜的财产所有人"（innocent owner）理论来打败美国的民事诉讼程序，她要证明两点。[2]第一点要证明的是她的权

---

[1] 陈灿平编著：《国际刑事司法协助专题整理》，中国人民公安大学出版社2007年版，第58页。

[2] 黄风：《中国引渡问题研究》，中国政法大学出版社1997年版，第50页。

利存在于犯罪之前，要证明她在买这所房子的时候，她的先生还没有犯罪。第二点要证明的是她对丈夫的犯罪行为一无所知，或者证明她知道丈夫的犯罪行为，但是她已经采取了一切合理的措施来阻止犯罪的行为继续发生。比如在本案中，毒贩太太可以向法庭证明她对这所房子有权利，因为她丈夫没有犯罪时，他们两人就买了这所房子，但是她很难证明她对她丈夫的行为什么都不知道。夫妻两人生活在一所房子中，她说她对丈夫的行为一无所知很难令人信服。因为作为一个毒贩，会有毒贩的会议，毒贩的房子中经常会有奇怪的人出入，毒贩太太不会看不见；大量毒品会包装成一捆捆小的毒品在街上卖，毒贩太太也不会看不见；毒贩卖完了毒品以后，这么多现金，一捆一捆的钱，毒贩太太仍不会看不见。所以毒贩太太说她对丈夫的行为一无所知，就民事诉讼这一个程序而言，是很难证明的。①因为她既然要向美国的民事财产没收程序进行挑战，证明的负担就在太太身上，因为检察官要证明钱是赃钱，检察官要追着钱走。但是检察官这部分结束以后，毒贩太太想说这笔钱是她的，那么证明负担就转到了太太身上，就要证明自己对丈夫的犯罪行为一无所知，这是很难证明的。或者太太会说，如前所述太太也许知道丈夫贩毒的事实，但她采取非常合理的方式来阻止继续犯罪，比如去报警。假如丈夫在用这所房子包装毒品，太太发现以后，她先和丈夫谈让他放弃，丈夫没有同意，然后太太去DEA举报，如果她真的这么做，她可以证明自己是无辜的所有人。②那么房子中她的所有权，她的这一份利益，美国政府要给她，它是不能被没收掉的。但是如果她没有做，她只是让犯罪继续进行，虽

---

① 陈卫东主编：《模范刑事诉讼法典》，人民大学出版社2005年版，第90页。

② 陈光中：《联合国打击跨国有组织犯罪公约和反腐败公约程序问题研究》，中国政法大学出版社2007年版，第60页。

然她没有参与但是她无法证明她是无辜的所有人，那么她在这所房子中的利益也要被没收。这是一种情况。另外一种情况是，这个无辜的所有人的利益在犯罪没有开始之前就已然存在，那么是什么样的人可以打败美国政府的民事财产没收程序呢？还是举这所房子的例子，夫妻二人买了这所房子以后，丈夫把其作为毒品包装点、运输点，然后，又用卖毒品的钱把房子装修得很漂亮，然后丈夫把房子卖给了不认识的第三者，并且是真正的市场买卖，买方是真正的买方，他付了和市场相等的价格，比如在市场上这所房子值100万美元，他就付了100万，那么这个人就是个真正的买方，买方对美国已经启动的财产没收程序确实一无所知。前文提到向大众在网络发出通知，第三人要证明他自己确实什么都不知道，如果是在真正的买方付了和市场等同的价格，他确实对美国已经启动的财产没收程序一无所知的情况下，这所房子检察官是无法没收的。即使检察官可以证明房子是用贩毒的钱买来的，也没收不了，因为检察官面对的是无辜的财产所有人。换句话说，如果毒贩和他太太没有把房子卖给公正的第三方，他把房子转给了他的孩子，不是卖给孩子而是赠予了他的孩子，这所房子按照正常法律的程序转到他孩子的名下，这所房子还是逃不掉的，检察官还是可以没收这所房子。①因为他的孩子没有用钱按照市场正常的价格来购买这所房子，毒贩只是把这个房子转到了孩子名下，孩子不能成为真正的买方，所以这所房子仍然要被没收。这是民事诉讼的好处，因为它可以没收掉检察官起诉的所有财产，尽管任何人都可以向法庭提出申请，他们都可以向这个民事财产没收程序发出挑战，但前提是要证明自己有一定的权利，不是任何一个路人都能随便地向法庭递交申请书，

① 梁国庆主编：《国际反贪污贿赂理论与司法实践》，人民法院出版社2000年版，第68页。

他要证明自己对财产有一定的权利。那么如果没有人来递交申请书的时候，美国法庭就可以签发财产没收令。①以下是对民事财产没收的一个快速回顾：从起诉开始，起诉书递交法庭，法庭可以发出对财产的逮捕令，财产逮捕令发出以后，检察官把财产逮捕了，然后要对个体相关人士发出通知，要对大众发出通知，然后开始进一步的了解过程。或者是双方和解，或者是走向开庭。最后的结局是由法庭发出财产没收令。以上所述是美国的民事财产没收制度。

三、美国财产没收法对我国跨境反腐制度的启示

（一）我国应借鉴美国民事财产没收制度

1. 民事财产没收制度填补我国财产没收立法空白

民事财产没收是对物起诉，这个物可以是土地、是账户、是房子、是车、是飞机、是轮船等，物是这个案子中的被告。既然是民事财产没收，那么可想而知，它的证明的标准就要比刑事财产没收要低一些。比如说在刑事犯罪中，美国的刑事检察官要去证明一个人犯了罪，它的标准是很高的，这个标准称之为beyond reasonable doubt（排除合理怀疑）。在民事财产没收中，检察官的标准是preponderance of evidence，即高度盖然性。民事财产没收的证据标准要远远低于刑事犯罪的标准。原因很简单，刑事犯罪我们要把一个人给送进监狱，那么他没有的是人身自由。如果是民事财产没收，没有涉及任何人的人身自由，所以它的标准自然会低。民事财产没收的另外一个特点是

---

① 何超明、赵秉志：《区际刑事司法协助研究》，澳门特别行政区检察院、澳门检察律政学会2002年版，第67页。

它不依赖于这个罪犯被判有罪。[1]像上文所述，民事财产没收的被告是物，是这些赃钱，是无论换了任何形式的犯罪资产，只要我们可以追溯到它非法的源头，即可对其依法没收。所以无论是谁拥有这些财产，都无需检察官证明。检察官要证明的是钱是赃钱，所以民事没收程序不依赖于这个罪犯是否被判有罪。最后一点，民事财产没收法，是以补偿性为基础的。[2]它是补偿性而并非惩罚性的制度，如果一个罪犯犯了罪，把他送到监狱，这是一种惩罚。而民事财产没收所得没收掉的是罪犯犯罪所得的非法收入，而这些非法的犯罪所得的收入并不应该归任何人所有，所以将其没收对于整个社会来说是一种补偿，检察官没有惩罚任何人。同样这种补偿性的措施，也向社会发出一个有力的信息，也就是说，如果一个罪犯去选择犯罪，那么不仅他本人要去坐监狱，而且他赚来的这些非法收入也不可以保留。

当检察官面对一个案子的时候，究竟是选择民事财产没收程序还是选择刑事财产没收程序呢？在很多情况下，检察官两者都会选择。有时候检察官会看一看哪个证据更加强硬一些，是民事还是刑事。[3]但是在某些情况下，检察官可能别无选择，只能选择民事财产没收程序，而无法进行刑事财产没收。比如说罪犯死了，如果罪犯死了，检察官无法对一个死者进行刑事起诉，那么刑事案子就没有了，检察官只能对他的赃钱起诉，因为检察官可以找到这些财产，检方可以用民事财产没收的方法来没收赃钱。比如说罪犯跑

---

① 最高人民检察院职务犯罪预防厅编译：《国际预防腐败犯罪法律文件选编》，法律出版社2002年版，第70页。

② 黄风：《关于追缴犯罪所得的国际司法合作问题研究》，《政治与法律》2002年第5期。

③ 杨宇冠、吴小军：《〈联合国反腐败公约〉资产追回机制与我国刑事诉讼法的完善》，《当代法学》2005年第1期。

到了其他的国家，也不知道罪犯的具体行踪，但是检察官可以追踪到他贪污的钱或者他诈骗的钱，检察官可以对这些钱进行起诉，即可以采用民事财产没收法。再比如说，有一个刑事财产没收与民事财产没收并行的案子，如果在刑事财产没收中被告被判无罪，民事财产没收还可以没收他的财产，这是为什么？原因很简单。刑事和民事是分开的两个不同的程序，在刑事财产没收中，也许作为一个刑事检察官，他没有办法在很高的标准，在刑事犯罪的beyond reasonable doubt这个标准上来证明这个人犯了罪。但是在民事财产没收案中，作为一个财产没收的检察官，可以在低一些的标准，在优先证据的这个证据上去证明这个钱是有罪的，是来源于犯罪的赃钱。①由于民事财产没收的独特性，我们不需要知道这个财产的主人是谁，只要我能追溯它非法的源头。但是要采用民事财产没收的方法，法庭一定要有对财产有控制权。原因很简单，这份非法财产是民事财产没收案中的被告。就像在刑事犯罪中，法院要对被告进行人身逮捕，首先这个被告得存在。在民事财产没收中，我们的法庭要对财产即我们的被告有控制权。综上，民事财产没收制度的优势很多，弥补了我国犯罪资产没收制度仅有刑事与行政没收法的空白，更有利于追缴赃款打击犯罪。

2. 我国反腐国际合作现状亟需建立民事财产没收制度

要想更好地开展反腐国际合作，必须熟悉并学习被请求国法律。美国是我国外逃腐败犯罪人藏匿较多的国家。当前中国只有刑事财产没收制度和行政财产没收制度，并没有民事财产没收制度。所以应建立民事没收制度，和美国法更好对接。刑事财产没收的证明标准较高，民事财产没收的证明标

---

① 卞建林、李晶：《腐败犯罪资产追回机制研究》，《国家检察官学院学报》2010年第4期。

准较低，所以构建中国民事财产没收制度，有利于对犯罪资产进行追缴，尤其是对跨境严重腐败犯罪的资产追缴。美国的刑事财产没收制度与有中国传统的刑事财产没收程序、中国的新刑诉法的特殊没收程序相类似，大前提还是正常的情况下，法律逻辑上还是被告人必须到庭，然后对他的人身和他的财产进行处罚。只有当被告人逃逸、死亡等非正常情况发生，才能在这些大前提下设置一个特殊的程序，但前提仍然是刑事被告人到庭。美国的对物起诉是，不管刑事被告人什么状态，只要政府认为要对资产进行没收，就可以单独对这个物起诉。美国民事财产没收制度先进在把物和人分离，把对人的惩罚和对物的惩罚分离，美国也有中国一样的刑事财产没收制度，即刑事被告人在时，对他的犯罪资产进行没收，人不在时，对物没收。此外，当控方因为证明这个人的犯罪证据不足，不能成功地给刑事被告人定罪的时候，如果必须把人和物一起审的话，物此时也不能被审判追究责任。如果把人和物分开，当控方证明人的证据不足的时候，他甚至可以放弃或不审，即不追究人的责任，但罪犯的资产不能逃避法律制裁。当不能或不能足以证明被告是刑事犯罪人时，检控方可以对物提起诉讼，最终能让政府把物没收掉。民事财产没收制度最大的好处是打击经济类型的犯罪，比如说贩运人口、贩毒、腐败、洗钱犯罪等。民事财产没收最主要的目的是通过把罪犯的资产全部或大部分没收掉，降低这个犯罪集团犯罪或再犯罪的能力。最高人民法院的法官曾说，审的案子判完了应没收财产，比如说判处没收某某个人财产或没收全部个人财产，有的后面附了资产清单，有的不附清单，就是能没收什么财产就以实际情况为准，实践中通常是只会没收国内现有的能查到的资产。但是严重的犯罪通常都是跨国犯罪，通常都是把资产的大部分或全部转移到境外，所以对国内资产没收仅仅是他犯罪的一部分或一小部分，罪犯并没伤筋动骨，所以打击经济犯罪还是应该引进美国这种，也是当今世界上最先进的专门追缴犯罪资产的这种制度。而且美国的Non-Convinction based Forfeiture（民事没收程序）已经被联合国公约认可而且推荐世界各国来奉行和利用这项制度，实际上也是一个国际公约认可的制度。[1]不只是美国，大多数西方国家，英美法系国家都有这项制度。我国刑事诉讼法的特殊没收程序的特殊就是针对一般情况下的特殊，一般情况是被告人到庭，法庭对他的人身和财产进行审理。基于这种一般情况下的特殊就是当被告人不到庭的情况下，对他的资产进行审理，但是它的法律逻辑前提仍然是基于一般情况下，即犯罪人必须先到案。这与美国的民事财产没收制度理论基础并不一样，美国是不以刑事被告人受不受惩罚为前提，直接把物作为被告，一般人认为物不会说话怎么申辩自己的权利？确实物不能主张自己的权利，但是设置的制度给物潜在的所有权人站出来主张权利的机会，所以程序上还是公开、平等、透明的。比如规定一个期限，三个月，法院登报政府已经起诉一架飞机，谁对这架飞机主张权利，谁站出来，政府给所有权人三个月的时间，所有权人提交证据给法庭，所有权人主张政府没收的不是犯罪的资产，所有权人有证据证明这是所有权人的，而且是所有权人合法所得的，那么所有权人和政府对峙，看谁的证据更有力。因为对物，民事上的证据标准比刑事上要低得多，民事优先证据原则，刑事排除合理怀疑原则，比如民诉证据标准是51%的话，刑诉需要99%。所以实际上，民事财产没收制度，降低了政府和检控方追缴刑事犯罪资产及搜集刑事犯罪证据的压力和难度。打击这类经济犯罪必须给控方松绑，但松的还要合逻辑、合法、合程序。

---

[1]　李本森：《破窗理论与美国的犯罪控制》，《中国社会科学》2010年第5期。

在国际公约里都明确确定了，鼓励缔约方要设立非定罪的财产没收制度来加强对跨国严重犯罪资产的追缴。这个制度发源于美国，但现在不仅仅是美国的一项制度，是通过国际公约确认了的一项国际上公认的追赃的制度。也就是说中国既然已经签署和加入了国际公约，就有义务把国际公约当中确立的制度变成国内法。这个制度源于美国，但现在被国际社会认可，变成了国际社会上一项通行的或者鼓励的一项制度，中国既然承诺履行国际公约赋予的国际义务，就应当把这个制度移植进来，通过修改法律，设置一个对物没收的制度。中国的特殊程序仍是在旧理论上的一个修正、调整和补充，不是一个崭新的基础之上产生的一个新的制度。当政府出现因缺乏证据不能指控逃犯的话，怎么办？嫌疑人不被定罪，所以对其资产也不能没收。那么政府对人和物制裁的两个目标都落空了，这个问题我国现在仍解决不了，即使新刑诉法的特殊程序也解决不了。美国的民事财产没收制度就能弥补这个漏洞，解决这个问题。还有一种情况，嫌疑人存在，但政府指控嫌疑人的证据不足以达到beyond reasonable doubt的程度，那么就无罪，进而嫌疑人的资产也合法了，也不能没收了。可见这不符合打击犯罪的要求。有时嫌疑人确实犯了罪，但政府搜集到的证据没有达到99%的标准，所以这个嫌疑人只能放他走，政府只能眼看着，一放他走，基于嫌疑人的犯罪资产的没收就都不能做了。对物独立进行审判的制度就可以避免这两种可能。有时候政府找不到嫌疑人，就可以直接对资产没收，有时候对被告人的证据不足以把他推上法庭的时候，政府也可不用刑事没收程序，而用民事没收程序，对嫌疑人可以暂时不追究责任，但是其资产必须予以收缴。当前中国应建立一个三位一体的财产没收制度。我国现在有刑事没收制度，以刑事被告人被定罪为前提，对其资产进行没收，还有海关、税务等这种行政没收制度。当违反海关出入境手续、制度，把资产查到以后，就通过行政手段进行没收。当前我国就缺纯民事的这种财产没收制度，即现在我国只有两位没收制度。因此建立三位一体财产没收制度是完善追缴犯罪资产的有力武器。

（二）我国建立民事财产没收制度的可行性

什么样的财产在民事财产没收法范围之内？民事财产没收制度可以没收罪犯的非法所得，可以没收罪犯的犯罪工具（替代财产只有在刑事犯罪中才能出现），可以没收与洗钱犯罪相关的财产。最后一项可以说是最有力的财产没收制度，如果这笔钱是卷入到洗钱罪中的和洗钱犯罪相关的财产，如果有犯罪事实可以起诉这个罪犯洗钱罪，那么一切卷入洗钱罪中的财产都会被没收。举个简单的例子，一般夫妻两人都共用一个银行账户，比如说丈夫存了很多贪污贿赂的钱，妻子把她正常的薪水也汇到这个银行账户中去。那么现在在我们看到的是什么？这个银行账户中不但有赃钱，就是丈夫不应该得到的所收贿赂的钱，还有妻子的正常收入。那么如果控方可以证明，之所以他们用这个共同账户来存放丈夫的赃钱，是因为妻子的正常收入可以掩盖赃钱的真实来源，检察官就可以起诉洗钱罪。那么整个账户都受限于民事财产没收制度。

建立我国的民事没收制度重点要对不动产的没收设置特别规定。在未向产权人发出通知并提供参加听证的机会的情况下，政府不得在法院审理之前扣押不动产。对于不动产没收案而言仅存在一种例外情况——紧急情况迫使政府必须首先扣押不动产并给产权人提供日后参加听证的机会。首先所有不动产没收必须以司法行为为原则，而且政府不得在未发出事先通知的情况下扣押任何不动产。然后，规定"不得扣押"规则的例外情况以及政府在针对不动产采取民事没收行动时必须遵循的程序。最后，说明了产权人在政府违反规定的情况下可采取的救济措施以及该法令对企业扣押行为的适用情况。所有不动产民事没收必须按照司法没收的程序进行。政府在获得没收令之前不得对不动产进行扣押。因此，相较于动产（在没收案待审期间，政府几乎总是在未向产权人发出任何事先通知的情况下扣押动产），不动产通常仍处于产权人的保管之下。产权人或占有人不应被逐出待没收的不动产。然而，为了对不动产进行检验和清查而进行未决诉讼立案并执行进占令的行为不应被视为本条规定之下的扣押行为。不得对法院签发与不动产相关的限制令的权力造成影响。因此，在未执行扣押前的情况下，政府可以申请审前限制令，或签发关于相关土地记录的未决诉讼通知，以便将政府在待没收不动产之中的没收利益告知相关方。政府同样可以依据本条规定获取法院签发的进占令，确保法警能够进入待没收不动产、为不动产内部的物品拍照、进行清查并记录不动产当时的情况，以防止任何人对待审不动产进行破坏和转移。注意"不得扣押"规定的例外情况。如果政府想要违背一般规则在审判前占有被告人的不动产，则政府必须遵循规定的程序。首先，政府必须将自身打算扣押不动产的意图告知法院。然后，如果不存在迫使政府进行单方面扣押的紧急情况，法院必须将政府的意图通知产权人并进行听证，"为产权人提供一个有意义的听证机会"。本项听证通常唯一目的是确定是否确实存在对不动产进行扣押的合理理由。如果法院发现存在合理理由，法院将针对涉案不动产签发扣押令且执法部门可以据此将该不动产的任何占有人逐出。原告无权提出中间上诉。政府可以采用的另一种做法是告知法院自身不仅打算没收待审不动产，而且希望在向不动产产权人发出任何事先通知的情况下没收不动产，因为紧急情况使得政府无法向产权人提供此类事先通知并进行听证。如果政府能够使法院确信存在此类紧急情况，法院将会签发单方面搜查令。为了让法院确信存在紧急情况，政府必须表明"程度较轻的限制性措施（例如未决诉讼、限制令或担保）不足以保护政府在防止涉案不动产被出售、破坏或继续非法占用方面的权益"。此外，在不动产被单方面扣押的情况下，法院必须立即进行扣押后听证，产权人可以在听证过程中"对不动产没收的依据提出质疑"。在没收后听证过程中，原告有权对作为签发单方面扣押令的充分理由的合理性和紧急情况是否存在提出质疑。政府制定"张贴并离开"政策，使产权人仍可占有处于民事没收行动之下的待审不动产。根据"张贴并离开"政策，政府可提出民事没收申诉、获取由法庭书记员提供的对物扣押令，将扣押令张贴在被告人不动产上并向产权人提供一份扣押令，但不得妨碍任何人的所有权或占有权。政府仅需在待没收的不动产上张贴没收通知并向业主提供一份申诉通知和一份申诉书之后即可允许业主仍然占有不动产并在不必进行听证的情况下继续进行民事没收行动。如果政府以封存的方式提交申诉信，则政府可以延迟遵循规定的时间，直至该案件被解封。各法院要为那些在未收到通知、未进行听证的情况下被扣押不动产的产权人制定救济措施。原告有权收回政府在占有被没收不动产期间产生的租金和收益，并且，通过非法扣押获取的任何证据必须被禁用，但是，没收行动本身应当继续进行。如果政府未为没收行动涉及的不动产张贴申诉通知并向产权人提供通知，则只要原告遭受任何损害，申诉案就会被驳回。同样，如果政府单方面扣押不动产但随后未能证明确实存在足以证明扣押合理（在未向产权人发出事先通知的情况下）的紧急情况，则政府必须交出其在非法扣押不动产与进行扣押后听证之间的间隔期获得的任何租金及收益。当然，如果政府扣押不动产且随后未能提出对不动产进行扣押的合理理由，则政府不具有继续占有不动产的法律依据且必须将待审不动产让与产权人。

我国民事没收制度可以立法规定民事没收的对象可以是位于外国的资产，包括已被外国主管机关扣押的资产。这类行为的执行需要外国主管机关的协助。司法人员在启动民事程序没收位于外国的资产前，需要提前至少10日书面通知司法部刑事司法协助处，说明：（1）拟没收的资产的情况；（2）资产所在的国家及具体的位置（如城市、银行、账号等）；（3）证明资产可予没收的相关事实；（4）如果司法官已就资产的情况、可否没收、没收所基于的刑事案件等与中国驻外国使团或外国执法机关进行了联系，司法官还需说明联系的情况。通知的目的是便于司法部刑事司法协助处了解资产所在的外国是否有可能协助执行中国法院的没收判决，以避免出现判决做出后无法执行的局面。如果犯罪嫌疑人被外国主管机关逮捕或起诉，司法部可以通过民事没收司法程序，向法院申请冻结犯罪嫌疑人位于中国的资产，以便予以没收。为了防止境外逃犯聘请律师参与在中国的民事没收司法程序，我国应立法规定拒绝境外逃犯参与针对其资产的民事没收司法程序。如果外国法院做出没收中国境内资产的民事判决，我国应立法规定允许中国法院协助执行此类判决。外国主管机关可向中国司法部请求协助执行，递交判决书，并说明案情和相关程序，特别是说明已按正当程序将上述诉讼通知了有关各方，以便有关各方有充分的时间提出抗辩。中国司法部审查同意后，可以代表外国政府向法院提交申请，要求执行外国法院的没收判决，也可向法院申请冻结或限制转让资产。中国法院原则上会同意执行外国法院的没收判决，并按《中国民事诉讼法》实施没收，且不会审查案件的事实问题，如所有权归属等。但是，如果中国法院认为外国法院的没收判决不符合正当程序的要求或者外国法院对案件没有管辖权等，就有可能拒绝执行外国法院的没收判决。此外，还应规定对于在中国境内的外国被盗资产，中国政府可予没收，并且外国可与中国就返还被盗财产进行谈判。

中国已加入联合国《关于禁止和防止非法进出口文化财产和非法转让其所有权的方法的公约》，成为公约的当事国。可修订《中华人民共和国文物保护法》，补充立法。对外国文化财产分为两种情况予以处理，对于从外国博物馆或公共纪念馆或类似机构窃取的文化财产，本法明文禁止进口；对于从外国非法出口的文化财产，本法授权中国与公约其他缔约国达成协议，禁止进口此种文化财产。在上述两种情况下，中国政府均有权没收从外国窃取或非法出口的文化财产。这项立法也有利于加强中国依联合国公约追缴被盗境外文物。

民事财产没收制度与刑事财产没收制度不可偏废。刑事财产没收法，有自己独有的特性，有自己的优势，这是民事财产没收法所没有的。比如说在刑事财产没收制度中，法院可以做出没收现金的判决，比如说一个诈骗犯诈骗了100万元，作为一个罪犯会很挥霍，这些钱很快就会用掉，如果检察官只追到了50万元，剩下的50万元不知道在什么地方，但是检方知道这个罪犯有昂贵的车，有很大的房子或有其他的财产，在这种情况下，检方可以用他其他的干净的财产来弥补没有追回的50万美元，而这一项是民事财产没收制度不能做到的。

第三节　日本反洗钱机制研究

一、日本洗钱现状

在经济全球化、金融自由化的国际背景下，日本经济中的洗钱行为也呈现出了新特征。首先，支付结算工具先进，洗钱隐蔽。自2006年以来，日本新支付工具（以下称NPMS）发展迅速，品种多样化且市场日益庞大。作为普惠型金融服务的一种重要形式，新支付工具在便利大众支付的同时，也积聚了洗钱风险。①NPMS产品及服务大致分为互联网支付、手机支付及预付卡三类。尤其手机支付在日本发展迅猛，在日本手机支付附带特殊芯片插槽，可直接感应消费，手机已经被视为一种支付工具。由于NPMS相关机构及其从事的业务尚无任何先例可供参考，并且在日本基本不要求预付卡机构进行客户身份识别，日本对其立法及监管实践都处于摸索阶段。此外，近年来随着日本科学技术的迅猛发展，以"比特币"为代表的虚拟货币以令人难以想象的速度向国内的各个领域渗透，并已经具有支付、流通、贮藏等货币功能。最近，日本已通过反洗钱介入正式承认了其法律地位，并开始尝试监管。"比特币"作为一种财富存储形式和交换媒介，其交易便捷、成本低廉的特点使其迅速被广大互联网用户接纳，并作为支付手段在互联网中高速扩散。但是由于匿名流通、不可追踪、不留痕迹等特性，虚拟货币又不可避免地成为滋生非法交易的温床，许多不法分子利用"比特币"等虚拟货币从事洗钱和其他非法活动，这种现象一旦成为主流，将给金融系统带来巨大的冲击，同时给监管机构带来巨大的挑战。其次，日本贸易洗钱问题严重。贸易洗钱是指通过贸易，企图将非法来源资金合法化，掩饰犯罪所得的价值转移。随着全球经济的快速增长，国际贸易成为一个越来越有吸引力的洗钱途径，犯罪组织和恐怖融资机构将资金或者价值转移以掩盖其非法来源，并将其纳入正规经济。日本经济中的贸易洗钱较传统的洗钱方式对日本经济具有更大的破坏

① 崔瑜：《国外新支付领域反洗钱经验及其启示》，《中国支付清算》2013年第8期。

性和危害性。一是威胁国家经济安全。境外黑钱以贸易形式涌入日本国内，增加了日元升值和货币供应压力，一旦洗钱得逞，贸易洗钱分子突然抽走大量资金，将给经济安全带来不安定因素。二是成为犯罪放大器。贸易洗钱超出了借助金融机构洗钱的传统范畴，资金清洗过程可不通过金融机构，这不仅具有极高的隐蔽性，还成为上游犯罪的放大器。由于贸易通常涉及两个甚至多个司法辖区，这给日本打击贸易洗钱带来更严重的挑战。区分贸易洗钱并单独进行数据统计是解决日本贸易洗钱的问题的基础，但是大部分司法管辖区不区分贸易洗钱和其他形式的洗钱。此外，贸易数据很大程度上由海关收集，他们既无法律授予的进行贸易洗钱调查的权力，也缺乏足够能力和机制利用这些数据打击贸易洗钱行为，所以单独统计贸易洗钱相关数据是制定打击日本贸易洗钱的基础和保障。获取跨司法辖区贸易数据对打击贸易洗钱至关重要。最后，自美国"9·11"事件以后，防范恐怖组织活动已成为世界各国共同面对的问题，日本也不例外，越来越多的恐怖暴力组织资金通过从账户到账户等转移手段以达到隐蔽资金来源的目的。

二、日本反洗钱监管举措

日本作为世界贸易大国，深受洗钱危害，作为FATF的成员国之一，日本积累了丰富的反洗钱经验。

（一）制定细密的反洗钱法规

日本严格按照FATF的规定立法并遵照执行。日本政府严厉打击恐怖主义融资、黑社会等地下钱庄，并制定了完善的反洗钱法律法规，尤其重点打击证券地下融资。在日本经济中证券地下融资的运作，通常的手法是融资方与证券经纪人合作，通过非公开的方式向社会招募资金，按一定杠杆比例融资，然后将资金投入股市操作并从中获得佣金收入，黑钱就是通过这种方式以配资的形式流入股市。来源于贩毒走私、地下钱庄等的黑钱通过证券地下融资的方式配资入市，经过一段时间后，再将黑钱和股市获利一并撤出股市。表面上看似普通的资金入市现象，经过与多位中间人和投资者的复杂转账，实际上已经完成了黑钱洗白的过程。在股票市场景气时，证券地下融资操作风险低、收益高，造成黑钱大量涌入证券市场，加剧投机现象，进而扰乱正常的金融秩序和金融稳定。日本政府针对这种洗钱制定了《地下钱庄金融对策法》。该法针对危害巨大的证券地下融资洗钱现象在制度上给予严格监管：一是严格限制证券公司内部不同账户间转移证券，对特批的业务需核实客户交易目的和性质是否合法；二是加强证券短期集中交易的监控力度，建立客户问询机制，对类似交易必须了解客户资产转入或转出的原因及资金的来源和性质，要求客户出具股东账户卡、身份证等相关证件，同时按照内部可疑交易报告流程进行上报。这些制度有力地打击了证券地下融资的洗钱行为。除《地下钱庄金融对策法》外，近几年，日本政府提出的反洗钱法规，主要还包括《对可疑交易的申报制度》《对有组织犯罪处罚法》《本人确认法》及《对有组织犯罪处罚法的修正》等。此外，还有《贩毒取缔法》及其修正法等一些法令法规，均体现了日本细密立法的反洗钱机制。

（二）确立风险为本的反洗钱方法

日本风险为本方法的基本原则是，对于高风险必须采取强化的防范和化解措施，对于低风险可采取简化的措施。科学评估洗钱是风险为本方法的核心前提。日本在国家层面、监管层面以及金融机构层面均开展动态持续的风险评估。鉴于洗钱风险具有主客观双重判定标准的特性，日本采用层次分析法等主客观评价相结合的方法，将风险评估分解为确定风险的构成元素和建立各元素的权重关系两项任务，逐项解决。风险为本监管原则实施的前提之一就是对不同类金融机构或同一金融机构的不同产品、服务等其他风险因素进行评估，并有针对性地采用不同的监管措施，对日益广泛的非面对面业务如网上银行、电话银行、手机银行等存在的洗钱问题同样适用。风险为本的反洗钱流程，既可以嵌入金融机构现有业务系统中，也可独立建设，通过实时审查金融机构所有客户和交易数据而实现。该体系能监测金融机构的所有客户和每一笔交易，能发现异常，能将监测资源集中在真正的洗钱风险上；具有学习功能和系统开放性，能动态优化紧跟洗钱风险变动；能充分调动金融机构的信息资源，综合客户资料和交易记录分析甄别可疑交易。反洗钱监测主要通过开展客户身份识别和尽职调查，监测客户的身份信息及其交易信息进行。监测客户身份信息，即以客户为单位归集其开户以来所有资料信息，并实施反洗钱监测分析。监测分析包括但不限于反洗钱黑名单审查、高风险国家预警、资金来源渠道、交易关系和政治背景等，并通过划分客户洗钱风险等级，根据客户洗钱风险等级确定监测频率。监测交易信息，即识别出具有潜在高风险的交易。一般通过事先设定异常交易情形监测交易信息，异常交易监测情形因金融机构产品和业务模式而不同，既依据监管规则和风险提示，也可以基于金融机构对自身风险规律的认知和判断，包括但不限于：资金快速进出、休眠账户突然启动、账户信息频繁变动、重复发生的交易、故意隐瞒账户背景、对冲交易、无真实交易背景的资金流动等。当通过反洗钱监测发现可疑身份客户或异常交易时，会提交洗钱风险报告给行为分析代理，其中紧急的风险报告会直接提交给可疑交易报告代理，以便采取应急措施。

（三）反洗钱组织机构协调配合、部门联动

日本反洗钱工作由行政主管部门、金融机构（银行、证券公司、保险公司等）、司法、公安、海关和外交等众多部门的全方位的组织机构协同完成。海关建立了适当机制以获取个人携带出入境的现金及票据信息，对符合申报标准而且个人主动申报的信息，允许联网查询。对于涉嫌洗钱的违规信息，海关及时向反洗钱行政主管部门通报，将信息录入国家反洗钱数据库。行政主管部门加强与金融机构、司法、海关、公安和外交等部门的合作，进一步明确和细化上述部门在反洗钱工作中的职责，加强这些部门与金融机构的信息交流和共享，使企业注册信息、贸易信息、税收征管信息能够被有效用于反洗钱资金监测和分析工作。对于可疑交易线索，各部门通过情报会商等方式加强合作。日本还注重反洗钱国际合作，在平等、互利的基础上依法积极开展双边或多边的反洗钱合作，通过签订双边、多边协议等方式广泛建立与境外司法行政当局或职能机构的常规合作关系，开展跨境反洗钱情报交流，推动境外避税型离岸金融中心积极配合本国司法部门的执法行动，加大对境外避税和偷逃资金的追缴力度。①

（四）金融机构对腐败洗钱中的特定风险进行评估

日本的金融机构通过对腐败洗钱中的特定风险进行评估，从而更好地防范与腐败相关的洗钱活动。

1. 政治公众人物风险。（1）从职位性质、业务关系性质和目的两方面评估政治公众人物的风险。①职务性质。有权控制或使用国有资产或资金、制定政策、负责监管许可的职位风险更大。风险程度取决于权力大小，权力

---

① 经済産業省，総務省. コンテンツ海外展開の促進に向けた施策について［R/OL］. http：//www. bunka. go. jp/bunkashingikai/seisaku/10_06/pdf/shiryo_4. pdf，2013—02.

越大，风险也越大。案例分析发现，在政府首脑层次的政治公众人物行使权力期间，金融机构难以提交相关可疑交易报告，但其仍有责任采取措施降低该政治公众人物的洗钱风险。此外，承担的职责能产生较大经济影响的公共官员风险也较高。②业务关系性质和目的。金融机构及时收集客户及其受益人信息，评估客户活动与业务关系的性质和目的是否相符。可收集的政治公众人物信息包括：租赁和出售协议、财产遗嘱继承、法庭判决、政府官员的财务信息披露、利用互联网搜索的信息以及其他可信赖的情报等。（2）关注法人和法律实体安排中的异常情况，以确保是否与政治公众人物相关。一是法人或法律实体安排过于复杂，极不合理。例如，管理及所有权结构由在国外的其他法人或法律实体控制，或对管理及所有权结构的控制权进行分析，难以找到实际控制的自然人，等等。二是信托及公司服务提供商，或特定非金融行业机构及中介介入，而这些机构或中介没有制定有效的反洗钱/反恐怖融资措施，或不受反洗钱监管，或来自监管不力的高风险国家或地区。三是在业务关系开展过程中，最终受益人表现为接受未公开第三方的指导或指令来开展业务。（3）关注政治公众人物所在行业。如果政治公众人物与资源产业相关，或与国防、医疗、大型基础设施中的政府采购活动、国有资产私有化、国际发展及其他类型的援助项目相关，则其风险更大，应特别关注。日本金融机构在评估政治公众人物风险时，参考了相关国际组织的做法及效果，如资源产业透明度，国际组织要求其成员国对资源产业开展独立审计并公开审计结果，成员企业公开其向政府支付的费用；美国和欧洲要求上市的资源行业相关公司公开向政府支出的费用；建筑行业透明度国际组织也通过公布建筑业各阶段信息提高透明度，例如，公布项目目的、规模、涉及的公司和机构等。

2. 金融机构考虑客户与腐败高风险国家或地区的联系，确定其国家或地区风险。（1）关注国际反腐败框架的实施状况。加入《联合国反腐败公约》是FATF40项建议中的要求，若《联合国反腐败公约》中相关条款得到有效执行，将是对反洗钱的有效补充。《联合国反腐败公约》已制定计划，对执行情况进行评估，并在联合国相关网站上发布评估报告，日本金融机构对此进行了参考。此外，美洲国家反腐败和泛美公约组织专家委员会、经济合作与发展组织等都致力于预防腐败，并发布相关国家情况评估报告。日本金融机构参考了这些报告内容，确定相关国家或地区的风险。（2）关注是否采取特定的反腐败措施。包括公职人员资产及财务信息披露、公开披露公共合同等。（3）关注实施国际认可的反洗钱标准状况。日本加入FATF并遵守其40项建议，其实施有利于识别、遏制腐败犯罪，冻结、追讨腐败所得。（4）关注腐败感知指数。日本金融机构关注透明国际腐败感知指数，经合组织、世界银行、FATF等众多机构均使用透明国际指数作参考。该指数衡量人们对腐败程度的认知，而非腐败犯罪本身。进行风险程度衡量时最好是把透明国际腐败感知指数与其他证据和分析结合起来。日本金融机构还参考全球治理指标，该指标对国家治理质量进行衡量，治理质量与腐败风险呈正相关性。此外，巴塞尔治理研究所开发的反洗钱风险指数，用于评估国家洗钱和恐怖融资风险也为日本金融机构所借鉴。

3. 产品、服务、交易及支付渠道的风险。案例分析发现，腐败犯罪分子会运用类似特定的产品、服务、交易及支付渠道清洗腐败所得，例如私人银行、匿名交易、非面对面的业务关系或交易、通过中介机构开展支付等。日本金融机构关注了以下业务的风险：（1）私人银行服务。因私人银行可提供腐败分子所需要的离岸业务服务等，且被关注的程度较低，对于腐败分子极具吸引力。而对于银行本身来说，私人银行业务回报率高达20%—25%，这使得管理层难以拒绝可疑客户，业务人员为了利润也容易忽略反洗钱的相关要求。（2）本机构客户与非本机构单位客户的交易。来源非法的资金可能在本机构客户和非本机构单位客户的账户间流转，实现非法目的。由于交易一方为非本机构客户，且为单位客户，金融机构识别和审查交易难度大，这类业务风险较高。由于金融机构收集对手方信息不足，相关部门调查存在困难。（3）电汇。与政治公众人物及其亲属和联系紧密人员的账户相关的电汇业务，往往风险较高，值得金融机构关注。（4）零售银行业务。由于日本金融体系规模庞大、银行类型较多以及银行产品的复杂性，腐败分子易于通过零售银行提供的一系列产品或服务来隐蔽腐败所得，特别是腐败行为涉及金额不大的情况。（5）现金。大量案例表明，腐败分子仍喜欢利用现金来清洗腐败所得。（6）代理行账户和归集账户。目前，大量支付通过代理行账户交易，交易各方通常没有直接联系，造成客户身份识别困难。使用代理行账户可能涉及重大洗钱风险，而归集账户是用来暂时归集资金的账户，有可能被利用于分散资金和混淆资金流动线索，因此日本金融机构对其予以关注。

（五）对第三方支付处理商可疑行为的规制

非银行或第三方支付处理商作为金融机构的客户，为商户和其他商业实体提供支付业务服务，起初只为商户提供交易服务，同金融机构没有直接关系。支付处理商通常使用自己在银行的存款账户处理交易，有时也以商户的名称在金融机构建立存款账户。随着互联网的发展，支付处理商现在可以为各种国内外客户提供服务，包括为传统的零售商和网络游戏企业等互联网销售商等客户提供预付旅行费等服务。近年来，日本某些犯罪活动增加表明支付处理商易受洗钱、身份盗用及诈骗等欺诈行为的利用，给支付体系带来风险。大部分支付处理商为有信誉的商户提供合法的支付交易，但接受服务的客户群体将决定商户风险程度。电话、网络销售和远程支票涉及的交易往往有较高的客户欺诈发生率或较多的潜在违法活动。日本金融机构对于提供服务的支付处理商，要求其更新反洗钱程序。对支付处理商或其所有者和经营者进行外部调查或者采取法律行动之前，金融机构需要对其进行全面的初次识别和持续尽职调查。金融机构要确定支付处理商是否获得政府执照、办理注册和获得批准事项。此外，金融机构如果认为、怀疑或有理由怀疑支付处理商进行的交易资金涉及非法活动，包括但不限于欺诈消费者，需要提交可疑行为报告。金融机构如果认为、怀疑或有理由怀疑支付处理商企图掩饰其来自非法活动的资金或企图从事的交易旨在逃避银行保密法的监管条例，或交易缺乏合法商业目的或明显的合法目的，需要提交可疑行为报告。

三、日本反洗钱监管面临的问题与挑战

日本现有的反洗钱监管取得了较好的成效，但由于洗钱行为所呈现出的新问题，日本现有的反洗钱机制还存在一些漏洞，影响和制约了工作效能的提升。具体表现在：

（一）针对NPMS反洗钱监管存在的问题

目前，日本一些监管部门对NPMS领域反洗钱工作普遍存在担忧，主要集中在3个方面：一是当前NPMS服务商众多，且有较多个人公司挤入，短期内要求这些公司履行反洗钱职责存在一定难度；二是全球NPMS反洗钱未形成统一要求，鉴于很多NPMS业务可以跨境交易，如果境外反洗钱措施缺乏，容易使其成为洗钱渠道，滋生跨国犯罪；三是目前NPMS行业新产品及新服务更新较快，而电子监控手段相对落后，监管存在滞后性。此外，国外NPMS行业

对于越来越严格的反洗钱监管同样存在担忧，认为反洗钱力度的加大可能会限制NPMS行业的发展。NPMS作为未来支付领域的发展趋势，拓宽了支付渠道，增强了行业竞争力，监管过于严格容易增加公司与顾客之间的矛盾，并可能逐渐弱化这种竞争力。①

（二）对地下钱庄的监管存在漏洞

日本地下钱庄屡禁不止，一定程度上反映出现有反洗钱工作中存在的不足，主要是对经营钱庄的不法分子进入银行体系的前期高风险环节约束不够。无论是监管部门还是商业银行，往往注重后期可疑交易活动的报告和打击，而未能强化前期对不法分子的市场禁入和交易限制，导致不法钱庄隐蔽在银行体系中不断坐大，而一旦钱庄控制的不法账户和资金活动达到一定规模，后期的监测和打击行为往往力不从心。

银行体系的高风险环节主要体现在网银交易环节。与临柜业务相比，网银这种非面对面形式的交易加大了银行对客户身份及交易背景了解的难度。银行在网上支付环节的客户身份识别不仅没能采取强化识别的措施，甚至还弱于一般柜台交易。同时，网银交易高效便捷的特点也被利用，不法分子往往一人控制多个网银账户，并在短时间快速实现多笔交易，使可疑交易的追踪难度大大提高。此外现实中发生的大量地下钱庄案反映出：（1）账户管理没有兼顾现金管理和反洗钱。法人和个人银行结算账户开户数量无限制，使得非法资金交易的链条更加复杂、难以追踪。（2）网上银行业务反洗钱制度存在缺陷。现实中发生的地下钱庄案件存在上千万资金通过网上银行在数分钟内完成转账且轻易避开了银行的反洗钱监测，暴露出目前网上银行业务风

---

① 经济产业省. コンテンツ产业の现状と今後の発展の方向性［R/OL］. http：//www. meti. go. jp/policy/mono_info_service/contents/downloadfiles/121226-1. pdf，2012-12-26.

险防控上的缺陷：网上银行准入宽松，仅凭客户身份证即可签订协议；网上银行业务客户尽职调查、重新识别客户身份、监测可疑交易难到位。这些都使网上银行成为洗钱的重要通道。（3）个别金融机构受到利益驱使有意放松对客户的监管。如存在银行工作人员迫于吸收存款的压力，不顾法律法规的约束，协助客户进行非法交易，并故意不报告重点可疑交易逃避反洗钱监管的现实案例。可见，要从根本上消除地下钱庄问题，必须从源头入手，真正抑制其生存的结算环境。具体而言，就是要引导商业银行依据反洗钱法规和反洗钱工作的基本原则，主动采取措施，在开户、网银等高风险环节限制各类非法交易。

（三）洗钱罪的法律规定漏洞

近年来，优惠的所得税率、严格的银行保密法规限制及先进的金融服务体系等诸多因素使一些出于避税目的的海外资金流入日本。涉税洗钱危害巨大，犯罪分子以正当经营所得的名义，将走私贩毒、贪污腐败、偷税漏税等违法行为产生的大量黑钱混入合法收入中，向税务机关申报，在依法纳税的外衣下，使犯罪收入合法化。纳税后，这些黑钱就变成完全意义上的正当收入了，而缴纳的税款则被犯罪分子视为洗钱成本。例如通过设立公司、饭店等作为非法资金的"中转站"，将非法所得投入公司或饭店的合法经营中，从而达到洗钱的目的，给正常经济生活造成了极大的干扰。2012年2月，FATF对2003年6月发布的"40+9"项建议作出重要修订，其中针对威胁国际金融体系的新动向增加或明确了一些新要求，并特别提出应将税务犯罪增列为洗钱上游犯罪，要求各国将税务犯罪列入洗钱上游犯罪。同时，这一新标准将作为2013年起FATF新一轮反洗钱与反恐怖融资体系互评估的依据。日本法律中目前还没有将税务犯罪列入洗钱的上游犯罪，作为FATF成员国之一，为响应FATF的建议，维护其国际金融中心的地位和声誉，切实履行反避税的国际职责，避免其金融体系成为税务犯罪分子洗钱的工具，日本还需在洗钱上游犯罪中增加税务违法犯罪的相关内容，弥补其反洗钱法律漏洞。

（四）网络洗钱监管立法不完善

网络洗钱是经济发展中的新犯罪形式，主要通过以下两种工具达到洗钱目的。（1）虚拟货币。电子货币具有准货币的属性，洗钱分子将洗钱收益购买电子货币，再利用网络将其转卖为合法收益，主要包括两种方式：利用电子货币购买网络虚拟财产，出售换回金钱；直接将电子货币用于个人消费，将电子货币转化成合法的用品。（2）智能卡。信用卡、借记卡等银行提供给客户的智能支付结算工具，已被证实同样可以成为洗钱的工具。例如当信用卡达到某个透支额度后就可能被洗钱分子利用。由智能卡所衍生出来的电子现金与电子钱包等网上支付工具，由于其数据存储优势和安全机制，具有完全匿名性和快速传递性，极易成为洗钱介质。除以上两种洗钱方式以外，网络空壳公司、网上拍卖、网上证券、网上保险、网上理财产品等，都可以被转换成洗钱工具。日本针对洗钱犯罪立法细密，但对于以上形式的网络洗钱，目前都缺乏完善的立法规定，不能进行有效监管。

（五）对武器扩散融资信息共享机制的规定不完善

恐怖融资是洗钱与大规模杀伤性武器扩散的附属物。2012年3月，FATF发布了最新的《武器扩散融资信息共享机制操作指引》，对各国如何通过建立有效的部门合作协调机制、协调反洗钱体系与反武器扩散融资体系关系、实现武器扩散融资信息有效共享，以执行联合国安理会防范大规模杀伤性武器扩散相关决议提出工作建议。反武器扩散融资目前已成为防止大规模杀伤性武器扩散的重要手段。自美国的"9·11"恐怖事件发生后，日本洗钱行为方式又增加了有关恐怖暴力组织资金等内容，随着洗钱趋势和手段的不断变化更新，打击恐怖融资是一项严峻的挑战，有效的反洗钱与反恐怖融资体系对于打击恐怖融资十分重要。日本反洗钱与反恐怖融资法律法规未全面针对金融机构存在的洗钱与恐怖融资风险因素设置义务与条款，也并没有专门针对恐怖融资的建议，即使发现洗钱风险管理漏洞也无法进行责任追究，这是需要日本政府关注的一个严重威胁。FATF新《40项建议》中建议七提出各国应根据联合国安理会的要求，冻结制裁对象的资金及其他资产，有效执行联合国安理会反武器扩散制裁决议。《指引》旨在帮助各成员国明确国内有关部门责任，建立反武器扩散融资信息共享机制，因此作为FATF成员国之一，日本有义务完善现有反洗钱、反恐怖融资机制，推动和促进本国有效实施FATF反武器扩散融资建议，旨在确保有效实施定向金融制裁，与FATF有关要求保持一致。

（六）反洗钱激励机制规定不完善

日本反洗钱法律虽然规定对违规违法金融机构予以处罚，但未见明显的激励措施。这种强制性干预和影响，固然能在短时间内起到规范金融机构反洗钱行为、强化反洗钱力度的作用。但从远期目标来看，作为监管对象的金融机构在这种忽视激励性监管的情况下，具有被动性、消极性，这种监管容易挫伤金融机构主动性。目前，日本金融机构尤其是银行业金融机构不仅投入了大量的人力、物力和时间在开发并使用反洗钱交易监测与预警系统上，按照监管机构要求建立了一套完整的反洗钱内部控制程序和措施，还在开展反洗钱业务方面投入了制度成本、雇员成本、检查成本、档案管理成本、技术投入等诸多成本。尽管近年来日本反洗钱宣传力度不断加大，社会公众对反洗钱知识有了初步的了解，但由于缺乏有效的反洗钱激励措施，银行公布的洗钱线索举报电话无人问津，社会公众主动举报洗钱线索的现象寥寥无几，难以形成反洗钱工作的社会合力。

四、日本反洗钱监管的前景及对中国的启示

（一）日本反洗钱监管的前景

1. 控制运用新支付工具洗钱风险

首先，反洗钱措施需贯穿NPMS产品及服务全环节。NPMS产品从开发到推广使用，涉及多个环节，且各环节之间存在较强的关联度，因此需综合考量，形成整体的风险防控体系。一是在产品及服务开发环节，要求产品经理或工程师充分考虑产品及服务的用途、范围、对象以及将来的可拓展空间（如是否要增加提现功能），合理评估可能存在的风险及制定相应的风险防范措施。一般而言，产品功能越强大，风险往往越高。二是在交易环节，建立并完善相关系统，设定风险指标并根据风险高低进行监控，重点关注交易地点（是否与购买地点一致）、交易频率、交易规模、交易相异性、峰值行为、赎回等方面。相比客户身份识别，交易监控被认为是降低洗钱风险最易实施且较为有效的方法。三是在充值环节（特指预付卡），重点关注现金充值风险，并给予适当控制。四是限定NPMS交易的使用范围。五是进行地域限制，尽量少发行跨国、跨地区的预付卡。其次，客户身份识别要求与产品功能及风险状况挂钩。NPMS产品及服务属于非面对面交易，客户身份识别目前在各国均属难题。在一些发达国家，NPMS客户身份识别程度常与产品功能及风险相挂钩。对于功能复杂、风险较大的交易行为，特别是对交易达到一定限额以上的行为，将采取更为全面的客户身份识别措施。比如，要求客户线下提供相应身份材料，要求NPMS账户与银行账户挂钩，使用银行的客户身份

识别成果，采取支付实名制管理等。①

2. 加强地下钱庄监管

要从根本上消除地下钱庄，必须从源头入手，尤其在网银等高风险环节限制各类非法交易。在网银交易的管理上，许多银行采取了对可疑交易的监控措施。如通过"网银交易预警系统"定期、不定期地对企业提交的交易进行监控，监控部门将可疑、大额的网银交易指令进行核查，核查为可疑的，采取暂停办理支付结算等控制措施，抑制可疑交易的进一步发生，并及时通知客户，重新进行客户身份识别。此外，要加强网上银行业务管理。首先，了解实际控制人。客户申请开通网上银行转账功能且需绑定身份认证介质的，银行除要求客户本人凭有效身份证明文件临柜办理外，还应积极采取措施，在技术可行的条件下，可采取绑定手机号码、监控办理业务的IP地址等手段，以便了解是否存在一人控制多个网上银行账户、相同IP地址使用多个网上银行账户等情形，供日后分析可疑交易之用。其次，设定交易限额。银行可结合自身系统条件，逐步设定客户尤其是高风险客户的网上银行交易限额。为便于操作，也可采取由客户提出额度预申请，银行进行审批的方式。交易限额的设定或审批应结合客户身份识别工作成果，而非简单按照客户账户性质（如是否为VIP客户等）、客户所采用的网上银行身份认证介质种类等来确定。对于自然人客户，可根据客户风险级别进行设定或审批；对于企业客户，可综合企业规模、经营范围、注册资本、资信条件等因素进行设定或审批。为企业开通网上银行功能的，要根据其用途严格管理。最后，对网上银行异常交易采取限制措施。银行应逐步建立网上银行交易监测、预警机

---

① 反洗钱工作部际联席会议办公室：《反洗钱工作简报》2012年第3期。

制，对监测发现的网上银行异常交易，可视情形采取必要的人工干预措施，如对客户开展重新识别、要求客户现场办理、交易落地处理、向客户电话确认等。对认定为可疑交易的，银行可采取调低网上银行交易额度、关停账户网上银行交易功能。

3. 打击金融机构税务犯罪洗钱

为确保对税务犯罪洗钱行为的全面监控和打击，日本金融管理部门将会从以下方面着手：第一，严格内控管理。所有金融机构必须严格执行关于客户调查、交易过程监测及可疑报告等各项措施要求，以防止税务犯罪所得被用于洗钱。同时，制定和完善内部管理措施并上报高级管理层批准，有效地发现和制止犯罪分子将恶意或欺诈性逃税所得通过金融体系进行清洗。第二，强化风险评估。除确保内部职员不存在故意协助或教唆客户实施税务犯罪行为外，金融机构还应对日常运营中潜在的与税收相关的洗钱风险进行不间断的评估。一是在现有的尽职调查措施基础上，加大新入客户及交易的审查力度，了解和评估客户税务犯罪风险，如通过从其他渠道获取信息或对客户提供的信息进行核实，设定与税务犯罪相关的风险预警指标并通过评估以发现和识别高风险客户；二是对所有现存账户内资金的税收合法性进行严格审查以发现和识别高风险账户；三是对恶意或欺诈性逃税风险较高的客户进行更为深入的尽职调查。第三，完善应对措施。一是根据客户风险程度高低采取相应的分级审批制度；二是建立业务全程监测体系以及时发现客户潜在的税务犯罪洗钱风险并对高风险账户采取相应控制措施；三是对有充分理由怀疑账户资金来源于税务犯罪收益时及时提交可疑交易报告；四是妥善留存客户资金税收合法性评估记录，如账户开户、冻结或其他操作所凭资料文件；五是确保所有业务人员能够严格遵守相关内控制度并通过培训使其熟悉新政策的相关要求。

4. 对网络洗钱制定有效的应对策略

第一，立法规范行业秩序，将虚拟货币市场充分纳入反洗钱监管范围。日本立法及相关部门应尽快制定详细的虚拟货币监管法规，明确对虚拟货币的监管内容、对象和交易行为，要求网络开发商和运营商根据反洗钱工作实际情况履行客户身份识别、交易记录保存和可疑交易报告等义务，确保隐形金融市场和有形金融市场的正常金融秩序。第二，关注利用虚拟货币洗钱行为，明确银行在虚拟货币领域的反洗钱监管职责，切实加强对虚拟货币及交易的监管，全面落实大宗或可以虚拟交易报告制度，并强化与行政主管部门、金融机构（银行、证券公司、保险公司）、司法、公安、海关、外交等部门的合作。通过打击网络虚拟交易中洗钱犯罪，促进金融经济和谐发展。第三，加强和完善网络支付体系建设，遏制洗钱犯罪。一是完善电子支付和虚拟货币系统统计和信息披露、信息报告与信息安全审核制度，在运行环境上遏制洗钱犯罪。二是要实行网上银行大额交易上报银行制度，及时了解虚拟货币的流动情况。三是网络开发商和运营商要研发网上银行交易反洗钱业务监控系统和建立电子银行业务支付交易自动报告系统，引导第三方中介网络公司建立反洗钱机制，加强对网络用户实名制认证管理，定期向银行报送可疑数据。

5. 构建反恐怖融资信息共享机制

日本作为FATF成员国之一，应借鉴其他成员国先进经验，完善对于反恐怖融资机制的建构，更好地打击洗钱。第一，完善反洗钱与反恐怖法规。一方面针对金融机构内控制度、工作机制、系统功能等可能存在洗钱、恐怖融资风险的因素制定相应的义务条款和责任条款，根据洗钱、恐怖融资风险的高低设定不同强度的义务和责任，以防范基础性、系统性洗钱与恐怖融资风险。另一方面明确规定金融机构对收集的客户身份信息的真实有效性负责，确保有效支撑金融机构洗钱与恐怖融资风险评估工作。将恐怖融资刑罚化，对恐怖主义与恐怖融资相关的定向金融制裁立法，防止滥用非盈利性组织的相关措施。第二，加强金融机构风险评估基础性工作。包括客户信息在内的数据信息的完整性、真实性是确保对客户洗钱与恐怖融资风险评估有效性的保障。通过完善立法，强化金融机构客户身份识别义务，完善客户身份信息和交易信息系统功能建设，积极推进各金融机构采取以客户为单位的管理模式，实现客户信息共享与高效评估的目标。金融机构应对同类产品（服务）以及全局性的洗钱与恐怖融资风险因素进行评估，定期通报，减少分散评估、重复评估工作。第三，推动日本国内各相关部门反洗钱与反恐怖融资信息的共享与交流。主要有以下机构应参与信息交流，即能提供相关反洗钱与反恐怖融资信息并能从此类信息中受益的部门。一是出口管制机构、海关、出入境管理机构。出口管制机构是涉嫌恐怖融资的货物、服务及参与者信息的重要来源。海关和出入境管理机构利用出口管制机构信息审核出口、出境是否符合法律规定，收集相关数据。其他职能部门则可利用海关和出入境管理机构信息了解恐怖融资风险。同时，出口管制机构也需要金融信息识别非法交易和交易最终对象。二是金融情报中心。充分意识到可疑交易报告历史的价值，执法机构可利用金融情报中心的可疑交易报告，发现之前未曾掌握的与洗钱与恐怖融资相关的个人和经济实体。日本应要求金融机构报告涉嫌洗钱与恐怖融资的交易，使金融情报中心在防范武器扩散融资方面发挥更直接作用。[①]

---

① 韩冰：《反洗钱国际组织：FATF》，《国际纵横》2007年第12期。

6. 完善反洗钱激励机制

反洗钱激励与约束并重原则是一个重要的国际经验。国际反洗钱领域有两大著名的反洗钱纲领性文件：FATF规定和《联合国打击跨国有组织犯罪公约》，其中均有专门条款涉及反洗钱激励机制。日本作为FATF成员国应建立以下机制。日本作为FATF成员国应设立资产罚没基金，用于执法、文教卫生或其他相应用途。将基金用于金融机构反洗钱宣传、培训、奖励、技术支持，有利于反洗钱机制的完善。对主动提供洗钱情报和线索或对破获洗钱案件有重大功劳的机构和个人依贡献大小进行物质奖励。此外，随着金融机构职务风险防范意识的不断提高，想保证反洗钱工作效果，就必须建立反洗钱培训长效机制，强化对新上岗的反洗钱人员的培训，以培训作为对金融机构的成本补贴。将最新的反洗钱知识精准地传导到金融机构，形成良性的传导和反馈机制，为和谐金融生态环境奠定坚实基础。反洗钱激励机制的建立对有效地制止洗钱行为、降低反洗钱成本、增强反洗钱工作效率具有重要意义。

（二）对中国反洗钱的启示

1. 加强对新支付方式的监管

首先，扶持引导为主，有效平衡反洗钱监管与机构发展之间的关系。目前，我国支付机构整体利润偏薄，但监管相对严格，在入门资质、功能拓展、使用范围等方面都有着较为严格的限制。与一些发达国家相比，我国新支付工具快捷、灵活、个性化等特点暂未得到充分体现。就反洗钱监管而言，一是建议以扶持引导为主，在风险可控的前提下，根据涉及领域的不同，出台适合国情的支付行业反洗钱工作指引；二是统一行业要求，避免个别支付机构因履行反洗钱义务而牺牲大量机会成本及服务竞争力；三是抓大放小，合理区分行业或产品风险高低，重点关注风险较高的客户及业务，并允许支付机构在风险较小的领域采用简化反洗钱措施。

其次，加强培训指导，切实提高支付机构反洗钱工作水平。当前我国支付机构仍处于"重拿牌、轻管理"的阶段，不少机构反洗钱措施的制定主要是为了应付审核阶段的反洗钱监管要求，相关细则较不完善，人员配备也与业务规模不相匹配。在近两年NPMS高速发展的形势下，相关产品及服务层出不穷，洗钱风险也随之显现。对此，监管部门应加大相关培训力度，通过现场及非现场监管手段提高其反洗钱意识，同时支付机构应加强人员配备及知识储备，完善反洗钱内控制度，并结合自身业务风险及产品特点，有针对性地出台有效的反洗钱措施，并且需审慎选择合作机构，明确双方反洗钱职责，承担起反洗钱培训及督导职责，确保反洗钱链条完整。

2. 加强反洗钱、反恐怖融资措施

进一步完善反洗钱风险划分指引。人民银行总行协同相关部门积极开展国内洗钱领域和类型研究，进一步完善《金融机构洗钱和恐怖融资风险评估及客户分类管理指引》（〔2013〕2号）下发各机构，要求其按照指引完善风险等级划分标准和风险等级管理方法，统一风险标准内管理风险，不同机构的风险划分既有共性也存有差异，但必须高于标准。建议人民银行总行牵头组织专家学者成立风险评估小组，商讨风险等级指引的可行性、适用性，对风险等级指引进行调整，对新情况、新问题进行通报和沟通，对各机构执行标准情况进行巡查、指导和风险提示。允许各机构结合自身特点开展风险分类工作，评估组不限于央行或联席会议成员单位人员，可以是金融机构和特定非金融机构行业人员。实施监管与风险巡查不冲突，风险巡查保证各机构制定科学统一的风险标准，监管保证各机构合规措施的执行。

3. 加强打击网络洗钱行为

首先，将虚拟货币纳入反洗钱法令的管辖范围。由于虚拟货币越来越多地被非法活动所利用，日本政府已经将以"比特币"为首的虚拟网络货币纳入了反洗钱法令的管辖范围，意味着"比特币"的交易商将受到监管部门的密切关注，对于金额超过法令规定额度的交易都必须进行记录和报告。我国应该借鉴日本经验，尽快将虚拟货币纳入反洗钱监管范围，建立反洗钱管理制度，以符合新形势下的工作要求。建立针对虚拟货币交易的反洗钱监管机制，可借鉴参考日本对网络虚拟货币的反洗钱监管方式，密切跟踪虚拟货币在中国的发展交易情况，时刻保持对虚拟货币交易的跟踪。建立网络虚拟货币使用、流通的监管体系，试点推行网络实名制，完善网络追踪系统，加强对网络虚拟货币流向的监控。

第四节　新加坡《国家洗钱风险评估报告》对破解我国跨境反洗钱难题的启示

当前我国反洗钱法律制度建设不断完善，中国人民银行等十部门发布《促进互联网金融健康发展的指导意见》，反洗钱调查成果显著，在防范和打击洗钱犯罪、维护国家政治经济安全方面发挥了重要作用。在取得成绩的同时，也要清醒看到当前国际国内洗钱和恐怖融资活动的规模、形式正在发生明显变化，我国的反洗钱和反恐怖融资工作面临巨大挑战。在经济全球化、科技现代化特别是网络技术日益普及的背景下，中国政府该如何更好贯彻国际合作理念，尤其借鉴新加坡《国家洗钱风险评估报告》的反洗钱先进经验，应对洗钱犯罪呈现出的新问题，接受国际公约带来的机遇与挑战，趋利避害，制定有效的国家间反洗钱合作战略，成为急需研究的问题。

一、当前我国跨境洗钱方式的新特点

随着金融服务业的全球化，凭借高科技手段，我国当前跨境洗钱活动变得越来越复杂。过去的跨境洗钱，主要采用的手段是利用各国间的"空间差"，在两国之间进行洗黑钱。在一个地区获得收益后，采用转移资产的方式在另一个地区使用。由于各国法律制度的区别，在一国是危险的"黑钱"，在另一国往往变成了可任意挥霍的合法财产。对于现在来说，日益自由化的金融管理、时刻都在变动的国际资金流动、离岸金融市场的发展、电子网络技术的不断发展，这些变化都为洗黑钱的活动提供更加便捷的方式。利用这些方式，从而使跨境洗钱向更为专业化、复杂化、多样化的方向发展。目前我国跨境洗钱大约呈现出以下的新情况：

（一）离岸金融市场成为洗钱的天堂

随着离岸金融市场的发展，一些不法分子选择较为安全的地方进行黑钱转移，比如巴拿马、瑞士等，有的人选择一些岛国，它们都存在着较好的隐蔽性，能够帮助黑钱的转移。在一些国家，它们没有限制税收，并且保密行为要求较为严格，法律法规成熟完善，并且在监督方面，也不算严格，这都为洗黑钱行为提供了便利。在这些地方能够建立空壳公司，对空壳公司的账号进行运作，通过转账和项目业务等方式进行洗钱活动。基于此种条件，洗钱行为不但得不到控制，反而有发展的趋势。通过建立匿名公司，对一些公司行为进行运作，使其不法行为不易察觉，从而获得不法收益。在只有3万多人口的开曼群岛，有五百多家银行代表机构，国际上的大银行几乎都在此岛上开展业务。这些银行管理的存款有5000亿美元之多，欧元大约占7%，美元交易在这里进行。据一次调查显示，在反洗钱法实行这些年，犯罪活动有400多起。在2015年打击利用离岸公司和地下钱庄转移赃款专项行动中，中国人民银行芜湖市中心支行移交的一起涉嫌地下钱庄案件线索被芜湖市公安部门成功破获。①

（二）通过证券和保险市场的交易制度进行洗钱

从证券市场国际性、流动性角度来说，巨额交易可以在世界各地迅速相互独立地完成。有些国家利用股价的浮动迅速而无常的特点，通过让经纪人或代理人管理客户的账户，从而使证券市场成为一个新的安全的洗钱地方。首先，要以委托人的名义开通一个账户，在这个账户里面存进一笔钱，是地产买卖的收入，通过较多的买卖活动，再根据证券价格的涨落，拟一份假的交易合同，这样，客户就会获得"收益"。就保险业来讲，洗钱者通过高价购买保险，然后低价赎回，中间的差价就是其所得收益。尽管从财产保险公司整体业务性质来看，财产保险公司的洗钱风险相对寿险公司小，但常见利用包括艺术品、影视作品等财产保险条款，虚构保险标的进行理赔诈骗的洗钱案件也很常见。②

（三）利用资金密集型行业将犯罪收益清洗为合法收益

犯罪得来的收益可以作为保证金，将其存入银行，在与另一个国家进行虚拟交易时支付，通过与相关人进行伪造凭证，就可以在另一个国家进行兑现。将非法收入看作生意的利润，通过如购置别墅、飞机、股票、债券等方式，变成大额的动产或不动产，最后再将其转卖来换取货币现金，存入本国

---

① 数据来自2016年中国人民银行内部资料。

② 李文敏：《反洗钱的国际合作机制及其对中国的启示》，《山东行政学院学报》2005年第2期。

或外国银行。这也是当前我国跨境洗钱新的模式。

二、新加坡国家洗钱风险评估机制的内容和特点

2014年1月，新加坡发布其首份《国家洗钱风险评估报告》。该报告是依据金融特别行动工作组（FATF）《打击洗钱、恐怖融资与扩散融资的国际标准：FATF建议》的要求，参照FATF发布的《国家洗钱和恐怖融资风险评估指引》，历时两年完成。

（一）新加坡国家洗钱风险评估主要内容

新加坡《国家洗钱风险评估报告》从经济和地理环境、法律司法及制度框架、主要犯罪类型、金融部门风险评估、非金融部门风险评估角度分为五部分，内容包括识别和评估新加坡洗钱/恐怖融资风险，以及采取的强化控制措施，为其进一步完善反洗钱/反恐怖融资的相关制度以及优化资源分配提供重要依据。

1. 经济、地理和政治环境

得天独厚的战略地理位置使新加坡发展为国际交通枢纽、国际商业金融中心和旅游胜地，其开放的经济和金融体系不可避免地面临区域和国际性洗钱/恐怖融资风险。新加坡构建并严格执行反洗钱/反恐怖融资法律体系，在反洗钱/反恐怖融资战略委员会协调下，政府各部门间建立了有效的跨部门合作机制。贪污调查局下设金融调查部门，重点调查包括腐败、贩毒等有关洗钱行为，对腐败案件的起诉定罪率一直保持在95%以上，各行业监管部门也充分、有效地配置了反洗钱/反恐怖融资资源，保证监管制度执行到位。

2. 法律、司法及制度框架

（1）严格的反洗钱/反恐怖融资法律法规。《贪污、毒品交易和其他严

重犯罪（没收犯罪收益）法》和《打击恐怖融资法》是新加坡反洗钱/反恐怖融资基本法律，规定424种严重犯罪为洗钱上游犯罪，涵盖FATF指定的21个犯罪类别，明确了可疑交易报告法定义务。行业监管部门也分别制定了本行业反洗钱/反恐怖融资规定。立法和监管部门适时修订法律框架和执法标准，以应对不断演变的洗钱/恐怖融资威胁，并满足国际标准新要求，如2013年7月，根据FATF新《40项建议》将税收洗钱定义为严重犯罪。（2）反洗钱/反恐怖融资组织架构分工明确。反洗钱/反恐怖融资战略委员会和内政部负责反洗钱立法及宏观政策制定；金融管理局等行业监管部门负责本行业机构的反洗钱监管；金融调查组、贪污调查局和中央禁毒署等执法机构负责调查、打击洗钱及其上游犯罪；总检察署负责立法的起草和修改，起诉洗钱/恐怖融资犯罪，处理刑事司法互助事项和引渡的请求。（3）密切国际国内反洗钱/反恐怖融资协调和合作。新加坡商业事务局金融调查组是调查洗钱/恐怖融资的牵头机构，下设可疑交易报告办公室，主要职责包括接收和分析可疑交易报告、为侦查洗钱/恐怖融资及其他犯罪活动提供金融情报信息，与国内外各执法和情报机构保持密切合作，并与国外签署谅解备忘录，交换金融情报信息。商业事务局与其他执法机构开展反洗钱/反恐怖融资联合调查、定期举行会议，共享情报信息，进行政策协调，并组成跨部门联合代表团参加FATF和APG会议。

3. 主要犯罪类型

报告从国际、国内两个角度，分析各种上游犯罪所导致的洗钱/恐怖融资风险，及新加坡应对洗钱/恐怖融资威胁的主要措施。总体而言，由于执法严格，新加坡国内犯罪率及其引发的洗钱活动相对较低，主要威胁来源于国外上游犯罪导致的洗钱活动。新加坡国内洗钱的首要威胁为无照放贷、诈骗和背信犯罪等上游犯罪。近年诈骗及相关犯罪呈上升趋势，虽然单笔涉案金额不大，但由于发案率高，诈骗犯罪的金额在所有上游犯罪中金额最高。其中，电话诈骗常依赖第三方银行账户洗钱，其他诈骗犯罪通常都是自洗钱。新加坡国外洗钱威胁主要源于诈骗和贪污，2007—2011年，外源性上游犯罪引发的洗钱犯罪，占洗钱犯罪总额的34%，涉案金额高达2.65亿美元。洗钱渠道主要包括银行、汇款机构、空壳公司和货币走私。新加坡坚定的反恐措施降低了其恐怖主义融资风险，自从2002年伊斯兰祈祷团恐怖主义网络被铲除后，未发现涉恐资金进入新加坡，或有国内资金资助恐怖活动。新加坡应对洗钱/恐怖融资威胁的主要措施：一是在重点领域部署充分的执法资源；二是规范商业事务局内部操作标准和流程，加强对洗钱犯罪的早期侦测、追踪和报告；三是加强与国外执法机构和金融情报机构间合作；四是与行业协会合作，对主要犯罪类型及其相应犯罪预警指标开展宣传和培训，提升各机构识别、报告可疑交易的能力和公众反洗钱/反恐怖融资认知。

4. 金融部门风险评估

金融部门风险评估包括14类金融机构的洗钱/恐怖融资风险状况及下一步监管计划。其中银行业、现金密集型货币兑换商和汇款代理机构、基于互联网的储值工具有较高的洗钱/恐怖融资风险。（1）银行业。银行机构一向是洗钱者的首选目标，特别是全能银行业，因规模大、高风险客户多、业务复杂及跨境交易活跃，存在较高的洗钱/恐怖融资风险。金融管理局对此出台了行业监管要求及指引、分配大量监管资源并定期开展检查等措施，但贸易融资的代理银行业务等方面仍存在洗钱/恐怖融资风控短板。金融管理局在2014年开展了一系列检查，进一步研究行业当中的薄弱环节，提出新的风控指引。（2）货币兑换商和汇款代理商。该类机构因一次性现金交易占比高、与国外客户交易频繁、可疑交易分析难度大及非正规海外网络渠道的使用，面临较高的洗钱/恐怖融资风险。金融管理局通过发布监管通知及指引、加强执照申领管理、开展现场检查等强化风险控制，并将加大监管和执法力度。（3）预付卡机构。互联网跨境支付的非面对面性、用户和交易的匿名性，是该类洗钱/恐怖融资风险所在。金融管理局对此发布监管通知及指引，制定风控措施，推广业内最佳实践，并规定储值限额以控制风险。（4）非金融部门风险评估。非金融部门风险评估涵盖了8类特定非金融行业和职业的洗钱/恐怖融资风险状况及下一步风险控制措施。博彩业、典当业、公司服务提供商等行业和职业存在较高的洗钱风险，行业监管部门已着力于强化法律和监管架构以管控风险。此外，针对虚拟货币、贵金属、自贸区等洗钱风险持续增长的监管盲区，新加坡监管部门还将进一步研究相关防范措施。①

（二）新加坡国家洗钱风险评估主要特点

1. 建立工作机制领导协调评估工作

新加坡成立了由反洗钱/反恐怖融资战略委员会牵头、15个政府部门参与的国家洗钱风险评估工作机制。反洗钱/反恐怖融资战略委员会负责组织、协调及确定评估报告整体框架；各政府部门除负责其监管行业领域评估工作外，还根据评估需要，与其他政府部门广泛交流信息和数据，共同完成对洗钱的种类、规模及相关犯罪趋势以及反洗钱系统缺陷、制度有效性等方面的整体性评估。

2. 广泛采集评估信息资源

风险评估的有效程度很大程度上取决于可掌握和利用的信息资源。新加

---

① 张艳玲：《金融业反洗钱问题研究》，《国际金融研究》2002年第11期。

坡国家洗钱风险评估所用信息资源来源广泛，覆盖了公共和私营部门的利益相关者和代表，并采取了多种定性和定量分析评估方式，以确保评估的一致性和准确性。（1）可疑交易报告办公室的可疑交易报告等信息。商业事务局下设的可疑交易报告办公室可以获得和利用包括警察厅、犯罪记录办公室、国家记录办公室、中央禁毒署、贪污调查局、移民局等机构掌握的信息，为洗钱风险评估提供良好的基础数据。（2）调查问卷。作为评估过程的一部分，反洗钱/反恐怖融资战略委员会向各部门发送行业调查问卷，以收集更多的信息和统计数据。（3）专家经验判断和结果验证。对于无法采集到的相关信息及数据，既依赖各部门专家的判断和国际经验，同时也向私营部门反洗钱/反恐怖融资人员和专家咨询意见。

3. 全面评估"外部威胁"和"内部漏洞"

新加坡《国家洗钱风险评估报告》对其因经济、地理环境面临的外部洗钱/恐怖融资威胁，即主要犯罪类型、规模、趋势和资金来源，以及各种上游犯罪的洗钱手法、洗钱的经济规模及其影响进行了详细评估。同时，新加坡《国家洗钱风险评估报告》对其内部漏洞，即反洗钱系统的缺陷、制度及其有效性进行了审视评估，包括应对外部威胁的法律、司法及制度框架及其有效性，金融行业及非金融行业产品/服务、客户、支付和交易渠道存在的洗钱/恐怖融资风险点，行业监管部门反洗钱/反恐怖融资控制措施及其执行情况，并提出了相应领域内的下一步行动计划。评估报告指出了部分尚未实施反洗钱/反恐怖融资措施，和洗钱/恐怖融资风险在持续增长的新领域（如虚拟货币、贵金属和自贸区等），表示将进一步研究了解有关洗钱/恐怖融资类型，由此确定是否需要采取相关缓释风险的控制措施。

三、当前我国跨境反洗钱机制存在的缺陷

（一）反洗钱法律体系不完善

首先，为了管控洗钱犯罪活动，我国对保险中介机构的监管采取间接管控方式，与此同时，相关政策也做出了调整。相关的反洗钱法律法规指出，在第三方进行客户身份认定时，金融机构应该要求该客户满足法律要求。如果第三方没有进行这一环节，或者忽略了这一措施，对于客户身份没有进行辨别，产生的相关问题需要金融机构自身承担。也就是在本质上，金融机构将第三方推荐业务的客户身份辨别反洗钱审核及法律责任归咎于保险公司，其与中介业务签署一个代理协议，目的是让洗钱行为得到控制，降低其中的风险。反洗钱的这一义务并不是保险中介机构的义务。再者，可疑交易报告中含有法律盲区。

在《金融机构大额交易和可疑交易报告管理办法》条款中，第十三条要求保险公司呈交17种类型的可疑交易，要求部分较为可疑的行为，并且对客户要了解，这已经成为重要的基础，中介机构提供销售服务，它能够与客户直接接触。这样的话，在发现类似可疑交易行为方面，中介机构呈现出天然优势。在销售保险产品时，资金发生了流动，保险公司在这一方面受到了限制，不了解资金的整个走向，对于其中不法的行为不易察觉。还需要指出的是，如果中介机构发现可以交易时，要对其进行信息和责任的划分，但是在这两个方面都存在着问题，这样就使得洗钱活动有了可乘之机，对代理协议的反洗钱约束力明显下降。

反洗钱法规将第三方引荐业务的不合规责任归咎于保险公司，代理协议的反洗钱约束力的不足，使得保险公司无法依靠代理协议明确双方反洗钱职

责。其主要原因有以下两点。一是代理协议中反洗钱责任划分不明确。一些保险公司还没有完全地意识到洗钱风险的危害，对于其存在不够重视，在反洗钱上面，没有能够进行相关的约束和要求，在这一情况下，就提供代理协议，这就给洗钱提供了便利，没有能够积极有效地对洗钱活动进行控制。二是代理协议反洗钱条款执行不足。我国保险市场竞争日益激烈，社会关系也越来越复杂。由于自身利益的关系，保险和中介公司往往都会受到驱使。通过这种机会让自己在市场上所占份额逐步提高，其具有的依赖性很强，同时缺乏监管和治理，容易诱发各种短期不良行为和逆向选择。

（二）银行业金融机构客户身份识别存在问题

银行业金融机构客户身份识别存在客户风险等级划分、代理关系识别、实际受益人的认定难、网银等非面对面业务识别难等问题。部分银行业金融机构工作人员对客户风险等级划分工作的重要性认识不足，认为由系统统一划分或由人民银行统一开发系统划分即可。部分银行的客户风险等级划分工作由系统根据职业、行业属性等特征进行统一划分，使得低风险的客户增多，不存在高风险客户，动态的调整也未能进行，说明该项工作未得到有效的开展与落实。代理关系识别中，未能有效识别代理人的身份信息，实际受益人的认定流于形式，网银等非面对面业务因难以发现其交易目的和实际控制人信息，识别难致使一些银行不去识别等问题也较为突出。此外，随着沿边金融综合改革的深化发展，中国与缅甸等东南亚国家之间的贸易往来日益增多，金融服务也逐渐多样化和国际化。如何规范缅甸边民在我国边境银行开立的人民币银行结算账户，如何有效开展边境反洗钱工作已经成为金融机构不可忽视的问题。例如，当前缅甸颁发的个人身份证防伪技术落后，没有任何防伪标识，加上纸质证件磨损严重且无法对缅甸个人身份证采取联网核查，经办人员仅凭经验审核证件要素。客户证件信息的有效识别，是反洗钱工作的基本保障，如果无法判别证件的真伪，无疑会给银行业金融机构反洗钱工作的有效开展带来一定的难度。当前我国外事或公安等国内有资质翻译部门对缅文证件姓名的中文翻译无规范统一的标准，只能结合缅语发音或缅甸边民个人口述译音翻译，因此常常会出现同一或不同部门有不同翻译、同人有不同翻译、不同人有同一翻译等情况。银行业金融机构之间缺乏信息共享平台，不同银行之间同一客户信息不能共享，加上银行间同业竞争，使各银行不愿将客户信息公开，不仅加大了银行的工作量，也让不法分子钻了空子。①

（三）MIPS反洗钱规制存在空白

2014年1月29日，沃尔夫斯堡集团发布了《关于移动和互联网支付服务（简称MIPS）的指引》，该指引就如何减轻MIPS洗钱风险进行了分析，同时也是对沃尔夫斯堡集团《信用卡/签账卡发卡和商户收单活动、预付卡/储值卡指引》的补充。随着新型支付方式的持续发展和广泛应用，市场和金融机构日益需要由纸币支付方式向移动和互联网支付方式转变。同时，MIPS是支持金融拓展、扩大市场份额的强有力工具。非传统支付方式的不断发展增加了监管者和金融机构评估相应风险、应用操作流程及反洗钱责任追究等工作的复杂性，尤其在交易涉及一个或多个司法管辖区域，且包含多种服务提供商的情况下。同时，MIPS与银行传统支付方式和信用卡或储值卡相比有更广泛的服务提供商（其中包括非银行服务机构），这些供应商之间对该服务的分工细化增加了额外和潜在的风险。我国目前对防范MIPS洗钱风险规制相关法律并不完善。

---

① 张永红：《金融机构反洗钱风险评估制度化研究》，《武汉金融》2015年第12期。

（四）跨境洗钱/恐怖融资风险防范机制不完善

随着第三方支付平台的发展，支付结算方式的变革给资金查控工作带来新的障碍。相比传统的金融机构，第三方支付平台采用在线支付，电子信息传输的方式加快了资金的周转速度。目前，国内部分第三方支付平台已经开通了跨境支付功能。在跨境支付业务中，犯罪嫌疑人只要能通过第三方支付平台找到足够的境内外资金需求，便可通过境内外轧差资金余额，为跨境资金的违法转移提供便利。第三方支付业务是两次割裂交易的发起人，可以人为改变资金流向，从境内汇出的人民币资金，甚至可以从境外支付到目标账户。犯罪嫌疑人利用第三方支付的便捷优势，可以在短时间内实现资金账户的大额赃款快速分解、层层转账、套取现金。目前资金查控的时间远远超过了其犯罪实施的时间，待公安部门介入侦查，对涉案账户进行查询、冻结时，资金早已被分散转移，转账涉及账户更是多达上百上千个，且属于不同地区、不同银行，给冻结账户工作带来巨大困难。

2006年11月FATF对我国开展了反洗钱和反恐怖融资互评估工作，评估结果显示，《40项建议》中我国完全合规的共8项，大部分合规的12项，部分合规的13项，不合规的7项；9项特别建议中完全合规的0项，大部分合规的4项，部分合规的3项，不合规的2项。首次评估中影响合规性的因素主要包括以下几个方面：一是对特定非金融行业或职业（DNFBP）的反洗钱监管空缺，该领域的客户身份识别、客户资料保存、可疑交易报告等义务履职均为短板；二是风险预防措施存在漏洞，例如对政治公众人物、高风险国家的特别关注等方面未形成有效的预防措施；三是对洗钱和恐怖融资活动的定罪及制裁的配套法律法规有待进一步完善。

四、新加坡对我国跨境反洗钱立法的启示

（一）反洗钱法律体系需要完善

建立健全法律法规体系可以从以下两个方面出发。一方面，对保险中介机构的反洗钱责任与义务以法律形式进行明确限定，有效促进反洗钱义务在中介机构中的践行。在设别客户身份这一项责任时，需要对中介机构所负的责任进行明确，并且要重视这一责任，避免这一义务不能被履行，从而影响反洗钱工作的开展，造成不便。在第三方提交可疑报告这一义务和工作分工上也要明确，防止产生可疑交易的报送盲区。为应对洗钱犯罪活动，有效利用反洗钱监管资源，我们采用创新反洗钱现场检查方式，实行双向检查，来提高对保险中介业务的检查概率。在双向检查中，既可直接检查中介机构业务，也可通过对保险公司中介业务的核查，弄清楚中介机构是否能履行反洗钱客户身份识别义务，工作量不增加的同时，将反洗钱的监督面进行扩大，使其能够积极加入到反洗钱活动中来，认真履行义务。根据现在反洗钱的法律，要对账户管理进行进一步的优化和改善。一是银行结算账户由单位向个人转账每笔款项超过20万元，就需要提供相关的付款依据，这是为反洗钱行为进行较好的风险躲避。二是限定现金存取限额。在现代信息技术不断发展的当下，通过网络已经能够完成越来越多的事情，手机银行、汇兑、电话银行等非现金结算手段、结算工具越来越方便、快捷，现金存取除个别特殊行业外一般不需太大的金额；偏远地区尽管结算工具不太发达，但其现金使用量一般也偏小，所以建议进一步明确除个别行业外对同一账户同一天的累计现金存取限额。三是规定验资户转基本户期限，为银行留出一定的时间进行更深入的客户身份识别，同时加大虚假验资账户的开立成本，增强对虚假验

资账户的控制力度。

（二）建立以风险为本的客户身份识别制度

银行业金融机构应合理确定分类指标，并根据不同客户类型实施分级管理。客户风险等级分类的第一步就是要识别和评估银行业金融机构所面临的洗钱风险，筛选出风险最大的客户和产品，同时兼顾风险较低的情况。为此银行业金融机构要综合考虑自己的业务结构、客户类型、环境因素等，全面进行风险等级评定和类别划分。风险因素包含很多，大致可分为地缘风险、客户风险、产品和服务风险等几类。一般而言，银行业金融机构面临的较高洗钱风险的交易有大额现金交易、网银等非面对面业务、无明显利益动机的交易、与洗钱犯罪等高发地区的跨境交易等。对于身份识别措施要进行强化，这对风险较高的客户是很有作用的，然而对于被初步评定为高风险的客户，可以要求客户提供更为详细和完整的身份资料，如身份证明、财务状况、资金流动等信息资料。对与高风险客户建立业务关系，应保持审慎的原则，除应得到管理层的授权，还应及时向上级行进行报备。在业务存续期间，银行应加强对高风险客户交易活动和资金流向的监测，获取完整的交易信息，如若发现可疑的、不正当的交易，及时上报给银行相关人员，更甚之，如发现重点可疑交易，还应及时向当地人民银行分支机构和公安机关报告。对于风险级别过高，银行业金融机构继续为其办理业务可能导致严重的洗钱行为发生的，这种情况下，银行应及时采取措施，拒绝或限制高风险客户办理相关业务，并及时向人民银行提交可疑交易报告，使损失能够得到挽救。对风险偏中等和较低的客户，应保持持续的关注，因为客户的身份和交易状况是动态变化的，且有些风险因素只有在与客户发生业务关系后的一段时间才能显现出来，要及时动态调整风险等级。对风险较高的客户的身份信息和交易情况进行重新识别和持续关注的频率也应提高。落实持续识别措施，明确客户身份信息采集权利。一是银行应在正式建立业务关系前，通过协议等形式明确银行和客户在客户身份识别工作中双方的权利和义务，确保能够有效采集完整、真实的客户信息；二是严格对非居民客户留存基本信息的年检审核，属于本机构风险等级最高的客户或者账户，至少每半年进行一次审核，对于无法联系的客户应采取"只收不付"的强制措施，直到客户重新登记完善信息后恢复。统一信息系统，建立有效的身份识别制度。首先建议边境公安部门进一步加强对境内缅甸边民的管理，改进对其合法身份进行有效确认的措施。对境内缅甸边民采用类似我国居民身份证的管理模式，即公安部门统一核实境内缅甸边民真实身份，对境内缅甸边民采集数码影像、指纹、血型等身份信息，并建立可以让多个单位和部门进行联网核查的数据库，以便各部门通过联网核查系统对其身份进行核实。其次保证境外边民临时居留证编码的唯一性和延续性。加强部门联动性，搭建信息共享平台。一是充分利用"金融IC卡"强大的存储功能，对境外非居民客户信息进行档案管理。为境外非居民开立账户时，银行应按照尽职调查原则，充分了解客户背景，将留存的身份证件影印件或影像资料及翻译件、客户的面貌影像资料，客户签字、指纹、联系电话等信息加载到"金融IC卡"的芯片中，通过芯片卡建立信息档案，实现银行间信息资源共享。二是建议外事、公安等职能部门，统一规范缅文与中文常用对照翻译标准，不同资质的翻译部门应对照标准进行翻译，以保证证件翻译的同一性和唯一性。三是建议地方政府组织有资质的翻译部门建立缅甸边民证件翻译信息数据库。通过有资质的翻译部门共享数据库信息的方式，保障缅甸边民证件翻译的唯一性。

（三）完善MIPS反洗钱监控措施

我国应在支持MIPS创新发展的基础上，完善规章制度，根据MIPS不同的特征和风险因素开展风险为本的洗钱风险评估，对于评估为高风险的，MIPS提供者应承担更为严格的反洗钱义务。包括客户尽职调查与身份验证（如不得使用匿名、假名账户，互联网服务机构认为可疑时，应要求客户当面提交身份资料，或借助银行实体服务窗口进行客户身份识别及验证），保存完整的交易（包括交易IP地址）及交易持续监测并及时上报可疑交易（如向相关银行提供包括二级商户名称、交易类型在内的交易信息，建立有效的交易监测机制并不断完善）。同时，依据我国自身情况，适当限制移动和互联网支付的使用范围、用途、交易及现金充值和取现的金额、次数，降低MIPS被犯罪组织和恐怖主义团伙利用的风险。对包含服务商在内的各方参与者的尽职调查。在项目经理、分销商和其他类型的中介机构或代理人等若干方都共同参与交易的情况下，MIPS容易暴露风险。参与方数量越多越易引发信息割裂和丢失的潜在风险，如果把重要的服务外包给未明确职责与监督的第三方或外国机构，可能会进一步增加风险。此外，还可能限制跨境MIPS数据处理或存储的外包。所有参与服务的合作方都应接受适当的风险为本的尽职调查，并按照行业或政府的要求，对MIPS的合作伙伴同行业或政府名单进行筛选，以确保它们或实际受益人未在相关的制裁名单上。

（四）完善跨境洗钱/恐怖融资风险防范机制

一是借鉴新加坡等FATF成员国对恐怖融资进行定义。如西班牙对恐怖融资犯罪的认定涵盖了刑事法典中列举的所有恐怖主义行为，并对资金的概念予以明晰化，明确了对于恐怖融资活动所使用的资金无论其来源是否合法均不被允许。对判决为恐怖融资犯罪的个人，法律将对其处以5—10年的有期徒刑，并处1115000—298000欧元罚款；法人被判决为恐怖融资犯罪的，同时伴随着解散、停业或者查封等一系列的惩治措施。意大利将恐怖融资定义为"以实施一个或多个恐怖活动为目的，通过任何手段去收集、提供、持有资金或其他形式经济资源，无论该项资金或经济资源是否被实际使用"。意大利当局认为，打击恐怖融资活动与资金来源是否为非法所得无关，应该就资金的实际用途去判断，而且在资金使用行为未发生的情况下，也可以对恐怖融资活动实施打击，并可对从事或参与恐怖融资活动的个人判处7—15年有期徒刑。二是在金融情报及其他相关信息使用方面，官方在金融领域及其他领域能够获取大量信息，金融情报部门能够在未经授权的情况下，直接获取可疑交易报告、税务信息、犯罪记录以及监管部门的监管信息。此类信息将被运用在以情报和取证为目的的资金识别和跟踪，并支持洗钱和恐怖融资活动及其上游犯罪互动的调查和起诉工作。澳大利亚建立了情报信息共享机制，向海关、税务机关等执法机关收集和传递高质量的金融情报，通过建立庞大的金融交易数据库，为各执法机关设置数据库访问权限、利用集成的分析工具等手段，为其反洗钱和反恐怖融资体系提供强有力的支撑。金融中心使用大数据技术，广泛采集洗钱和恐怖融资信息，对刑事检察机关开展调查或起诉工作具有很高的使用价值。同时，情报中心还能够对义务主体开展短板分析，并将相关分析结果向相关监管部门反馈。

五、结论

遵循防制洗钱的国际规范并强化国内相关机制，其目的除为遏止不法分子利用金融体系洗钱以掩饰、隐匿其不法所得外，亦在健全国内金融体系及秩序，维护其正常运作，并协助其与国际金融接轨，使我国不致被排除在全球经济体系之外，民众也可安全及便利地使用金融管道从事资金转移的交易。此系身为国际社会成员的责任与义务，我国当然不能置身于外。为此，除积极参与防制洗钱相关国际组织及会务活动，引入最新国际标准、先进国家的经验作为参考外，相关权责机关更要勠力改善尚未完全遵循国际标准的缺失，以提升我国声誉，并协助金融业在国际的发展。

第五节 跨境追逃若干问题研究

国际合作既是一种思考与工作的方式，也是一套工具或程序。刑事事项司法协助是各国在收集供刑事案件使用的证据时寻求和提供协助的过程。多年来，世界各国都在利用司法协助作为开展国际合作的依据。惩治跨国犯罪的国际条约是可供司法协助使用最正式的工具。这些条约有助于集中力量打击犯罪，同时，在某些类型的犯罪方面加强合作或考虑区域性关切和某一特定地区的法律制度。两国之间可签订一系列"量身定制"的双边条约，这些双边条约旨在规定与司法协助过程中的义务与期待相关的高度确定性，当两国法律传统相同时尤其如此，这是因为条约的共通性将贯穿国内法庭程序的每一个环节。当缔结双边条约的两国都来自不同的法律传统，寻求确定性与明晰性的问题会更大。此外，多边公约也是国际合作的强有力工具。多边公约（比如反恐协定）可能适用于特殊类型或团体的犯罪行为。诸多条约或公约逐一谈判和起草是一项成本高昂而且费时费力的任务，各国的财力可能无法承受。从现实的角度看，与世界上每一个国家缔结双边条约是不可能的，但是犯罪活动的日益全球化要求各国与全球所有国家建立起某种国际合作机制。正常情况下，国内立法将确定各国处理收到和发出的请求时所遵循的程序、能够处理的请求类型以及如何发送这些请求。在与请求相关的国家联系之前，仔细审阅该国的法律大有裨益，因为仔细审阅该国的法律有助于请求国深刻认识请求实际发出时其计划阐明的申请内容。由此可见，国内法能够以两种方式向请求国或被请求国提供指导和协助：国内法能够提供与任何条约的实施相关的指导，而且可作为国际协助的法律基础。此外，在某些情况下，国内法还能够给出有关要求类型的信息是否为一项请求的主题。正因为国内法在国际合作中的重要作用，我国必须借鉴跨境追逃的国际条约公约先进经验完善相关国内立法，更好地打击跨国犯罪。

一、我国跨境追逃的现状

2011年，我国积极开展境内外追逃追赃工作，抓获在逃职务犯罪嫌疑人1631人，追缴赃款赃物折合人民币77.9亿元，抓获境内外职务犯罪嫌疑人同比上升27%。2011年5月23日，在京召开的防止违纪违法国家工作人员外逃工作协调机制联席会议披露，2000年底至2011年，检察机关共抓获在逃职务犯罪嫌疑人18487名。浙江省公布的一组数据，也反映了"失踪"官员的抓捕率。2011年11月，浙江省反贪局副局长接受媒体采访时透露，从"清网行动"开始的5月到11月，14名在逃贪官被抓，而在该省检察机关备案的职务犯罪嫌疑人潜逃（包括潜逃境外）人员仍有百余人。湖南省纪委预防腐败室副主任陆群在接受记者采访时，曾总结过近年"失踪"官员的共性：一是违规参与经营活动亏损严重，逃走躲债；二是因担心腐败问题东窗事发而潜逃。

邓元华和王昌宏是第一类官员的代表。尽管当地官方并未公布邓元华的失踪细节，但坊间多有传言称邓元华喜欢赌博且输了很多钱。王昌宏则亲口承认，他做官期间经商，炒期货赔了400多万元，不堪逼债出走。除此之外，诸多"失踪"官员因涉及腐败问题而隐匿外逃。例如，在媒体已经披露的"失踪"官员中，卢万里和胡星均涉嫌巨额受贿。曾担任贵州省交通厅原厅长的卢万里，于2002年1月从广东经香港出逃斐济共和国，直到2004年押解回国。卢万里先后多次索取和收受他人款、物共计折合人民币2559万余元。案发后，侦查机关依法扣押、冻结了被告人卢万里的财产折合人民币5536.9万元，除受贿所得和合法收入外，尚有价值人民币2651万元的财产不能说明合法来源。曾担任云南省交通厅副厅长的胡星，于2007年1月持假护照越境逃跑，后在专案组办案人员的规劝下，逃至新加坡的胡星表示愿意回国接受刑事调查，因受贿4000万元被判无期徒刑。还有"小官大贪"，2011年1月，江西省鄱阳县财政局经济建设股股长李华波举家消失，他从财政专项账户上套取资金9400万元。问题官员携款消失，涉及的资金规模从官方统计中也有显示。媒体曾梳理最高检历年两会的工作报告发现，抓捕外逃官员数量从2007年开始急剧上涨，涉案总金额也从最早的244.8亿元上升到2012年的1020.9亿元，5年间增长了3倍以上。最高法院前负责人在其2009年出版的《反贪报告》中曾引用有关部门的统计称，1988年至2002年的15年间，资金外逃额共1913.57亿美元，年均127.57亿美元。

研究人员对这些"失踪"官员的外逃路径有过总结。中纪委特约研究员邵道生说：绝大多数外逃贪官都是先把配偶子女送往国外，再里应外合把资产转移到国外。外逃贪官往往先把家属送出国作为脱身的第一步，这正印证了近年来"裸官"问题日渐严重的趋势。2008年9月30日，温州市委常委杨湘洪随考察团结束访问回国前夕，突然声称"腰突"病复发，需在巴黎住院治疗，此后一直未归。而在此之前，杨湘洪的女儿已与法籍温州商人结婚，并前往法国。失踪前担任辽宁凤城市委书记的王国强，曾计划于2010年7月赴美参加女儿毕业典礼，办理因私出国护照，因故未成行。2012年4月24日，与妻谭某（丹东海关主任科员）持因私出国护照去了美国。二人到美后再无消息。福建省工商局局长周金伙曾于2006年逃亡，后于内蒙古被抓获。但其妻女均已获得绿卡，定居美国。在已经曝光的官员外逃"谋划"中，最令舆论震惊的还数中国银行黑龙江何松街支行原行长高山。2005年1月，高山潜逃加拿大。他在职时将10亿元人民币分批转移出境，还拿公款十几次"出国考察"，安置妻子移民及为自己潜逃"踩点"。在妻子成功移民加拿大后，他把大量的资金转移到境外多个私人账户上去，然后宣布和妻子离婚。近年来，尽管中央不断加强对于官员出国的限制，甚至专门规定，处级以上干部出境需要审批和备案。但是，掩盖身份以绕过重重障碍，成为外逃官员们的主要手法。媒体报道，卢万里在潜逃时，用名为"张唯良"的护照跨越边境。逃亡海外的原云南省委书记，国家电力公司党组书记、总经理高严拥有至少3个身份证和4本护照。2013年落马的国家能源局局长刘铁男被曝持有多个外国护照，其中有些用的并非真名。

二、我国跨境追逃的困境

国际司法和执法合作障碍，主要是同各国社会的法治化相伴生的法律制度和司法体系的不同造成的。具体表现为：

（一）国际条约的缔结、履行、适用问题

国际条约在一国法律体系尤其是在宪法中的地位是否明确，直接关系着司法机关的适约能力。虽然，我国用几十年时间走过了发达国家数百年的缔约历程，但是，缔约速度与履约适约能力的不对称导致所缔结条约有效性弱化，具体表现为跨国追逃效率不高。究其根本，乃由我国内社会法治水平不

高、法律准备不足以及国际社会尤其是西方发达国家对我国人权和民主现状不完全认同所致。①从根本上解决因缔约、履约和适约不对称造成的国际司法和执法合作的深层障碍，关键是从国内法律准备上协调好缔约、履约和适约的关系，使三者能够基于共同且相对完整的国内法律体系，构成"三位一体"的法治格局和运行模式，能够在我国法律框架内有一席之地。

（二）各国法律制度及司法体制各具特色

首先，一些国家在刑事诉讼程序标准、证据制度以及人权保护制度等方面的法律规范，也成为我国跨国追逃的法律障碍。例如，英美法系国家通常要求请求方提供关于被请求引渡人所犯罪行的"表面证据"或者支持其指控的"合理根据"，而这种材料在刑事调查活动初期，尤其是在嫌犯在逃的情况下，往往难以获得。又如，在跨国追逃实践中，因犯罪认定标准不同而产生的障碍并不多，更多的是因证据不足导致犯罪行为性质无法认定。还如，"不正当追诉"作为一项人权保护条款，在引渡程序或者移民遣返程序中，都可能被外逃嫌犯援引作为对我国引渡或遣返请求的抗辩理由。②其次，国籍认定和签证制度的不同也会成为跨国追逃的障碍。双重国籍问题的关键是外逃嫌犯一旦取得外国合法居留资格或永久居民资格，即受到该国政府与法律的保护，跨国追逃就会变得异常困难。再次，我国开展犯罪资产分享实践较晚，国内相应的法律制度准备还不完善，一定程度上阻碍了跨国追逃国际合作的开展。犯罪资产分享制度通过让渡请求国对涉案财产的部分所有权，以换取被请求国积极主动地完成刑事司法协助，并遣返犯罪人和返还犯罪财

---

① 吴瑞、李彬：《国际侦查合作主体基本问题原论》，《石家庄学院学报》2009年第5期。

② 黄风：《国际刑事司法合作的规则与实践》，北京大学出版社2008年版，第56页。

产。①如此一来，追赃往往成为追逃的突破口，有望为追逃创造有利的条件。最后，以英、美、加为代表的西方国家，大多是三权分立制度，司法权完全属于法官、检察官。而我国实行的是在中国共产党领导下的人民代表大会制度，政法机关不仅包括法院、检察院、司法机关，还包括行政性质的公安机关，并由党的部门统一领导。以涉嫌职务犯罪和经济犯罪的跨国追逃案件办理为例，公安部、最高检、最高法、司法部、外交部、安全部等职能部门都由中纪委统筹协调。由于我国与外国打击跨国犯罪的职能部门之间无法——对应，跨国追逃不得不面对协调对口单位这一巨大体制障碍。②

三、我国跨境追逃的路径

一个跨国案件发生之后，案发地的司法机关该怎么做，依据什么程序寻找犯罪人，如何锁定犯罪证据，如何冻结犯罪资产，该向哪个上级机关汇报等问题在现行法中并没有明确规定。这就导致一个初遇跨国犯罪案件的地方执法机关面对复杂的案件无所适从的困境。根据已经发生的大量的跨国犯罪案件，执法机关可以从以下几方面着手办案。

（一）跨境外逃犯罪人的锁定

对外逃的犯罪人要在最短时间编控，比如该犯罪人要是还没逃离北京地区，则需要在北京地区进行编控，要是逃离了北京地区，还没逃离中国，则需要在全国范围内进行编控。若人已经逃离到境外，则要进行跨国追逃。即离开国内某地区，但还在国内，就进行国内追逃。一旦发现犯罪嫌疑人逃到

---

① 张筱薇：《涉外犯罪与跨国犯罪、国际犯罪的比较研究》，《华东政法大学学报》2006年第1期。

② 2011年12月《"中美跨境犯罪资产追缴研讨会"论文集》。

国外，则要进行跨国追逃。跨国追逃最有特点的是对外逃犯罪人的定位，找到犯罪人的下落，用最短的时间确定他的位置。并进而找到犯罪人外逃的第一站下落、第二站下落等。此时单靠国内某地区的执法力量是不够的，在跨国贪官的外逃案件中，一定要地方政府与中央政府紧密结合起来。发挥两个政府的优势，地方政府的优势就是及时报告，在地方政府的辖区内，第一时间挡住外逃贪官的去路，如果没挡住，逃犯又跑到其他辖区了，再想办法在第一时间内在中国范围内挡住逃犯的去路，如果穷尽了办法逃犯还是跑到国外去了，此时地方政府的职能覆盖不了如此大的范围就失效了，这种情况下地方政府必须及时向中央政府报告，提请中央政府在第一时间通过国际合作的办法来帮助地方政府，帮助办案部门给逃犯定位。这就是国内追逃与国际追逃对"人"采取的举措。

（二）跨境外逃犯罪资产的锁定

执法机关应在第一时间，即最短的时间查清楚这个跨国犯罪案件在我国范围内犯罪嫌疑人的资产状况。比如说查到有500万人民币的犯罪资产，必须查清这500万的资产状况是什么。如果调查后发现，这500万的犯罪资产有现金、股票、豪华汽车及豪宅。那么就涉及以下问题，对现金怎么处置？对股票怎么处置？对汽车及房产怎么处置？都应分门别类。如果通过调查发现不仅是这500万在国内的犯罪资产，逃犯通过银行转账等手段还有1000万美元被转移到国外。对这1000万犯罪资产也是同样的道理，要查清这1000万犯罪资产的基本状况是什么，如果查出日本有100万，加拿大有500万，美国有400万，对这三部分犯罪资产怎么处理也不尽相同。因为对日本有对日本的合作方式，对美国又对美国的合作方式，对加拿大有对加拿大的合作方式。此时，地方政府还要请中央政府帮助通过司法协助的方式让这些地区冻结这些犯罪资产，这就与追逃一样，先确定逃犯位置，不能让其逃跑。上述资产已被冻结，接下来就通过国际合作，让相关国家承认与执行没收判决。[①]

（三）跨境外逃犯罪证据的锁定

跨境追逃的最终目的是要把逃犯推上法庭，让他受到应有的惩罚。最好的结果是把逃犯推上中国的法庭，这需要跨国追逃。跨国追逃的国际合作包括以下内容：一是引渡。比如逃犯跑到泰国，我们需要考察是否能通过引渡的手段把其带回国接受调查起诉；再比如逃犯跑到美国，经考察相关法律发现中美之间并无引渡条约，美国是不能跟中国开展引渡合作的。引渡无法发挥作用，那么只能再考虑劝返这个方法。比如发现某逃犯跑到美国了，现在不能立即把其劝返，就要具体分析这个逃犯的具体状况，调查后发现，该逃犯把其妻子、孩子都带到美国了，但是经知情人介绍，此逃犯是个孝子，并且该逃犯的父母仍在国内，他们年事已高、身体多病、盼子心切，这就是办案的切入点，可以通过相关力量跟逃犯谈判。如果劝返也不能发挥作用，则进一步考虑移民遣返的手段，因此对证据的制定和使用特别重要。无论是提出引渡的请求还是移民遣返的请求都需要出示相关证据给外国当局，以说明该逃犯在中国涉嫌的罪名。此外，证据对跨国的追赃合作也十分重要。国外有很多程序，比如说冻结犯罪资产时需要请求国提供冻结请求的同时，还需要提供冻结资产的命令，这个冻结资产的命令也需要大量的证据支持这是犯罪资产。此外，与证据有关的是关键证人。所以要把有关证人及时控制起来。证人包括很多种，有专家证人，办案执法的证人。除本案的当事人作为证人，还有一类是犯罪集团的成员，叫作污点证人。办案人员需要一是控

① 马进保：《中国区际侦查合作》，群众出版社2003年版，第100页。

制住污点证人，不让其逃跑，二是说服污点证人出来做证。污点证人极其重要，其参与犯罪也知道犯罪资产的去向，所以污点证人的价值很大。[①]

综上，对于一个跨国追逃案件，发案之初，办案人员脑中就应出现人、物、证三条线索，循着这三条线索，就有了地方政府该做什么，地方政府又该推动中央政府做什么，地方政府与中央政府如何共同与外国执法当局合作等问题的答案。办案人员心中始终秉承这个概念，即代表中国政府对该案行使刑事司法管辖权，无论逃犯跑到哪里，都要行使管辖权，无论是中央政府还是外国调查机关都是辅助我国办案。唯一的例外是外国当局对该逃犯已立案调查。此时的管辖冲突怎么解决？分两个阶段，第一阶段是外国政府对此逃犯在外国提起诉讼时，中国办案人员要想尽一切办法帮助外国当局把逃犯推到外国法庭上，即我国办案人员要积极给外国政府提供证明犯罪的证据。第二阶段是，当外国的诉讼结束了，逃犯被定罪判刑，最后服刑期满被移交回中国来，此时中国办案人员开始积极行使管辖权，把案犯推上中国法庭。因此，跨国案件的国际合作最终把逃犯推上法庭让其定罪判刑，不是只有推上中国的法庭才叫定罪判刑，推到外国法庭也是定罪判刑。但办案人员要考虑怎么协调这两国的管辖权冲突。

四、我国跨境追逃措施的完善

综观目前的大量跨国犯罪案件，尤其是跨国腐败犯罪案件，我们可见，工欲善其事必先利其器，即跨境追逃的关键是预防，提前建构好国内各项相关法律制度，才能更好地打击跨国犯罪。

---

① 吴瑞、刘南男：《国际侦查合作执行主体简论》，《公安学刊》2009年第4期。

（一）完善跨境追逃的体制机制

怎么把通过犯罪获取的资产用法律的手段追回是跨境追逃的关键。赃款如果在中国境内比较容易追回，困境重重并对政府公信力产生影响的是跨国追逃问题。因为一个主权国家不能到另外一个主权国家去执法，而且不能把法庭设立在另外一个主权国家，更不能在不跟另外一个主权国家或司法当局合作的情况下把外国境内的资产查封、扣押、冻结，最后没收。那么对跨国严重犯罪应当怎么办理？此类犯罪的严重性体现在犯罪的数额、手段、性质，对当地社会的影响及犯罪分子的身份等综合考虑的因素。对于跨国有组织犯罪的资产该怎么追缴？以上问题都立足于提高中国与其他国家通过国际合作的方式来实践追逃追赃的能力。[①]第一，跨国犯罪案件追逃国际合作的相关立法应实行立改废。我国要学习国际上，特别是发达国家对追赃犯罪的规定，通过借鉴国际社会对这一类犯罪进行遏制与打击追赃形成的共识来完善国内法，体现在国内法应更好地与我国已签署的国际条约与国际公约的适应问题。第二，立法、执法、司法统一起来形成合力达到对跨国犯罪的打击。要培养跨国追逃的专业队伍。首先是从业的专业力量。打击经济犯罪尤其是跨国追赃案件，是专门的业务，办案人员不仅要做到对中国法律熟悉，对外国法律粗通，还应对会计、金融等经济领域有专门的知识。目前我国检察机关里有司法会计，在英国有一种职业叫作credit financial investigator（金融信用调查官），即经过认证并且考试合格后授予资格的金融调查官员。这些人专门追赃，就涉及经济犯罪进行调查，找出账本中存在的问题，看出账里的经济犯罪信息，这种专门的业务需要进行专业培训和队伍建设。

---

① 马贺：《欧洲逮捕令的产生及其对引渡制度的变革》，《犯罪研究》2008年第1期。

（二）完善我国引渡制度

一国寻求从另一国移送一个人以进行刑事审判，这个过程是一项复杂而艰巨的工作。引渡请求中所请求事宜的特殊之处在于，它涉及多国的法律制度——意味着保护一国主权、被指控者的权利以及司法系统完整性的一套复杂的法律和程序。引渡程序在法律和程序上都很复杂，具有严格的提交要求和截止日期。引渡可能证明在逻辑上也很复杂，表现为有时必须在最后一刻才能移交嫌疑犯。沟通是关键，必须开始沟通，并在申请前后、期间保持沟通。建立锁定嫌疑犯制度。为了请一国将一人从其境内引渡，请求国首先必须证明该人在被请求国境内。向被请求国提供的资料越多越好，因为在一国确定一个人的所处位置可能是一个耗时耗资的过程：调查初期提供司法协助或国际刑警组织请求（蓝色或红色通知）可能有助于锁定嫌疑犯；在寻找嫌疑犯时，请求国应酌情发送外貌描述和其他身份证明，例如DNA、指纹、国籍、护照号码和身份证；在一些管辖领域中，其他家庭成员的姓名，特别是父亲的姓名，可能有助于确定身份。应尽可能提供更多资料，并尽最大努力，利用可用的办法，核实在请求被请求国当局锁定嫌疑犯前该人实际在被请求国境内。被请求国在收到请求国提供的资料后，应尽最大努力，迅速锁定逃犯，从而可以启动引渡程序，避免逃犯可能逃往另一个管辖领域，因而需要另一个引渡请求。被请求国努力尽快锁定嫌疑犯很重要。这样做可启动正式引渡程序，或者如果嫌疑犯已经不在管辖范围内，请求国可继续开展调查并可能在另一国启动引渡程序。一旦锁定逃犯，请求国必须确保该人就是要求引渡的人。一旦锁定嫌疑犯并确认其身份，请求国在继续引渡请求前必须确保以下三点：一是被请求国能够引渡该人，二是已经确定引渡请求的法律依据，三是已确定被请求国国内法有关引渡请求的格式和内容的要求。谨记各国有不同的要求，这一点很重要。开始引渡时出现的上述三个因素可能变为一个非常漫长的过程，涉及多个当事方、各级法院和管辖权。规划是关键，而跟进事态发展是所有有关各方的责任。这样做的办法之一是利用已发出的引渡请求清单。如果请求生效，该清单则进一步提供跟踪和指导。

（三）完善跨国犯罪资产国际分享制度

我国司法实践中存在刑事追赃、民事追赃和劝缴三种打击跨境犯罪的方式。刑事追赃分为两种，一是中国法院对位于境外的犯罪资产作出的没收判决通过刑事司法协助请外国来登记和执行。二是通过中国向外国提供证据，由外国的调查机关根据其法律规定和中国提供的证据在其本国内启动一个刑事没收程序来促成其本国的法院对位于其境内的犯罪资产做出没收令。[①]由于资产也在外国，做出的判决也是外国法院做出的，其很容易用这个判决来没收那个资产，比如某腐败官员把资产1000万美元通过地下钱庄等渠道卷到美国，中美合作通过提供证据、查找资产，最后临时冻结，并依据美国法律作出没收判决，把资产没收掉。此资产一旦没收理论上就归美国了，但是国际通行的实践，包括《联合国反腐败公约》（UNCAC）和《联合国打击跨国有组织犯罪公约》（UNTOC）里规定，凡是腐败资产，没收国应当把没收的资产全部或经协商的大部分还给受害国，这种资产是有明确受害人的，其受害人不是某个个人，而是一个国家。民事没收也有两个方面，一是在本国国内提起民事诉讼，然后请法官作出没收裁决，并请外国登记和执行。二是受害国政府、受害公司或个人直接到外国的法庭提起民事诉讼。民事追赃和刑事追赃各有利弊，都是追赃的武器，都可以用。根据案件的具体情况来决定是

---

① 张丽娟、严军：《论惩治跨国腐败犯罪中联合侦查措施的运用》，《公安研究》2009年第1期。

选择适用还是混合适用，总之要达到最好的效果。劝缴是指对逃犯给予一定的压力之后，让他自动把洗往卷往境外和国外的犯罪资产交回国家。这就是我国当前追赃的三大战略。

除了民事追赃、刑事追赃和劝缴之外，第四类追逃的国际合作方式是犯罪收益或资产的分享制度。分享是指甲国的犯罪涉及乙国，当这个资产没有明确受害人的时候，乙国又根据自己的法律做出没收判决，那么这个资产没收的那一刻就悉数归乙国政府所有，跟别的国家无关。但是，由于这是一个跨国案件，甲国提供了有益的、相当分量的或者重要的协助，才导致乙国成功做出了没收的判决，作为奖励，作为国际公约中鼓励的合作模式，乙国应当根据相关的条约或者双方商定的原则和比例在没收的资产当中拿出一定比例无条件地分给甲国。分享制度有几个条件：第一是无主财产；第二是做出了没收裁决；第三是有关的外国提供了有益的、实质的协助；第四是无条件地分一部分，这一部分既可以是10%，也可以是90%。中国已经跟加拿大展开谈判。加拿大与外国开展分享制度合作的条件是：第一，要有双边条约；第二，条约里面的规定是无条件地分享。无条件是指分给对方资产的比例和使用方向不设限制，被分享国对分享的资产有全权独立的处理权利。我国对从国外分享回来的犯罪资产要有一套制度建设，包括对犯罪资产的管理和使用。比如说查封一箱草莓，6月30日在青岛港查获了涉及犯罪资产的一船草莓，临时冻结了此资产，判决下来是3个月后，怎么妥善管理该资产要有完备的制度。查封该船草莓后，应立刻由政府委托一个政府管理人，英美法系叫作receiver（官方接管人）。[1]政府一旦对这船草莓冻结了以后，所有权和

---

① 聂会翔：《中国与东盟警务合作现状与前景》，《东南亚纵横》2007年第5期。

交易都停止了，这一船货和其价值从法律意义上讲就临时地为政府掌控，掌控下有一个management（管理人员）来管理。比如为这船草莓指定一个政府管理人代表政府来管理，因为草莓是易损易耗商品，应当用最短的时间让这船草莓变现，把现金存在一个政府的账户中，比如卖了10万美元，则政府临时冻结10万美元放在账户中，钱不会变质、发潮。然后等待法院判决，一旦判决生效后，这10万美元就划归政府所有。政府所有仍然有一个管理的问题，怎么用这笔钱？可以设计一种制度，包括以下内容：1.凡是对没收的犯罪资产，如果有直接或间接的受害人，从资产中拿出一部分返还，给其一定补偿。2.这个资产应放在一个基金中，作为日后与外国进行分享，而不是上缴国库。3.作为开展国际合作提供支持的费用。比如广东肇庆司法机关因为财政困难不能到加拿大去调查取证，但是他们的案子又特别需要跨国的调查取证，那么就可以从基金里，即没收的犯罪资产里拿出一部分来支持他们办案。他们办案追赃回来的资产除了归还基金的部分，还应把相关利息也返还基金，以保证基金良好运转。4.此基金的部分应用于对专业从业人员和干部队伍进行轮训、培训和再教育。比如广西国际合作经验丰富，我们即可组织有关办案人员团队到新疆、甘肃去开展培训、演讲、研讨会，此费用可从基金里出。另外，中央政府和地方政府也可在此基金中分享，比如最高院判处没收犯罪资产后发现此案是河南执法机关提供了重要司法协助，那么就应从中央政府没收的这部分里拿出一部分给地方政府，如果这个案件不仅是河南，山东、广西和江苏三地乃至中央执法队伍都提供了重要协助，那么上述单位都应分享。既有上下级分配，又有平级单位及各相关执法机关之间分配。这就把没收或分享的犯罪资产真正用于国际合作，提高本国执法队伍的国际合作水平，同时也打击犯罪、保护当事人，实现司法公正。

综上，给我国的犯罪资产没收分享制度的建议是：第一，要规定分享的前提。即外国执法机关直接或间接地参与了案件的侦查或起诉，并导致犯罪所得被没收，我国才将没收的犯罪所得或出售后的价款移交给外国主管机关。第二，中国司法部和财政部可以分别设立专项基金，用于与外国或中国各省市的地方执法机关分享没收的犯罪所得。司法部的基金可来自公安部、司法部下属的外事司刑事/民事司法协助处、最高检等。财政部的基金可来自海关总署、国税局、商务部等。司法部和财政部还应制定《财产与没收的法律实践手册》和《与外国及我国省、市等地方执法机关公平分享的指南》之类的政策规定，以规范我国执法机关与外国执法机关对犯罪所得的分享。如果外国执法机关直接参与了案件的侦查或起诉，使得中国执法机关成功地没收犯罪所得，外国执法机关就可以要求公平分享没收的犯罪所得。第三，分享的比例。如果分享由司法部决定，其常规程序是，外国根据有关国际协定或者通过外交途径向中国表示有意分享犯罪所得；中国检察官和警官向司法部外事司提交备忘录，说明外国执法机关提供的协助，并对外国执法机关的分享比例提出建议，然后由司法部外事司决定分享的比例。分享比例通常取决于各国执法机关对没收犯罪所得的直接参与程度与所做贡献。其中直接参与程度是按各国执法人员为没收犯罪所得花费的工作时间来计算，包括侦查、技术和专业人员花费的工作时间，但不包括文秘和辅助人员花费的工作时间。（1）如果外国提供的协助是必不可少的，如将可没收的资产送往中国，放弃本国没收资产机会而让中国没收资产，在资产所有人或第三方提起的组织没收的诉讼中出庭抗辩，向中国提供中国法院做出判决所需的全部或几乎全部证据等，中国向外国移交50%—80%的资产；（2）如果外国提供的协助是重要的，如外国在其境内执行中国法院的没收判决并将资产移交给中方，应中国的要求冻结外国境内的资产并随后由被告或证人移交给中国，根据《引渡条约》向中国移交资产以便中国没收，向中国提供大量的高质量和长时间的执法协助，外国执法人员为没收资产曾冒生命危险等，中国将向外国移交40%—50%的资产；（3）如果外国提供的协助是实质性的，如提供线索使得中国成功地完成没收程序，提供银行资料使得中国查明资产的下落，促使外国银行冻结并向中国移交拟没收的资产，协助送达文书和调查取证，允许该国执法人员在中国的没收程序中做证，允许中国执法人员在外国便衣执行任务等，中国将向外国移交40%以内的资产。第四，可分享的资产不是没收的全部犯罪所得，而只是没收的犯罪所得的净值，也就是没收的犯罪所得扣除下列支出后的余额：（1）第三方的合法权益；（2）办案的支出；（3）对受害人的补偿；（4）向政府方面的"线人"支付的奖励；（5）基金的管理费；（6）执法机关扣押和保管资产的费用。

（四）完善跨境追逃国际合作的理念原则

一国的强大的主要表现是在外交方面，目前我国有政治外交、经济外交、文化外交，同时更应注重司法外交，跨境追逃的国际合作就是司法外交的重要体现。当前我国跨境追逃的国际合作并无既定原则可以遵循，经过大量跨国犯罪案件特点的分析，我们可以参照5M原则办理跨国犯罪案件。

在国际合作当中，在司法协助中，国与国之间，合作双方之间，只要是跨法域的合作都应当奉行5M原则。这是开展国际合作的基础性原则。遵循此原则，就有可能把跨法域合作包括跨境追逃国际合作搞得越来越好。5M的具体内容是，Mutual exchange（相互交流）、Mutual respect（相互尊重）、Mutual trust（相互信任）、Mutual assistant（相互协助）、Mutual benefit（互利）。这既是国际合作的一个过程，也可以说是双方合作遵循的一个路径或阶段。双方之间最开始国际合作应当先从Mutual exchange开始。相互交流既包括立法交流，也包括专业人员的交流，更包括交换案件信息。这是国际合作的初始阶段。国际合作的下一个阶段是相互尊重，要相互对对方国家的司法制度给予高度、充分的尊重。在尊重彼此的司法制度下找到合作的可行的办法。相互尊重是国际合作的基石，凡是国际合作搞得好都是相互尊重做得好。比如加拿大是废除死刑的国家，我国是保有死刑的国家，我国向加拿大申请移交犯罪嫌疑人、犯罪证据材料及追赃的时候，加拿大指出加拿大法律明确规定凡是由加拿大提供的证据材料导致外国对被追诉人存在潜在的判处死刑的可能性时，加方都应拒绝。因为加拿大《人权宪章》中规定废除死刑，我国对其司法制度应充分尊重，在国际上废除死刑也是趋势。不能因为我国保留死刑，在跟加拿大合作时就不作任何妥协。相互信任是指在经过了前面两个M后，双方的合作关系应当达到一个比较好的状态，即建立相互信任。这才是奠定国际合作的一个心理基础或信用基础。互助是合作的最大目标，因为当今世界，犯罪的跨国性、有组织性和金融性是突出特点，不论是贩卖人口还是贩毒或网上诈骗，都以获利为主要犯罪意图，对这种犯罪，唯有相互协助才能最大限度地打击跨国犯罪，哪个国家合作得好，就从中受益最多。为了不让犯罪集团获利受益，唯有推动不同意识形态、不同发展阶段、不同法律制度的国家和政权互助。国际合作提供了相互协助之后，最终要实现和达到的目的是相互获益。即让两国政府、经济、人民从中获益。

典型案例研习——闫永明案

2016年11月11日，潜逃海外15年之久的闫永明主动回国投案自首，这使得"百名红通人员"到案人数达到了36人。闫永明的举动出乎许多政治评论员的意外，因为新西兰与中国目前没有签订引渡协议，国家党（新西兰执政党）在短期内显然也不会贸然在国会立法，以免招来以绿党为首的在野党的批评，以及引起部分选民的反弹，最终影响第二年大选的选情。换而言之，中国政府短期内实际上没有办法将闫永明提拿归案。新西兰2017年年底的大选充满变数，国家党并没有十足的把握"四连任"。如果左翼联盟（工党、绿党和优先党）上台，新西兰与中国签订引渡协议的可能性非常低，因为身为政府一员的绿党绝不可能答应，闫永明因此可以安心度过后三年。然而，就在新西兰国会议长戴维·卡特（David Carter）访华之后不久，闫永明突然主动回国投案自首。究竟什么原因会出现这种变化呢？闫永明（别名刘阳），男，1969年出生，吉林通化金马药业有限公司原董事长，涉嫌职务侵占犯罪，2001年11月潜逃至澳大利亚、新西兰等国。国际刑警组织红色通缉令号码A-1336/8-2005。2014年以来，中国成立了中央反腐败协调小组国际追逃追赃工作办公室，先后开展"天网2015""天网2016"专项行动，闫永明位列第五位。1992年6月30日，闫永明和友人一起出资成立通化三利化工公司（以下简称"三利化工"），注册资本为4.6亿元人民币，其中闫永明个人占96%，成为通化乃至东北地区屈指可数的亿万富翁。这个时候的闫永明不过20多岁。1993年，三利化工出资1000万元入股通化市生物化学制药厂。1997年4月该公司股票上市发行（即通化金马），2000年三利化工通过一系列收购成为通化金马第一大股东。闫永明进入公司董事会并于不久后被推举为公司董事长。2000年，通化金马以3.18亿买下当时号称中国"伟哥"的奇圣胶囊及其生产技术，他也因此被称为"中国伟哥之父"。同年11月，通化金马宣称靠着这一胶囊利润达到2.42亿元。然而一年之后，金马亏损额达到5.84亿元，2001年10月，闫永明辞去通化金马董事长一职，后畏罪携巨款逃至澳大利亚、新西兰等国。而这笔巨款国际通缉令显示有2.5亿美元。闫永明曾试图获得澳大利亚国籍，但在中澳两国警方合作追缉下没有成功。2006年，澳大利亚政府没收其非法资产约337万澳元，之后移交中国。闫永明于2002年获得新西兰永久居住权，2005年申请入籍新西兰，2008年在舆论争议中获得批准，一年后因涉嫌伪造移民文件而在奥克兰机场被捕，但在随后的官司中，他于2012年被高等法院宣判无罪。2016年8月，新西兰高等法院批准警方与闫永明就一起洗钱调查和解，闫永明须向警方上缴4285万新西兰元的财产。新西兰警方官员称，这是该国历来金额最高的一次财产充公，也是新中合作侦办长达两年多的成果。新西兰总理约翰·基说乐见高等法院的裁决，新西兰电视台（TVNZ）引述警察部长朱迪思·科林斯的话说："我想庭外和解总比庭审要好。"新西兰警察署的声明说，一旦收到闫永明上缴款项，他与其他涉案人员此前被冻结的财产将获解封，洗钱调查也将结案，下一步将与中国商讨如何分配上缴款项。新西兰警方此前扣押的财产种类多样，包括主要城市奥克兰市中心的高层豪宅、保时捷和玛莎拉蒂跑车，450万余元新西兰元存款，以及Mega公司18.8%股份——这是已倒闭的文档分享下载网站Megaupload的母公司。闫永明严重违法，中国政府一直紧盯着闫永明不放，希望将其引渡回国审判。2014年底，习近平主席在访问新西兰的时候，就已经向对方提出签订引渡协议的问题，不过由于新西兰国内反对呼声太高，国家党政府没有给出答复。国际特赦组织（Amnesty International）曾批评中国的司法体系问题百出，如果新西兰如果跟中国达成引渡协议，将让民众受到不平等的对待。2015年，新西兰总理约翰·基为避免引发在野党的围攻，再度向外表示，内阁不会考虑与中国签订引渡协议。不过，随着国际市场乳制品批发价格的持续下跌，以及澳大利亚与中国签订了更有利的自贸协定，令新西兰对华出口大幅下跌，从而带动以农产品出口为支柱的新西兰经济下行。新西兰急于和中国加强双边关系，如何更新和中国的自由贸易，就被摆到了最为重要的日程。新西兰总理2016年4月访华时态度有所软化，他表示，目前在新西兰因涉嫌欺诈和挪用公款被通缉的中国人有30至60人，正考虑与中国签署引渡协议。新西兰外长2016年10月访问中国时，也显示了和中国签订引渡协议问题上的立场有所放松。新西兰国会议长戴维·卡特随后访华也表达了同样的意思，他在记者会上证实，两国政府正在讨论引渡闫永明的可能性，双方正在考虑引渡的相关安排。从程序上，应先由新西兰政府决定何时推进相关程序，然后政府制定建议案，提交国会。作为议长，卡特将在议会主持议案审议工作。虽然新西兰总理、外长及议长都表示有意和中国签订引渡协议，但实际操作仍有困难，同时，国家党在赞成与中国签订引渡协议议题上一定会受到绿党的批评，招致一些选民的反对。对国家党政府而言，以引渡方式将闫永明送回中国并不是明智的选择，这多少都会给来年大选的选情带来负面影响，毕竟不少新西兰人对中国的司法公正性存在疑虑，但如果闫永明自愿回国自首则不会伤害执政党一根毫毛。用不着新西兰政府施加压力，闫永明心里也明白，中国政府不把他引渡回国不会罢休，中国与新西兰签署引渡协议只是时间问题，他不过是新西兰政府和中国政府谈判时的筹码。与其受人摆布，不如主动与中国政府沟通。向中国政府自首，满足了对方的要求，他很有可能私下也会得到某种承诺，更何况他目前的新西兰公民身份也是一把保护伞。闫永明选择以自首的方式回中国让新西兰两大党都暗暗地松了口气，无论左翼或右翼执政都不希望因闫永明而得罪中国政府，但如果非要以签订引渡协议的形式解决问题则付出的政治代价太高。总而言之，闫永明最终选择认罪，退还巨额赃款，缴纳巨额罚金并回国投案自首再次表明世界上没有"避罪天堂"，"天网"会越织越密，已经外逃及有意外逃的犯罪官员和商人都将坐立不安。

第二章 "一带一路"视域下反腐败国际合作之
国内法完善概览

第一节 国际商务交易中的预付卡制度研究

——基于沃尔夫斯堡规则视角

金融行动特别工作组（FATF）于2006年10月和2010年10月的报告指出，新型支付方式得到不断发展和广泛应用，这些支付方式为电子支付，是支持金融业务拓展、扩大市场份额的强有力工具，拥有广阔市场前景，其中预付卡的应用最为广泛。2011 年10 月14 日，沃尔夫斯堡组织①发布了关于预付卡和储值卡的指引，该指引就如何减轻实物预付卡和储值卡发卡以及商户收单行为中的洗钱风险进行了综合考虑，同时也是对沃尔夫斯堡组织关于信用卡/签账卡发卡及商户收单活动指引的补充。沃尔夫斯堡组织相信通过遵守其发布的指

---

① 沃尔夫斯堡组织由以下具领先地位的金融机构组成：荷兰银行、Banco Santander Central Hispano S.A.、东京三菱银行、柏克莱银行、花旗集团、瑞士信贷集团、德意志银行、高盛、汇丰、摩根大通、法国兴业银行、瑞士银行。

引的相关内容，可以提升反洗钱风险管理水平，在其各成员的共同努力下，力求达到阻止犯罪分子利用制度漏洞从事犯罪的目的。对于监管者和银行业来说，支付方式的不断拓展无疑增加了工作的复杂性，主要是针对支付方式的风险的评估及其应用、反洗钱的责任追究等，特别是当交易流可能涉及一个或者多个行政区划时。同时还必须考虑到新支付方式本身的产品特性，与传统的纸质交易方式或者较为传统的信用卡和签账卡相比，新支付服务由有更广泛的付款渠道供应商提供，其中包括非银行关联服务，这些供应商之间又会对其提供的服务进行分工细化，额外增加了对此类付款方式服务进行管理的复杂性。

一、沃尔夫斯堡组织关于预付卡和储值卡的规定

实物卡作为一种介质，其卡中余额可被远程读取，也可从实物卡芯片上存取币值（即储值卡，通常指电子钱包）。也就是说所有的储值卡都是预付卡，而并非所有的预付卡都是储值卡。

1. 预付卡和储值卡的功能

预付卡和储值卡具有诸多功能，其优点是方便携带、便于使用并且功能独特。同时，它们适用于无法使用传统银行账户的群体。

2. 预付卡和储值卡运营中涉及的角色

预付卡和储值卡体系的发展和运营可能涉及多方，从刷卡终端到后台终端可能有9种不同的角色参与卡的发放和使用。预付卡和储值卡运营中涉及的角色取决于特定卡体系的设置，多个角色可能由同一方承担。（1）项目经理，与发行人就建立、营销并运营某一卡的计划订立合同，同时负责计划运营过程中合同其他要素的订立。他们自己一般不发行电子货币。项目经理类

型多样，可以是政府机构、高校或者企业（例如薪资经理人作为项目经理，与银行订立合同并向雇员提供工资卡）。（2）发行人，向持卡人发放卡。值得注意的是，某些发行机构管理自己的卡片项目，而不与项目经理合作。（3）处理人，促使交易支付完成，并可能执行多种职能：卡账户建立，卡的激活、制作、邮寄，支付授权，价值存储处理，持卡人客户服务，退款处理，持卡人使用失误处理以及支付网络结算服务。（4）支付网络，将零售商/自动取款机和授权的结算支付交易的处理人联系起来（例如某品牌的卡可以在该品牌授权的任何地方使用）。（5）经销商（通常指售货商），并将产品发放给顾客（例如零售商向顾客出售礼品卡）。（6）持卡人，是指该卡的拥有者或使用者。（7）承兑人，可以是批发商、自动终端所有者或银行。持卡人刷卡后，通过特定支付系统借记与卡有关的银行账户，将其作为付款。（8）收购商（通常指银行），通过对贸易商和卡的体系的了解接触，向贸易商/零售商提供一些服务。（9）充值/再充值服务提供商，在收取卡片充值费时担任卡片发行人的代理人。[①]

3. 预付卡和储值卡的类型和特点

（1）类型。局域卡：此类卡通常只用于特定的零售商或直销店，一般不属于体系或者国际网络的一部分；开放卡：此类卡通常是由国际体系发行的网络——品牌卡，并且能在多个零售商或直销店使用。（2）局域卡和开放卡的主要特点：既可以明确资金来源（即确定的或可查到的），也可以隐藏资金来源；既可以充值也可以不充值；既可以限于小额交易也可以从事大额交易；既可以在规定直销店也可以在多个地点使用。

---

① 孟建华：《沃尔夫斯堡规则与银行业机构反洗钱》，《金融纵横》2005年第10期。

二、中国预付卡制度现状调查

中国预付卡等电子支付现状。以北京、深圳、山东青岛和上海嘉定4个案件为例。

1. 北京预付卡支付现状

2012年3月5日，《支付机构反洗钱和反恐怖融资管理办法》正式颁布实行，为了解从事预付卡业务的支付机构反洗钱信息管理系统（以下简称反洗钱系统）建设现状，总结经验与不足，提升反洗钱系统对反洗钱工作的支持和保障作用，人民银行营业管理部向北京地区已经取得预付卡业务许可证的9家支付机构发放了调查问卷。问卷调查结果表明，支付机构预付卡反洗钱系统功能尚有不足之处，需要进一步完善。反洗钱系统的总体建设水平不高。在对本机构反洗钱相关系统或模块的有效性进行评价时，认为属于较好水平的仅3家，认为一般或较差水平的6家。由于现有的反洗钱系统是在《支付机构反洗钱和反恐怖融资管理办法》实施之前开发完成，很多功能未能完全满足法规的要求。反洗钱系统建设主要目的是申请支付业务许可证。9家机构现共有反洗钱系统或模块15个、拟建4个、在建5个，根据现有的反洗钱系统开发时间看，大多数系统上线时间主要集中在支付业务许可证申请阶段，其上线目的主要是满足支付业务许可证申请条件，而对于系统的完善性和防范洗钱风险的有效性考虑较少。

2. 深圳预付卡支付现状

近期，深圳发展银行向人民银行深圳中心支行报告该行两名信用卡持卡人，在2010年9月至2011年4月期间，通过光大银行发行的定额预付卡累计套现人民币299.31万元。该案例表明目前我国商业银行预付卡业务游离于法规之外，存在一定的洗钱风险，监管亟待加强。2011 年 5 月，深圳发展银行信用卡中心上报一宗重点可疑交易。郭某、戴某等两位信用卡持卡人（均为上海市事业单位工作人员），2008年在该行相继开立深发展靓房卡信用卡账户，授信额度分别为人民币40 000 元和50 000 元。2010 年9 月至2011 年4 月期间，两人利用光大银行发行的不记名定额预付卡，通过"信付通"（上海卡有信息服务有限公司开发的一种智能刷卡终端，可为银行卡持卡人提供信用卡还款、缴纳水电费等自助刷卡支付业务）自助终端的信用卡还款功能，以超过信用卡授信额度数倍的金额分批向其信用卡账户划转大额可疑资金，累计划转1468次，划转金额人民币3103 210元，再通过上海某实业投资有限公司等POS 机商户集中刷卡，累计刷卡22 次，金额共计人民币2 993 093 元。截至2011 年9 月，深圳中心支行共收到此类可疑交易专报6 份，涉及金额4000余万元，交易模式完全相同，交易主体均为国家公务人员或事业单位人员。这种集中、大量的刷卡行为超出了正常信用卡消费范畴，有极大套现嫌疑。我国《反洗钱法》中明确列出贪污受贿属洗钱上游犯罪，大量预付卡的来源可能与受贿相关，套现行为难免存在洗钱风险。一般来说，预付卡套现主要是通过"黄牛"进行回购，持卡人常需付出5%甚至10%的手续费。通过POS机消费套现的费率可能更低，但预付卡需具备转账的技术基础。目前市场上的银行预付卡大都是银联标准卡，可加入银联网络的支付清算体系、支付渠道不受签约商户多少的限制，能在境内外任一银联POS机上刷卡消费。只要持卡人通过类似"信付通"这种收单机构的支付终端进行信用卡还款，便可轻松完成资金由预付卡到信用卡的转移过程，为后续套现行为提供铺垫。

3. 山东青岛网络支付现状

未能有效识别客户真实身份，致使客户使用虚假身份开立账户，或在后期"改头换面"从事犯罪洗钱。（1）"中国城"网络赌博案件概况。2011年5月31日，青岛市中心支行反洗钱监测发现线索并协助警方破获"中国城"网络赌博案件。该案涉及多个省市，参与人员逾万人。2008年至2011年5月间，犯罪嫌疑人赵某（男，32岁，哈尔滨人）租赁境外服务器，建立"中国城"赌博网站，网站内设斗地主、21点、梭哈、德州扑克等赌博游戏。赵某在黑龙江省哈尔滨市、海南省三亚市、广东省中山市三地运作组织，在广东、海南、山东、黑龙江、吉林、湖南、浙江等地发展代理和会员进行赌博活动。截至2011年5月31日，该赌博网站共发展二级代理100余人，三级代理1000余人，会员15 000余人，涉案总赌资达6300余万元，非法获利达2000余万元。赵某先后通过网银、ATM、网络支付平台等渠道汇划赌资，其中通过上海某电子商务有限公司第三方支付平台收取赌资4700余万元，并使用黑市购买的100余个银行卡，接收、划转参赌人员的投注资金后大量提现，完成非法赌博的资金流转。网络支付机构的"支付平台转接"，被非法支付机构连接利用，构成洗钱平台。（2）特大侵犯网络著作权案件——"5·22专案"。2012年6月，反洗钱处协助青岛市公安局网警支队破获"5·22"侵犯网络著作权案件。自2011年11月以来，犯罪嫌疑人房某（男，25岁）等4人利用互联网，未经批准擅自架设名为"传奇世界"的游戏服务器（俗称"私服"），非法提供游戏加速、出售游戏虚拟货币"元宝"，并通过第三方网络支付平台"722 pay"，将玩家购买游戏点卡支付资金转入其银行账户上，非法获利44万余元，严重侵犯上海盛大网络发展有限公司"传奇世界"网络游戏的著作权。青岛警方抓获犯罪嫌疑人4人，刑事拘留3人，取保候审1人，扣押涉案微机4台，车辆一部，缴获涉案资金近百万元。该案中的"722pay"是浙江绍兴的非法支付平台，建于2011年7月22日，共租用服务器24台，专门为游戏私服提供网络支付提现服务。域名为www. 722 pay.com，网站服务器在深圳，平台注册用户5288个，相关财务账号2448个、注册游戏账号8260个。网络支付结合个人虚拟商店易成为犯罪洗钱利用的平台。（3）于某某网络走私武器（枪支）案件。2011年12月，青岛市中心支行协助青岛海关缉私局侦破一起走私武器案件。2009年3月至2011年11月，犯罪嫌疑人于某某（35岁，青岛即墨人）从中国赴美留学生姚某某（现仍在美国）开立的淘宝网店购买枪支，其后，通过"中国打猎论坛""中华狩猎论坛"在线交流寻找买家，以淘宝网店售卖高档相机为幌子，以QQ聊天室看图片、谈价格等方式确定交易，共计走私贩卖制式枪支20支。其将枪身分解成多个邮寄包裹分批走私入境，交付江苏南京、江苏扬州、山东济宁、湖北荆门、福建建德、安徽合肥、吉林通化等地的买家，其中合肥买家赵某通过支付宝汇2支枪款10.4万元，荆门买家徐某通过支付宝汇2支枪款10.4万元。于某某还将自己照片和他人身份信息合成，伪造了名为王某某的假身份证，开立银行账户并绑定支付宝。

4. 上海嘉定互联网支付现状

2012 年 5 月，嘉定公安分局锁定4 家与支付机构签订支付服务协议的商户存在犯罪嫌疑，其中河北A 数码科技有限公司（以下简称A 数码）和上海B 商务信息有限公司（以下简称B 商务）重点可疑，两家商户涉案金额共计约3702 万元，资金转移主要是通过互联网支付方式进行。经嘉定公安分局查明，A 数码和B 商务被同一伙犯罪嫌疑人控制，犯罪手法基本相同。以A数码为例，犯罪嫌疑人2011年初通过互联网找到一家代办在线支付机构注册特约商户的匿名中介，该中介（男）伪造虚假证明文件（营业执照和组织机构代码证均系伪造），自称为公司法定代表人（女）的哥哥（法定代表人身份证虽然真实，但经调查此人称2006年曾丢失身份证，对案情不知情），支付机构没有留下该中介信息，在此情况下支付公司与A数码签订了支付服务协议，并提供在线支付结算服务，并根据其指令将代收的款项下发到指定的银行账户（企业或个人）。犯罪嫌疑人诈骗行为主要是通过向客户虚假宣传，宣称可以代客进行黄金期货投资，并称投资款由支付机构进行安全监管（事实上，受害人所获得的交易信息中，收款人确实都为第三方支付企业公司而非"A数码"），其提供给受害人的网站信息确实对接国际黄金价格，但实际操作并非真实炒金，只是诱骗客户通过支付机构的互联网支付平台支付投资款，随后犯罪嫌疑人立即通过下发指令，要求支付机构其将代收款项下发给多个个人银行账户，随即全款提现。

三、中国预付卡监管难点

1. 客户身份信息管理功能存在欠缺

该功能指的是具备登记保存、管理客户身份信息以及体现支付机构开展客户身份持续识别、重新识别、风险等级划分等客户身份识别工作的管理功能。客户身份信息管理功能不足容易引发以下风险：（1）未全面登记、管理客户身份基本信息，尤其是自然人客户职业信息，影响客户风险等级划分工作的开展，进而影响对客户交易的监测分析；（2）仅通过人工纸质登记客户风险等级信息，未通过系统划分、管理客户风险等级，不利于客户风险等级信息的有效利用；（3）未建立敏感客户名单数据库，容易给洗钱分子或恐怖分子可乘之机，增加合规风险；（4）缺少证件到期提示功能，容易导致在客户先前提交的证件已过有效期时，支付机构仍继续为客户办理业务，增加自身合规风险。[1]

---

[1] 施玉梅：《预付卡经营：商业企业盈利的新渠道》，《企业管理》2013年第7期。

2. 客户交易信息管理功能不完备

该功能是指具备交易查询、共享、可疑交易科学筛查等有助于可疑交易抓取以及分析的管理功能。调查显示，各支付机构都开发了客户交易监测系统或模块，但基本都以"单笔交易金额""商户每天最大交易金额"等为可疑交易参数，参数数据模型设置有待进一步优化。随着社会经济金融的发展，洗钱手段变化多端，支付机构只有不断地研究开发可疑交易数据模型才能更加有效地开展可疑交易分析报送工作。

3. 商业银行预付卡发行及使用游离于监管之外

据了解，目前一些银行纷纷采取与支付机构合作的方式加入到预付卡发行队伍，人民银行作为预付卡管理机构对银行预付卡发行及使用却一直缺乏明文规定。

目前有关预付卡管理的法规包括《非金融支付机构管理办法》《支付机构反洗钱与反恐怖融资管理办法》以及《支付机构预付卡管理办法》，监管对象均为非金融机构，并未将银行纳入其中，使得银行预付卡游离在监管体系之外，其发行、使用以及赎回等业务环节缺乏应有的约束与管理。

4. 管理办法可能无法对银行预付卡套现进行限制

法规对预付卡套现拟通过赎回环节的实名登记来进行限制，如《支付机构反洗钱与反恐怖融资管理办法》以及《支付机构预付卡管理办法》均规定，记名预付卡持卡人要求赎回预付卡内剩余资金的，应持预付卡和购卡时的有效身份证件向发卡机构提出申请。这种管理手段可能会对传统套现行为有所打击，但通过银行预付卡消费还款并进行POS 机套现，整个过程并不需要走正常的赎回途径，若不能对银行预付卡支付范围进行限制，即便将其纳入上述管理办法，也难以对其套现进行限制。

四、借鉴沃尔夫斯堡规则完善中国预付卡制度相关建议

1. 产品设计

通过产品设计这一进程，来决定预付卡产品的整体规格以及功能，使市场拓展与营销（包括销售渠道以及分布模式）、信贷风险、商业欺诈以及业务合规都利害相关。在新产品和新服务的设计上、现有的产品与服务改动后的重新评估、流程批准的过程中都要考虑到哪些可能被利用来洗钱。同等重要的是，价值链条上的利益相关方履行义务。

2. 反洗钱控制

为了识别和控制洗钱风险，就要明确预付卡的特定程序以及使用方式。反洗钱控制机制将会累积反映出各种洗钱风险的发生率和严重性。预付卡程序各自带有自身风险限制和削减机制，一些预付卡在特定的控制下反洗钱要求不高，而有些则有较高要求：一是身份识别与确认。对于低风险预付卡，无须对持卡者进行识别与确认。对于任何不为预付卡发行机构熟悉的计划合作伙伴都要根据产业或政府的指导方针，经过标准的尽职调查来确认其出资的合法性。对于标准风险预付卡，需要对持卡人进行识别（如姓名、住址、生日），需要核实持卡人姓名与住址，可以交由可信赖的第三方达成，比如由政府机关保有持卡人信息。对于高风险预付卡，需要对持卡人进行识别（姓名、住址、生日和国籍），需要核实持卡人姓名与住址，要与政府或产业的指导方针相一致。对任何不为预付卡发行机构熟悉的计划合作伙伴都需要进行标准的尽职调查，或在给予它高风险评价的地方进行进一步调查，来确认其出资的合法性。二是筛查。对于低风险预付卡，不对持卡人进行制裁筛查，对于标准风险预付卡，在账户开设前和账户的整个使用期间，都要对

持卡人进行严格筛查，对于高风险预付卡，在账户开设前和账户的整个使用期间，都要对持卡人进行制裁筛查。以上负责筛查的计划合作伙伴要确保他们或者利益所有人不在相关的制裁名单上。[①]

3. 交易监控

预付卡的交易监控机制，要根据对卡片程序的特征以及卡片的属性（包括适用范围和最高额度）来设定。包括对诸如超过标准的高额度使用、大范围使用、超频率使用或异域使用等不寻常的预付卡使用方式进行监控。（1）预付卡资金的来源。对于可充值的、只有一个特定资金来源（比如一个实体政府或一家上市公司）的预付卡程序，监控它的加载通道，确保能对未经授权的资金来源进行重视，是一个重要的控制方法。如此，发行商就有信心保证加载到这些低风险预付卡上的资金来源始终清晰。双重注册控制机制，也可以使预付卡程序拥有清晰的资金来源，并剔除持卡人获得过多数量低风险预付卡的可能性。这些控制机制能够被用来防止欺诈行为，也可以降低洗钱风险。只有发行机构出资，而非由多方金融机构或非金融机构集资的预付卡程序也是一种重要的降低反洗钱风险的手段。比如有些预付卡只发行给发行机构的贵宾。（2）预付卡使用。具体包括：ATM 的非正常水平使用和非正常频率使用、预付卡的非正常的高额度或大范围使用行为、预付卡的非正常高速率使用行为、预付卡在未预料到或者高风险国境的使用，类型学相关的识别模式、监控性质和监控水平应参考预付卡本身的特征以及其存在的风险因素来设定。

---

① 任丽丽：《预付卡业务监管存在的问题及建议——基于央行监管视角》，《经济师》2013年第2期。

4. 建议明确银行预付卡发行资格

银行预付卡发行已具备一定的市场规模，为防止将来出现监管漏洞，建议及早明确银行预付卡发行资格、条件以及与支付机构开展合作代发卡的具体要求，在准入环节加强审批，防止无序经营；纳入当前预付卡管理办法监管范畴，以便对其发行、购买、赎回环节加以限制。建议对风险进行控制。对于银行为单一发行人的，建议缩小其支付渠道，如只可在本行POS机终端或本行合作指定商户进行消费，防止持卡人在诸如"信付通"之类的第三方支付终端上以信用卡还款方式进行资金转移。建议研究、推广银行与支付机构合作发卡新模式。可参照银行保险、基金代销经验，由支付机构作为发行主体提供商户资源和刷卡渠道，银行作为代理机构提供销售网络并赚取代理费用。双方在资源共享的同时，又能对交易风险进行控制，不失为银行预付卡发行的较佳途径。

第二节　我国跨境反腐败刑事司法协助制度研究

"犯罪集团抓住一切有利时机利用当前经济全球化以及随之而来的各种尖端技术。然而，迄今为止，我们打击犯罪集团的斗争仍处于支离破碎、各自为战的状态，我们的武器非常陈旧。《公约》为我们消除这种作为全球性问题的犯罪提供了一套全新的工具。只要加强国际合作，我们就能给国际犯罪分子作案的能力以真正的打击，并能帮助各国公民为维护自己的家园和社区的安全和尊严进行长期艰苦卓绝的斗争。"[1]科菲·安南先生的叙述，介绍

---

[1]　科菲·安南：《联合国打击跨国有组织犯罪公约及其议定书》序言，2004年。

了当今各国面临的挑战，这些挑战已经将所有人（包括那些参与非法活动的人）相互联系在一起。犯罪分子比最初倡导并设置传统国家屏障的各国政府更容易突破这些障碍。那些逍遥法外的不法之徒决不会受其约束；相反，他们会利用这种新的国际事态，而这种国际事态会使他们发现新的灵活性与操作空间，在那里，他们可以实行自己的制度，筹集资金和采取残酷手段。在预算和资源非常有限的时期，必须根据犯罪行为的严重程度，要求司法协助的国家必须尽一切努力发出令人信服而且合理合法的请求，从而节约宝贵的资源。收到请求的国家也应在这一过程中发挥主导作用，因为它们在解释本国法律时表现出的灵活性及其就这些法律各自国家的实质要求和程序要求向发出请求的国家提出建议的能力和愿望，会对所请求的任何司法协助的成败产生重大影响。为了保护本国公民和保持其国家地位，各国必须在适应全球化的同时维护本国的主权。负责执行法律的人员都可能受到其被要求维护的法律的束缚，因此他们的地位非常尴尬。如果各国希望真正应对全球犯罪的挑战，这两种偶尔会相互竞争的利益之间的紧张状态不必像从前那样成为双方合作的障碍。而且也无法继续成为双方合作的障碍。近年来，国际恐怖活动进入新一轮活跃期，"伊拉克和黎凡特伊斯兰国"（以下简称ISIL）等极端暴恐组织对世界安全威胁不断升级，恐怖活动发展蔓延的速度、广度、烈度前所未有。ISIL力图通过其极端思想和恐怖暴力行为，改变中东地区主要政治秩序，并以控制世界上最传统的穆斯林聚居区为目标，从世界各国招募恐怖势力进入伊拉克和叙利亚，通过技术手段和其他资源传播暴力极端主义思想和煽动恐怖活动。ISIL需要大量的资金支持，融资活动在恐怖活动中扮演着中心和重要的角色，同时也是整个恐怖组织的薄弱环节，一旦切断恐怖组织的资金流，恐怖组织将难以生存。可见，对恐怖组织恐怖活动融资需求、资金来源以及资产转移等研究显得十分必要。国内暴力恐怖风险也是最现实的风险。面对严峻的国际、国内恐怖主义形式，2015年12月27日，十二届全国人大常委会第十八次会议通过了《中华人民共和国反恐怖主义法》。这是我国第一部全面、系统规范反恐怖主义工作的法律，对贯彻落实总体国家安全观，构建反恐怖主义法律制度体系，防范和惩治恐怖活动，维护国家安全、公共安全和人民财产安全，具有重大意义。该法从法律层面对涉及恐怖融资的监管、调查和资金冻结做出了重要规定，明确授权中国人民银行、国务院有关部门和机构依法对反洗钱义务机构履行反恐怖主义融资义务的情况进行监督管理；人民银行发现涉嫌恐怖主义融资的，可以依法进行调查，采取临时冻结措施；国务院有关部门根据国务院授权参与反恐怖融资国际合作。我国进入经济发展新时期，经济金融对外开放日益深化，经济运行中的新问题、新事物不断涌现，以互联网金融为代表的创新性金融快速发展，金融系统风险不确定性增加，互联网金融发展参差不齐，第三方支付等风险加快暴露，新的洗钱威胁不容忽视。边沁说："一个细小的、瞬息即逝的期望可以经常地从纯自然的环境中产生出来，而一个强烈而持久的期望，则只能来自于法律。"因此，我国必须完善国际刑事司法合作相关制度应对国际社会的各种新挑战。

一、我国打击跨境犯罪国际刑事司法合作现状概览

当前我国打击跨境犯罪国际刑事合作主要存在以下几种模式：

（一）警警合作

主要国家警方与警方之间高效快捷的合作是打击跨国洗钱犯罪最重要的渠道之一。它的优势是快捷、务实、简便。到目前为止，中国警方已经与

世界上90多个国家的警方签署了合作备忘录。比如《中国和澳大利亚联邦警察合作备忘录》。近年来，中方与澳方成功合作不少反洗钱案例，比如刘详案。国际刑警组织（INTERPOL）也是打击跨国洗钱犯罪的重要力量，其打击对象包括：腐败、洗钱、毒品和有组织犯罪、金融和高科技犯罪、追缉逃犯、公共安全和反恐、贩卖人口等犯罪领域。主要职能包括：汇集、审核国际犯罪资料，研究打击犯罪对策；负责同成员国之间的情报交换；搜集各种刑事犯罪案件及有关指纹、照片、档案；通报重要疑犯线索，通缉追捕重要疑犯和引渡重要犯罪分子；编写有关刑事犯罪方面的资料等。它通过指挥和协调中心，将遍及全球的通信网络和总部强大数据库连为一体，其信息系统基于2004年研发出的"1-24/7系统"，捆绑于国际互联网，向全球用户提供14种语言的包括文本、图像、声像的信息服务，红色通缉令的发布处理可在1小时内完成。目前，已有包括我国在内的84个国家的警察机关接入该系统。INTERPOL通过总秘书处开展各项日常工作，协调各成员国的国际警务执法活动，统筹有关犯罪情报信息的收集和传递，并负责保持与各国中心局和有关国际组织的联络。国际刑警组织开展国际警务执法合作的程序主要分为请求程序和协助程序，二者都必须通过本国国家中心局来完成。

（二）检检合作

检察机关担负着公诉、检控职能。近年来，最高人民检察院与外国检察机关签署了很多合作协议，主要内容均强调要在打击跨国洗钱领域与外国检方通力合作。中澳李继辉案即是双方合作成功的代表案例。

（三）条约合作

通过两国政府缔结的双边刑事司法协助条约规范和强调共同打击跨国洗钱犯罪具有国际法上的最高效力。经过中国政府30多年努力，中国已经对外签署了近50件双边刑事司法协助条约，其中，不乏强调在与洗钱有关的犯罪中加强相互冻结和没收程序中相互合作条款，比如《中国和美国刑事司法协助协定》。此外，引渡条约对开展跨国追逃意义重大。通过谈判缔结《犯罪收益分享协议》也是一个崭新的发展趋势。比如，加拿大到目前为止对外缔结了16件双边犯罪收益分享协议，有力地打击了跨国洗钱犯罪。

（四）公约合作

我国签署加入的《联合国禁毒公约》《联合国打击跨国有组织犯罪公约》《联合国反腐败公约》以及联合国制定的一系列反恐公约等多边公约成为开展重大反洗钱国际合作的国际法律基础。这为没有签署双边条约的开展反洗钱国际合作的两国提供重要法律依据。

（五）情报合作

FATF（打击金融犯罪特别行动组）、EGMONT（艾格蒙格组织）、FIU（金融情报组）的MOU（备忘录）、澳大利亚的AUSTRAC（金融情报分析中心）、美国的FINCEN（金融犯罪执法网络）、EAG（欧亚反洗钱机构）等组织为国际反洗钱合作奠定众多的合作基础。中国人民银行反洗钱情报中心担负着中国政府FIU职能。每年中国央行推出中英文版《反洗钱年度报告》是中国打击洗钱犯罪的重要标志性文献。加强反洗钱情报工作是开展国际执法合作的重要前提。

二、我国打击跨境犯罪国际刑事司法合作之理念推进

为有效开展跨国反腐国际刑事司法合作，我国还应秉持以下理念：

（一）追逃与追赃并重

追查外逃洗钱犯罪分子与追缴洗钱犯罪的财产要放在同等重要的位置

上。由于跨境追逃涉及管辖权的冲突问题，因此制度上要建立完善引渡、遣返、劝返和刑事诉讼移管等制度；通过批准和加入相关国际条约完善犯罪资产追缴、劝缴制度，通过国际合作请外国承认和执行我国法院没收的裁决。

（二）以追赃促追逃

跨国洗钱犯罪往往和腐败犯罪密不可分。只要把赃款追回来，外逃犯罪分子由于经济命脉被切断也必然会回国。借鉴俄罗斯法律完善我国财产申报实名制。尤其建立官员财产申报制度，颁布我国的《反腐败法》。《联合国反腐败公约》《联合国打击跨国有组织犯罪公约》均有专章专款鼓励缔约国就腐败犯罪加强合作、打击。但一项国际公约若要真正落实到某一具体国家，此国应做到调整自己刑事司法制度来满足公约要求。中国2003年已签署加入UNCAC，但国内法律，如财产申报实名制、官员财产申报制度均没有相关规定，或者呈现立法空白或者规定含糊不清的情况。对可移交资金流的监控制度，央行颁布了三个规定，但并不是法律。因此，建立财产申报制度来预防跨国洗钱犯罪刻不容缓。

（三）以追诉辅追逃

以追诉辅追逃是指外国请中国提供证据材料来支持外国依据外国法律对该犯罪人的立案、侦查、起诉、审判。中国应在现有条约框架下积极与外国开展国际合作。因为如果赃款追不回，即使让犯罪分子在外国受到追诉，也比让犯罪分子逍遥法外要有利于打击犯罪。

三、我国打击跨境犯罪国际刑事司法合作之完善措施

（一）完善对恐怖主义受害人的司法救济

长期以来，受害人在刑事审判中扮演的都是次要——而且大多是沉默

的角色。对被指控犯罪进行有效的刑事起诉是减轻受害感受和避免恐怖行为逍遥法外的一个关键因素。受害人取得平等和有效的司法救助也非常重要。为解决反恐行动中的刑事司法问题的能力建设活动，我国需要强调受害人及其家属在刑事诉讼中的作用。恐怖主义行为的影响超出了其对受害人的直接影响，因为这些行为不加区分地针对平民——无论其地位或职责——或公共机构，从而更广泛地影响到整个社会。正是出于保护社会的考虑才确立了刑事制裁。然而，对罪犯进行刑事处罚还不够，还应当像处理许多刑事犯罪案件那样向受害人提供赔偿。特别是在反恐斗争框架内，绝不能将受害人遗忘，或视之为附带损害。恐怖主义行为受害人是以一国或多国或一个或多个国际组织为目标，攻击一国或国际社会最高利益的犯罪行为的受害人。绝对有必要确定恐怖主义行为受害人的权利和需求，支持他们和为他们所遭受的损害提供赔偿，并让他们在其中的刑事诉讼中发挥核心作用。加强对恐怖主义行为受害人支持的必要性已经不再是单纯的良知和人类团结的问题，也是全球反恐政策的组成部分。其中包括增强受害人在应对恐怖主义的刑事司法中的作用和话语权。我国想在国际社会中进行更有效的国际刑事司法合作必须完善恐怖主义行为受害人的救助。我国应为恐怖主义行为受害人、政府官员、专家、服务机构和民间社会提供一个虚拟网络、通信和信息中心。加强国际和国家层面的法律文书，规定恐怖主义行为受害人的法律地位并保护其权利。建立方便的医疗保健服务，向受害人提供全面的短期、中期和长期支持。向受害人提供经济资助，改善对在恐怖袭击中丧生或受伤的工作人员幸存者及其家属的援助能力。参与支持恐怖主义行为受害人的全球宣传活动。加强对恐怖主义行为受害人的媒体报道。在立法方面我国可借鉴印度尼西亚对恐怖主义行为受害人的做法。2003年以来，印度尼西亚已经通过了一些专门涉及恐怖主义受害人的法律文书，即"关于保护恐怖主义犯罪行为中的证人、调查人员、检察官和法官的程序的第24/2003号政府条例"[①]。提供这种保护是为防止在审判期间和审判结束后这些人员的身心健康以及财产受到威胁。关于证人和受害人保护的第13/2006号法律第1.2条将受害人定义为"因为发生违反刑法行为而遭受身心伤害和（或）经济损失的人"[②]。一般情况下，根据该法，无论是印度尼西亚公民还外国公民都可以被视为证人和（或）受害人。对恐怖主义行为受害人的支持不应只限于司法措施，需要更广泛的社会认可。在2002年巴厘岛爆炸案中，印度尼西亚政府在世界各国政府和组织的支持和援助下，努力对该事件作出迅速反应，包括安置幸存者到安全地点，并以任何现有手段将其送往最近的医疗设施。来自社会各界的非政府组织和志愿者，包括游客，也在医院帮助护理和安慰受伤的受害人。提供食物、衣服和住所等基本需求，为受害人、其家属和受爆炸影响者建立了心理创伤辅导。在遭到破坏的巴厘岛萨里夜总会现场建立了纪念碑，纪念爆炸中的死难者，每年现场都组织活动纪念这次事件。

对待恐怖主义罪行受害人必须像对待一般罪行受害人那样，不但要有同情心还要尊重他们的尊严。他们应有权按照国家法律的规定为自己所遭受的伤害向司法机构申诉并迅速获得补救。在必要情况下，必须建立并加强司法机制和行政机制，使受害人能够通过迅速、公平、经济、方便的正规或非正规程序获得补救。为满足恐怖主义犯罪受害人的需要，我国应采取以下措施：让受害人了解其在刑事司法程序中的作用、希望他们进行何种性质的合作、刑事诉讼的范围、时间和进度，以及诉讼的结果；让受害人在关涉其个

[①] 见关于打击恐怖主义行为的第15/2003号法律第33条。

[②] 见关于打击恐怖主义行为的第13/2006号法律第4条。

人利益的适当诉讼阶段提出其观点和关切事项并予以考虑，而不损及被告，并符合我国刑事司法制度的有关程序；在整个法律诉讼期间向受害人提供适当援助；尽量减少对受害人造成的不便，必要时保护其隐私，并确保受害人及其家人的安全；保护受害人免受可能发生的恐吓和报复；在处理案件和执行命令或执行判给受害人赔偿金的判决时，避免不必要的拖延；利用政府手段、志愿手段和基于社区的手段，向受害人提供必要的物质、医疗、心理和社会援助；向受害人提供获得赔偿和补偿的途径。只有国家建立了法律援助机制，才有可能保证受害人无论经济状况如何，都能获得正规的司法救助，因为在大多数法律制度中，合法代表权是受害人参与审判的一个条件。作为向受害人提供法律援助的一种替代办法，国家可能会选择指定一名支助人（不一定是律师），在诉讼过程中协助受害人。对国家来说，这样做可能费用较低，而且在不允许受害人直接介入刑事诉讼的诉讼制度中是合适的。支助人可以协助受害人获得关于被指控罪犯的审问信息及关于可能适用于特定受害人的行政和民事诉讼的信息。允许受害人参与刑事诉讼并承认受害人有权了解案情进展情况，可有助于平衡刑事司法制度。否则，只处理了国家与罪犯之间的关系以及辩方的权利。在实践方面，最重要的问题或许是受害人有权了解自身各种权利以及设有对其有益的现有程序。应当要求在司法程序中与受害人接触的人——警察、社会工作者、辩护律师、检察官和法官——向受害人简要说明其权利，并指引他们到何处寻求所需要的帮助。知情权包括通过现有司法或行政机制（如免费获得律师协助）了解受害人寻求补救措施权利的相关信息以及关于刑事诉讼各阶段和成果的信息。关于他们在刑事司法系统中可能发挥作用的信息对该作用的行使十分重要，并可能包括介入诉讼的可能性。

国家机关与恐怖主义行为受害人或其家属的直接接触不可忽视。受害人及其家属的权利之一是了解有关对被起诉嫌疑人的指控的司法程序信息的权利。关于如何处理这种关系，我国可借鉴：1.英国的死者家属联络官制度。这些工作人员向家属提供关于调查和起诉进展的定期更新信息，以及其他有关信息。在可能和适当的情况下，使用创新技术可以方便与受害人及其家属的联系。2.加拿大、英国和美国利用定期更新和有密码保护的网页使遭受直接影响的受害人和家属了解有关刑事诉讼程序的进展情况。3.在澳大利亚和加拿大等普通法国家，受害人不能作为当事方介入程序。这些国家一种非常有用的做法是让受害人发表影响报告，使其能够独立于起诉策略（这种特征在对抗辩论式制度中是必需的，但也可以供其他诉讼模式参考）表达观点。这也许是让受害人在刑事诉讼期间直接"发表意见"的最有效做法。在作出有关裁决——包括释放决定或是否接受诉辩协让的决定——之前听取受害人的意见十分重要，以便其报告能够有效地影响判决。

（二）加强跨国犯罪资产没收过程中第三人正当权利的保障

美国财产没收法除刑事没收外，还有民事没收和行政没收。行政没收由联邦执法机关执行，不具有司法诉讼性，刑事与民事没收则需经过司法诉讼程序，通过法官判决将没收财产的所有权转移到联邦政府。部分法律特别规定刑事没收中对被告人以外的第三人的财产，基于没收制度的正当法律程序与公平原则，对于应没收物有利益相关的人，应被告知相关没收程序。因为第三人无法参加刑事诉讼程序，为赋予该第三人正当法律程序的保障，于刑事审判程序后设有附属程序（ancillary proceeding），该程序仅限于决定第三人对没收财产是否具有合法权利。法院核发没收令后，应公告并以书面通知利害关系人于法定期间内申诉，若申诉人有优先证据证明其是善意购买人时，法院即应修正没收命令。①我国引进第三人诉讼参加制度，是基于正当法律程序的要求，赋予第三人程序主体的地位，上述申诉权利，第三人也可以放弃。从而，案件侦结起诉后，第三人的物或财产上权利虽有遭受法院没收的可能，但如果该第三人不愿提出诉讼参加的申请，应尊重其对被没收财产放弃申诉权。没收的财产上的权利是否归属于第三人，对于第三人利害关系至深，适度规范第三人的释明义务，并由法院予以审查，除有助于明晰实体权利的真实性外，亦有效抑制滥用申诉权，以达到诉讼经济及避免本案诉讼不必要的拖延。所以应引用第三人向法院申请参加诉讼的模式。诉讼参加的申请，逾越法定申请期者、违反书面申请或未尽释明义务者、申请违反法定程序者，都应予以裁定驳回。若应没收之物或财产上的权利非第三人所有，也应予以裁定驳回。为求慎重，法院作出前述裁定前，法院应征询检察官、被告及申请人的意见，有关听取第三人的意见，已赋予该第三人陈述及申辩的权利。

（三）重视国际刑事合作中境外取证的验真

虽然境外取证程序早因刑法中的管辖权理论而存在，但近年来国际交流日益频繁，越来越多的犯罪逾越一国的边境，如何获得境外证据、境外证据在何等条件下在本国的刑事审判程序中具有证据能力、国际司法合作在其中可以扮演什么角色等，业已成为国际刑法领域相当重要的议题。当犯罪跨过一国边境，无可避免地因为司法主权等因素，阻碍这类案件的处理，而给犯罪者可乘之机。但本书认为，全球化不仅向犯罪者提供机会，也为各国政府创造各类合作的架构。当人权的普世价值越来越受到肯认，即便是跨境刑

---

① Dee R.Edgeworth, ASSET FORFEITURE PRACTICE AND FEDERAL COURT, 196 （2004）.

事案件，也必须注意犯罪打击与人权保障之间的平衡。境外证据的调查、取得与转移向来是司法互助的重点。之所以必须透过司法互助，除了效率、必要性以及取证过程较能被控制等考量以外，最重要的是，在法理上，一国对于国境之内刑事案件的追诉与审判享有司法主权。国家基于司法主权，制定法律并设置机关，授权并规范侦查与审判活动。原则上，法律授权的对象只限于自己国家的司法与侦查机关。因此，不管一国是否基于政策考量将刑法的效力范围扩张到他国境内，在实际进行跨境刑事案件的侦查或审判时，都无可避免受到他国司法主权的限制，并必须取得他国的协助。倘若一国并未取得证据所在国的同意，便自行到该国境内进行侦查行动甚至是有开庭审判行为，不仅侵犯该国主权，更有违反该国法律，以致被该国追诉的可能。因此，在彼此尊重司法主权的前提下，一国若要打击跨境犯罪，取得境外证据，国与国之间势必透过司法互助，在互惠的基础上相互合作。不过，即便司法互助让一国可以不侵犯他国主权的方式获得他国境内的证据，包括嘱托他国提供、嘱托他国代为调查取证，甚至是派员到他国，与他国侦查机关进行联合调查，不代表请求国刑事诉讼法因此就有境外效力，或是所获得的证据便可直接适用请求国的刑事诉讼法。从司法互助到证据可在我国司法审判程序中使用，必须视情况处理好几个不同层次的法律问题。

即使境外取证程序合法，境外证据还是不必然可以在法庭上使用。法院必须处理证据真实性问题，即证据的验真。在实际审判程序中，证据的验真事实上是法院处理证据能力最优先的议题。法院必须先确认，当事人于诉讼程序中所提出的笔录文书或物证是否出于伪造，是否真为证据提出者所宣称的那份文件或那个物证。譬如，外国鉴定机构所做的鉴定报告的确由该鉴定机构所做成，外国政府文书的确由外国政府所制作提出，或是证人境外侦讯笔录真为检察官根据证人陈述所制作。确认证据真实性之后，法院方才调查该证据的取得过程是否合法。对于境外证据，我国可以借鉴美国联邦证据法则规定的外国公文书的验真方式。大致上要求做成该公文书的外国公务员的签名，以及审判国驻在当地使馆的验证，而且我国刑事诉讼法应增设针对境外证据验真程序的一般性规定，对所有境外程序设计必要的程序要求，如此才能全面地处理境外刑事证据真实性的问题。

（四）完善我国国际刑事司法合作中的信息共享措施

非法贸易等跨境犯罪使政府收入大幅度减少，却使跨国犯罪活动获得更多资金。非法贸易产生经济利润，这些利润被用于资助跨国犯罪活动，干扰政府目标。我国在打击跨境犯罪刑事合作过程中，应报告合作方如下信息（以打击跨境非法贸易为例）：以汇总形式报告扣押物品或生产设备、数量、扣押价值、产品介绍、加工日期和地点的详细情况，以及逃避的税款；物品或生产设备的进口、出口、过境、已付税和免税的销售以及生产的数量或价值；物品或生产设备非法贸易的趋势及使用的隐藏方法和运作方式以及任何其他有关信息。我国应加强与其他国家或国际组织的刑事司法合作，以加强收集和交换信息的能力。除非提供信息的合作方另作说明，我国应将有关信息视为保密信息，仅供合作各方使用。国家可根据国内法律或酌情根据任何适用的国际条约，主动或应要求说明此种信息对侦查或调查某种物品或生产设备的非法贸易有必要，同时提出交换以下信息：有关自然人和法人的许可证记录、便于确认监测和起诉参与某种物品或生产设备非法贸易的自然人或法人的信息；调查和起诉记录；某物品或生产设备的进口、出口或免税销售的支付记录；扣押某物品或生产设备的详细情况，包括适宜的案例参考信息、数量、扣押价值、产品介绍、有关实体、加工日期和地点，以及运输办法、隐藏方法、运送路线安排和侦查等运作方式。信息交换应遵循本国有关保密和隐私权的法律。经共同商定，各合作方应对交换的机密信息提供保护。各合作方应相互合作并/或通过有关国际和区域组织合作，经共同商定，提供科学、工艺和技术事项方面的培训、技术援助与合作，以便实现本议定书的目标。此种援助可以包括信息收集、执法、跟踪和追溯、信息管理、保护个人信息、封锁消息、电子监测、法医鉴定、司法协助和引渡等领域内转让专业技术专长或适当技术。各合作方可酌情达成双边、多边或其他协定或安排以便促进就科学、工艺和技术事项开展培训、技术援助与合作。各合作方应酌情进行合作，开发和研究关于确定被扣押物品的准确原产地的可能性。各合作方应在符合本国法律和行政管理制度的情况下采取有效措施，以便：1.在必要时建立主管当局、机构和部门之间的联系渠道，以促进安全、迅速地交换刑事犯罪的各个方面的信息；2.确保主管当局、机构、海关、警方及其他执法机构之间的有效合作；3.在具体案件中同其他合作方合作，就以下信息的刑事犯罪事项进行调查——a.涉嫌参与此种犯罪的人的身份、行踪和活动，或其他有关人员的所在地点，b.来自此种犯罪的犯罪所得或财产的去向，c.用于或企图用于实施这类犯罪的财产、设备或其他工具的去向；4.在适当情况下提供必要数目或数量的物品以供分析或调查之用；5.促进其主管当局、机构和部门之间的有效沟通，并促进人员和其他专家的交流，包括合作方之间的双边协定或安排派出联络官员；6.与合作方交换关于自然人或法人实施这类犯罪行为时所采用的具体手段和方法的有关信息，视情况包括关于路线和交通工具，利用假身份、经变造或伪造的证件或其他掩盖其活动的手段的信息；7.交换有关信息并协调为尽早查明刑事犯罪而酌情采取的行政和其他措施。我国应在力所能及的范围内开展刑事司法合作，以便对借助现代技术实施的跨国犯罪作出应对。当某合作国境内的某人需作为证人或鉴定人接受另一国司法当局询问，且该人不可能或不宜到请求国出庭时，在符合国内法律基本原则的情况下，允许以电视会议方式进行询问，且询问时应有被请求国司法当局在场。被请求国应向请求国提供其所拥有的根据其国内法律可向公众公开的政府记录、文件或资料的副本；可自行斟酌决定全部或部分地或按期认为适当的条件向请求国提供其所拥有的根据其国内法律不向公众公开的任何政府记录、文件或资料的副本。

（五）借鉴美国"绑架"制度

在难以实施引渡和遣返的情况下，美国执法机关有时会通过境外绑架来缉捕逃犯。对于这种做法，美国法律认为，如果一名逃犯被押至美国法院接受审判，该逃犯是如何押至法院的可以忽略不计。这一观点通常被称为科尔-弗雷斯比规则。在1886年的科尔案中，美国伊利诺伊州的一个大陪审团指控居住在秘鲁的科尔涉嫌非法侵占财产，美国主管机关派遣了一名信使前往秘鲁，该信使持有要求秘鲁主管机关按美国和秘鲁的引渡条约引渡科尔的文件。但信使没有按条约的规定向秘鲁主管机关递交引渡文件，而是通过绑架，将科尔强行带回了美国。美国联邦最高法院判决认为，科尔无权以遭绑架为由拒绝接受法院的审判。[1]弗雷斯比案涉及美国境内的跨州绑架，但该案确立的法律规则也适用于国家之间的变相引渡。弗雷斯比在伊利诺伊州被密歇根州警察绑架，并被送往密歇根州法院受审。对此，联邦最高法院判决表示："本法院从未偏离科尔案所宣示的规则，即某一人员因违背其意志而受审，法院就应让经过正当程序被定罪的人逃避惩罚。"[2]阿尔瓦利兹·玛沁案

---

① Ker v. Illinois119US436（1886）。

② Frisbie v. Collins342US519（1952）。

是美国通过绑架从外国变相引渡逃犯的重要案例。阿尔瓦利兹·玛沁是一名墨西哥医生，被指控在墨西哥贩毒集团将一名美国禁毒署官员拷打致死时在场，并通过医疗手段延长该警官生命，以便使毒贩能更长时间地拷打这名警官（事件发生在墨西哥境内）。美国警方通过非正式谈判请求墨西哥移交阿尔瓦利兹·玛沁，但未成功。1990年4月2日，阿尔瓦利兹·玛沁在其墨西哥境内的诊所被数名墨西哥人绑架，并被送往美国德克萨斯州，随后被美国警方逮捕。美国警方向实施绑架的墨西哥人支付了2万美元的酬金。事发后，墨西哥驻美国使馆多次向美国国务院递交外交照会。其中一份照会要求美方调查此事，第二份照会表示确信美国政府官员参与了此事，第三份要求美方临时逮捕涉嫌策划绑架的美国警官贝雷利兹及其墨西哥线人加拉特，第四份照会要求引渡这些人员。在此后的诉讼中，美国法院认定美国警方未直接实施绑架，但仍须对绑架一事负责。阿尔瓦利兹·玛沁向美国法院表示美国警察的行为违反了美国和墨西哥的引渡条约，因此，美国法院对其无管辖权。联邦地区法院接受了阿尔瓦利兹·玛沁的抗辩，判决释放阿尔瓦利兹·玛沁。联邦巡回上诉法院维持原判。但联邦最高法院认为：美墨《引渡条约》没有禁止美国和墨西哥从对方境内绑架人员，也没有规定发生此种绑架的后果。据此，联邦最高法院判决认为，绑架阿尔瓦利兹·玛沁不违反美墨《引渡条约》，而按上述科尔-弗雷斯比规则，美国法院对阿尔瓦利兹·玛沁有管辖权。[①]美国历届政府对境外绑架的立场不完全一致。卡特政府时期，针对联邦调查局警官在外国采取强制措施而招致外国政府抗议的情况，司法部长曾要求司法部法律顾问办公室就此提出法律意见。法律顾问办公室认为，如果

---

① United States v. Alvarez-Machain，504U.S.655（2004）。

在外国实施绑架，对于被绑架人员，美国法院享有管辖权，而不论绑架是否违反国际法。此类绑架虽不违反引渡条约和国际人权法，但违反一般国际法原则。即使是由外国人员实施绑架，由于他们是根据美国执法人员的指示行事，绑架也会视为美国执法人员所为。里根政府和老布什政府改变了上述立场。1989年6月21日，美国司法部法律顾问办公室提交了一份不公开的法律意见书，题为《联邦调查局在境外执法活动中超越习惯国际法和其他国际法的权力》。从当时的媒体报道和司法部及国务院法律顾问办公室官员在国会的证词判断，这份法律意见书支持美国执法人员在境外采取强制措施，而无论此种行为是否违反国际法。[①]由于绑架可能违反一般国际法原则或导致严重的国际后果，我国可立法规定"有限制的绑架制度"，一是禁止中国官员或雇员在外国直接实施逮捕，但不禁止在外国警察实施逮捕时在场或协助实施逮捕的外国警察；二是立法规定无论由中国政府官员直接实施还是通过其他人员间接实施，检察官在实施境外绑架前，必须将相关计划通知司法部刑事司法协助法处，以便寻求和获得司法部的批准。

第三节　美国FinCEN机制及其启示

洗钱问题一直备受社会诟病，随着与洗钱密不可分的严重腐败犯罪呈现出的跨国化趋势，更加大了公众对洗钱的关注程度。近年来，中国政府加大了反洗钱工作力度，颁布了相关规定，组建了相关机构，但与该领域先进国际标准如美国FinCEN反洗钱机制相比，仍有较大差距。美国反洗钱监管主要

[①] 《美国国际法杂志》第83卷第880—893页：U.S.Law Enforcement Abroad：The Constitution and Internationnal Law。

是通过其下属的金融犯罪执法网络（Financial Crimes Enforcement Network，简称FinCEN）来实现。美国FinCEN作为情报机构，其综合和系统分析的运作特点使其具有很强的洞察力，能挖掘出表面上毫无联系的工商企业与银行账户之间的内在联系，并能给出关联机构信息；在具体调查过程中，调查人员只需抓住任何一个环节就能挖出整个洗钱链条。这使得反洗钱调查和执法难度大大降低了。中国应借鉴美国FinCEN反洗钱工作机制，不断发展与完善具有中国特色的反洗钱机制。

一、美国FinCEN反洗钱机制

美国FinCEN是隶属美国财政部的金融情报机构，承担着分析、监管等多项职能，核心职能是为执法部门提供支持，协助个案调查和起诉，提供金融犯罪趋势、方式战略分析。[①]同时，美国FinCEN向政府部门提供数据接口服务，包括金融机构依要求提供的现金及可疑交易报告（Financial Reporting）及其他数据和信息。美国FinCEN秉承着以下的工作原则：1.追求内在成绩与外在价值的统一。对美国FinCEN员工而言，内在成绩体现为以便捷、节约方式达到目标，提供优质客户服务，不断改进工作质量。外在价值体现为通过提供监管、专家分析、分享信息，使各相关单位将资源集中于金融犯罪风险最高领域。2.通过参与及合作实现资源有效利用。在金融机构、监管部门、执法机构、全球化伙伴、财政部及TFI内部所构成的网络中，美国FinCEN处于核心位置，通过与不同部门合作和信息交流，形成对金融犯罪的完整视图，从而最大化打击金融犯罪。3.基于全球视野开展工作。由于全

---

① 美国FinCEN于1990年成立，隶属于美国财政部，是美国规模最大的金融情报机构，可以依法广泛开展洗钱信息的收集工作。

球市场相互影响及金融机构在全球范围内活动，在监管时，美国FinCEN需考虑全球化影响。此外，金融交易无国界，以及美国作为全球最大经济体，有可能成为洗钱主要目标，美国FinCEN需加强与其他国家和地区及国际机构合作。4.利用先进技术。发挥美国FinCEN职能离不开安全、性能良好的信息系统。因此，美国FinCEN需不断利用先进技术，提升工作效率。5.提高金融系统透明度和提升金融犯罪防范能力。监管设计有效平衡各方面需求。在考虑是否需要采取措施提高透明度、防范金融体系漏洞和不足时，美国FinCEN权衡因此可能给客户带来的不便及给金融机构增加的成本。因此，美国FinCEN尽可能统一监管要求，减少监管要求与金融行业商业目的间的冲突。为实现该目标，美国FinCEN将要做到以下几点：（1）在金融业内统一相同产品监管要求；（2）对金融行业提供监管指导；（3）提高对违法活动了解程度，识别犯罪活动新趋势和存在漏洞；（4）将监管行为告知金融机构；（5）向金融行业提出新型金融犯罪风险和趋势建议。①

概而言之，美国FinCEN反洗钱的核心工作模式是收集信息情报；主要职责是信息分析、数据处理；主要任务是为侦办案件提供情报服务、分析帮助。美国以FinCEN为枢纽的蛛网式反洗钱监管组织结构是以美国金融业高度货币电子化、网络化和发达的个人信用制度等基本特点为条件和基础建立起来的，是与其金融业乃至整体经济社会特点相适应的一种制度结构。

二、我国反洗钱模式现状及存在的问题

要构建我国的反洗钱监管体系，首先应充分认识我国目前的洗钱和反洗

---

① 美国财政部官方网站：http://www. ustreas. gov/offices/enforcement/money_laundering/shtml。

钱的基本状况。随着我国金融开放步伐的日益加快，跨国洗钱等资本的非法流入流出更加猖獗。跨国洗钱具有诸多的危害，比如：助长和滋生腐败，败坏社会风气；造成资金流动的无规律性，影响金融稳定；损害守法企业、个人的正当权益，破坏市场竞争环境；破坏金融机构稳健经营的基础，加大法律和运营风险；与恐怖活动、黑社会等相结合，危害社会稳定、国家安全并对人民的生命和财产形成巨大威胁；等等。打击跨国洗钱犯罪的有效方式是缔结国际条约或公约（如《联合国打击跨国有组织犯罪公约》），进行国际合作。改革开放40年来，我国先后与约150个国家和地区的内政、警察部门以及20多个国际组织建立了业务交流合作关系。截至2013年底，我国同外国签署了33项双边引渡条约和47项双边刑事司法协助条约，还积极缔结了《联合国禁毒公约》《联合国打击跨国有组织犯罪公约》等一大批打击跨国犯罪和国际犯罪的国际公约。目前，我国的跨国追逃案件主要集中在职务犯罪、经济犯罪、贩运毒品、走私、诈骗、伪造证件、网络犯罪、杀人、抢劫、盗窃等国际性犯罪领域，其中侦办难度最大的是职务犯罪和经济犯罪类案件，很多案件因缺少充分的证据而难将外逃嫌犯绳之以法。中国人民银行代表中国政府2007年加入FATF，正式成为成员之一。FATF最近新推出的《40项建议》当中的第3条、第4条和第38条对于与洗钱犯罪有关的查封、扣押、冻结、没收犯罪资产等内容都做出了规定。其中第38条建议呼吁FATF各成员国之间要在没收领域确保有权采取迅速行动，以便追回能够识别到可以没收的洗钱犯罪的资产，包括上游犯罪。这项权利应当包括基于非定罪的犯罪资产追缴方式（Non-Convinctionbased Forfeiture）。这也为我国开展打击跨国洗钱犯罪提供了更广阔的空间。尽管我国通过积极配合国际反洗钱行动及洗钱案件，逐渐提高本国在国际反洗钱领域的影响力。但我们应该看到，同美国FinCEN反洗钱制度相比，目前我国反洗钱工作机制还存在很多漏洞，具体表现在：

（一）我国反洗钱立法存在问题

目前我国洗钱罪上游犯罪仅规定七个罪名，相比较美国洗钱罪上游犯罪而言范围过窄，容易导致轻纵犯罪的结果。此外，针对地下钱庄活动出台与反洗钱法配套的相应法规政策是当前反洗钱工作面临的突出问题之一。地下钱庄，一般具有操纵多个对公与个人账户、通过网银频繁转账和分散提取现金等特征。对于众多从事走私、毒品、金融诈骗非法活动的犯罪分子，地下钱庄为其清洗非法所得提供了非常便利、快捷的渠道。近年来反洗钱部门、外汇管理部门会同公安机关虽多次开展行动打击地下钱庄，但始终未能从根本上动摇地下钱庄的生存基础，地下钱庄仍屡禁不止。

（二）银行业金融机构客户身份识别存在问题

客户身份识别（Customer Identification）是国际反洗钱领域最重要的原则之一，最早由巴塞尔银行监管委员会在1988年12月发布的《关于防止犯罪分子利用银行系统洗钱的声明》中提出。目前我国银行业金融机构客户身份识别存在如下问题：（1）完整性识别存在问题。完整性识别存在的问题在银行业金融机构中较为突出。对私客户往往存在未填、漏填基本信息的情况，如职业、住所地或工作单位地址、证件有效期等；对公客户往往存在金融机构未识别控股股东或实际控制人的信息等问题。尤其是对公客户存在问题较为突出，很多银行业金融机构缺少其经营状况、产品服务、合作伙伴等资料，影响对可疑交易的全面判断。（2）真实性识别存在问题。留存真实完整的客户身份信息是客户身份识别制度的基础，但在实际执行中效果不理想。部分银行业金融机构的员工担心让客户填写详细的资料会引起客户的不满，影响其业务的发展，在实际操作中往往存在代填和随意填写客户身份信息的现象，个别银行甚至存在职业信息均填职员的现象，客户身份识别流于形式。目前，银行主要通过公民联网核查系统提供二代居民身份证的姓名、照片等信息对客户进行比对识别。公民联网核查系统存在身份信息采集滞后、数据不全等缺陷，易出现身份证号码不存在、姓名与身份证号码一致但照片不存在等现象，给金融机构履行客户身份识别义务带来一定的困难。若有客户持相同信息且样貌特征类似的身份证件去办理业务时，银行员工利用肉眼判断，尤其在柜面较忙时，很难有效地进行客户身份识别。根据《个人存款账户实名制规定》，军官证、户口簿、护照、通行证等都是自然人客户开立个人结算账户的有效身份证明证件，但是对于上述证件，有的银行业金融机构没有有效识别真伪的手段。（3）有效性识别存在问题。目前银行业金融机构识别客户过程中发现的问题较少，且发现的问题也主要集中在身份证件过期上，有效性不强。有效性识别还要求对客户身份进行持续性识别和动态监控，实践中不能做到和不知道持续身份识别的情况较为普遍，即使部分银行业金融机构能够根据客户身份识别制度的要求对客户进行持续识别，但也无法查实重新识别客户身份中身份信息变更、行为异常、涉及可疑交易等情况。一些银行业金融机构只注重表面合规，不能结合客户职业、收入等进行综合评判，使一些本该在客户身份识别环节发现的问题没有得到及时发现。个别银行未做到对客户信息的整合，对客户的身份识别仅以单个账户为基础，不能综合客户的所有账户进行客户风险等级划分等识别工作。

（三）可疑交易报告标准存在问题

以证券业可疑交易检测报告情况为例，目前我国证券业开展可疑交易报告的法律依据是《金融机构大额交易和可疑交易报告管理办法》（以下简称《管理办法》）第十二条和第十四条规定。实践表明，这些监测标准亟需修订、完善。主要原因包括：一是部分条款和实际情况不符，不具可操作性。证券行业实行客户资金第三方存管后，与现金交易有关的第十二条第一款、第二款规定情形已不可能出现；第五款规定的"客户与洗钱高风险国家和地区有业务联系"的异常情形，在实务中较难判断。二是部分条款未考虑证券行业特性造成大量无效排查。其主要原因是第四款、第六款将"长期闲置的账户原因不明地突然启用，并在短期内发生大量证券交易""开户后短期内大量买卖证券，然后迅速销户"列为可疑，而在股市牛熊转换期，上述两种现象大量存在，使大量正常交易被预警为可疑。

三、美国FinCEN先进经验对我国反洗钱工作的启示

美国FinCEN反洗钱机制完善的法律规定、严密的组织架构、有序的战略规划、透明公开的政策规则等先进经验值得我们思考。有关战略性层面，如统一的数据标准、加强反馈及数据质量评价、以金融情报中心为信息枢纽的信息平台建设等技术经验值得我们借鉴。在充分考虑我国洗钱犯罪的具体特点和金融、经济、社会的现实状况基础上，笔者认为，美国FinCEN反洗钱工作模式对我国的反洗钱机制有以下几方面启示：

（一）填补反洗钱相关立法空白

1. 完善《反洗钱法》。扩充洗钱罪的上游犯罪。中国的反洗钱法规定的内容范围较狭窄，国际上打击腐败犯罪效果好的国家，如美国、加拿大、澳大利亚的反洗钱法对洗钱罪的上游犯罪规定得很宽，理论上任何犯罪均可能构成洗钱罪的上游犯罪，而我国《刑法（修正案八）》颁布后洗钱罪的上游犯罪才七种，不利于有效开展反洗钱国际合作。2. 制定《打击地下钱庄法》。《打击地下钱庄法》是根据中国国情，特别是中国跨境和跨国洗钱犯

罪，专门针对地下钱庄的法律。（1）应允许调查机关对地下钱庄组织领导人实施特侦和派员潜伏，侦查犯罪，打击犯罪。并要加强横向协作，人民银行要加大与公安、反贪、海关等成员单位的协作力度，尤其是信息交流力度，逐步实现实质性情报的相互交流，拓展防范、监控和打击洗钱等犯罪活动的视野。人民银行与公安机关的协作不能仅局限于经侦一个部门，而是要逐步拓展到网侦、缉毒、刑侦等多个部门，加强有关涉毒、涉恐、涉黑等犯罪活动的情报交流与协作，提升打击洗钱犯罪活动的主动性和有效性。（2）细化对客户身份的识别。银行业金融机构要切实执行"了解你的客户"原则，加强对客户身份识别工作，开设个人账户必须由本人亲自到场申请签字。同时加强持续识别工作，对一些交易异常的客户可以进行实地回访工作，以确定交易是否由本人操作，并了解交易的真实用途。（3）实现对监测系统的升级。当前，银行业金融机构所建立的大额和可疑交易监测系统，仅实现了数据初步提取功能，人民银行应当指导金融机构逐步实现对监测系统的升级工作，完善客户信息，便于对交易数据进行科学的分析比对。并设置预警数值，便于反洗钱人员在系统及时预警后采取各种有效应对措施。[①]（4）强化网上银行交易的控制。[②]人民银行可以采取修订反洗钱规定或发布反洗钱工作指导等措施，督促银行业金融机构增强法律意识，强化对网上银行交易的控制，采取合理设置网上银行交易限额、保证网上银行业务记录保存完整等措施，不断强化网上银行等非面对面支付结算系统的控制机制，防范不法分子利用银行的网上银行系统实现非法经营、从事洗钱等犯罪活动的风险。

---

① 美国FinCEN.Financial Crimes EnForcement Network Annual Report Fiscal Year 2004-2011。

② IMF官方网站：https://www.imF.org/external/np/exr/Facts。

（二）建立以风险为本的客户身份识别制度

基于风险为本的反洗钱方法要求银行业金融机构根据对风险的判断确定风险等级分类标准，并根据风险等级的大小采取适当的措施降低风险，从而将主要精力运用于高风险客户和交易的识别和监控上来。以风险为本的客户身份识别制度要求银行业金融机构要按洗钱风险大小的特征来对客户实行区别的身份识别制度。银行业金融机构要按照客户风险因素的不同，进行客户风险等级划分，客户风险等级分类工作的核心是使银行业金融机构能根据不同的风险等级客户采取有针对性的识别措施，一方面降低了银行业金融机构的成本，另一方面也有利于将有限的资源集中用于控制高风险客户和领域，提高识别效率。建立以智能手段为主、人工判断相结合的客户身份识别方法。在客户身份识别过程中，要高度重视高科技等智能手段的运用，在减轻反洗钱工作人员压力的同时，可以提高工作的效率和水平。首先，为防止漏登记、核对、留存客户身份资料信息，可优化核心系统，开发客户身份识别系统。其次，针对人工判断客户真实身份难度大的缺点，可采用电子签名技术和生物认证技术对客户真实身份进行识别。再次，利用技术系统对客户的身份信息进行定期的检查和维护，对于客户身份资料将过期的现象，可采取提前预警的方式，提醒反洗钱工作人员与客户联系，以便及时更新客户身份信息。最后，对自动处理的交易进行限制和必要的控制，利用智能手段对客户的所有账户的交易和活动方式进行监控，发现异常交易，及时向当地人民银行和公安机关报告。

（三）完善可疑交易监测和报告制度

针对证券业务特点，建议完善原有证券业异常交易标准，剔除原有标准中的第十二条第一款、第二款，修改完全可量化的第六款，增加"与当期交易行情不符"等主观判断因素，并考虑增加如客户经常性高买低卖、客户频繁转户或变更第三方存款银行且资产量较大等异常交易和异常行为，供证券公司进行重点关注和监测。结合洗钱风险、业务特点和实际开发异常交易监测指标。金融机构参考现行异常交易指标、风险提示、金融犯罪案例、国外经典异常交易检测指标，结合本单位金融产品、交易支付、金融工具等的特点，从中提炼可实现技术支持的要素建立异常交易监测指标，通过系统进行量化监测，难以量化监测的指标仍由人工监测。系统开发要预留修改余地。由于金融产品创新及犯罪手法不断发生变化，洗钱类型特征及异常交易监测模型也应进行相应调整。因此，异常交易监测模型设计不可能一步到位，试点单位在开发大额和可疑交易监测系统时应为今后的指标、参数等内容的修改预留空间。

（四）重建有较高行政威权的反洗钱主管部门

洗钱犯罪常与腐败犯罪息息相关，跨国洗钱更与贪官外逃大案密不可分。将调查洗钱腐败犯罪的反贪侦查机关从人民检察院移至中纪委监察部和国家预防腐败局合并成立新的国家反贪污贿赂总局；并赋予新的国家反贪污贿赂总局预防腐败、进行反腐败教育和刑事调查三大职能；赋予反贪调查机关特殊侦查职权，以监听、监控洗钱犯罪人的邮件、电话等。目前涉及洗钱的腐败案件大多针对官员调查并由中纪委管辖，但中纪委作为国务院序列下的监察机关，其调查权有限。洗钱腐败案件具有复杂性、跨国性等特征，因此应把洗钱腐败案件的调查权、执法权赋予中纪委，从刑事诉讼程序上更符合中国法律。目前，纪检部门所做的调查从法理上不能作为法庭上的证据材料，因为纪检部门作为党内调查机关不能出席法庭，如果把洗钱贪腐案件的刑事调查权移交纪检部门，那么纪检部门所掌握的证据材料就可以在法庭上出示。要改革党的纪律检查体制，加强反腐败工作体制机制创新，完善纪委派驻机构统一管理，改进中央和省区市巡视制度。中央决心大力改革纪律检查体制的决定可追溯至十六大。当时，"改革和完善党的纪律检查体制"被正式写进十六大报告中。但根据中共十二大通过的《中国共产党章程》规定，党的纪律检查机关实行同级党的委员会和上级纪委的双重领导体制。这种双重领导体制的弊端显而易见，地方纪委受制于同级党委，无法独立开展监督工作。随后十年中，中央先后推行了一系列的纪检体制改革：建立监督领导班子的巡视制度；由中央掌握省纪委书记的提名权与任命权；对地方派驻机构实行"垂直管理"；逐渐改变纪委书记由同级党委副书记兼任模式；巡视组实行"一次巡视、一次授权"等等。但改革效果没有充分显现，腐败现象仍呈"多元化"发展态势。对此，来自纪委系统内外部人士均提议整合现行反腐败机构。中国人民大学公共管理学院教授毛昭辉曾主张将现行政府审计部门、检察院的反贪反渎与党的纪委和行政监察系统整合到一个称之为"大部制"的机构中。2013年6月，中央党校机关报《学习时报》也曾刊登中央纪委驻国家粮食局纪检组长、党组成员赵中权的署名文章《反腐败要走法治化道路》，文章中特别提出，根据中国国情和实现法治化反腐败的需要，可以考虑对现有分散在纪检监察机关（预防腐败局）、检察机关（反贪污贿赂局）等反腐败专门机构进行整合，建立"国家反腐败委员会"，作为反腐败相对独立的专门机构。因此，建立有较高行政威权的反洗钱主管部门更有利于对洗钱贪腐案件的查办。

第四节　中国跨境犯罪追诉制度设计

——以"一带一路"平台为观照

"一带一路"合作国跨境追诉犯罪国际司法协助的有效实施不只限于立法与行政，其意义比这更深远。尽管一国可能有出色的司法协助立法计划和条约、成熟的行政程序，但在事实上仍然无法提供有效的协助。这是因为再好的制度也必须靠实际起作用的人员来实施。在许多情况下，司法协助的成败几乎完全取决于请求协助的机构和提供协助的机构的认识和灵活性。

一、司法惯例对我国跨境犯罪追诉的影响

我国是《联合国打击跨国有组织犯罪公约》（以下简称《公约》）的缔约国，有义务按照《公约》条款的规定开展国际合作。为了有效追诉跨国犯罪，我国必须有能力在不同层面开展合作，包括提供国际司法协助。为有效开展跨国犯罪追诉的国际合作，要求我国必须全面了解和认识与其他国家（尤其"一带一路"区域国家）司法惯例和制度上的差异，以确保开展相互合作方法上的灵活性，这是有效开展国际合作的重要标志。所有人（包括司法从业人员）都是他们赖以生存的社会和法律制度下的产物。律师和法官会更加主动地学习自己国家的法律，然后从事法律工作，他们通常不会更多地思考其他国家的司法惯例或制度。跨国犯罪追诉司法协助请求凸显了对其他国家法律和社会知识掌握的匮乏，有时会产生不利的后果。如何才能消除终生在一套司法惯例内从事法律工作的职业人士根深蒂固的习惯和职业偏见，如何能够获取通常需要终生实践才能真正了解的另一种司法惯例的知识？答案在于表达想要认识另一个国家法律制度的强烈愿望以及向其他人传授与一

个国家自身的法律制度相关的知识。尽管不同司法惯例和制度在方法上可能有所不同，但所有司法惯例和制度都要求查明被告人是有罪还是无辜。这种目的的共通性旨在为跨境犯罪追诉的国际合作奠定基础。法律是一个国家构架的重要组成部分，也是一个国家历史和文化的写照。主权和法律制度既能作为"一把利剑"，也能作为"一块盾牌"，而且犯罪分子非常清楚这一点。各国执法机构所面临的挑战在于主权（为国家之间的关系奠定坚实基础的一项基本原则）也是社会上犯罪分子武器库里的一件重要工具。罪犯在很大程度上依靠主权壁垒保护自己，防止他们犯罪的证据被发现。律师通常只习惯于其每日工作的法律体制，由于他们很少接触其他法律制度，因此，有时可能很难消除几乎习惯成自然的偏见。所有律师通常是在世界上某一个主要法律传统下参加培训和教育，而且，即使是在当今社会，人们也很少看到一名律师在多个主要法律传统下受训。对于刑法，尤其如此，在任何法域的法庭辩护的绝大多数案件在事实上和程序上都是基于同一法域。此外，政府律师也将自己视为本国法律的"守护神"，而将他们不熟悉的法律视为难以获取（尤其是在可能淡化那些旨在管理和保护本国公民的法律时）。法律制度在很大程度上根植于社会，尤其是在法律职业从业人员和法官中间。"恪守"法律有时意味着在运用法律时一成不变，尤其是当一种法律传统下的成员要求另一种法律传统下的同行在国际合作方面采用他们自己的方式时，这一点表现得尤为突出。在开展国际合作时，这种反应有时会产生不利影响。

"突破障碍"或许进入到合作协同与灵活变通的新时代，但是对参与国际合作打击跨国犯罪的人们来说任重道远。国际条约旨在规定对缔约国具有约束力的义务，而司法协助请求的实际实施还需要认真分析和考虑请求国和被请求国的国内法。得到对世界各国法律传统的基本认识，确定一个国家受哪一种法律传统的支配，然后确定各国所采用的法律制度是国际合作必须解决的问题。"法律传统"是一个国家制定法律、解释法律和执行法律所依据的基本原理和方法体系，而"法律制度"则是一个国家运用或解释法律传统（尤其是与程序相关时）的方法。

　　许多国家在制定和吸收国际法方面也有不同的传统。这些被称为二元体制和一元体制。缔约国为了实施《公约》，都会充分利用其所赞成的法律传统。各缔约国依照国内法采取一切必要的手段（包括立法手段和行政手段）落实《公约》。在二元体制中，国际法和国内法被认为是两个独立的实体，而且在大多数情况下，它们的功能是彼此独立的。一般而言，遵循习惯法传统的国家在性质上是二元主义的。一个国家可以批准一项国际条约或公约，但是在该国颁布新的法律或修订现有法律，以反映该条约或公约的规定之前，该条约或公约不会在该国自动具备法律效力。在二元体制下，一个国家一旦批准条约或公约，就必须确保其国内立法能够反映该条约或公约的要求。从批准该条约或公约到以国内法的形式颁布可能会经历一段漫长的时间，因为立法起草人必须起草新的法律，而且必须走完将其变成法律所需的全部政务流程。"大不列颠及北爱尔兰联合王国通知秘书处，其没有旨在证明《公约》有效应用的实际案例，因为该条约尚未纳入其关于引渡问题的国内法……应当注意英国目前正在修改其在这方面的国内法"①，即是二元论的典型例子。在一元体制下，国际法和国内法具有统一性。因此，当一个国家批准一项条约时，该条约将自动具有与国内法同等的效力，无需经历将其纳入国内法规体系的额外步骤。虽然与二元化体制的国家和习惯法传统一样，

----

① 依据《联合国打击跨国有组织犯罪公约》而请求提供的引渡、司法协助和其他形式国际司法合作所涉案例编目的会议室文件（CTOC/COP/2010/CRP.5和Corr.），第98段。

许多民法传统国家都是一元化体制。对于一元化体制，有两点必须考虑：一个国家可能只认为某些条约适用于国内法，该条约可被视为仅次于该国现行宪法的规定。最后，如果该条约有要求，一元化国家可能需要修改其国内法，设定处罚制度或规定该条约中尚未明确规定的其他措施。各国法律制度中都会发现法律传统的变化，这些变化可能与不同法律传统交织在一起。因此，即使是在有着相同法律传统的国家之间，也有可能在法律程序、举证原则和立法规则等方面存在相当大的差异。这充分表明，法律从业人员有必要了解不同法律传统和法律制度，以确保跨国犯罪追诉被请求国和请求国之间能够进行有效沟通。

二、我国跨境犯罪追诉制度存在的问题

当前，我国跨境犯罪追诉制度主要存在以下问题：一是重惩治，轻预防。实践中无论是跨境追诉的体制机制建设还是立法建设维度，都是重事后惩治轻事前预防。"禁微则易，救末者难"①，小节易制，大错难救，跨境犯罪的发展也有一个形成、发展、终止的过程，所以要从细小苗头开始，防微杜渐，免得酿成大错。二是重刑事打击，轻民事打击。跨境腐败犯罪的目的主要是利用犯罪来攫取资产，为自己和家人享用。所以实践中不仅注重对犯罪人予以刑罚制裁，更要重视追缴犯罪资产，充分利用民事资产没收程序。三是重实体定罪，轻办案程序。我国想更好地实现国际合作，必须充分学习和尊重被请求国的法律惯例与法律制度，重视司法协助程序是保障有效司法协助的前提。四是重追逃、轻追赃、轻境外追诉。刑罚目的包括特殊预防与

① ［南朝宋］范晔：《后汉书·丁鸿传》。

一般预防。在打击跨境犯罪国际合作过程中，要充分利用境外追诉与追赃程序补充国内刑事追逃程序。五是重刑事追赃、轻民事追赃。最高人民检察院对犯罪资产的劝缴方面创造了很多经验。我国境外犯罪追诉也要重视各种非刑事程序。六是重国际打击，轻国际合作。现在跨境腐败案件呈现"烂尾现象"的趋势，即中国国内一些腐败案件都办得很好，但腐败犯罪由于涉及外国，该犯罪在国外、境外存在资产，有关同案犯逃到国外和境外，外国执法机关根据当地的法律需要打击洗钱犯罪和其他犯罪，随之，外国政府反向中国提出司法协助请求，请求中方提供资料来证明该犯罪在中国境内是如何处理的以支持国外对该犯罪的打击。还有些犯罪在国内做了判决，但由于资产在境外，境外追赃的能力偏弱，导致犯罪嫌疑人家属在十年之后，存在境外资产没被追缴，反过来告中国在境外的金融机构的案件。中国应该把反腐的主战场，从"诛贪"转移到对贪官资产的再分配上来，一个最直接的办法就是对资产征税，这样做对贪腐既得利益集团的整体杀伤力也最大。因此，中国的财税体制就必须彻底改革，因为中国连直接的财产税都几乎没有。作为拥有巨额财富的贪官在中国的财富可以不断转移、增值，并几乎毫发无损地传给下一代。有时候往往一个贪官倒下了，但他的财富却大体保全，这样的反腐几乎是没有意义的。中国税收没有调节贫富之功能，无形中把贪官的社会破坏力放大了数倍。对贪官资产收税的关键，在于通过大数据和云计算技术，建立全国性的资产记录大数据库。为防止贪官可以通过白手套和假的身份文件持有资产，可以仿效英国的电子护照，在身份证和户口当中植入记录指纹信息的电子芯片，这样一来资产就和独一无二的指纹对应起来，再加上数据挖掘技术，贪官的财产就无处遁形。考虑到官员财产公开制度的屡屡难产，这个大数据库也可不公开，交由类似于美国联邦调查局这样的机构掌控。这样一个大数据库，其杀伤力就像当年胡佛的秘密档案一样，成为悬在地方贪腐官员头上的达摩克利斯之剑，有助于改善"政令不出中南海"的局面，极大地加强中央集权的执行力。

三、中国跨境追诉连接点的选择

刑法既是善良人的大宪章，又是犯罪人的大宪章。刑法最重要的机能之一就是保障人权的机能。和保障人权机能相关，谦抑原则也应当受到重视。所谓谦抑原则是指，刑法不应将所有的违法行为都作为其对象，而应将不得已才使用刑罚的场合作为其对象的原则。正如所谓"最好的社会政策就是最好的刑事政策"（李斯特语）一样，仅靠刑法手段是不能抑制犯罪的。而且，刑罚是剥夺人的生命、自由、财产的极为残酷的制裁，因此，只将其应看作为防止犯罪的"最后手段"（刑法的补充性）。刑罚规制不应渗透到生活领域的每一个角落，只应控制在维持社会秩序所必需的最小限度之内（刑法的不完全性）。另外，即便行为人实施了犯罪，但如果是为了保护法益而迫不得已的话，就应该基于宽容精神，尽量不动用刑罚（刑法的宽容性）。总之，谦抑原则是以刑法的补充性、不完全性和宽容性为内容的刑事立法和刑法解释的原理。我国跨境犯罪追诉制度也应重视谦抑精神。跨境犯罪追诉的核心是管辖权的冲突，当前只要是任何跨国的重大犯罪都涉及此问题，腐败犯罪当然也存在这个问题，尤其严重的腐败犯罪大都是跨国性的。严重的跨国腐败犯罪，一定同时在不同的罪名下触犯了两个以上国家或地区的刑事法律或地区规定。比如一个腐败犯罪分子从江苏逃到台湾，又从台湾转钱跑到新西兰，这就涉及新西兰和中国大陆、中国台湾三个区域。怎么办？从国际法来讲，或从法理来讲，这两个国家和一个"法域"都对跨国腐败犯罪有管辖权，中国大陆有管辖权，因为犯罪人是中国公民。把钱从大陆转到台湾，台湾也有管辖权。因为犯罪人把赃款，即上游犯罪的腐败收入转到台湾，这本身就违反了台湾这个独立"法域"的刑事法律，台湾当局当然有权管辖这个犯罪，因为犯罪人确实侵犯了台湾地区反洗钱的法律规范或法律规定。此人从台湾逃跑，把钱又转到新西兰，因此新西兰当局自然也有权管辖，因为犯罪人把赃款转到了新西兰。现在就存在司法管辖权的冲突，即中国大陆、中国台湾和新西兰都有管辖权，因此三者之间就有冲突了，到底归哪方管辖，对此并无定论，如果依据理论上的管辖权，结论就是根据不同法域之间的刑法规定来定管辖权。

此种情况的核心即本文讨论的追诉问题，中国大陆的犯罪人外逃，大陆当然有权追诉，中国台湾也可以追诉，新西兰也可以追诉。理论上三者都有管辖权，但实际上管辖权的行使是有条件的。第一，我国的刑事法律都以被告人到庭作为启动开展刑事调查、刑事审判的前提条件，没有缺席判决的规定，所以被告不到庭等于实际上无法对此人行使有效的管辖权。第二，对物的管辖权。管辖权一是对人，一是对物。在犯罪人不到庭的情况下，对其犯罪资产，对物是否能行使管辖权？答案是否定的。前提是谁实际控制这个犯罪人，谁实际控制这笔资产。比如说，中国台湾，犯罪人把中国大陆这笔钱转到台湾然后逃跑，中国大陆此时对人与钱都失去控制，中国大陆肯定要把犯罪人追捕回来，把赃款追回来，但中国大陆现在客观上无法行使司法管辖权，法院在理论上有管辖权，但实践当中做不到，因为人不到案，资产没追回来，就没法进行审判，作出裁决。台湾也是如此，对人的管辖权等于实际上台湾这个独立的法域就实际地行使管辖权。若台湾抓到此人，可以把此人临时地detention，即把他拘留，通过跨国跨境的调查取证然后把他推上法庭，这就满足了被告人必须到庭的要求。但是，如果资产从台湾又流转到外国，比如赃款流到新西兰，新西兰扣住这笔钱，虽然中国大陆、中国台湾、新西兰对犯罪资产都有管辖权，但实际上能行使管辖权的只有新西兰，其他方事实上做不到。因为钱扣在新西兰那里，掌握在新西兰手里，最后新西兰把犯罪资产根据新西兰的法律程序没收掉了，那么中国大陆、中国台湾都可以声称说这笔钱我们有管辖权，但是新西兰管辖完了以后，中国还有其他要求。所以在对人对物管辖的同时，三方就应该坐在一起商量，在三者都有管辖权的前提之下，让哪一个法域真正能够实际地行使管辖权。而那两方，理论上虽然有管辖权，实际上行使不了管辖权的法域的，需要把他们的管辖权让渡给能实际行使管辖权的国家，由此国来实际行使管辖权，让此国行使的前提就是其实际控制此犯罪人。当然中国可以要求把此人从台湾引渡到大陆。中国可以提这个请求，但对方有权不引渡此人。根据或引渡或起诉原则，对方声称我们就认为我们应当行使管辖权，我国判决完了再引渡给中国，中国是否审判与新西兰没关系，总之现在不执行你的引渡请求。犯罪资产更是如此，所以有管辖权的这几国得商量，然后拿出一个方案来，由一个最便利行使管辖的国家来行使管辖权，即便利原则。什么是便利原则？即可能一个案件有十个连接点，但九个连接点都在这个法域，只有一个在另外的法域里，那另外的法域还是应当把管辖权让渡给这个有九个连接点的法域，因为其最方便，犯罪主要实施地在这、主要证人在这、主要赃款在这、被告人在这等，那由其行使管辖权是最好、最便利的。如果几个有管辖权的国家商量一下，如果说都抱着自己的管辖权的理由而不同意把管辖权给连接点最多的国家，也拒不合作，那么最终那个最便利的管辖权的国家无法很顺利地办理案件，不仅放纵了犯罪，还放纵了犯罪资产的收缴，最终受益人还是犯罪集团，这几方都受到了损失。管辖权的便利原则更侧重于对犯罪人、犯罪资产这两个连接点的关注来更有效地实现刑事管辖权。

四、完善"一带一路"合作国间犯罪追诉制度的建议

（一）建立"一带一路"区域逮捕令制度

"一带一路"区域逮捕令是"一带一路"合作国为逮捕或交回另一个合作国要求的人员而签发的任何司法裁决书，以便开展刑事诉讼或执行拘押性刑罚或拘留令。"一带一路"区域逮捕令可能是依照签发国的法律，对根据拘押性判决书或拘捕令至少可处以12个月最高徒刑或在判决书获得通过或拘捕令已签发的情况下至少判处4个月徒刑的行为签发的。司法裁决相互认可原则比传统引渡制度在国际合作方面有更多优势，它要求各合作国司法主管当局执法机构同意其他合作国司法机关（发出请求的司法机关）发出的、有关交出逃犯的请求。"一带一路"区域逮捕令与引渡程序比有以下新特点：一是快速起诉程序。关于执行"一带一路"区域逮捕令的决定必须在被请求人实施拘捕后90天内做出。如果被请求人同意交人，必须在发出同意书后10天内做出上述决定。二是废除规定情况下有关双重罪行的规定。对于在发出请求的合作国法律中有明确规定的恐怖主义、诈骗、洗钱、犯罪集团等严重罪行，不要求实行双重罪行原则。三是交回罪犯的"司法化"。签发"一带一路"区域逮捕令和执行"一带一路"区域逮捕令的机构都是有权依照签发国或执行国法律签发或执行"一带一路"区域逮捕令的机构。四是本国公民的移交。"一带一路"区域逮捕令参与国不可能再拒绝移交它们自己的公民；然而，使"一带一路"区域逮捕令得以执行的条件在于保证被认定有罪的人将回到其原籍国服刑。五是背离特定性原则。合作国在其与发出相同通知的

其他合作国的关系方面，为了对引渡之前实施的其他犯罪行为（除导致相关人员被引渡的犯罪行为以外）实施拘押刑罚或拘捕令，应当假定已同意起诉、判刑或拘捕。

（二）设立"一带一路"反腐国际合作中心局

为了保障"一带一路"参与国反腐国际合作计划的有效实施，我国应建立专门处理"一带一路"区域反腐司法协助的行政构架——国家中心局。中心局成为与一带一路参与国开展任何反腐国际合作相关的所有信息之家。成立"一带一路"反腐国际合作中心局的好处在于国家对收到和发出的请求有更多的控制力，并且开始形成与"一带一路"反腐国际合作相关的专业知识中心。此外，中心局还可以避免因缺乏管理导致的重复劳动与不一致。中心局始终如一的响应不仅有助于就国内要求提出建议，而且通过在日常运行的基础上满足这些外国法律的要求或通过由中心局履行的宣传与联络职能，还有助于建立其他法律制度及其相关规定的知识库。国家应加大对中心局的财政投入力度才能使中心局有卓有成效的发展。尽管犯罪大部分具有很强的地域性，我国仍需投入人力和财力建立一个强大的"一带一路"反腐国家中心局，因为大量的本地犯罪活动都会延伸到国际层面。必须认识到前行的道路只有一条：加强合作。如果"一带一路"参与国不加强合作，打击跨国犯罪成功的机会将变得渺茫。"一带一路"参与国司法协助是互惠互利的：有朝一日，贵国也需要发出紧急请求，也需要合作的响应；而保障这一点的最佳方式是通过定期联系使双方的沟通路线畅通并且在其他国家需要帮助时慷慨相助。将这些职能合并到一处有助于提高效率，也有助于采取更统一、更迅速的响应行动，同时帮助律师培养相关法律专业知识、建立与"一带一路"其他参与国中心局的关系。这种关系对于确保案件迅速办结非常重要。统一处理"一带一路"国际合作事物的更大好处在于营造一支具备处理日益复杂而且在不断增多的法律问题的专长的律师队伍。反过来，这种专长可在国内向其他政府部门发表与涉及国际合作的问题相关的意见和建议，而且能够就警察机构和检察机关产生的问题向这类机构提供咨询和辅导，从而履行一定的教育职能。由于具备这种专长能够履行更多职责的例子包含协调逃犯抓捕和逃犯移交工作、协调和协助在其他国家开展搜捕行动、向政府部门提供与"一带一路"国际合作相关问题有关的法律意见和建议。

中心局的具体职能包括受理所有发出和收到"一带一路"合作国司法协助请求。审查所有请求是否适当并将安排相关法律专家做好行动准备。就补充请求的适当性或必要性问题与请求国联系，比如就依照被请求国的法律需要的项目提出法律意见。审查请求书草案是否妥当，提供有关如何改进和完善请求书的信息。全天候值守，以确保能够及时对紧急请求做出响应。回答希望发出请求的国家的询问，准备好相关信息、资料、范本和案例。与其他"一带一路"参与国中心局协调，以便在同一时间，以一种最符合执法需要的协调方式对复杂案件中身处多个法域和国家的多名被告人实施抓捕或搜查，向发出或执行请求的警察、检察官和调查法官提出有关司法协助法律与实践的建议和意见。从拘捕到移交（包括上诉）全程辅导可能出庭的律师履行职责。向政府部长提出建议和意见，包括"一带一路"区域判例总结、证据采集、庭审记录等。在囚犯移交给请求国的过程中对囚犯过境事宜做出必要安排。就必须出差到被请求国收集证据时预期的事项，比如得到预先批准或依照被请求国法律的其他规定需要的其他事项，向检察官、法官或警察提出意见和建议。妥善保管目前可用的在线工具，供那些考虑向本国发出请求的请求国使用和查阅。与可能执行请求或监督案件在被请求国司法系统的办理进度的司法机关联络。通过非正式机制（如双边会谈）和正式机制（如定期安排的访问）与其他"一带一路"参与国中心局沟通，讨论双方关心的问题或案件，开启新的沟通渠道，充当"一带一路"合作国司法协助相关的国际刑法专业知识中心。商定相关条约，充当条约实施理论和实践方面的专业知识中心。向国内政府官员提出有关司法协助法律与政策的意见和建议。建议或需要进行"一带一路"立法修改时，对立法起草人进行必要的指导，向修改司法协助方面的法规使之能够更有效实施的政策制定者提出实际意见和建议，充当与"一带一路"参与国外交人员和外国政策专家、政府部长的联络人，向国内外利益相关方（比如国内检察官以及境外"一带一路"参与国司法合作伙伴）提供培训。

作为"一带一路"反腐国际合作中心局负责人必须具有司法协助法律方面的专业知识、实践知识和理论知识，具备多种语言能力以及外交技能与判断力的候选人，在寻求解决方案和协作配合方面具有较强灵活性与创造性并且对另一个国家的法律无任何偏见的候选人。为了更好地学习如何在国外收集证据和将逃亡的犯罪分子绳之以法而轮岗交流任职的检察官，中心局工作人员必须妥善处理广泛而复杂的问题，比如薄弱或过时的法律和条约、缺乏对国内和国际司法互助法规和惯例的认识、国内机构以及不同国家之间的沟通与协调问题。此外，国家中心局的人员配置还必须很好地体现该领域存在的法律上和组织上的广度和复杂度。发出或收到的司法协助请求在本质上是涉及至少两个"一带一路"参与国的国内刑事法律与程序的司法活动，比如证据规则、搜查与抓捕，以及与司法协助直接相关的适用国内法。此外，可能还必须考虑一系列"一带一路"参与国刑事司法惯例问题，比如一部或多部条约的解释，以求得到发出请求或响应请求的资格或条件。在许多案件中，还会与警察互动、出现在地方行政官和法官面前、与辩护律师磋商、与检察官和证人沟通，管理和评估法律文书、起诉状、答辩状和证据。作为国家中心局工作人员的律师必须具备在需要这些多种能力组合的领域有效运作和沟通的经验，必须考虑将具有丰富诉讼经验而且愿意与外国和国内伙伴共事的刑事司法从业人员充实到这一机构中。考虑到上述工作的性质和类型，建议将中心局设在司法部门内。

确认收到请求并提供与请求相关的最新信息被认为是国际合作方面最重要的因素之一，发出请求的国家还必须尽一切努力从发出请求的角度跟踪这些请求的实施进度。如果不再需要帮助，必须立即告知被请求国，以便其及时结案，并将其注意力转移到仍在继续的其他案件上。我国可以借鉴巴西经验：巴西开发了一套提醒系统，这套系统有助于国家中心局在处理发出的请求时自动跟踪对该请求的响应。这套系统在很大程度上有助于实现与被请求国及时和持续沟通的目标。具体做法是以官方公函或正式电子邮件的形式向请求机构确认，该请求已转给被请求国。填写"警告系统"表格，该表格旨在发出提醒信息，以便能够每隔30天、60天或90天（取决于案件的紧急程度）与被请求国联系，了解有关该请求执行情况的最新信息。请求机构发出查询通知，鼓励被请求机构和请求机构使用电子邮件或其他技术快速传达有关请求结果的信息。确认收到司法协助请求并就这些请求的实施进度或其所面临的挑战及时进行更新与沟通，是国家中心局积极促进"一带一路"成员国国际合作的基础。

（三）设立"一带一路"区域警务联络官

"一带一路"区域境外警务联络官负责与"一带一路"合作国警察机关联系。因此，"一带一路"区域警务联络官必须具备业务方面的专业知识，比如"一带一路"合作国当地警察部队的指挥体系、当地行政部门（包括法院）的组织结构、当地可能存在的地理上或政治上的挑战等，所有这些都会对与"一带一路"参与国国际合作相关的问题产生一定影响。此外，"一带一路"区域警务联络官还能够履行非常有用的报告职能，成为中心局的"眼睛和耳朵"，使其他"一带一路"参与国充分了解司法协助过程中可能出现的挑战。国家中心局应该考虑利用这些实体机构的专长和能力，作为中心局工作的有益补充、应对"一带一路"国际合作方面的挑战。

（四）学习"一带一路"合作国司法协助平台具体要求

为了加强"一带一路"相关国家主管机构之间在国际层面的沟通以及帮助它们解决相关问题，我国需要学习了解以下司法协助平台对国际合作的要求。

1. 萨赫勒地区与印度洋委员会国家司法协助平台

该区域司法协助平台旨在加强萨赫勒地区与印度洋地区国家在刑事犯罪方面的国际合作。萨赫勒地区国家（现为布基纳法索、马里、毛里塔尼亚、尼日尔）司法协助平台已于2010年6月22日至24日在巴马科举行的一次会议上正式启动。

2. 欧洲刑事司法组织

欧洲刑事司法组织是一家司法合作机构。成立该机构的目的在于在欧盟内部建立一个自由、安全和公正的区域。此外，欧洲刑事司法组织还能够通过欧盟理事会与非成员国、国际组织或机构签订有关交流信息和借调官员的合作协议。如果已签订合作协议或在调查和起诉方面提供协助符合欧盟成员国的根本利益，欧洲刑事司法组织可应成员国的请求，协助开展与该成员国和非成员国相关的调查和起诉。除合作协议外，欧洲刑事司法组织还世界各地建立了联络点网络。欧洲刑事司法组织成员包括奥地利、比利时、保加利亚、塞浦路斯、捷克共和国、丹麦、爱沙尼亚、芬兰、法国、德国、希腊、西班牙等。

3. 美洲国家组织半球刑事司法协助信息交流网

美洲国家组织半球刑事司法协助信息交流网分为以下三部分：一个公共网站、一个私营网站和一个安全电子通信系统。网络的公共部分向美洲国家组织的34个成员国提供与司法协助相关的法律信息。网络的私营部分包含向直接参与刑事司法合作的人员提供的信息。私人网站包含与会议相关的信息、其他国家联络点、术语表以及对安全电子通信系统的培训等。美洲国家组织半球刑事司法协助信息交流网成员包括墨西哥、巴西、加拿大、哥伦比亚、哥斯达黎加、危地马拉、海地、乌拉圭、洪都拉斯、牙买加、秘鲁、美国、委内瑞拉玻利瓦尔共和国等。

4. 伊比利亚美洲司法协助网（IberRed）

伊比利亚美洲司法协助网（IberRed）是拉丁美洲国家联盟的23个国家的司法部和中央机关联络点、检察官和公诉人联络点及司法部门联络点组成的机构。其宗旨在于优化民事和刑事司法协助工具并加强各国之间的合作。伊比利亚美洲司法协助网成员包括智利、哥斯达黎加、古巴、多米尼亚共和国、葡萄牙、巴拿马、巴拉圭等。

（五）做好"一带一路"合作国刑事司法协助后勤工作

确保成功完成司法协助请求的任何努力不会止于一份妥善草拟的请求。请求国应在实际执行请求前预测诸多后勤关切，以避免出现可能严重影响请求结果的问题。在成功处理请求前，须考虑行程安排、行程时间、接种疫苗、口译员、当地导游、车辆、在被请求国提供协助的人员配备、提供请求的成本以及其他。应该指出，不同司法管辖权在处理请求方面具有不同的能力。由于请求的复杂性增加，这甚至会变得更加明显。请求国应考虑积极向协助准予这些请求的被请求国提供协助。如果请求国的官员根据司法协助请求必须前往被请求国，应谨慎从事，以确保通过"一带一路"合作国各自的中央主管当局和外交途径有效协调访问。在被请求国的日程、行程安排、运输和联系人，都应该在抵达前处理。这将确保访问期间避免任何成本高昂的延误或问题。国际调查花费较大，在预算缩减、资源更少之时，必须牢记调查所花的费用同调查本身几乎一样多。执行请求的一般费用由被请求国承担。然而，"一带一路"合作国可商定不同的处理方式，包括如果愿意，可分担费用。当一国没有财务或后勤能力来执行请求时这一点尤为有用。在某些情况下，因国际援助所产生的费用不得超过如同开展国内调查所花费的费用。例如，将向进行面谈的警察支付酬劳，无论是为自身案件还是为一个外国机构访问证人。不过，有时会出现这种情况，即所请求协助的性质和类型导致费用超出被请求国通常需支付的费用。在陆地上搜查住宅或办公室是一回事；搜查远洋船舶，有证据显示在船体或船舶的实际上层建筑内藏有毒品，是完全不同的事情。此类搜查的费用，包括专业潜水员、海军建筑师、造船工人，还可能包括负责船舶航行的船长和船员，将导致成本很快远远超出正常运作的财务能力。"一带一路"合作国有义务在参与成本高昂的协助前进行协商，从而讨论为协助提供资金的某些方式。鼓励各国进一步合作，以分享有限的资源，无论是资金、人员还是设备资源。"一带一路"合作国进行司法协助时，调查人员在与警方沟通的同时，应与其法律顾问保持沟通。警察机构事先的沟通非常重要，因为保持沟通将确保向调查人员提供建议，告知本国的证据规则和程序规则什么时候要求司法协助请求而不是非正式的警方之间的请求。使自己尽可能多地了解司法协助请求书撰写工具，打算提出请求的国家的网站或者其他国际网站，使自己了解对请求具有影响的法律传统、法律制度和国内法。然后可通过本国中央主管当局与被请求国的中央主管当局联络，如有可能，与该中央主管当局讨论自己设想的请求。如果适用，向被请求国的中央主管当局提交请求草案，看它是否符合被请求国的要求以及被请求国是否能够为你能利用的格式提供证据。

附：对"一带一路"合作国司法协助请求的送文说明样本和收到请求的回执样本

司法协助请求的送文说明

（由请求国当局填写）

案件：

案件编号：

嫌疑人姓名：

可就请求与之联系的当局

组织：

地点：

国家：

名称：

职能：

所讲语言：

电话号码：

传真号码：

电子邮件：

截止日期：

请求为紧急请求。

请在【日期】前执行本请求

截止日期的理由：

日期：

签名：

请求的回执

（由被请求国当局填写）

登记

登记号码：

日期：

收到请求的当局

组织：

地点：

国家：

名称：

职能：

所讲语言：

电话号码：

传真号码：

电子邮件：

可就请求的执行与之咨询的当局

□同上文相同

□见下文

组织：

地点：

国家：

名称：

职能：

所讲语言：

电话号码：

传真号码：

电子邮件：

截止日期

截止日期之前可能【做到/做不到】。

原因：

日期：

签名：

请收到后即填写此表格并将之传真给：

第五节　跨境犯罪资产之没收路径研究

——以陈水扁案为视域

一、案情简介

在2004年至2006年间，陈水扁还是台湾地区领导人的时候，在台湾有一家证券公司，叫作元大证券公司，这个证券公司被一个姓马的家族拥有，在台湾这个家族成为元大马家。元大证券公司很想与另外一家叫作富华控股公司的证券机构合并。元大证券公司很想收购富华控股公司。元大马家知道如果要收购富华控股公司可能会受到台湾当局的反对，收购就可能不会顺利进行。元大马家听说如果通过送钱给陈水扁之妻吴淑珍，合并的事情就会顺利很多。元大马家找了一个中间人，这个中间人是一个叫杜丽婷的女士。这个中间人是元大马家多年的非常好的朋友，杜丽婷也与吴淑珍有很好的私人友谊，因此杜丽婷是很好的人选。元大马家有兄弟两人，哥哥马维臣和弟弟马维建，两人让杜丽婷去台湾地区领导人办公场所与吴淑珍谈一谈，告诉吴淑珍元大证券公司想收购富华控股公司的事情。杜丽婷带着这个任务到了台湾地区领导人办公场所和吴淑珍进行了交谈。杜丽婷跟吴淑珍说元大马家很想收购富华控股公司。这时吴淑珍并没有正面回答行还是不行，吴淑珍开始抱怨台湾地区领导人竞选经费很贵，台湾地区领导人竞选需要钱。她的意思很明显，元大马家应该给台湾地区领导人竞选捐钱。杜丽婷很明白吴淑珍的意思，她问我们应该捐多少钱？吴淑珍说是两亿新台币。两亿新台币相当于600万美元。杜丽婷回到了元大马家，告诉元大马家两兄弟，吴淑珍已经说了，你们要捐两亿新台币给台湾地区领导人竞选。马氏兄弟把600万美元的现金准备好了，包装在水果箱中，一箱一箱送进了台湾地区领导人办公场所。这笔钱一开始在台湾地区领导人办公场所，然后从台湾地区领导人办公场所被送到了台湾一家银行的地下金库保存起来。钱在地下金库，所谓的"第一家庭"自己承认，在钱最多的时候已经到达了2100万美元，全都是现金。吴淑珍认为2100万美元在银行的地下室不安全，她就跟杜丽婷说可不可以把这些钱送到马氏兄弟马维臣的地下室，马维臣有一个很大的房子，所以地下室也很大。这2100万美元的现金装进了一个个皮箱，搬到了马维臣的地下室。这时吴淑珍跟杜丽婷说这些钱在马维臣的地下室放着是不可以赚钱的，她想让这2100万美元去赚钱，让杜丽婷告诉马氏兄弟可不可以让他们为我投资。马维臣很小心，他不想让吴淑珍赔钱，他让他公司的人每天以很小金额的数量把他地下室的现金存入台湾的不同的银行，因为台湾和其他的地方是一样的，也有一套洗钱管制的系统，如果超出了一定的金额，台湾的银行也要上报的。所以马维臣每天以很小的金额让这个人把现金存到银行。因为马维臣在香港有很多的钱，他在香港以公司的名义为吴淑珍开了几个账户，然后他把在香港的美元以等同的金额转到了吴淑珍的账户中。现在马维臣地下室的现金已经转到了香港的金融系统中。因为马维臣的手下把钱一点一点存到了台湾的银行，而他把2100万美元从自己的账户转到了吴淑珍的账户中，这笔钱又从香港到了瑞士。瑞士银行以公司的名义给吴淑珍开了两个账户，元大证券公司给吴淑珍的600万美元又到了瑞士的两家银行。然后钱又从瑞士的两家银行又转到了美国佛罗里达州的一家银行的一个律师事务所的账户中。从律师事务所的账户中的一部分钱买了这两处房子，一处在弗吉尼亚州，一处在纽约。现在可见，这笔钱已经换了形式，但本质没变，仍然是陈水扁收受贿赂来的钱。虽然钱已经走了很长的历程，从台湾地区领导人办公场所到了银行的地下室，到了香港的金融系统，到了瑞士银行，又到了美国，最后变成了两座房产，钱的本质没有变。

按照财产没收的理论，美国检察官对两处房产进行了民事起诉。诉讼经历了一年半的时间，陈水扁家庭不会轻易地让美国政府把两处房产没收。陈水扁家庭在美国雇的两家律师事务所，一个在弗吉尼亚州，一个在纽约，2012年3月，美国检方迫使陈水扁家庭的律师与检方和谈，需要和解，他们的理由是官司这样打下去的话，又费钱又费人力，我们愿意和解。也是为了让这个案子能快速地结束，司法公正得到满足，检方同意与陈水扁的两个律师和解。陈水扁同意两处房产被美国政府没收。然后把房子卖掉以后的85%归美国政府所有，15%作为他和解的条件可以转回给陈水扁家。在2012年的10

月份，弗吉尼亚州的联邦法院和纽约州的联邦法院对两处房产发出了最终的财产没收令。这是2012年11月14日美国司法部发出的新闻稿。2012年11月14日国土资源部调查局接管两所房子，然后开始他们的程序把房子卖掉。

二、财产没收制度概述

陈水扁案件给了我们很多启示。本案犯罪事实很复杂，在2009年时，台湾的特别调查组对陈水扁起诉的时候，不仅仅是这个元大证券公司与富华控股公司合并的案子，特别调查组对陈水扁起诉的时候陈水扁涉嫌多种罪名。比如陈水扁龙盘房地产案、旅游基金案，这几个案子一直都在进行。几个案子的钱来自几个不同的犯罪事实，所有的钱都混在了一起。对于民事诉讼而言，政府有责任证明这笔钱的来源，就要证明这两所房子不是来自其他案件的贪污受贿所得，而是元大公司的合并案贪污受贿的钱。所有证据从表面上看很难直接找到与陈水扁家庭的关系，比如银行所有的文件中可能找不到陈水扁的名字，也找不到吴淑珍的名字，也找不到他们家人的名字。比如说弗吉尼亚的房子，不是以陈水扁家任何人的名字买的，他们在弗吉尼亚州注册了一个公司，也在纽约州注册了一个公司，弗吉尼亚州的房子是以公司的名义买的，纽约的房子也是以公司的名义买的，所以即使调出公司的文件也看不到陈水扁家任何人的名字。弗吉尼亚的公司和纽约的公司又是DVI公司的子公司，所以也看不到法人或任何人是陈水扁或他的家人，能看到的在弗吉尼亚州和纽约的这两家子公司是被DVI的一个母公司所控制。如果调出DVI的母公司的文件的时候，又看到它的上一层是另外一个实体，这个实体控制着DVI的母公司，从这个实体调出文件就会看到这个实体的真正受益人是陈水扁和他的儿子。犯罪分子通过一层层设置公司的机构来掩盖房子的真实的主人。

　　一个成功的案子要有一个很好的计划，检察官不会仓促地对一个财产起诉。关键是怎样才能有一个成功的开始？及时地交换信息，我们可以知道这些财产在什么地方，知道财产的所在地就可以冻结它。及时地交换信息，可以找到犯罪的证据，比如陈水扁的案子就是很好的例证。美国与台湾的特别调查组及时地互通他们所有的信息，用证据把财产和犯罪事实连接起来。并且本案办理成功的重要一点是应用了民事财产没收制度，这项制度起源于美国，现在世界各国都广泛适用。美国是民事财产没收制度最有代表性的国家。

　　总体上说美国有两大类的财产没收程序。第一类是没有法庭介入的程序，称之为行政没收。第二类是司法的财产没收。司法没收中又有两个小类：一是民事财产没收，二是刑事财产没收。美国的民事财产没收制度是以物为基础的，即美国政府对物起诉。① 所以在美国的民事财产没收案中，通常会见到非常奇特的名字。你可以看到美国政府对一片土地起诉，对几个银行账号起诉，或者对几所房子起诉。实际上民事财产没收制度在某种意义上来说，是一种法学的神话。因为物是我们的被告，这些财产是我们的被告，检察官要证明这些财产有罪。可是通常意义上财产并没有真正去犯罪，而之所以成为法庭被起诉的对象，是因为这些财产可能代表的是非法收入，代表的是犯罪工具，代表的是被卷入到洗钱罪中的这些财产。有时候，这些财产已经换了形式，比如诈骗犯的钱，这些钱被诈骗来时是现金，然后犯罪分子到加勒比海的一个岛国买了一处房子，那么它虽然变成了房子的模样，但是它仍然被追溯到其非法的源头，所以检察官可以直接对房子起诉。也就是在美

---

　　① 亢晶晶：《美国民法制度的启示——兼评新〈刑事诉讼法〉中违法所得的没收程序》，《上海公安高等专科学校学报》2012年第12期。

国的民事财产没收法中，检察官要证明的是财产是有罪的。第二类是刑事财产没收。刑事财产没收在大多数国家都有。和刑事犯罪非常相近，中国也有刑事财产没收法。一般来说是对被告起诉一个罪犯，然后对被告开庭审判。如果被告被判有罪以后，被告由犯罪所得的财产会被没收。刑事财产没收可以说是比较简单，比较容易理解的。[①]

以下案例说明在国际案件中，尤其在国际财产没收的案件中，美国的民事财产没收制度扮演一个什么样的角色，可以更充分体现民事财产没收制度是怎样发挥作用的。大约在2009年时，美国检察官对新加坡的几个银行账户起诉，这几个银行账户中存有300万美元，这个案子听起来很简单，但做起来并不容易，案件当事人是孟加拉国前首相的儿子Coco。在孟加拉国做生意的大公司很多，西门子公司很想拿到孟加拉国的电信合同。西门子知道如果它想拿到孟加拉国的电信合同，一定得讨好Coco。怎么样让Coco高兴呢？西门子要把钱送到Coco手中去。但是西门子不想做得很明显。所以，他们把钱从西门子转到了三个中转国家，这三个国家在不同的地方，这三个国家的账号也是以公司的名义开的，所以看不到Coco的名字。从这三个中转国家的账户中，钱又转到了新加坡的一个账户。新加坡的账户也是以公司的名义开的，但是新加坡的这个公司的账号是由Coco来控制的。也就是说西门子把钱转到了三个其他的地区，又转到了新加坡这个公司的账号，最终Coco就会拿到这笔钱。300万美元在本案中是贪污受贿的钱，因为西门子付出这笔钱是为得到孟加拉国的合同，所以检察官利用美国的民事财产没收法对新加坡的300万美元进行起诉，成功地没收了在新加坡的300万美元。也许有人会问，这个犯

---

① 魏莲芳：《美国民事没收法述评》，《四川警官高等专科学校学报》2006年第2期。

罪事实发生在孟加拉国，这笔钱在新加坡，为什么美国的司法法庭对这笔钱有司法权？解释很简单，他所有银行的转账结算全都是美金。所以在某一时间，某一个地点，这笔钱走过了美国，而且是通过美国银行的协助。这样，美国的法庭得到了司法权。这个案子是个很成功的案例，孟加拉国在本案中是受害者，因为如果Coco没有拿到钱，西门子的合同不会这么贵。所以美国决定与新加坡共同商议把这笔钱由新加坡转回给孟加拉国，这是一个说明美国民事财产没收制度如何运作的例子。

三、我国建立民事财产没收制度的必要性

（一）民事财产没收制度的目的

民事财产没收法的目的是：第一，要没收犯罪的非法收入。什么是犯罪的非法收入？也就是说没有犯罪的发生，罪犯是不会得到这些财产的。比如说，贩毒赚来的钱，诈骗赚来的钱，贪污腐败政府官员由于贪污受贿得来的钱，这些都是犯罪的非法收入。第二个，要把犯罪工具没收。什么是犯罪工具？犯罪工具是很广阔的概念，犯罪工具会使罪犯犯罪更加容易，会使办案人员的工作更加艰难。犯罪工具在毒品案中，包括运输毒品的飞机、轮船、汽车等，都在美国财产没收法调整范围之内。在诈骗案中，诈骗犯用于诈骗的电话、手机、传真机、打印机等，属于财产没收之内。如果把罪犯的非法收入没收了，把他们的作案工具没收了，那么无疑对犯罪团伙是一个严重的打击。第三是赔偿受害人。也许日常生活中每一个人都收到过这样的电子邮件，你不知道发邮件的人是谁，邮件会告诉你他是一个银行的主管，在他银行有一个账户，这个账户的所有人已经去世了，如果你可以帮助他把这笔钱转到你的国家，你可以享有10%或者20%的佣金。可能一般情况很少有人会

去相信这样的电子邮件，但是这个世界上会有人去信的，尤其犯罪分子们的目标在很多情况下是老年人，老年人很轻易相信人。比如一个民事诉讼的案子，这个犯罪团伙在荷兰，只有几个人，他们用打电话的方式，把电话打到美国和加拿大，受害者在美国和加拿大，他们告诉这些受害者，这些人中了大奖，但是如果能够拿到这个大奖的奖金，他们一定需要付国家的税收，这个税收的数目也许并不是很高，比如一万或两万美元，他们给许多人打了电话，他们让这些受害者把钱从美国转到加勒比海的一个小岛国，然后他们在加勒比海的岛国开了一个账户。依据财产没收法，尤其民事财产没收法，检察官可以对这些诈骗的钱，即在加勒比海岛国的钱直接起诉。美国法院对这些钱做出了最后的财产没收判决，就可以把这些钱返还给受害人，对受害人来说这是一个补偿。这可以说是民事财产没收法的一个非常强有力的作用，是刑事财产没收法无法实现的。

（二）我国打击跨境犯罪的需要

针对一起案件，检察官通常事先会考虑到底采用民事还是刑事没收，实践上检察官通常启动并行的民事和刑事没收程序来保有这两种没收的选择权。我国亟需建立民事没收制度的必要性首先在于民事没收程序体现的以下优点：1.更低的举证责任。在民事没收案件中，政府仅提供针对该被没收财物的优势证据，即无论是证明存在犯罪行为还是证明财物源自犯罪或财物是犯罪工具都可应用为优势证据。相反，刑事案件中，针对犯罪行为政府必须提供排除合理怀疑的证据标准。仅仅是在财物和犯罪之间建立起联系的民事没收程序才能使用优势证据。2.民事没收程序中不必刑事定罪。因为民事没收是针对财物的独立民事程序，无论财物所有者或任何财物的利益相关人都不必进行刑事定罪。因此，民事没收是政府没收逃匿或死亡犯罪人犯罪资产的重要工具。此外，当有证据能证明该财物涉及犯罪案中但证明不了谁是犯罪人时，民事没收程的作用也尤为重要。例如，执法官员发现一笔毒资（这些数量很多但面值不大的货币上粘有残余的毒品，这些毒资用橡胶皮套捆好放在纸袋中），但并不知道产生这笔毒资的毒品交易者是谁。3.民事没收不限于没收与某种交易相关的财物。由于刑事没收是刑事判决的一部分，法庭强制的某刑事案件的没收指令只限于被告被定罪的案件中的财产。相反，对物的民事没收行为可以针对任何源自某种犯罪的财物或其他程序中的财物。例如，针对某毒品案件的刑事没收可能只限于某毒品交易的定罪阶段，但民事没收可能发生于针对一个长期进行毒品交易活动的贩毒人员的任何一个阶段。4.对第三方财物的没收。由于第三人通常排除在刑事程序之外，第三人的财产归属权不受制于刑事没收案件。相反，对财物有利益的任何人可以对民事没收程序抗辩。因此，如果政府提出在财物和犯罪之间建立联系的民事没收，必须对该没收程序有利益的所有相关方合理通知，可以获得针对该财物的没收判决而不必考虑财物的所有者。此外，当罪犯用他人的财物犯罪或第三人不是善意所有权人时，检察官也会选择民事没收程序。5.对刑事检察官更少的工作量。民事没收法是很专业的领域，最好由专门精于民事没收程序的专家进行处理。因此，政策制定者更倾向于让专业的民事没收法专家而非工作负荷很重的刑事检察官通过学习民事没收法去处理一个独立的民事案件，因为民事没收并不是刑事程序或判决所要求的必经程序。除行政没收程序外，我国只有刑事没收制度。而刑事没收程序往往体现以下弊端：1.刑事案件中无法没收第三方财产。无论参加或中断刑事案件，第三方都被排除在外，因此也无法对第三方财物进行刑事没收。刑事案件中，声称是财产真正所有者的任何人或善意购买人，在审判终结的附属程序中会被授权主张刑事没收无效。更重要的是，挑战刑事没收程序的第三方的申诉主张是基于财产属于他本人，而不是基于第三人是刑事案件中的被告。主张财产权的人必须建立更高级的所有权而不是善意所有权。因此，刑事案件中，对犯罪发生时的财产有利益的非善意的配偶和未被控诉的共同犯罪中的同案犯可在辅助程序中恢复没收该犯罪财产。意图没收上述人员的财产，政府必须依靠民事没收程序，并对声称是善意所有者的人们提出抗辩。2.法庭上的分歧会使刑事程序延长。大多数的刑事没收程序在时间上是短暂的。然而不可否认的是，即使是最直接的刑事没收程序都会导致刑事诉讼程序的延长。包括法官在内的各方在刑事案件终结时会疲惫不堪，并乐于用其他时间启动的独立民事没收程序来取代刑事没收程序。3.刑事没收程序要求刑事定罪。因为刑事没收是判决被告的一部分，没有定罪就没有刑事没收。当被告逃匿或死亡时，基于公正的价值，政府很可能不再起诉财产所有人，比如财产所有人是在犯罪中起极小作用的犯罪人的配偶的情况。这意味着，如果被告在多起控告他有罪的法庭中的一个法庭认罪，刑事没收就只局限于被告认罪的那个法庭。为了没收已经存在的所有法庭程序中的财产或没收根本为被起诉的犯罪中的财产，政府需要应用民事没收程序。4.对财产的延迟处置。如果财产基于一个刑事案件已被启动刑事没收程序，那么直到刑事案件结束都不能处置该财产，同时对该财产有利益的第三方有权对该刑事没收提出抗辩，这会导致案件中的财产被冻结数年。相反，如果采用行政没收的话，且没人对没收提出抗辩，对财产的冻结只会持续几周。因此，政府更乐于启动行政没收，尽管可能会引发该没收是否为无争议的刑事程序的判断。综上所述，民事没收程序的突出优点，是为了更有效地进行反腐等打击跨境犯罪国际合作，我国亟需建立民事没收制度。

四、我国跨境犯罪资产之没收路径的完善

（一）设置民事没收制度期限

如果某个财物基于民事没收的目的被冻结，那么政府必须在对此行政没收程序可能提出抗辩90天内提起民事没收程序。若政府不能在90天内的截止期前启动民事没收程序，那么与犯罪有关的该财产的民事没收程序就永远不能提起了。如果当事人对财产没收提出质疑并向财产没收机构提出索赔，那么，此行政没收程序终止。然而，一个合理的索赔不仅仅意味着行政没收程序终止，而且还标志着一个90天的周期的开始，而且在此期间，政府必须决定如何处置被诉方的财产。如果没有一个明确的截止日期，就没有任何因素促使政府在一个固定的日期内开始进行司法没收。所以，被告辩护人会对此产生抱怨，因为他们已经竭尽所能地通过提出索赔（以及诉讼费担保）的方式促使政府开始进行司法没收，但是却被迫等待几个月甚至几年的时间才能等到政府通知其当事人"出庭日"。只要适合，那么政府就不能够继续推迟司法没收行动的开始时间。一旦索赔人提出索赔并终止行政没收程序，那么政府必须在90天内完成以下三件事中的一件：1. 提出民事没收请求；2. 在刑事起诉书的没收通知中规定财产；3. 在等待没收程序的过程中归还财产。适用于90天期限的索赔不需要由被没收财产的人或者是财产所有人提出。政府应该预先准备多个财产索赔方案，但是，一旦有人提出索赔，那么就开始计算时间。因此，一旦留置权人或者其他对财产感兴趣的人提出索赔，就应该开始计算时间。但是，只有在没收机构收到的索赔是及时且格式正确的时候，才能够开始计算90天期限的日期。例如，如果索赔未经索赔人验证那么就需要在完善索赔申请后开始计算90天期限的日期。如果无法完善索赔

申请，那么没收机构应按照行政没收程序继续工作。同样地，如果从表面上看索赔人不具备质疑财产没收的资格，那么没收机构可以驳回索赔申请。但是，如果从表面上看索赔是合理的，那么没收机构就不能够以索赔人无法证实诉讼资格而政府可能会在法庭上对此提出质疑为理由而驳回索赔申请。

用于确定何时开始计算90天期限的临界日期为没收机构收到索赔申请的日期而不是索赔人发出索赔申请的日期，其他所有规则均不可行。因为如果政府错过90天的期限，那么可能会导致严重的后果，所以政府和法院必须采用正确的方法计算索赔期限。因此，索赔人必须等待没收机构发出通知并开始履行没收程序后才可以提出索赔并开始计算90天期限。如果第90天是周日或者是节假日，那么政府可以延迟一天。如果政府由于记录错误而错过截止日期或者是如果对行政没收过程中提出的索赔是否及时且格式是否正确存在争议，法院可以对90天期限进行时效中断。只要在90天期限内以密封形式呈交诉状，那么此诉状的提交就是及时的。以密封的形式提交诉状是为了在没收财产之前避免信息泄露以便于确保财产的可用性或者是避免妨害正在进行的刑事侦查。如果在90天期限内，政府未准备好针对财产展开一个民事或者是刑事没收行动，那么可以选择将财产归还至被没收人或者是依据国家法将财产送至负责没收财产的国家执法机构。90天规则仅仅能够确保政府不会长时间地保留私人财产而不采取司法行动并通知索赔人出庭日期。通过在90天内送出财产的方式，政府保有日后采取民事没收行动的权利。在这种情况下，政府可以重新没收财产，通过对物的拘捕令扣留财产。

一旦满足90天的期限，那么就永远能够满足，政府就不需要为了保留民事没收的选择权而在90天内采取没收行动。因此，只要满足法令中规定的关于90天期限的三种方式中的一种，政府就有权在法定时效内随时提起民事没收诉讼。保留民事没收选择权是非常重要的：所有刑事案件的结果都是不确定的，而且通常，对刑事案件中没收的财产的索赔是由第三方提起的；在刑事案件的程序中，该第三方可能会获胜，但是他无法满足民事案件中无过错所有人辩护的要求。为了保留刑事案件中的民事没收选择权，政府要在90天期限内将财产列入起诉书内。因此，如果政府最初采用民事扣押令的方式没收财产，那么政府仍然保留财产而且只要政府在90天期限内提出民事没收行动并取得刑事扣押令，或者是取得允许维持财产保全的刑事没收法令，那么政府就保有日后采取民事没收行动的权利。对政府而言，必须取得允许其继续保留已经扣押的财产的法院指令的最简单方法就是在最初没收财产时使用具有双重目的的授权令，即民事没收规定和刑事没收规定发出的扣押令。对90天期限还应设置例外情况：1.在没有行政没收的情况下，为了解决行政没收过程中索赔人无法促使政府及时开展司法没收行动的问题，才规定了90天的期限。如果政府开展行政没收程序而且索赔人以适当的形式及时地提出索赔，那么政府必须在收到索赔申请后90天内采取司法没收行动或者是在不影响日后开展没收行动的基础上归还财产。当然，并没有假设所有的没收案件都是以行政没收开始的。尽管政策倾向于行政没收，但是律师有时会绕过行政没收程序并直接提起民事没收诉讼或将其作为刑事诉讼的一部分。而且，在行政法规中，规定了行政没收的范围并且明确禁止了某些财产的行政没收。2.一些没收机构并不具备行政没收财产的法定权限。所以只要没有前述的行政没收，那么就不包含关于政府何时开始采取司法没收行动的期限。

针对无法遵从90天规则情况有以下处罚：1.归还财产。政府在规定的90天内必须呈交民事诉状或者是刑事起诉书（或归还财产）。如果政府错过了截止日期，那么必须"立即依据司法部长颁布的规定发放财产"，而且同时政府"不可以采取任何影响与犯罪相关的财产的民事没收的行动"。2.民事没收的"死亡惩罚"。如果政府错过了90天期限，那么与犯罪行为相关的财产的民事没收就会永远被禁止。此外，根据"死亡惩罚"条款，只有民事没收会被禁止。如果政府错过了90天期限，仍然可以对财产进行刑事没收。如果没有继续占有财产的理由，那么政府应该发放财产。而且，"死亡惩罚"只适用于索赔人在索赔中指定的财产。即索赔人必须"确定所要索赔的具体财产"。如果其他财产被没收，但是未被索赔，或者如果其他财产未被没收，但是可能会受与犯罪行为相关的没收的影响，那么"死亡惩罚"条款不会禁止此财产的民事没收。如果索赔人不反对在法院对政府作出判决后提出民事没收申请，那么就意味着他放弃了"死亡惩罚"。采用民事还是刑事没收的形式中断90天期限是属于检察官的权利，索赔人无权控诉政府采用民事没收而不是刑事没收，反之亦然。民事和刑事没收并不是两个互斥选项。政府可以选择对同一财产采取民事和刑事没收行动。同时采取民事和刑事没收行动是非常常见的。一般地，政府会先在90天期限内采取民事没收行动以便保留民事没收选择权，然后在提交刑事起诉书后要求法院暂停此案件并等待刑事案件的结果。如果被告人无罪释放、死亡或逃亡，如果被告人被判刑或认罪，但此罪行与被没收的财产无关，或者如果用于犯罪的财产属于第三方，那么在刑事案件审查结束后，政府可以随时恢复民事案件。

（二）并行的以及接替的民事和刑事案件

民事和刑事没收是两个独立的解决办法。不论产权人或其他人是否受到刑事起诉，政府都可以采取民事没收行动。相反地，不论政府是否对通过犯罪得到的财产或者是用于犯罪的财产进行行政或民事司法没收，政府都可以起诉某人的犯罪行为而且同时没收财产作为惩罚。包括行政或民事没收以及刑事诉讼的并行或接替程序是非常常见的。通常，政府会在对违法犯罪者进行刑事侦查和起诉的同时对刑事犯罪中所涉及的财产进行行政或民事司法没收。有时，会在起诉之前完成民事案件。其他时候，在刑事案件的侦查过程中会中断民事案件。有些时候，在审理刑事案件之前，政府会搁置没收工作并将没收工作纳入到刑事案件中或在刑事案件结束后进行民事没收工作。政府的没收程序具体有以下做法：1.在刑事案件未判决时开始进行民事没收。如果政府选择在相关刑事案件未判决时开始进行民事没收，那么政府通常会暂时冻结民事案件并先完成刑事案件的审理工作。然后，如果在刑事案件审理过程中没收了财产，那么在刑事案件结束后，政府可以要求法院解除冻结并继续办理民事案件。如果由于被告人死亡或逃亡而导致无法进行刑事诉讼，那么政府可以选择民事没收。因此，行政没收以及民事没收均不会妨碍随后的刑事诉讼，而且如果刑事案件先结束，刑事诉讼也不会妨碍随后的民事没收。2.争点排除效力：并行的刑事案件中确定的争点。在民事没收过程中，禁反言原则可能会阻止各方再次对刑事案件中决定的问题提出诉讼，反之亦然。特别是索赔人不可以对其在刑事案件的认罪答辩中承认的事实或陪审团找到的证据再次提出诉讼。此外，索赔人也不可以对其在刑事案件中无法确立的刑事犯罪的积极性抗辩再次提出诉讼，比如无罪辩护；索赔人也不可以对刑事案件中没收的财产的没收再次提出诉讼。同样的规则也适用于宪法问题。例如，如果索赔人在刑事案件中隐匿证据并丢失，那么他不可以在并行的民事没收案件中对同一隐匿问题再次提出诉讼。由于同样的原因，政府也不可以没收曾经在并行程序中无法没收的财产，如果争点、举证责任以及事实均相同。当然，在很多情况下，刑事案件中的刑事诉讼不会对民事没收案件的检控产生影响，反之亦然。因为民事没收不依赖于刑事诉讼的结果，所以相关刑事案件中的无罪判决不会影响用于刑事犯罪或通过刑事犯罪得到的财产的后续民事没收行为。同样地，即使政府无法在刑事案件中对本应没收的财产进行没收，也不会影响此财产的后续民事没收。最后，刑事案件的判决听证庭中对争点的确定也不会妨碍同一争点在民事没收案件中的重新决定。3.民事没收对相关刑事案件的影响。民事没收并不是在相关刑事案件中违反量刑准则的基础。但是，自愿放弃抵抗财产没收可以成为刑事案件中责任承担的证据。如果政府同时在相关的民事和刑事案件中对同一财产进行没收，而且民事案件先结束了，那么就不必进行刑事没收了。如果刑事案件先结束，那么即使被告人在刑事案件中使用没收令进行上诉，也不会影响法庭对民事案件的裁判权。所以，如果并行的民事和刑事没收案件同时处于待决定的状态，那么法院所发现的政府无法保持对刑事案件中财产的控制这一情况也不会影响其在民事案件中对财产的控制能力。相反地，即使在民事没收案件中，政府无法赶上法定截止日期，而且结果会影响其进行民事没收的权利，也不会影响其进行并行的或接替的刑事没收的权利。最后，在民事没收案件仍未判决的情况下，法庭可以要求被告人支付刑事案件中的赔偿金。因为没收和赔偿金是互相排斥，所以在政府对赃款赃物进行民事没收的同时法庭可以要求被告人在刑事案件中对受害人进行补偿。4.在并行的刑事案件中使用民事证据。当前，几乎没有任何关于政府将民事没收案件中取得的证据用于并行刑事诉讼方面的判例法。此外，法院还称在民事案件中寻找证据的民事律师可能会拒绝透露关于刑事侦查的信息，因为他不想误导被告或目击证人。

综上所述，我国亟需建立民事、刑事、行政三位一体的犯罪资产追缴制度来打击严重跨国腐败犯罪。

典型案例研习——杨秀珠案

2016年11月16日，在中央反腐败协调小组国际追逃追赃工作办公室的统筹协调下，经我国司法、执法和外交等部门与美方密切合作，"百名红通人员"头号嫌犯、外逃13年7个月的杨秀珠回国投案自首。杨秀珠归案，其价值不仅仅体现在她走下飞机的那一刻。作为追逃追赃工作的一个标志性事件，杨秀珠案在反腐败执法合作、协同作战、劝返等多个方面，都具有标本意义。2003年2月，浙江省检察院在调查温州铁路房地产开发公司副总经理杨光荣涉嫌受贿犯罪案件时，发现了杨光荣胞姐、时任浙江省建设厅副厅长杨秀珠在任温州市副市长期间涉嫌犯罪的线索。获悉腐败问题败露，杨秀珠于2003年4月20日与其女儿女婿，在上海浦东机场登上了经由香港前往新加坡的航班，开始了她的逃亡之路。之后，杨秀珠从新加坡逃往意大利，再到法国，流窜于欧洲一些国家之间。2005年5月，杨秀珠因非法居留被荷兰警方拘捕。2014年5月，杨秀珠在被遣返前夕逃离荷兰，辗转法国、意大利、加拿大等国进入美国。同年6月，根据中方要求，美国警方以"违反移民法"为由将杨秀珠拘捕并羁押，直到其回国投案自首前。在杨秀珠的案子中，中国全程协助，向美方提供杨秀珠在中国犯罪的证据，这很关键。纵观杨秀珠案件的进程，正是依靠中国提供的扎实证据，美国的检察官才能有效地证明杨秀珠寻求避难的理由是虚假的，为美方遣返杨秀珠扫清了路障。而这正是促使杨秀珠放弃难民申请，主动回国自首的重要原因。为什么在杨秀珠潜逃多年之后，我们依然还能找出关键证据，并得到向来以标准严苛著称的美国的认可？中央追逃办同志讲述的一个关键证据的发现和固定过程，揭开了问题的答案。为推进杨秀珠案，2014年以来，在中央反腐败协调小组的直接指挥下，中央追逃办在北京、杭州和纽约召开了200余次协调会和推进会。2015年在浙江召开的一次会议上，中央追逃办根据浙江省检察院提供的资料，敏锐地发现一笔转至美国的赃款可以成为有力证据，并要求浙江省追逃办组织核查。然而，要查清这笔赃款是怎么转出去的，并不容易。摆在面前的困难，就是这笔赃款经多家银行分多笔转出，进行核查需要一家家调查取证。由于时间久远，有的经办网点已经变迁，找到原始账目并查清这笔赃款的转账信息，无异于大海捞针。面对棘手、复杂的实际困难，中央追逃办立即协调中国人民银行、公安部等部门发挥各自职能作用，为查找关键证据扫清障碍。经过协调，浙江省追逃办组织省检察院、省公安厅，指导温州市纪委协调市检察院、市公安局，从分散于多家银行的海量交易信息中，进行抽丝剥茧地梳理。在多家商业银行的支持配合下，工作组最终查清了这笔赃款的转账信息，查明了杨秀珠涉嫌洗钱犯罪的原始证据。在中央追逃办组织协调下，各部门发挥专业优势，克服了部门、领域以及语言、法律等障碍，最终形成了有效的证据链，受到美国执法部门的认可。自2014年中央追逃办成立后，2015年，中央要求31个省区市和新疆生产建设兵团参照中央模式建立省、地市两级追逃追赃机构。纵向贯通中央至地方，横向跨纪检、司法、外交、金融等领域，形成上下联动、左右互通、信息共享、动态追踪的工作机制，布下追逃追赃的天罗地网。在这一机制下，追逃追赃力量得到高度整合，使个案追击的策略更优化、手段更丰富、工作更高效。杨秀珠案最终确定为"劝返、遣返、异地追诉"三管齐下、以劝返为主的追逃策略，在向美方提供证据、争取美方驳回杨秀珠避难申请的同时，还有条不紊地推进异地追诉，挤压杨秀珠的生存空间，瓦解其宁死不归的顽固心理，为劝返打下基础。遭遇四面楚歌的杨秀珠不得不放弃了"最后挣扎"。因意识形态、法律制度等方面存在的巨大差异，美国一直是外逃腐败分子心目中的"避罪天堂"。杨秀珠之所以千方百计逃往美国，就是想钻政治法律空子。然而，令杨秀珠怎么也想不到的是，自己刚落脚美国一个多月，气还没喘匀，就被美国移民局拘捕并羁押。

党的十八大以来，中国在国际舞台积极发声，引领反腐败国际合作务实开展，中国的正义之举得到世界各国支持，尽管中美尚未缔结引渡条约，但美国政府不愿成为腐败分子的"避罪天堂"，并愿意在尊重双方国家法律前提下寻找"驱逐"逃犯的办法。一个简称JLG的机制，即中美执法合作联合联络小组，成为两国联手打击外逃腐败分子的撒手铜。中美JLG设立于1998年，是中美双方为加强执法和法律领域合作，建立的专门机制。2005年6月，双方在JLG框架内设立反腐败工作组。十八大以来，在党中央的决策下，我国采取了一系列措施，强化中美反腐败执法合作。2014年以来，中美元首会晤和第六轮、第七轮、第八轮中美战略与经济对话都确认了中美JLG机制作为两国执法合作主渠道的作用。在中央反腐败协调小组的直接指挥下，中央追逃办通过这一机制，利用JLG年会、JLG反腐败工作组会等渠道，向美方表达追逃主张、就个案提出合作要求，有效推动了反腐败执法合作。杨秀珠归案，正是中美通过这一机制加强反腐败执法合作的重大成果。中央追逃办相关负责同志介绍："2014年5月9日，我们得到消息，杨秀珠经过法国、意大利、加拿大逃往美国。5月12日她一到美国，我们第一时间通过中美JLG反腐败工作组渠道约见了美国有关执法机构的驻华代表和法律顾问，向美方通报这个情况，并提供了有关线索，提出了对杨秀珠采取强制措施的要求。美方拿到线索后，执法部门很快就出动了，花了大概30多天，根据我们提供的线索，找到了杨秀珠的藏匿点，并将其抓捕。"杨秀珠归案，只是中美双方通过JLG加强反腐败执法合作的一个缩影。目前，中美双方共同确定的5起重点案件均取得了重大进展，包括杨秀珠在内的3人已归案，1人在美国被定罪入狱，1人在美被刑事起诉。通过JLG这一渠道，中美双方的反腐败执法合作还在走向深入。由于尚未与美国签订引渡条约，追逃采取的是遣返、劝返、异地起诉等替代措施，其中最有效的是劝返，但中方的劝返行动受到美方一些限制。"目前，美方已开始与我们商谈建立劝返机制。"中央追逃办有关负责人介绍，劝返工作机制化、规范化，将对我们进一步强化追逃工作十分有利。追逃追赃，是正义所向，背后是有高效运作机制支撑的国家意志，对于那些仍在负隅顽抗的外逃腐败分子而言，他们面对的不是哪个具体的人，也不是哪个具体的部门，而是整个国家的力量。"负隅顽抗不但无路可走，最终必将受到法律的严惩，投案自首争取宽大处理才是明智的选择。"中央追逃办有关负责人强调，腐败分子必须认清形势，放弃幻想。杨秀珠作为外逃标志性人物已经归案，其他外逃人员没有理由成为例外。

第三章 "一带一路"视域下反腐败国际合作之配套制度选择

第一节 驻外法务参赞制度探索

近年来，刑事司法方面的国际合作取得长足发展。随着通过互联网实施犯罪的能力的不断增强、跨国旅行越来越容易以及国际市场的全球化，国际协助的重要性日益增加。为了消除不断增加的国际犯罪威胁，许多国家开始严重依赖现有协议或忙于签订新的双边、多边、区域或专门协定，打击当今猖獗的流窜犯或"移动靶"。在很多情况下，从事跨国犯罪的群体和个人在实施他们的犯罪行为时都得到大量资助而且非常机智、非常狡猾，他们隐藏犯罪行为的证据以及通过犯罪活动积累的财富时都会下一番苦功夫。目前，在世界各地，许多人在使用各种不同的国际条约将犯罪分子绳之以法，但是许多罪犯灵活善变、诡计多端，他们会充分利用一些国家的混乱状况或国与国之间的分歧或矛盾给他们提供的机会。一个国家组织开展打击跨国犯罪的工作是一项非常复杂的任务。为了更有效地了解作为请求信息来源的各项协定、条约、谅解备忘录、警察联络服务、司法体制、国内法和国际法的最新动态以及各种执法和调查服务，以及所有已发出和已收到的请求本身的信息，需要具备司法和行政方面的专长和授权。由于不同国家所采用的法律工具各不相同，这类法学问题会变得越来越复杂。在国外设置一个国家代表岗位是保证对这些问题的必要控制和监督所必需的工具。

一、驻外法务参赞的概念及各国实践

（一）驻外法务参赞的概念

在国外设置一个国家代表岗位即驻外法务参赞是在建立一个更有效的国际合作机制方面取得的积极进步。驻外法务参赞可在请求国或被请求国工作时间实时发出和处理司法协助与引渡请求。驻外法务参赞有机会亲自与其他代表互动交流，从而可以得到有关其他法律传统和制度的非常宝贵的第一手信息。驻外法务参赞能够在提供协助的过程中或在非正式或教育环境下相互传授各自有关本国法律制度的知识。

（二）驻外法务参赞的各国实践

驻外使领馆设立哪些参赞职位，各国并无固定模式，多根据两国交往与合作中的实际需要来确定。各国驻外使馆除了比较普遍地设立政务参赞、商务参赞、文化参赞外，对其他参赞的设置一般根据实际情况确定，包括科技参赞、农业参赞、教育参赞等。近几十年来，越来越多的国家在重要驻外使领馆中设置法务参赞，法务参赞已经开始同科技参赞、农业参赞、教育参赞一样成为一项常规外交制度。另外，尚无条件设立法律参赞的使馆，则聘请当地律师所为使馆法律顾问，为本国公民处理简单法律事务和提供法律咨询，这也日趋成为一种普遍做法。目前，无论是发达国家如美国、日本、法

国、德国、加拿大、瑞士、南非等，较发达国家如罗马尼亚、俄罗斯、希腊、土耳其等，还是一些发展中国家如墨西哥、巴拿马、危地马拉、多米尼亚、苏丹等，均在其他国家设有法务参赞。有些国家如美国、法国、德国、奥地利、萨尔瓦多还在一些海外大使馆设立法律处，或者将领事处扩大为法律领事处，安排多名官员从事与法律相关的外交工作。许多外国驻中国使馆也设有法务参赞（也有称呼为"法律顾问""法律事务专员"的），包括美国、法国、德国、俄罗斯、韩国等。其中，美国、法国、德国还在驻华使馆设有法律处或法律领事处。驻华使馆聘请中国律师事务所担任法律顾问则更为普遍。我国与日本法务参赞、韩国法务参赞、美国法律顾问有很深的交流。

驻外法务参赞制度包含驻外法务参赞的遴选、派出、召回等制度。国际上，驻外法务参赞的派出单位一般是派出国的司法部。驻外法务参赞本人原来从事的工作多数是检察官，也有法官。英美法系国家的驻外法务参赞由其法务部、司法部派出，本人的身份一般是检察官；大陆法系国家，如法国，他们派出的驻外法务参赞一般是法官，因为大陆法系的特点是法官的遴选、任命、废黜均为司法部职责。派出驻外法务参赞首先考虑的因素是本国与将设置法务参赞国家的法律合作需求比较多，且两国的法律、司法关系相当重要才会派出法务参赞。另外两国关系中与司法有关的关系很浓重，也是考虑派出法务参赞的因素之一。第一种情况，例如美国司法部在瑞士日内瓦有派出的办公室，在东亚地区也有办公室，设在泰国曼谷，后来美国日益发觉跟中国的的交流，特别是法律领域的事务交流越来越多，所以向中国派出法务参赞。美国派驻法务参赞身份为地区法律顾问，由其司法部派出，由检察官或司法官员担任。主要任务一是了解中国的民主与法制建设状况，二是宣传美国的民主与法制，三是协调推动两国的司法交流与合作，互相访问、考察、开研讨会等，四是就具体个案进行讨论。再如，日本向英国、韩国派有法务参赞，向中国派出法务参赞有长达15年的历史，派出部门是日本的法务省（即司法部），派来官员的背景均为检察官，在中国履行的任务，第一是了解中国的政治法律情况，职衔不是参赞衔而是一等秘书，这是其国内的设置方式；第二是推动日中两国的司法交流、法律交流；第三是就涉及中日的重大案件起斡旋推动的作用；第四，派出法务参赞的任期一般是两到三年，可以延长半个任期，即还可以延长一年到两年。日本对向中国大使馆派出的一等法务秘书的要求：第一是检察官；第二要懂一定的中文；第三要求派驻官员的性格是偏外向，这是遴选时组织部门该考虑的重要因素。外交官具有的外向性格是与各机关打交道的内动力，截至目前日本已向我国派驻了八九任法务参赞。法国驻华法务参赞由其司法部派驻，身份是法官或司法官，截至目前已有三任。韩国驻华法务参赞已有七任，由法务部派驻中国，身份为检察官。法务参赞不光是国与国之间进行派驻，在国家与国际组织之间也可派驻法务参赞，如日本向联合国即有派驻的法务参赞。关于墨西哥使馆法务工作外派人员的概况如下：在墨西哥，存在两种类型的类似外设机构，一种从属于外交部，另一种从属于司法部。这种从属于外交部的机构工作人员均为职业外交官，教育培训专业为律师，旨在帮助使馆或领事馆处理各领域相关事务，也可以为经济、文化、领事或技术合作等事务的法律问题提供支持，其职能更为广泛，但更侧重于法律范畴的事务。这类公务人员听命于外交部，其薪水也由外交部予以支付。根据墨西哥法律，这些公务员还为墨西哥政府提供协助工作。外交部任命这些公务人员，同时也有权自由地调动他们，不受总检察院限制。第二种公务人员可以被视为总检察院外派，属于总检察院的公务人员，不是职业外交官。总检察院任命，并向外交部申请将其派驻某使馆或领事馆。总检察院支付其薪水及相关职务产生的费用，如家具、设备、交通、电话、网络等。总检察院可自由任命及调动这些人员。使馆或领事馆只是作为其派驻地，为其提供外交特权及豁免权。由于其派驻于使馆或领事馆，需听命于大使或总领事，尽管其工作直接来自总检察院。这种情况下，这些公务人员不为使馆或领事馆的各项事务负责，仅负责开展总检察院的相关国际司法协助工作，如引渡事宜、有关打击犯罪的信息交换事宜、有关刑事判决条约的执行事宜等。

二、我国设立驻外法务参赞制度的必要性

（一）在法治化的国际社会潮流下，需要依靠法律手段维护我国境外经济利益

我国的经济发展迅猛，国际合作越来越多。特别是近年来，我国在境外投资逐年递增。在投资选择、协商谈判、合同履行、纠纷解决等各环节均存在法律风险。特别是我国在境外投资范围涵盖金融、矿产、能源、基础设施、农业、生产企业等许多战略性领域，涉及金融数目巨大。一旦出现纠纷，由于涉及复杂的法律解释和司法程序，我国在境外的企业往往面临巨大风险，甚至存在蒙受巨额经济损失的可能。在当今国际社会，法治是主要潮流和趋势，一旦我国企业在境外产生巨额经济纠纷，仅仅依靠常规外交交涉往往难以解决问题。这时，制定正确的诉讼策略，收集足够有利的证据，获得高质量的律师服务成为保护我国在境外经济利益的重要因素。因此，我国驻外使馆需要熟悉外国立法、司法和法律服务情况，既可以协助从法律角度进行合理交涉，又能够提供符合实际情况的咨询意见，以便于维护我国企业

更好地利用所在国的法律和国际规则维护自身权益。而驻外法务参赞正好可以发挥此作用。

（二）驻外法务参赞可以更好地保护我国境外公民的个人权益，并开展深入细致的法律工作

目前，我国公民在境外经商、劳务、求学、旅游、科研、居住、探亲等人数越来越多，遍及全世界。特别是境外经商人员和境外劳工，其所经营商品的低价格往往在所在国构成较强竞争力，从而受到所在国竞争对手的排挤。我国在境外从事制售纺织品、服装鞋帽、日用小商品等经营人员和从事建筑、矿产、餐饮、酒店、旅游、运输、农业等劳务人员的合法权益与人身安全常得不到应有保障。因此，我国有必要更加详细地掌握我国公民在境外权益状况，根据不同情况和国情，制定有针对性的法律对策，包括充分利用所在国法律机制和国际规则保护我国公民合法权益，这些工作，并不能由一般的政治交涉完成，而需要采取政治和法律配合的手段在深入调研基础上，针对外国立法、司法机构，作深入细致的沟通、协调、谈判等工作，这只能由驻外法务参赞承担此项工作。

（三）驻外法务参赞有助于反腐的国际合作

中国不论是从改革开放四十年经济建设、法制建设需要出发，还是从惩治外逃贪官、宣传中国的法律制度方面出发都需要构建驻外法务参赞制度。目前，驻外法务参赞制度已纳入到中央纪委提出的加强防逃、追逃体制机制建设中。国内各有关部门，在设立驻外法务参赞制度上的态度也基本达成共识，如最高人民检察院认为设立驻外法务参赞制度势在必行，并希望司法部能起更多的作用。国务院法制办也认为结合中国当前形势，向外派驻法务参赞十分必要。尽管各中央机构都认为设置驻外法务参赞制度很有必要，但具体由哪个机构出面组织建构并没有落实。社会民间的学术界也普遍认为应设立驻外法务参赞制度。可见，我国设立驻外法务参赞既符合民意又顺应党和政府依法治国的要求。此外，驻外法务参赞是国与国之间外交关系的重要补充，现代国际关系，除了政治、经济、文化、宗教、妇女、儿童等事务以外，更重要的应强调司法外交关系，对外派驻法务参赞即是司法外交关系的一个重要表现，中国应重视加强此工作并尽早做出政治决断。法务参赞在追逃的整个国际合作当中，扮演着重要的角色，现代国际合作特别是国际司法合作，已经形成一个非常广泛的共识就是需要各国执法官员面对面在一起研究、讨论案件，而不是像过去仅通过电话或传真进行交流。即使存在大量的国际条约、国际公约等法律基础，但是没有专业的法律实施者，没有执法办案人员面对面地交流、交往，就无法达到充分、有效的国际司法合作。此时，驻外法务参赞在追逃的国际合作中就起到很重要的媒介和推动作用，因为法务参赞驻在外国，最了解驻在国的法制建设情况，甚至明确掌握具体合作的司法官员及其工作部门、工作职权的情况。即某个中国外逃贪官案件案发以后，从追赃、追逃到最后的追诉，该找驻在国哪个官员，哪个部门提供司法协助，驻外法务参赞最清楚。例如贪官外逃的案子发生在河南，但是河南的办案人员不清楚逃犯所在国的具体情况，或如何与逃犯所在国开展合作，驻外法务参赞此时便可起到帮助具体办案人员与逃犯所在国开展国际合作的具体协调的作用。此外，驻外法务参赞还有一个重要作用是，其代表派出国与驻在国政府进行法律交涉，可充分表明派出国政府对此案件的重视程度。可见，跨国腐败案件必须由驻外法务参赞出面，代表本国政府与驻在国政府相关的司法官员交涉以推动国际合作。凡是建立驻外法务参赞制度的国家，均说明驻在国与派出国之间的合作一定是重要而密切的。早在上个世纪末，就有非洲国家向中国司法部提出，肯尼亚大使称世界上主要的西方国家都在中国派驻了法务参赞，中国司法部是否也应该考虑派出中国的法务参赞，加强与外国在司法、外交领域的合作。司法部应是中国政府当然的法律顾问。贪官外逃的目的即逃避中国的司法追究、刑法惩罚。当前犯罪越来越呈现全球化的特征，贩毒、走私、洗钱、金融诈骗、网络犯罪等犯罪行为越来越国际化，并通过跨境合作来逃避国内法律惩罚。因此，加强国际司法合作变得越来越重要。在我国，重大经济犯罪人员外逃和非法资金外流，严重影响我国经济社会秩序，必须通过国际司法合作来遏制。而加强国际司法合作，一是要建立外国司法机关对我国法律制度的信任，二是要熟悉外国法律制度和司法程序。因此，设立驻外法务参赞制度有利于遏制与惩治贪官外逃。

三、我国设立驻外法务参赞制度的可行性

驻外法务参赞人员的选拔很重要，选拔的范围、过程、质量，直接关系到派出法务参赞的工作能力和两国的司法合作效果，选拔应在符合讲政治、重专业的前提下尽量扩大范围，比如应从政府系统里选拔。除此之外，对特殊国家的特殊位置，我们可以有倾向性地从大专院校、科研院所里边选，比如向非洲塞拉利昂派出法务参赞，通过在网上搜索发现湖南湘潭大学某副教授有专著研究塞拉利昂的司法制度，可以考虑把他通过遴选、培训派驻到塞拉利昂。派驻法务参赞一定要在中央政府的指挥领导下开展，因为此工作直接与国家利益相关，尤其与国家的司法利益相关。驻外法务参赞丰富了我国的外交制度，不仅对两国司法之间的交流有重要意义，实际上更丰富了两国之间的外交关系。因此，中国应该设立驻外法务参赞制度。近年来司法部、

外交部一直在推动这项制度。此制度应由外交部、司法部共同牵头。具体分工可由外交部负责外派，由司法部负责考核、培训、遴选等工作。除由外交部、司法部领衔，还应包括其他相关部门，比如最高人民法院、最高人民检察院、公安部、海关总署甚至国家安全部等。

中国派驻法务参赞既要从国情出发，又要参照国际惯例。从国情出发是指派这个法务参赞应量体裁衣、因地制宜，各个部门要通力协作，比如说我国向美国派法务参赞，如果大家认为此法务参赞的主要任务是追逃追赃，那么就应该请中央纪委对人选把关。如果是其他国家，根据国家的大小、重要性而有所偏重，比如说向哥伦比亚派法务参赞，中哥司法领域里最大的困难或问题就是贩毒，此时的法务参赞可从公安部或公安系统里长期从事打击毒品犯罪的官员中选拔产生；又比如向法国派法务参赞，考虑到法国驻中国法务参赞历来由法国法官担任，那么中国向法国派出的法务参赞也应有法官背景，这更利于中法交流合作。总之，要考虑各种因素，法务参赞不能只由司法部派出，而没有其他国家机关或部门参与。综观国际实践、国际通则，各国法务参赞原则上由司法部派出，所以中国的法务参赞也应主要但不全从司法部派出，法务参赞具体人选应当包括司法部系统、公安系统、检察系统等，甚至包括党的纪检监察系统，这样安排法务参赞的人员构成才既符合中国国情，又顺应国际惯例。在各项工作中，特别是涉外的国际合作中，有两点很重要：第一是符合国际惯例，第二是尽量符合中国国情。当两者一致时是最好的结果，但当两者不一致时要想办法调整，使其符合这两条标准，符合这两条原则。因为我国国情与外国不同，国情与国际通则不一样。在对外交往时，必须遵照和顾忌国际惯例。如果向国外派驻法务参赞，由中国公安部派，外界都知道公安部是警察，而法务参赞的职责是综合调查、起诉、审判和执行刑罚等一系列的法律程序，有些在警察的职责范围之外。如果派出的是公安部的人员，但是以司法部的名义派出，既符合国际惯例，又顺应中国国情。再比如国务院法制办认为其他部门也应该派人作为法务参赞，则可以将法制办的同志推选出来一起参加考试，一起遴选。把所有合格的人员都一起放入人才库中，然后按需派遣。

综上所述，要结合中国的实际和国际合作的惯例来有针对性地、有目标地选派法务参赞，加强和推动在特定国家的执法和司法合作。此外，向外派出法务参赞实际是国内法律制度更健康、更丰富、更合理的外在表现，驻外法务参赞制度与国内法并不冲突。法务参赞制度应是一国法制由内向外的一个自然完善发展的过程。中国首先有设立法务参赞的需求，而且我们中国自己的法制建设也确实有很多经验需要跟有关国家分享，尤其需要与跟我们有密切合作的国家来分享。我国既有追逃追赃的需要，也有向外宣传我国法制建设的需要，这几个因素加在一起才自然而然地应该设置这样的制度。法务参赞就应该是我国境外追逃、追赃工作位置前移。以前，某跨国犯罪案件案发后，国内办案人员无从下手，如果我国设有驻外法务参赞，他们就能代表我国主动与驻在国有关部门联系。随着对法务参赞认识的逐渐加深，发现其工作职能不仅仅是在个案上与有关国家合作，而应该有更广泛的职能。比如国际合作中有时很难识别不同国家在引渡方面的要求。请求国在处理引渡问题时，可能会考虑很多因素，包括被请求国国内法。驻外法务参赞需帮助本国中心局审查寻求被引渡国家的法律。旨在将一个人交给另一个国家的引渡决定通常是涉及从一开始就参与其中的司法部门和在后期参与的行政部门这两个主要机构。根据请求国和被请求国相关的管辖权，法务参赞会考虑一系列旨在决定引渡的不同因素，其中包括双重罪行、身份识别、证据的充分性及引渡条约的存在；逮捕、搜查、捕获与移交的程序；如何依照引渡请求行事；哪些拒绝的理由适用、拒绝是强制要求的还是自主决定的；哪些决定（如有）是由行政部门做出的、哪些（如有）是由司法部门做出的；哪些证据要求适用于该决定、举证规则在多大程度上（如有）对相关材料不予考虑；被搜寻的人员是否已被拘留等待裁决，如果未被拘留，设定了哪些条件确保其不逃跑；哪些审查和上诉机制适用于哪些决定和引渡过程的哪一阶段；从收到引渡请求到最终做出是否引渡此人的决定，要经历多长时间等。案件一旦移交行政部门，负责引渡事务的政府代表在下令引渡之前，可能会考虑其他问题，比如人权问题等。在某些管辖区，可能会对法院或行政部门做出的裁决提出上诉或复议，因此会导致后续诉讼行动的产生，然而，申请文件的提交、完成上诉、将嫌疑人带上法庭以及引渡嫌疑人（或下令引渡）都将受到严格的时间限制。对于那些不熟悉某一特定法律制度的人来说，这一过程似乎非常复杂，在不与法务参赞定期磋商的情况下，任何旨在驾驭国外引渡过程的尝试都将面临失败的风险。

现在我国实践中并没有法务参赞，只有警务参赞。我国有警务联络官，即派驻到外国的中国警方代表，其与驻在国的警方保持密切联系，在有些地方有些案件上，他们也代行法务参赞的职责。我国并不是必须由司法部派驻法务参赞，警务参赞如果能行使很好的职能，我们也应当把警务参赞纳入到法务参赞制度里面来，而不是把其一味简单割裂开来。实际上现在有的国家，如澳大利亚、加拿大都没有向中国派法务参赞，但他们都派有警务联络官，警务联络官在一定程度上也代表他们本国的法务部门来跟我国联系，这就把二者协调一致起来，有机地统一起来。警务参赞与法务参赞实际上是有差别的，历史上的传统分工，警务参赞只负责与驻在国的警方联系，就与警方的合作，比如说案件的侦查、情报信息的交换，警察之间的交流与合作、来访方面的工作。这与法务有本质区别。法务参赞比其职能要宽泛得多，从刑事案件的调查、起诉、审判、刑罚执行，这一系列各阶段的合作，法务参赞都应起作用。比如日本既有法务参赞又有警务联络官，二者之间既有分工又有协调，并协调得很好。在需要与中国警方打交道的时候，警务联络官出面；需要与中国警务以外的部门打交道的时候，法务参赞出面。哪怕是同一个案件，内部也有分工和协调。不能既不设置警务参赞也不设置法务参赞，更不能令警务参赞和法务参赞二者的职能重复或冲突。我国目前派出外国的警务参赞职能较窄，而且没纳入到法务参赞制度中来。经过法务参赞制度选拔出的外交官，应该与驻在国的公检法司外事等部门都有交流，而不能仅与当地警察部门联系。如果经过制度完善，把我国原有的警务参赞冠以中华人民共和国驻某国法务参赞的职称，那就与原警务参赞的意义大不相同，法务参赞的活动的范围、职能权责都比警务参赞宽广、深远。

第二节 跨国视频音频调查取证制度研究

伴随着全球地方化与地方国际化的深入演绎，地方政府对外交往的积极性与自主性逐渐提升。特别是当前正在开展的"一带一路"建设为地方外交提供了契机，"一带一路"倡议的经济外交属性契合地方外交特质，激活了地方外交的内在动力，中央政府的政策性放权助推了地方外交，沿线国家扩大合作的愿望成为地方外交的外在拉力。要在"一带一路"建设背景下做好地方外交，首先应做好中央与地方对外交往的协调并创新地方外交的工作机制。随着互联网信息技术的飞速发展，全球化贸易对于互联网的依赖程度也在逐渐提升，这点在腐败犯罪、恐怖犯罪以及跨国有组织犯罪行为中也能得以体现。恐怖犯罪活动、腐败犯罪行为以及国际有组织犯罪行为对于国家社会的影响不仅仅体现在国家和地区的经济发展上，更体现在国家政治、文化发展方面。基于现状，各国都在积极打击违法犯罪活动，但是飞速发展的视频音频技术也给检察部门带来了新的机遇与挑战。远程视频听证（hearing by video or audio conference）的出现更是为了适应跨境司法调查取证发展的趋势。目前，我国与外国合作开展刑事司法协助呈现出"外多我少"的特点：其中外国向我国提出请求约占60%，我国向外国提出请求约占40%。造成这一现状的原因之一在于，我国司法部门在运用国际司法协助办理案件方面的意识、水平等仍存在很大局限。新《刑事诉讼法》规定，我国各级法院均享有涉外犯罪案件的管辖权，各级法官均可能审理外国人犯罪、国际犯罪等案件。这对法官全面提升国际刑事司法协助的意识和水平又提出了新的要求。

一、远程视频听证的概念和特点

远程视频听证（hearing by video or audio conference）指的是国家司法机关在国际刑事司法协助的过程中，在征求成员国意见的基础上，通过通信卫星、视频播放系统在该国境内获取犯罪案件的线索。电子信号传输涉及鉴定人、案件相关人员以及境内证人。远程视频听证就是通过电子视频的方式，就法庭审理实情对被调查人进行刑事调查听证。基于远程视频听证的工作原理，要求司法机关在刑事调查听证的过程中要严格遵守双边条约或者多边条约。远程视频听证的特点主要体现在以下三个方面：

1.跨国合作的经济性。现代视频音频传输技术的发展为国际合作开创了更为广阔的空间。即使案件被询问人员不亲自到庭，通过远程视频听证也能保证法庭向其作出询问并听取回答，从而实现法庭调查的直接性和直观性，达到普通法的庭审效果。此外，虽然远程视频听证的费用也较为昂贵，但是，它比起证人或相关人员出国做证所需支付的费用而言要经济得多，同时，远程视频听证还能帮助被询问人员省去复杂的入境手续，缓解国际旅程的劳累，有利于两国司法机关将更多精力、财力集中到其他案件中去。

2.掌握案情的真实性。传统的刑事调查听证仅仅需要被请求国根据请求书上列举的问题询问案件相关人员，通过笔录的方式将相关的证明材料交给请求国即可。在这个刑事案件听证的过程中，被请求国的相关规定不受约束，协助工作仅仅需要遵守本国的法律。由于传统的刑事调查听证无法直接与被询问人员对话，即无法了解被询问人员的心理状态，对于案件的审判也会有一定的影响。远程视频听证解决了这个问题，它不仅能够实现请求国执法机关和法院与案件相关证人、鉴定人其他人员进行"面对面"的询问，而且这种询问具有双向性，控辩双方可以对证人进行交叉询问及质证，从而满足直接审理及质证的诉讼要求。法庭通过更直观地审视被询问人员，观察期对所提问题的实时反应，譬如表情、语气等，从而能够更准确地判断、了解其真实意思，有助于查明事实真相。

3.司法取证的有效性。任何国际刑事司法协助活动都是跨国、跨地区或者跨法域进行的。因此，传统的委托调查取证存在另一大弊端就是：由于取证过程中必须严格遵守请求国的法律，司法取证的差异性使得一国法院在开庭受理的过程中不愿意采纳取证活动提供的证明材料。但是，远程视频听证较好地解决了这一问题。该司法程序在请求国和被请求国同步开展，相互呼应。取证工作虽然是在被请求国内进行的，但是证人所参与的仍然是请求国的法庭或调查取证程序，因此取证过程必须同时符合双方的法律规定，从而解决了法律冲突问题。在询问取证过程中，如果被请求国认为请求国的询问内容侵犯了本国法律的基本原则和社会公序良俗，还有权中断询问或者采取必要措施使询问正常有序地进行。

二、远程视频听证的立法例及司法实践

远程视频听证以其既有效又经济的优势，取得了国际刑事司法协助的公约、条约等的普遍认可，并在多个国家内通过较为成熟的国内立法予以具体规定。

（一）相关立法例

1. 国际公约

国际刑事司法协助是以国际公约为主。国际公约规定，跨国远程视频音频取证能够被运用在刑事调查取证中，成为多种调查取证协助方式中的重要组成部分。为提高国际刑事司法协助的效益，《联合国打击跨国有组织犯罪公约》（UNTOC）和《联合国反腐败公约》（UNCAC）均努力倡导采用直接取证方式，并且明确提出："如果缔约一方在刑事调查听证的过程中，需要另一缔约方的某人接受司法机关的询问，但出于自身因素考虑，被询问对象不方便前往该国家出庭做证。这种情况下，缔约双方就能够通过协商的方式，通过电视会议询问被调查对象，同时缔约国也可以请求司法机关询问，要求缔约双方的司法人员在场。"这里所说的"电视会议"方式即远程视频听证。这两个公约是迄今为止国际社会在合作打击有组织犯罪和腐败犯罪领域中内容最丰富、缔约国最多、影响范围最广的法律文件。它们为推动跨国视频音频调查取证的运行提供了广泛的法律基础。

国际刑事法院的成立标志着国际刑法正式迎来了新的发展机遇，同时

它也是人类历史上首个常设性国际刑事审判机构。在其《罗马规约》中，对借助视频音频设备提供证人的口头或录音证言也做了相关规定："本法院可以根据本规约和《程序和证据规则》的规定，刑事调查听证的过程中，允许通过口头录音、文件笔录以及音像记录的方式，但运用这些措施的前提是不得损害或违反被告人的权利。"《程序和证据规则》则规定了法庭运用这些措施的具体规则，譬如它授权法庭允许证人借助音像技术提供口头证言，但所用技术应允许检察官、辩护方、及分庭本身在证人做证时向证人提问。此外，2001年于斯特拉斯堡缔结发布的《欧洲刑事司法协助公约》第二附加议定书（*Second Additional Protocol to the European Convention on Mutual Assistantin Criminal Matters*）也对远程视频听证作出了较为具体的规定。

由此可见，远程视频听证方式是一个融合了便捷性、经济学以及高效性的刑事调查听证方式，现阶段已经在多边国际刑事司法协助公约中得到普遍认可。

2. 双边条约

在国际刑事司法协助实践中，国家之间进行司法协助的主要依据是双边刑事司法协助条约。随着通信科技的迅速发展和打击跨国有组织犯罪的需要，远程视频听证逐渐成为国际刑事司法协助合作的重要内容。

自上个世纪90年代以来，我国积极开展相关缔约工作和参与国际合作，并致力于推动调查取证方式的发展。截至目前为止，我国已签订了双边刑事司法协助类约（包括刑事司法协助条约、民事和刑事司法协助条约及民商事和刑事司法协助条约）38项。其中均对调查取证做出了相关规定。这些规定不仅对协助调查取证及在取证过程中允许请求国派员到场，以及协助取得相关人员的证言等情况做了详细规定，而且只要是"不违背被请求国法律的其他形式的协助",都允许双方协商进行。为进一步推动调查取证司法协助活动,在2005年7月21日缔结的《中国和西班牙刑事司法协助条约》中,我国首次在双边条约中明确指出远程视频调查取证制度对于刑事调查取证工作的重要性。其中的第十条更是提到:"如果刑事调查取证过程中不涉及违规操作,不违反双方的法律法规,那么可以考虑通过视频会议的方式对被调查对象进行询问,获得的证词也是可信的。"此条规定顺应国际刑事司法协助的发展趋势,成为此后中国签订司法协助条约中的一项重要内容。

3. 内国立法例

国际公约或双边条约中有关远程视频听证的规定表明缔约国之间做出了进行有关司法协助的承诺,然而对于协助的具体操作程序并无具体规定,需要各国的内国立法予以确立。

远程视频听证在英国运用得非常广泛,诸多法律均涉及这方面内容。早在《1988年刑事司法法》及《1989年(北爱尔兰)警察和刑事证据法》中,视频音频(电视及电话)就已经作为跨国调查取证的一种手段被明确规定下来。2003年,《英国刑事司法合作法》进一步扩大了远程视频听证的适用范围。具体而言,该法第1编第3章包括3个条款,分别规定了英联邦与外国之间通过视频音频(电视及电话)相互协助调取证据的操作规范,同时,还授权国务大臣可以制定法令,规定《1988年刑事司法法》及《1989年(北爱尔兰)警察和刑事证据法》所规定的通过电视电话进行远程取证的协助手段不仅可以适用于调取证据,而且,还可以适用于对刑事诉讼程序的描述甚至所有刑事诉讼程序中。这些法律规定为司法实践提供了有效的指导。英国有关远程视频听证的法律规定如此完备,原因在于它的许多内国法律都对此予以极大重视,相关制度比较成熟。例如《2003年英国刑事审判法》规定,在特定刑事诉讼中，法院有权发布指示，允许（被告人以外的）证人通过视频音频系统做证。此外，英国又通过了《2003年刑事司法法》，该法第8编就对视频音频取证系统作了专门规定，无论在简易程序还是正式起诉程序中都可以使用，而且对于犯罪种类也没有限制，只要法院相信上述程序符合效率的要求或者有利于审判活动的进行即可。这些内国立法为进行远程视频听证工作提供了法律依据和指引。

与英国有所不同，在美国的刑事诉讼法中，证人的范围不仅包括案外人员，案件当事人本身也可以作为证人出庭做证，因此，案件的被告人同样可以通过远程视频听证系统参与法庭程序。美国通过完善相关的内国立法已达到为远程视频听证工作保驾护航的目的。根据法律规定，运用视频音频取证系统时，必须依照成文法、法庭规则（包括州范围内或地方性的）以及其他法庭指令。譬如，在费尔班克斯（Fairbanks）法院，被告人远程出庭接受传讯要遵守《刑事诉讼规则》第38条第2款第10项的具体规则。根据该规则，在首席法官、公共辩护处和检察院合议的前提下，法院院长可以与公共安全部门、羁押机构达成协议，同意当事人在一定的诉讼程序中通过视频音频传输系统出庭。如此规定，确保了视频音频取证系统的运转受到由多部门达成的并与刑事规则相符合的协议的保证。这些规定都对远程视频听证工作完善具有重要的借鉴意义。

在我国，虽然没有专门的刑事司法协助法对远程视频听证加以明确规定，但是在《刑事诉讼法》中，视听资料和电子证据属于重要的证据形式之一，在我国司法审判工作中发挥着重要作用。而且，远程视频听证这种新的协助方式，不仅能使调查取证更具实效性，而且更有利于对证人的保护，从根本上遵循了我国的法治理念。因此，我国与外国之间进行远程视频听证协助，与我国现行立法精神、法律制度和保障人权的理念极为契合，必然会成为我国与其他国家之间进行调查取证协助的一种新的重要方式。2007年，由司法部主持起草的《中华人民共和国刑事司法协助法（草案）》正在逐步推广，并且已经被纳入了全国人大外事委员会的立法规划中，其中就包括跨国远程视频音频听证内容。这一立法草案，符合当前国际刑事司法协助的发展趋势和适应我国的刑事司法实践的需要，必将成为立法和实践的重要参考。

（二）司法实践

作为一种新兴的调查取证方式，远程视频听证能够在国际刑事司法协助实践中脱颖而出并发挥出重要作用，其根源不仅在于这种取证方式自身具有的不可比拟的优势，而且还在于各国已经在本国内相继进行了类似的司法实践，并探索出一系列的经验。现阶段运用视频取证、电视会议、录像取证以及网络会议的国家主要有加拿大、英国、芬兰、美国、澳大利亚以及新西兰等，即庭审取证的过程中，当事人不需要出庭，即可进行电子讨论。

资料显示，从20世纪80年代开始，这种视频音频取证技术就已开始应用。如美国费尔班克斯法院在1984年开始这方面的实践，所需经费由公共安全部门提供，并把它作为押解涉嫌轻微犯罪的被告人到法院接受传讯的一种可选择的替代方法。1986年该州司法委员会对这种方式进行了评估，评估结果尽管认为利弊兼备，但最终司法委员会还是认可了这种方法，将其作为一种永久性的替代措施。到了1999年，美国有30多个州采纳了这种取证系统。录像和视频取证技术在美国诉讼程序中被广泛采用。

就澳大利亚而言，最开始只是在未成年人刑事调查取证过程中运用到视频取证的方式，随后发展的过程中便开始逐步推广视频取证的方式。视频音频取证方式适用于以下几种情况：听取专家证人做证、审理上诉、举行指引会议或者审前听证、询问被监禁的证人或者当事人等等。除此之外，在巴西、新加坡以及日本等国家也早已开始了视频音频取证合作的探索。

视频音频取证技术也在我国司法实践中崭露头角，我国部分法院能够通过视频音频系统顺利实现国内遥距询问程序。如作为视频音频取证方式的试点，江苏省南京市人民检察院从1999年就开始运用计算机多媒体技术在法庭上出示证据；从21世纪初，海南就开始利用全省法院系统已有的视频取证系统审理部分案件；北京市法院系统内也拥有多套视频音频庭审设备系统，如中级法院、延庆法院、门头沟法院等。这些法院在市辖区内开展视频音频开庭、提讯等工作的探索，也为开展远程视频听证工作积累了宝贵经验。

我国在远程视频听证方面也取得了一定实践经验。如在中国银行广东开平支行许超凡、许国俊等人涉嫌违反美国移民法的犯罪案件中，由于该犯罪行为跨3个国家4个法域，中美两国司法机关决定对此开展刑事司法协助，其中在远程视频听证方面开创了中国实践先河。2005年至2008年间，中方安排包括从美回国接受审判的余振东和其他在监狱服刑的污点证人，向美方提供跨国视频音频证言。该协助历时3年，先后有6人7次，累计12个星期，在广州，通过电子音频设备向美国拉斯维加斯法院提供证人证言。其中余振东作为污点证人，接受询问约20个小时，控辩双方共发问1000多个。通过一系列证人的做证，美国检方向法庭提供了充分确凿的证据证明"二许"夫妇触犯美国移民法，有力地支持了美国政府的检控，实现了有效追究犯罪的目的。本次远程视频听证，是在2000年6月19日签署的《中美刑事司法协助协定》及相关国际合约的框架指导下开展的。该案的成功合作，是《中美刑事司法协助协定》签订10年来两国在双边条约和多边公约框架下，积极开展刑事司法协助的重要成果之一，也为我国与其他国家积极开展远程视频音频取证的刑事司法协助积累了成功经验。

2006年，加拿大司法部依据《中华人民共和国和加拿大关于刑事司法协助的条约》就NG跨国贩运人口案向中国提出证人做证的刑事司法协助请求。中国广西警方与加方合作，安排了二位证人在广西贵港向设在温哥华的联邦法庭作跨国远程视频做证。这次远程视频听证的成功进行，既有效地协助了请求国法庭查清犯罪事实，做出公正裁判，又增加了中央执法机关的合作关系，同时也为我国有关机关进行这种司法协助进一步积累了宝贵的经验。随后，我国还同澳大利亚墨尔本开展了视频取证合作，取得了良好的效果。

三、对完善远程视频听证立法的建议

作为狭义的刑事司法协助内容之一，远程视频听证在国际刑事司法协助中扮演着越来越重要的角色。然而目前我国尚未建立起内容广泛、程序清楚、职责分明的法律机制，这不仅使我国司法机关在对外寻求刑事司法国际协助时缺少内国法律规范的指导，同时在外国向我国寻求刑事司法协助时，我国司法机关也不清楚应当如何提供协作和配合。这极不利于发挥国际刑事司法协助的作用，实现查明案件真相、惩治犯罪的目的。因此，一方面，积极推动包含远程视频听证的刑事司法协助立法是必然道路；另一方面，在当前远程视频听证协助的司法实践中，应当对以下方面加以关注。

（一）做好事前培训

在远程视频听证活动中，由于被询问人员的做证活动是实时介入到请求国内法庭调查程序当中的，因此他们必须随着法庭进程做证，不得随意间断。这就要求他们不仅是案件的证人，而且还要具备能够胜任做证活动的必要法律知识。而远程视频听证通常发生在两个国家或者地区之间，甚至是

在不同法域之间，法律制度的差异性很大。但对于被询问人员而言，他们几乎不可能也没有义务通晓其他国家的司法制度。因此，在询问前对证人进行必要的培训，如向其介绍请求国的法律文化、司法程序、庭审特点等都将对取证的顺利完成具有重要意义。这一工作通常由被请求国承担，在进行远程视频听证的准备时，不仅要做好对"询问"过程中的辅助安排工作，还要对被询问人员给予必要的培训，保证他们熟悉请求国相关诉讼程序，能够顺利做证。根据个案情况，培训也可以由请求国和被请求国分别或共同进行，培训人员应当熟知两国的文化背景及法律制度，特别是双方制度的差异所在。取证背景、控辩双方地位、辩方发问技巧、取证流程等等都是培训的重点内容。此外，请求国培训的过程中应侧重于介绍本国庭审调查的程序，即有关证人证言证明力的规定。当请求国单独对证人培训时，被请求国应派员到场协助请求国。

（二）健全宣誓制度

虽然在我国法庭审判中并不要求当事人或证人等宣誓，但鉴于国际刑事司法协助中很可能接触到具有这方面需求的国家，我国采取了较为宽泛的规定方式，即许可我国公民在协助外国取证的过程中，依照对方国家司法制度的规定宣誓。请求国应当在请求书中注明是否需要宣誓。《中华人民共和国和加拿大关于刑事司法协助的条约》中明确指出："如果刑事调查听证的对象是个体，那么在请求调查取证的过程中，必须保证取证内容对所寻求的证明有直接说明的作用。"此外，中国与泰国、法兰西共和国等国家分别签署的刑事司法协助条约中也都有相关规定。但由于中国法律与实践并不支持西方国家手按圣经式的宣誓程式，因此在远程视频听证活动中应对宣誓作广义理解，采取较为灵活和变通的方式。譬如，可以要求证人在做证前作出诸如以下文字的宣示："根据中国刑事法律的规定，我，×××（证人姓名），保证讲真话，不做伪证，否则，将根据中国法律承担责任。"或者采取请求国主审法官发问是否能够如实做证，证人相应作出承诺或者拒绝的宣示程式。

（三）规制发问针对性

远程视频听证是两个国家之间进行的司法协助，即请求国与被请求国双方都应该通过自己的维权手段来保证被询问对象的所有权不受侵犯，被询问人有权依据请求国或被请求国的法律，就损害自己人格尊严的提问拒绝回答或者拒绝做证。除此之外，请求国法庭还应充分尊重被请求国的国家利益，当法庭中被告人及其辩护人的发问与办案无关或者涉及被请求国家主权、安全和公共秩序时，请求国检察官有义务立即表示反对并请求法庭将这样的提问记录在案以便事后制裁。这些制度都有利于远程视频听证的顺利进行，实现国际刑事司法协助的根本目的。

（四）保证时控性

由于进行远程视频听证合作的国家之间通常距离较远、时差大，因此当请求国在正常工作时间庭审时，被请求国很可能已经是夜晚了。此外，鉴于当事人、证人休息权的法律要求，应严格规定视频音频取证必须按照事先约定的时间段进行，不能超时进行，以保障被询问人员的基本人权。具体庭审发问中，如果出现辩方律师通过反复就与办案无关、毫无根据地发问，明显地拖延发问时间并使之可能超过规定时段进而导致取证无法结束，造成取证在程序上无效的情况，主审法官或者主控检察官必须即刻制止，以保证远程视频听证按照被请求国法庭规则和双方依条约商定的时间安排顺利完成。

（五）提供有效协助

要想在远程视频听证协助中做到同时严格遵循请求国和被请求国的法

律制度并不是一件容易的事，这要求协助双方都采取积极措施解决所要面对的制度差异。充分尊重对方国家是协助成功的前提之一，除此以外还应采取有效措施促使合作顺利进行。作为提供协助的一方，被请求国应当充分发挥辅助作用，在提供远程视频听证的过程中，双方都有义务提供必要的服务，即案件相关人员都应该参与取证活动，共同参与监督被询问对象，确保被询问对象的证词正确性，并应在结束询问时起草询问记录，说明询问的日期和地点、参与听证活动成员的身份、相关技术条件以及被询问人的身份，此外还包括一些必须询问的相关事件，最终的询问结果都会由国主管机关负责处理，以及所作的任何宣誓，应保证在对被询问人无任何身心压力的情况下进行询问。

（六）充分利用视频会议制度

法律和程序不断发展的一个领域是视频会议制度。这类证词的益处显而易见。视频会议既可以收集证据，同时避免在另一国取证的高昂成本和巨大挑战。并非所有国家在法律上都具有通过视频会议取证的能力。负责提出司法协助请求以便从另一国取证者应与被请求国探索这个办法，研究被请求国的法律制度是否允许这样做。我国可借鉴墨西哥在伊比利亚-美洲地区视频会议的经验。《关于在司法制度国际合作中使用视频会议的伊比利亚-美洲公约》（以下简称《伊比利亚-美洲公约》）推动在民事、商业和刑事案件的对应方之间利用视频会议。该公约使在另一国通过视频会议盘问一个人，即当事人（证人或专家）成为可能。《伊比利亚-美洲公约》第5条规定，将在被请求国人员的监督下，由请求国直接进行盘问。关于正处于法律诉讼程序或是嫌疑犯的人员，缔约国可选择不使用视频会议。第9条要求《伊比利亚-美洲公约》的缔约国在通过该公约后宣布哪个国家主管当局将负责本国的这一进程。

（七）视频取证要做到灵活和沟通

例如某人被指控在请求国实施袭击和抢劫。犯罪行为的唯一证人是受害者，受害者被送往医院，并返回被请求国，无法前往请求国做证。提出请求，让受害者通过视频连接做证。请求国担心，如果按照被请求国程序规定的正常方式收集证据，通过这种方式获得的证据不会被受理。被请求国担心，如果采用请求国的审判程序，会侵犯其主权。为解决这个矛盾，被请求国应考虑到：第一，受害者是犯罪行为的唯一证人。如果证人不做证，则可能做出无罪释放判决，因此证人在本案中做证是有益的。受害者做证的唯一途径是通过视频连接。第二，被请求国的刑事诉讼程序确立了所指控罪行的普遍管辖权，因为他们对被请求国的国民实施了犯罪行为。被请求国认为让被告在指控犯罪实施地的司法管辖范围内接受审判具有积极意义。第三，被请求国审查了通过视频连接做证的请求，并将之与在被请求国领土上开展调查的外国当局做了比较。分析表明，通过视频连接的请求对主权的侵犯微乎其微。第四，证人出席是自愿的，不出席不得施加任何制裁。不做证特权的任何声明将依据请求国的程序进行，而被请求国的官员可观察这一过程，并在认为合适时进行干预。请求国认为，如果有伪证指控，被请求国可能很难引渡证人。

由于远程视频听证方式需要借助高新技术仪器，假使被请求方没有条件或者无法满足技术要求，请求方可以为其提供必要的技术支持，原则上应当由请求方来承担技术手段操作产生的费用。

第三节 "一带一路"语境下国际化人才培养模式及路径探析

"一带一路"是我国国家领导人在当前复杂国际政治经济环境下提出的宏观倡议，是以互利共赢为基本目的的跨国合作设想，是对古丝绸之路的传承和提升。"一带一路"倡议所包含内容是多方面的，人才培养无疑是其中内容之一，更是"一带一路"倡议实施重要支撑。"一带一路"对高等学校人才培养提出了新要求和培养新模式。人才是"第一资源"，国际化人才已经成为提高综合国力和国际竞争力的战略资源。随着全球化的深入和地球村的形成，国际化人才将主导时代的发展。国际化人才除了具备所有人才应具备的专业知识、能力外，还应具备一些特别的能力：在专业范围内视野宽阔，自觉或不自觉地越过地域、文化甚至时代的局限；求真、求新、创新意识强；在坚持民族、时代特色的同时，符合当代乃至未来人类发展的普遍的价值标准和发展进步的主旋律。国际化人才需要精通相关外语、熟悉国际法规则、具有国际视野，善于在全球化竞争中把握机遇和争取主动。新形式下，高校应整合各方利益关系、完善体制机制、创新大学治理，提高国际化人才培养质量，加快培养出懂经贸、懂外语、懂法律的服务"一带一路"的国际化商务人才。以满足国家"一带一路"倡议对人才的新需求。以期提升高校国际化人才培养质量，增加"一带一路"倡议进程中我国的"软性人才"储备。人才培养是高校的中心工作，能够全面概括高等教育活动基本内涵和目标追求。在经济全球化纵深发展的条件下，国际贸易形态发生了根本性的变化，国际金融、贸易、法律、服务和电子商务极大融合，国际经贸人才职业能力要求愈加复合化。国际商务专业正是为了适应这一发展趋势，增强国家外贸竞争力而设立的新兴学科，学科目的在于培养具有国际贸易基础知识与基本技能，能在涉外经贸部门、中外合资企业从事国际贸易、国际金融、国际经济法业务和管理工作的高级应用型人才。为适应行业发展和学科建设对人才能力素质的要求，作为国际商务人才培养主阵地的财经类高校应该深化人才培养创新，致力于培养具有较高专业能力和职业素养、能够创造性地从事国际商务实际工作的国际化复合型人才。

一、高校国际商务人才能力素质评价的基本维度

《国家中长期教育改革和发展规划纲要（2010—2020年）》（以下简称《教育规划纲要》）强调指出，牢固确立人才培养在高校工作中的中心地位，着力培养信念执着、品德优良、知识丰富、本领过硬的高素质专门人才和拔尖创新人才。财经类高校如何进一步加强专业化、职业化建设，构建科学化人才评价体系和培养目标，与国际贸易行业需求实现无缝对接，是培养高素质国际商务人才首先要面对和解决的理论和实践问题。针对人的素质评价的相关研究，国外研究起步较早。1973年，美国心理学家大卫·麦克利兰提出了"能力素质"概念，并逐步细化形成了著名的能力素质"冰山模型"，从而形成了胜任力的相关理论，为人力资源管理实践提供了全新的理论视角和有力工具。所谓"冰山模型"，就是将个体素质的不同表现形式划分为表面的"海上部分"和深藏的"海下部分"。其中，"海上部分"包括基本知识、基本技能等外在表现，比较容易通过培训来改变和发展；而"海下部分"包括社会角色、自我形象、特质和动机等内在部分，较难通过外界的影响而得到改变，但却对人员的行为与表现起着关键性的作用。麦克利兰理论的最大特点是具有鲜明的区分度，即针对能力素质各部分的特质差异将个体能力素质总和确定为知识、技能和基本素质三个组成部分，该理论对

人才能力素质评价基本维度的构建范式影响至今。高等教育的人才培养"要注重更新教育观念，把促进人的全面发展和适应社会需要作为衡量人才培养水平的根本标准，树立多样化人才观念和人人成才观念，树立终身学习和系统培养观念，造就信念执着、品德优良、知识丰富、本领过硬的高素质人才"。可见，高等教育人才培养理念具有开放性和复合型，既有促进人的全面发展以适应社会生活的文化功能和人文使命，也蕴含了提升大学生知识和技能的社会功能和人力资源价值。因此，高校培养各类专业人才的能力素质评价需兼顾高校和社会双向人才标准的平衡。经过对多所财经类高校的本科生培养方案的调研，我们发现培养方案中对国际商务人才培养目标的表述，均包括了对基本素质、知识结构、职业技能等方面的要求。又如，国家标准《国际贸易业务的职业类与资质管理》对国际贸易从业资质和职业分类，也是从基本条件、业务能力、业务知识三方面进行界定。再者，注意到《教育规划纲要》对人才培养规格从"信念执着、品德优良、知识丰富、本领过硬"四个方面进行了规定，实际上也是从属于基本素质、知识和能力三个范畴。因此，无论是国家教育主管部门、高等院校还是社会企事业单位均较为普遍地接受素质、知识和能力三维评价方法，从这三个维度出发对国际商务人才能力素质进行评价应该也是较为妥当的。

二、高校国际商务人才能力素质评价体系的构建与分析

（一）高校国际商务人才能力素质评价体系的基本要素

国际商务人才能力素质评价可以从基本素质、知识体系、职业能力三个基本维度出发，分为基本素质评价、知识评价和能力评价。按照《辞海》的解释，素质是完成某种基本活动所必须的基本条件，可以进一步解释为"先

天遗传的禀赋与后天环境影响、教育作用的结合而形成的相对稳定的基本品质结构"①。因此，素质具有全面性、稳定性和连续性，包括德、智、体、美以及心理素质，也包括结构化的知识体系，是个体能力建构和增强的心理结构基础，也是个体能力形态和特质的基础性决定力量。与素质相比，能力则不具备上述特点，它是在某一领域的胜任性，是个体基本素质在特定专业领域的具象化，集中体现为对大学生专业能力和职业技能的培养。因此，基本素质评价分为思想道德素质、精神品质和身心素质，具体包括思想素质、道德素质、政治素质、身体素质、人文素养、社会动机、个人态度等观测点；知识评价分为常识体系和专业知识，具体包括基础知识、专业知识、行业知识等观测点；能力评价分为基本能力和专业能力，具体包括实践能力、沟通能力、创新能力、语言能力、研究能力、信息能力等观测点，是专门训练之后建立的标准化、系统化的特定技能。

（二）高校国际商务人才能力素质评价指标体系与分析

基本素质、知识体系、职业能力是个体能力素质相对独立的三个维度，但是三者在个体的实践活动中不是简单的叠加，而是相辅相成的有机作用系统。考虑到财经类高校的具体特点，对国际商务人才能力素质评价指标体系的静态因素进行具化形成如下指标体系。（见下表）

---

① 吴铮：《从博雅教育、通识教育到人文素质教育》，《南京理工大学学报（社会科学版）》2004年第4期。

国际商务人才能力素质评价指标体系

一级指标	二级指标	主要观测点
基本素质	思想道德 精神品质 生活素养 身心素质	思想素质、道德素质、政治素质、法律素质 成就动机、自我认知、积极性 人文素养、科学素养、媒介素养、国际视野 身体素质、心理素质
知识体系	常识体系 专业知识	自然科学、社会科学和人文学科基本知识 国际经济、贸易、管理、法律、金融、保险、政治和语言等 学科知识
职业能力	基本能力 专业能力	认知能力、表达能力、分析能力、组织能力、信息能力、创 新能力 经营管理能力、谈判能力、外事能力、多语能力、跨文化能 力、法律能力

基本素质是非智力因素，属于人才能力素质构成的重要组成部分。"以往，在人才培养过程中，人们总是特别注重对学生智力的开发。随着人才学研究的不断探索和深入，愈来愈多的人发现，在成才的过程中，智力因素只是成才过程中的一个条件。心理学的研究告诉我们，一般人们的先天智力差异并不大，往往是非智力因素差异，导致了人们事业成就的大不相同。"[①]因此，基本素质是国际商务人才能力素质的构成基础。其中，思想道德所涵盖的思想素质、道德素质、政治素质和法律素质居于统摄地位；精神品质是个体心理和人格固化的集中表现，主要表现为在认知学习和专业场域的动机、积极性等心理因素；生活素养是个体面对、参与社会生活的素质和修养，其中媒介素养体现了互联网和信息化对当代青年的挑战和考验，国际视野则是国际商务人才的特质，也是财经类高校人才培养国际化的重要输出特征；身心素养是个体成长发展的基本保障，包括身体和心理两个层面。知识体系是个体认知的结构化体现，包括日常生活、工作中经常接触无障碍理解处理的

---

① 付革：《非智力因素与创造性人才培养》，《清华大学教育研究》2002年第6期。

信息，包括了自然科学、社会科学和人文学科等知识；专业知识是个体知识体系的核心区，是国际商务人才职业能力生成的认知基础，体现了国际商务活动对国际经济、贸易、金融、法律、管理、保险和政治以及语言等多学科的高密度复合型的知识要求。与此相对应，建立在个体认知的基础上形成了基本能力，在专业认知基础上通过实践形成了各类专业能力，其复合程度和水准要求明显高于传统国际贸易专业人才的培养口径。

三、高校学生管理工作对国际商务人才培养的效用分析

高校的学生事务是指"用来描述校园内负责学生课外教育，有时也包括课堂教育在内的组织结构或单位"，而学生事务管理则被理解为"与学生事务有关的这一职业领域的总称"[①]。在美国，高校学生事务发展成熟，与学术事务一样是高校发展的支柱。高校学生管理工作如何加强创新，更好地融入高校中心工作，如何提升其地位和贡献性，是值得深入思考和研究的理论和实践问题。北京师范大学林崇德认为："在创新人才的心理学研究中，需要重视创新或创造性的三要素，即创造性思维（智力因素）、创造性人格（非智力因素）和创造性社会背景（环境因素）。"[②]因此，在财经类高校国际商务人才培养过程中，必须重视学生管理工作对这三要素的培育和发展。

（一）智力因素：构建实践载体，锻炼动手能力，促进素质生成

在专业知识向职业能力转化的过程中，应用能力和思维能力居于核心地位。大学的教育过程中，知识向能力的转化有两个链条：（1）专业教育，

---

① 蔡国春：《美国高校学生事务管理的观点、实务及其启示》，《黑龙江高教研究》2002年第1期。

② 林崇德、胡卫平：《创造性人才的成长规律和培养模式》，《北京师范大学学报（社会科学版）》2012年第1期。

侧重专业知识传授与识记。（2）课外教育，侧重实践能力锻炼。在第一课堂中，大学生进行专业知识的学习，但缺乏匹配的实践环节，因此也就不能具备专业知识转化为专业能力完整的认知准备。所以，专业知识向职业能力的转化还需要实践动手能力的锻炼。在这方面，课外教育具有明显优势。财经类高校立足国家和全球经贸发展前沿，校园文化氛围活跃。各类校园文化活动的组织主体（包括学校党群部门、学生会和学生社团）通过组织建设、构建活动主体，为学生提供锻炼实践能力的载体平台，提升学生的应用能力和思维能力，有力地弥补了专业教育过程中专业知识向职业能力的转化素质生成，为国际商务专业学生专业见习乃至实习就业奠定了认知和实操基础。

（二）非智力因素：焕发创造精神，塑造健全人格，优化道德品行

考察国际商务领军人才的成长过程可以发现，他们不仅具有敏锐的洞察力、驾驭全局的领导力和极强的创造力，更拥有深层次的精神追求和为国家利益奋斗的使命感、责任感。专业教育能够解决能力问题，但不能解决精神动力问题，这需要学生工作中的思想教育发挥建设性作用。（1）通过思想教育提升专业人才的思想水平、思维能力，引发主动思考，激发探索精神，焕发面对国际国内复杂的商务环境和压力挑战的自信心和意志力。（2）思想教育能够塑造国际商务专业人才的健全人格。健全人格是主体价值观、世界观和方法论等众多非智力因素的综合，一般表现为责任感、好奇心和奋斗精神等。思想教育能够通过政治教育等多种形式引导专业人才树立正确的价值观和世界观，掌握科学的方法论，促进健全人格的养成，这是国际商务专业人才能力素质生成不可或缺的教育环节。（3）思想教育能够优化道德品行。财经高校开展有针对性的道德教育能够培养国际商务人才自察自省的道德意识，不断提升道德修养，言行相符、知行合一，而长期良好品行的积淀将进

一步促进健全人格的固化。

（三）环境因素：提供筑梦方向，凝聚追梦力量，净化圆梦环境

"中国梦"理论是以习近平总书记为核心的党中央向世界庄严宣告的中国共产党人的世纪追求，赋予中国共产党人和全体中国人民崇高的理想和使命。大学生是青年骨干，是社会脊梁，是全面建设小康社会的中流砥柱，应该勇于筑梦、积极追梦、不懈圆梦。国际商务人才身处为国家利益服务的前沿，在校期间加强理想信念教育对其树立正确的世界观、价值观和国家意识具有重要意义。（1）要为国际商务专业学生提供筑梦方向。树立正确的理想信念是政治教育要解决的核心问题。财经类高校可以通过思想引导和政治工作，弘扬社会主义核心价值观，引导学生投身中国特色社会主义伟大事业，提升为国家崛起和民族复兴的自觉性，"引导学生树立正确的理想信念，解决创新的方向问题"[①]。（2）要为国际商务专业学生凝聚追梦力量。学生工作能够起到凝聚、激励大学生克难攻坚的整合作用。成长的道路不会一帆风顺，奋斗的过程不能孤军奋战。国际商务专业学生在学习生活和工作中必然要经受国际化竞争和挑战，更需要时时处处汇聚正能量、学习合作与共赢。（3）净化圆梦环境。学生工作能够通过引导、激励、规范等手段促进校园文化的发展，尤其是积极推动优良校风学风的形成，为国际商务专业学生的成长提供诚信、上进、开放、包容的圆梦环境。

四、财经类高校学生管理工作科学化策略

高校管理科学化，"就是要遵循高等教育自身发展规律和运行机制，运

---

① 顾秉林：《培养拔尖创新人才首重德育》，《中国高等教育》2008年第11期。

用现代科学化的管理方法和信息手段，明确职责分工，优化工作流程，完善负责体系，加强协调配合，有针对性地采取措施把各项工作抓紧、抓细、抓实，不断提高管理效能"[①]。为培养合格的国际商务人才，财经类高校学生工作科学化就必须及时更新工作理念、建立权责明晰的管理服务团队、优化管理流程、完善工作体系。

（一）更新理念：以学生发展为高校学生事务管理的核心原则

面对社会需求对财经类高校人才培养的挑战，学生事务管理必须不断更新理念，但解决这一问题的前提就是厘清大学生的身份，解决高校学生工作的对象问题。（1）培养合格的专业人才是高等教育的重要社会功能，社会也为高校提供了环境支撑和发展依据，从"高校—社会"维度而言，大学生是高校对社会最有力的智力输出，因此，高校必须树立培养质量意识，树立社会需求导向意识，从而提高人才培养的行业适切性；国际商务专业就是对国际贸易行业最新发展业态的回应，对此我们必须清醒认识。（2）培养德智体美全面发展的优秀青年是高校的使命，也是众多家庭对子女接受高等教育的殷切希望，从"高校—家庭"维度而言，高等教育是提升个人人力资本的重要途径，因此，高校必须树立服务意识，以教学改革和校园文化吸引优秀生源；而人才能力素质评价体系就回答了国际商务"培养什么样的人"这个问题，也是高校人才培养理念的集中体现。（3）高等教育是培养青年社会性的关键阶段，是青年人接触社会生活、扮演各种社会角色的初始阶段，因此从"大学校园—大学生"维度而言，高校要充分尊重大学生的主体性和创造性，积极构建育人载体，促进全面发展。可见，在社会结构和利益关系日益

---

① 许青云：《我国高校管理科学化中存在问题及对策研究》，《管理学刊》2009年第22期。

复杂的时代背景下，大学生身份本身就多重交叠，由此带来的学生工作理念必然是复合体。但是，我们不难发现，上述原则都围绕大学生发展而展开，并对"发展"的内涵和外延、实现方式和在内机制进行了规定。所以，高校学生事务管理以学生发展为核心原则至少包括三层含义，即面向市场、服务学生和尊重学生，能力素质评价体系就要体现培养方和雇佣方的双向需求。

（二）规范机制：以能力素质生成模式为突破口提升与教学部门的协同创新

大学教育中专业学习缺乏变式练习和策略性知识学习环节，而学生活动则具有相对完整的学习过程，因此，要提升学生工作在高校整体工作格局中的重要性则需要进一步与教学工作协调培养，具体而言就是善于"补台"，拓展专业见习，与教学工作形成协同育人新格局。（1）建立与教学部门联合推进专业见习机制，合理划分教务学工各部门权责，并要在学生培养方案中重点体现。（2）学工部门整合机构，调整组织设置，增加相应职能。高校目前学生工作部门比较分散，学生处、团委、就业指导中心、研究工作部，再加之具有心理咨询、学生交换学习、学业指导、思想政治教育等功能的学院部门，可谓支离破碎，而造成这种局面的原因主要是高校内设机构行政化的扩展，其逻辑还是以行政机关权力扩展的自然属性为内核，不属于教育规律支配下组织行为。因此，高校要以协同育人为改革推力，加大学工部门内部整合，以促进大学生能力生成为导向优化组织设置，尤其要形成新机制，促进学生在校园文化活动之外获得专业见习的信息管道和实操机会。（3）学工部门要建立社会需求调查与分析机制，及时准确了解对口社会用人单位的需求信息，科学预判用人趋势和职业发展方向，为调整学校培养方案提供决策参考。

（三）创新方法：以能力素质指标体系建设切实提升学生管理工作的实效性

以能力素质评价指标体系构建为着力点，促进学生工作服务学生成长的有效性，要求财经类高校对国际商务用人单位需求信息做出及时反应，一方面体现为对学生培养方案和学生活动的设计，另一方面体现为对学生个体选择的影响。对学生个体选择的影响，可采用的方式方法较多，其中设计大学生能力素质评价指标体系应该重点尝试。（1）组织团队调查收集社会用人单位的需求信息，科学分析、构建校本化的大学生能力素质模型，细化指标体系，直接与第一课堂专业教学和第二三课堂课外活动对接。（2）设计发布机制，充分考虑到能力素质评价指标体系对学生微观行为选择的影响，尤其是在新生教育环节中重点开展将对其四年大学生活产生潜移默化的影响。（3）充分利用能力素质评价指标体系对大学生成长成才的持续性影响，分别针对新生、二三年级学生和毕业年级学生设计教育活动，如新生成长路径设计、中间年级学生专业见习和社会实践指导、毕业年级自我能力素质归类描述和职位选择等。

（四）精致管理：做好高校学生事务管理的顶层设计和过程管理

高校学生事务管理需要理念引领和执行体系，这是科学的顶层设计。高校学生事务管理的核心理念不仅要考虑到人才培养的目标、特色和要求，更要充分认识到社会需求对人才培养规格的要求，因此以"能力培养"为核心理念是高校改革的必然选择。这要求高校学生工作要掌握大学生的学习特质和认知规律，清醒意识到学生活动和学生事务管理是高校育人的重要环节，是锻炼学生动手实践能力的闭合路径。（1）要善于梳理高校校园文化特色，形成学生参与校园文化活动的信息集群，尤其是要设计好新生教育，引导新生尽快熟悉适应校园环境、掌握校园文化信息。（2）要善于搭建各类活动载体平台，尽量鼓励学生自主设计和举办各类校园文化活动，辅导员等教师群体在做好过程监控管理的同时，要积极发挥学生的执行作用，并在各类活动的举办过程中提升学生的熟练水平和能力。（3）要善于引领学生主动反思，不断创新，尤其是要培养一大批学生骨干，使其不仅具有较强的组织领导能力，更要具有理论水平和思维能力。

（五）整合队伍：以科学化建设为愿景推进高校学生事务管理团队建设

辅导员队伍是高校学生事务管理的组织者和执行者，打造一支政治合格、业务精湛、善于合作的可持续发展的高效团队是学生工作科学化的人力保障。长期以来，高校辅导员主要依托学院工作岗位，接受学生工作部和学院双重领导，岗位固定，较少流动，全校学生工作系统呈现出"上面千条线，下面一根针"的局面，虽然能够基本满足学生管理的需要，但随着高等教育大众化发展和"90后"大学生个性发展需要，其管理层级过多等弊端逐渐显露。在探索高校学生管理创新的实践中，虽然国内部分高校已经积累了一定的经验，但其中有些做法和思路值得关注和研究。（1）学生管理归位，将条块式管理转变为职能式管理。在传统学生工作模式下，辅导员负责所带年级或专业学生的全部日常教育和事务管理。管理归位就意味着全校学生工作队伍不再按照学院所属划分，而是统一在学校层面进行管理调配，包括绩效管理和工资待遇等；同时，辅导员也从大量繁杂的日常工作中适度解脱出来，按照学生工作的领域组建专业团队，进行专业化、职业化发展。（2）日常教育归位，将思想政治教育融于学生的学习生活中。既有的学生思想政治教育形式较为单一乏味，难以为"90后"大学生所接受。部分高校采取创建书院制、建立本科新生学院等方式，做到了让大学生思想政治教育回归生活，使学生工作团队具备更多的工作载体和抓手。

高等教育人才培养是系统工程，强调的是高校和社会的协同育人机制与高校内部各系统的耦合机制。财经类高校深化国际商务人才培养要立足于国内外经济社会发展前沿，突出社会需求导向功能，牢固树立复合型人才的培养理念，扎实推进人才能力素质体系科学化构建，立德树人，能力为先，整合校内各系统资源，促进学生管理系统和教学管理系统协同育人，加强学生基本素质培养，提供交叉多元的多学科课程体系，强化职业能力生成机制，以深化人才培养改革，切实应对社会雇佣方对人才能力素质的预期。

典型案例研习——李华波案

李华波曾任江西省鄱阳县财政局经建股股长。因涉嫌贪污9400万公款后，举家移民新加坡，获得新加坡永久居民。案件发生后，中央反腐败协调小组高度重视，组织检察、外交、公安等部门立即启动了追逃追赃工作。多部门组成工作组先后8次赴新加坡进行磋商。经过不懈努力，中新两国在没有缔结引渡条约的情况下积极开展司法执法合作。中方向新方提出司法协助请求，提供有力证据，由新方冻结了李华波涉案资产，对李实行了逮捕、起诉，以"不诚实接受偷窃财产罪"判处其15个月有期徒刑，并在李华波出狱当天将其遣返回国。据介绍，李华波案件是中新双方依据《联合国反腐败公约》和《北京反腐败宣言》开展追逃追赃合作的成功案例，也是我国检察机关侦查人员在境外刑事法庭出庭做证、检察机关和人民法院运用违法所得没收程序追缴潜逃境外腐败分子涉案赃款的第一起案例。中央反腐败协调小组国际追逃追赃工作办公室负责人表示，李华波被遣返回国再次证明我们说的"腐败分子即使逃到天涯海角，也要把他们追回来绳之以法"绝不是一句空话。我们将加强与有关国家的司法执法合作，统筹国内外资源，坚决把腐败分子追回来绳之以法。2012年9月，新加坡总检察署以3项"不诚实接受偷窃财产罪"指控李华波，涉及李华波转移到新加坡的赃款18.2万新元。面对新加坡检方的指控，李华波在法庭上拒不认罪。于是，最高检安排时任江西省鄱阳县检察院反贪局副局长许轶峰，作为重要证人赴新加坡法庭做证，这是中国检察机关侦查人员首次在境外刑事法庭出庭做证。2013年8月15日，新加坡法院一审判决认定新加坡总检察署对李华波的所有指控罪名成立，判处李华波15个月监禁，18.2万新元赃款归还中国。李华波不服一审判决，提出上诉。2014年7月10日，新加坡上诉法院终审维持一审原判。由李华波案可见，新刑诉法对海外追赃的推动作用巨大。《联合国反腐败公约》要求各成员国根据本国法律可对腐败犯罪人员失踪、逃跑、死亡或者缺席无法起诉的情况下采取必要的措施。我国可以向其他公约缔约国请求返还贪官转移至国外的资产，但有些国家在协助我国返还贪官转移的财产时要求我方提供刑事法院针对财产的没收令或者追缴的法律文书，但由于我国现行法律没有缺席审判制度，无法提供相关生效的法律文书给新方。2012年3月，全国人大常委会通过的修改后刑诉法新增的特别程序为李华波案件的办理带来了重大"利好"。修改后《刑诉法》第280条规定，对于贪污贿赂犯罪、恐怖活动犯罪等重大犯罪案件，犯罪嫌疑人、被告人逃匿，在通缉一年后不能到案，或者犯罪嫌疑人、被告人死亡，依照《刑法》规定应当追缴其违法所得及其他涉案财产的，检察院可以向法院提出没收违法所得的申请。修改后刑诉法正式实施后，鄱阳县检察院即决定对李华波、徐爱红启动违法所得没收程序调查。2015年3月3日，上饶市中级法院就李华波违法所得没收案作出一审裁定认为，被新加坡警方查封的李华波夫妇名下的财产，以及李华波在新加坡用于"全球投资计划"项目投资的150万新加坡元，均系违法所得，应予以没收。

该案件成为我国检察机关海外追赃的第一案。据鄱阳县检察院检察长肖连华介绍，2011年和2013年，李华波、徐爱红及两个女儿的护照先后被依法吊销，2015年1月，新加坡移民局也作出取消李华波全家四人新加坡永久居留权的决定。对李华波的成功劝返，促使其妻子徐爱红回国是关键。李华波案反映了我国跨国追逃追赃程序中证人境外出庭做证程序的重大进步，通过本案可看出我国若进一步取得跨境反腐的胜利必须加强证人境外做证的培训并形成机制，更好与外国刑事诉讼制度对接，有效地开展刑事司法国际合作。

第四章　"一带一路"视域下反腐败国际合作之法理因应

第一节　不纯正不作为犯等价性标准的检视与完善

在共同建设"一带一路"倡议下，不同国家和民族的交往、沟通、合作乃至竞争都必须以思想互通为前提。"一带一路"作为新时期国家重大发展倡议，是中国主动参与、积极谋划世界事务、化解战略压力的需要，也是实现平等对话、双向多边交流的需要，事关复兴中华民族之千秋大业。国内实体法建设服务于"一带一路"，必须先行先试。"一带一路"绝不仅仅是经贸通道，还是文明互鉴之路。"国之交在于民相亲，民相亲在于心相通。""民心相通"的深层基础是不同文化、法制的相互了解、相互交流、相互理解和相互融合。只有在此基础上，各国人民才能产生思想上的共鸣，才有可能在一些重大问题上取得宝贵的共识。加强国家实体法建设，是促进交流合作、互学互鉴，实现"民心相通"的根本保障。不纯正不作为犯等价性制度是"一带一路"沿线国德国为代表的大陆法系刑法中的经典理论，我国目前并没有明文立法规定不纯正不作为犯等价性的内容，学界对此争议较大。下文试图通过典型案例研究并借鉴德国立法探析我国不纯正不作为犯等价性的应有内容，以完善我国刑法理论，为"一带一路"保驾护航。

一、案情简介

2009年12月31日凌晨，李文凯开着出租车，拉着同村人李文臣，在温州火车站附近招揽乘客。与此同时，15岁的小薇乘火车正路过温州，准备转车去台州。看到李文凯的出租车，小薇上前去问价格。李文凯说，只要5元，就送她去新城站。相对于起步价10元，这个价格算便宜的，小薇上了车。而这时，李文臣就坐在出租车的副驾驶座上。车子还没开几分钟，李文凯突然停车，下车看了看，对副驾驶座上的李文臣说："轮胎坏了，坐后面去吧。"途中，坐到后排的李文臣向小薇提出性要求遭到拒绝。李文臣便将小薇按倒在出租车后座强奸了她。小薇曾向李文凯求救，要求他停车。李文凯不仅没停车还一直驾车绕路。事后，李文臣让小薇在新城汽车站附近下车，"的哥"李文凯驾驶出租车载李文臣离开现场。2011年5月20日，温州市鹿城区法院对李文凯以强奸罪判处有期徒刑两年。

二、不纯正不作为犯等价性判断标准的理论之争及评价

贝卡利亚曾说："刑罚的威慑力不在于刑罚的严酷性，而在于其不可避免性。"要想使刑罚目的得以实现，必须精准地确定犯罪行为并适当地科处刑罚，才能实现正义。李文凯为什么被定强奸罪？主审法院认为他被李文臣胁迫，而为李文臣的强奸行为提供便利，因此与李文臣构成强奸罪的共同

犯罪，并且李文凯是胁从犯，应当减轻处罚。但本文认为李文凯是强奸罪的共同正犯，并且是不纯正的不作为犯。对李文凯到底定胁从强奸犯还是不作为的强奸犯，不仅仅是一种法律用语表述上的文字游戏，而是涉及对被告人正确量刑，实现对被害人权益的保护，维护刑法的权威。厘清这一系列的问题，首先要明确不纯正不作为犯构成要件中最重要也是争议最大的一项——不纯正不作为犯等价性的判断标准。

基于作为与不作为在存在结构上的差异这样一种认识，提出了等价问题。不纯正不作为犯的等价理论又称为等置理论、同置理论、同价值性理论，在大陆法系许多刑法学者看来，该理论能够最终解决不纯正不作为犯在规范构造上与罪刑法定原则间的冲突，并能有效地限制不纯正不作为犯的成立范围。作为能够引起因果关系的产生，并能支配、操纵使其向着发生结果方向发展，而不作为只不过可以利用因果关系。因为不纯正不作为犯是由不作为实施的犯罪，所以它与作为比较，在因果结构上就出现了差异。因此，为了让不纯正不作为犯和作为犯等置在同一犯罪构成要件上，就必须采取填补两者存在结构上的空隙的办法，使得两者在价值方面相等。当前对不纯正不作为犯的等价性要件有否定说与肯定说的争论。

（一）否定说

1. 日本学者的否定论

由于受阿明·考夫曼所提出的新的不作为犯理论的影响，在日本，有人强调不纯正不作为犯和作为犯在存在结构、规范结构上的不同，根据其不同来否定不纯正不作为犯和作为犯的等价性，进而彻底否定把两者在同一构成要件上等置。从而认为，不纯正不作为犯的处罚违反了罪刑法定原则，主张不处罚不纯正不作为犯的观点。最近，国内有学者认为考夫曼对不纯正不作为犯能否与作为犯等价的问题，持否定观点。其实，这是对考夫曼观点的误解。考夫曼虽然主张，不纯正不作为犯在存在结构上不同于作为犯，是真正的不作为犯，反对把作为犯的理论适用于不纯正不作为犯，但是，他并不否认在价值领域，即违法性、有责性领域，对不纯正不作为犯和作为犯可以进行等价性判断。所以，从考夫曼本人的观点来看，他是肯定不纯正不作为犯与作为犯的等价性的。只是，在日本有人以考夫曼的不作为犯理论为出发点，使该理论更加彻底，强调不纯正不作为犯与作为犯在存在结构、规范结构方面的不同，并以此为依据，来否定不纯正不作为犯与作为犯的等价性。[①]

2. 我国台湾学者的否定论

我国台湾学者许玉秀教授认为，不作为不可能也不需要和作为等价。其理由主要是：第一，作为与不作为在存在构造上有别。她说，法律对作为与不作为有不同的评价，有一个更根本的理由，那就是两者侵害法益的现实流程有别。作为是积极地操控法益受害的因果流程，不作为则是消极地不介入法益受害流程。虽然在作为犯我们可以说因为没有其他的干扰，所以行为人所操控的法益受害流程顺利完成，而在不作为犯，我们也可以说因为没有其他的干扰，所以法益受害的流程也顺利完成（如果有人介入，则不作为犯的不作为便无法得逞，无法促使法益受害的流程顺利完成），看起来好像旗鼓相当，但其实除了在前行为保证人类型的情况之外，所有的不纯正不作为犯所曾经面对的法益受害流程，都是由第三人或被害人自己所积极惹起的，而作为犯所面对的法益受害流程，却是作为犯自己所积极惹起的。虽然作为和不作为的因果结论都是依经验法则推论出来的，但是作为犯所造成的法益受

---

① 刘晓山、孙宝民：《不纯正不作为犯作为义务来源的反思与重构》，《中国刑事法杂志》2008年第7期。

害流程是可以在物理上加以检验的，而不作为犯对法益受害的因果作用，却是假设出来的，因为我们假设不作为犯如果介入干扰既有的法益受害流程，几乎可以确定结果即不会发生，但是事实上不作为犯并没有介入，如果义务人真的介入，结果是否真的就不会发生，永远无法证实。因为不曾发生过的事，如果发生会如何，有无限大的可能性，而作为犯造成的法益受害流程，所发挥的因果作用却是现实上存在的。第二，法律可以在保护法益的大原则之下，将不相同的作为和不作为一起纳入刑罚制裁，但并不一定要赋予他们相同的刑罚，并不就表示作为和不作为等价。其实只要说清楚不作为对法益的侵害及应该入罪化的理由，即已达到保护法益的目的，而不一定要强将不作为和作为作相等的评价。德国《刑法》第13条虽然要求不作为需要具备与作为的等价性，才成立不纯正不作为犯，但却明白规定不纯正不作为犯可处以较作为犯为轻的刑罚。这正是承认不作为犯和作为犯不等价的证明。[①]

（二）肯定说

肯定论认为，不作为与作为可以等价。这是目前德国、日本等国以及中国（包括台湾地区）刑法学界的通说。德国现行《刑法》第13条、日本1961年《修正刑法草案》第11条、奥地利《刑法》第2条等法律明文规定了不纯正不作为犯的等价条款，承认不作为与作为在刑法上可以同等评价。在刑法理论上，不纯正不作为犯这一概念得以产生并流行的本身就已经证明，刑法学界普遍承认不作为与作为是可以等价的，否则，不纯正不作为犯这一概念就不会产生，更不可能流行。因为，不纯正不作为犯这一概念所表达的，正是与作为构成同一种犯罪类型的不作为犯，不作为与作为在同一犯罪构成要件

---

① 尹彦品：《不纯正不作为犯义务来源之界定》，《河北法学》2009年第7期。

下得到同样的评价，不作为与作为的等价是其核心含义。更何况，不纯正不作为犯理论的发展历史，就是探讨不作为与作为如何等价的历史，对等价性标准的探讨构成了不纯正不作为犯理论的主流。所以，可以说，肯定不作为与作为可以等价，这是不纯正不作为犯学说的主流。①

本文支持肯定说，即不纯正不作为犯的等价性要件必不可少。首先，刑罚作为最严厉的处罚方式，涉及对公民财产、自由甚至生命权利的限制或剥夺，因此刑罚的适用要尽量遵从谦抑的原则，作为最后的手段。不纯正不作为犯表现为物理上"无"的状态，却需要动用刑罚这种最残酷的方式，必然因为不纯正不作为犯与纯正不作为犯具有同等的"恶"的本质，即与纯正不作为犯具有在刑法上同等的否定评价的特征，所以才能受到刑法处罚。所以不纯正不作为犯等价性的要件必须存在。其次，某种行为之所以进入刑法调整的领域，必然具有犯罪的本质。刑法作为国家的"刀把子"，是统治阶级维护社会秩序的利器。刑法把某种行为规定为犯罪，是为了建立一种社会道德底线的评价标准，以建立正常的社会风尚。所以把不纯正不作为犯作为犯罪处罚也是因为其突破了刑法规定的社会道德标准的底线，侵害了社会秩序与风尚，为了实现刑法维护安定性的需要，必须对不纯正不作为犯这种恶的价值清晰界定。最后，不纯正不作为犯中作为义务的要件并不能包含等价值性的内容，不能代替等价值性的作用。支持在作为义务中考虑等价值性的观点认为以作为义务为媒介来判断不纯正不作为犯和作为犯的等价值性，是作为义务决定了两者在同一构成要件下被等置。例如，福田平教授指出："为了能说明该不作为与作为的实行行为在构成要件方面价值相等，必须以该不

---

① 田文杰、许成磊：《论不纯正不作为犯的规范结构》，《政治与法律》2003年第10期。

作为人和被侵害法益具有特殊关系为前提，即该不作为人必须是负有防止构成要件结果发生这一法律上的义务的人。"这种观点是在作为义务中判断等价值性。[①]这就决定了在这些观点看来，作为义务有程度之差，即决定不纯正不作为犯成立的违反作为义务仅是单纯的违反作为义务还不够，违反作为义务还要达到一定的程度，而是否违反该程度的作为义务，要根据等价值性判断。而把等价性看作独立于作为义务的要件的观点认为，要成立不纯正不作为犯，只违反作为义务不实施一定的行为还不够，由不作为构成的犯罪还必须和作为的犯罪价值相等。例如，阿明·考夫曼认为，确定不纯正不作为犯的构成要件的标准之一是违反命令规范的不作为与作为构成要件中的作为违法和责任的内容上相等。即在当罚性上，不纯正不作为犯和作为犯必须是相等的，以此当作不纯正不作为犯的成立要件之一。本文认为，应在作为义务之外寻求不纯正不作为犯等价性的判断标准。因为，在作为义务中考虑等价性的观点并没有解决等置问题。有作为义务人的不作为、没有作为义务人的不作为从表面上看都是没有原因力的，这是不可改变的事实，作为义务的存在并不能创造出不作为本身的原因力。因此，作为义务或保证义务这一要素不能填补不纯正不作为犯和作为犯存在结构上的空隙。认为作为义务有程度之差，只有违反一定程度的作为义务才与作为在价值方面相等，这也未能解决等置问题。把等价值性判断与作为义务分开作为独立的要件的观点在把二者分开这一点上是正确的，但在这里所使用的等价值性判断标准还是没有解决等置问题的核心。该观点等价值性判断的内容是不纯正不作为犯和作为犯在当罚性或可罚性上相等，可以说是综合的价值判断，因此，判断等价值性

---

① 杨建军：《不纯正不作为犯的等值性》，《河南师范大学学报（哲学社会科学版）》2005年第7期。

有时被法意识所左右，有时只是基于法律的直观价值判断，其判断标准是不明确的。综上所述，本文认为，不应在作为义务中寻求等置问题的解决，必须进行独立于作为义务的等价值性判断。而且等价值性判断，不仅仅是价值判断，还必须填补不纯正不作为犯存在结构上的空隙。因此，等价值性判断的标准不应在法意识和法律直观上寻求，判断等价值性的标准必须是填补不纯正不作为犯与作为犯的存在结构上的空隙，从而使两者价值相等的媒介。

三、构建我国不纯正不作为犯等价性判断标准的路径

关于等价性的判断标准，在刑法理论中历来众说纷纭，概括起来，其观点可以分为两类。

第一，从主观方面寻求标准。主观说以赫尔穆特·迈耶为代表，迈耶承认不纯正不作为犯的可罚性，并以"敌对法的意志力"和"自然性用语法"来划定不纯正不作为犯的成立范围。在主观方面，作为是积极追求敌对法的意志，而不作为是像玩忽那样满足一般意志要求，不过是弱意志，他指出当这种不纯正不作为犯需要与作为犯同程度的敌对法的意志力时，在法律的意义上应以纯正的作为来把握。迈耶的观点即以敌对法的意志力这一主观要素为媒介，从主观方面解决等置问题。在迈耶看来，使不纯正不作为犯与作为犯等置的障碍是不作为的意志内容，解决了其意志内容的问题，也就解决了等置问题。因此，应从不作为人的主观方面解决等置问题，如果不纯正不作为犯与作为犯具有程度相等的敌对法的意志力，就可以认为该不纯正不作为犯在法律的意义上与作为犯是同等的，就得出不纯正不作为犯与作为犯可以等置的结论。第二，从客观方面寻求标准。主要是从作为义务的角度探讨不纯正不作为犯的等价性，即作为义务有程度之差，决定不纯正不作为犯成立

的要件不仅是具备作为义务，而且违反作为义务还要达到一定的程度，而是否违反该程度的作为义务，要根据等价值性判断。

本文认为构成判断构成要件等价值性的标准的东西必须是能够成为填补不纯正不作为犯与作为犯存在结构上的空隙的媒介。因此，判断构成要件的等价值性不能仅由法意识来决定，而必须是不受个人的价值标准影响的一定的客观标准。如果成为这种媒介的东西在客观方面找不到，就只能得出不纯正不作为犯和作为犯不能等置的结论，敌对法的意志力要和作为犯程度相同，并不能填补不纯正不作为犯与作为犯的存在结构上的空隙。等置问题的解决角度在于不纯正不作为犯的客观方面，而不是主观方面。客观说中从作为义务的角度解决等价性问题也是不合适的，作为义务并不能涵盖等价值性的全部内容，上文已经论证，不再赘述。

本文认为，应以社会相当性作为不纯正不作为犯等价值性的判断标准。随着对相当性理论性质的深入讨论，特别是客观归属论的登场，相当性理论是归责的理论而非因果理论，相当性判断属于归责的判断而非因果的判断这一观念为越来越多的人所接受，在此基础上，产生了有重大意义和理论价值的社会相当性理论，其首倡者是德国刑法学家威尔泽尔。1939年，威尔泽尔从将刑法体系立足于目的的行为论的构想出发，基于对自然行为论的法益侵害说的批评，在《刑法体系的研究》一文中阐述了有关社会相当行为。他认为："由于社会的复杂化，在日常生活中，如果不伴随任何法益侵害，那么社会生活就只能处于停滞状态。因此，如果将所有的法益侵害结果的发生（结果无价值）都作为违法予以禁止，那么生活便会停滞。"所以，法律并不禁止所有的法益侵害，而只禁止超出一定程度（使有秩序的社会生活维持活力而必须的）的侵害。因而，在国民的社会生活中历史地形成的秩序框架内发挥一定机能的行为，并非违法行为，只有超出社会相当性的行为，才是违法行为。可见，依照威尔泽尔的见解："所谓社会相当性，是指为营造有秩序社会生活的活泼化机能，在必要或不得已的程度下而将侵害特定法益的行为不视为不法行为，亦即在历史形成的共同生活秩序范围内所允许的行为。"在此威尔泽尔虽然没有明确使用"社会伦理"这一概念，没有将社会相当性理解为单纯的功能性概念，但也将之作为价值性秩序概念而理解为"社会伦理秩序"。

社会相当性理论作为一种归责理论综合了行为无价值与结果无价值，因为社会相当性理论克服了法益侵害说和规范违反说的片面性。单纯依据法益侵害说不能合理地限定刑法的处罚范围，如堕胎并没有受到我国刑法的处罚。单纯违反规范（指是否违反伦理规范）的行为也不都是犯罪，例如通奸行为也在刑法的调整范围之外。因此用社会相当性理论指导不纯正不作为犯的等价性判断标准，可以合理地限定不纯正不作为犯的处罚范围。本文认为，社会相当性理论具体应用到不纯正不作为犯等价性的判断标准应从质与量两方面限定。不纯正不作为犯与作为犯具有实现构成要件等价值性的质的标准是指不作为人设定了向侵害法益方向发展的因果关系，即由于不作为人在实施该不作为以前，必须存在由于自己的故意或过失设定向侵害法益方向发展的因果关系的情形。由于行为人的不作为导致法益恶化，并且不作为人具有利用这种因果关系的意志。强调必须由不作为人自己设定原因是为了排除由于被害人或第三人的故意或过失设定原因的情形。即本文认为只有不作为人自己设定向侵害法益方向发展的因果关系才具有与作为犯实现构成要件的等价值性，而被害人或第三人的故意或过失设定原因不具有与作为犯实现构成要件同等的价值性，也就不能成立不纯正不作为犯。例如，一名警察下班后回家的途中，看见一个歹徒正在抢劫被害人的财物而没有加以制止，只能构成玩忽职守罪，而不能成立不作为的抢劫罪，因为这是由第三方即加害人设定了侵害法益的因果关系，并不是由警察即不作为人的故意或过失设定的侵害法益的因果关系，因此，警察的不作为与作为实现的抢劫罪不具有等价值性，警察不能够成不作为的抢劫罪。此外，警察负有保护公民生命财产安全的义务，而不论警察处于上班还是下班的状态，这是特定职务或业务上的要求决定了，也就是说在这个例子中警察虽然负有作为义务，但是也并不能构成不作为的抢劫罪，这也印证了仅负有作为义务还无法实现不纯正不作为犯与作为犯在构成要件上的等价值性，必须还有不作为人自己的故意或过失设定侵害法益方向的因果关系这一要件。不纯正不作为犯与作为犯具有实现构成要件等价值性的量的标准是指由于不作为人的原因设定的因果关系使法益处于排他、独断的支配状态，并且这种支配状态使法益面临现实、紧迫的危险或侵害，这种危险状态与作为使法益面临的侵害或受到侵害的危险是同等程度的。是否处于排他、独断的支配要依据社会相当性理论，即依据健全国民承认的社会通念来判断。比如，交通肇事后将被害人扔至罕有人迹的树林，或带儿童出去游玩，在儿童走失后不闻不问，都是将被害人置于无法寻求帮助的排他、独断的支配地位。综上，本文认为由于不作为人的原因设定了向侵害法益方向发展的因果关系，并且这种因果关系使被害法益处于独断、支配的地位，从这两方面加以限定，使法益恶化并受到与作为同等程度的侵害或侵害的危险，这时才能判断不纯正不作为犯与作为犯具有实现构成要件的等价值性。同时，不纯正不作为犯如果具有和作为犯的等价值性，还应考虑不作为人具有的作为义务及违反作为义务的程度进行综合判断。因为，仅看该不作为本身，从自然主义的角度，不作为是没有原因力的，因此要填补不纯正不作为犯存在结构上的空隙，使其与作为犯在构成要件方面价值相等，就必须考虑不作为人设定原因的情形。再看本文开始的案例，案情中李文凯突然停车，下车看了看，对副驾驶座上的李文臣说："轮胎坏了，你坐后面去吧。"说明李文凯有支持李文臣实施犯罪行为的故意。"冷漠的哥"李文凯对于乘客小薇具有合同法上的义务，即承运人对乘客负有将其安全送至目的地的安保义务，而且在李文臣实施强奸的时候，李文凯不仅没有停车反而绕道行驶拖延时间，即由于李文凯的故意使小薇在行驶中的出租车上处于无法求助其他人的一种独断、支配的状态，同时李文凯利用这种小薇受侵害的状态不实施任何救助行为，使李文臣顺利实施了犯罪。结合上文提到的不纯正不作为犯等价性的判断标准，首先由于司机李文凯的原因使小薇处于受侵害的地位——小薇上车后，李文凯故意一直保持出租车的行驶，小薇无法下车求助他人；其次，李文凯使小薇的人身安全处于一种独断、支配的地位，排除了其他人救助小薇的可能。正由于这两方面的原因共同作用，使小薇的法益受到侵害。综上，李文凯已经具备了不纯正不作为犯的全部构成要件，应该构成不作为的强奸罪的实行犯，与李文臣在共同犯罪中所起作用相同，而不仅仅构成李文臣的胁从犯。本文认为"冷漠的哥"李文凯构成不作为的强奸罪的正犯，而不是不作为的强奸罪的帮助犯。关于不作为帮助犯与不作为正犯的区别在理论上存在以下几种争议：第一，从主观方面探求二者的区别，即行为人以正犯的意思实施犯罪，构成不作为的正犯，如果行为人以帮助犯的意思实施犯罪，构成不作为的帮助犯。这种完全从行为人主观心态的角度给行为定性，有主观归罪的倾向，目前很少有人主张这种观点。第二，行为支配理论，认为在多数人共同实施犯罪的时候，必须认定行为人在客观上对该当构成要件的事实是否有支配力，以及主观上是否有支配的意思来决定是不作为的正犯还是不作为的帮助犯。第三，保证人义务理论，该观点认为不作为正犯与不作为共犯的区别在于行为人的作为义务存在不同的性质。该说把侵害作为义务分为三种情况：其一，基于特殊的关系，不作为者对法益的存续有保护的义务，如果违背这一义务没尽到保护的责任，则为不作为的正犯。其二，不作为者对某种侵害负有阻止其发生的义务，如果没有阻止则承担不作为帮助犯的责任。其三，不作为者由于先行行为为第三者实施犯罪制造了机会，从制造侵害法益危险的先行行为中产生作为义务时，只有行为人没有阻止先行行为产生的犯罪时，行为人成立不作为的帮助犯。本文认为区别不作为的正犯与不作为的共犯还应该看不作为人的行为在整个犯罪事实中所起作用的实质重要性，即只有当不作为人自己设定了侵害法益的因果关系并且对法益存续的保护处于排他、独断的支配地位时才可以认定不作为人是共同犯罪中的正犯而非帮助犯。

第二节　北欧福利社会的犯罪防控体系及社会根源探析

在新的国际形势下，"一带一路"倡议对于中国有着极大的政治意义。它的最高政治目标，就是为我们的国家发展战略创造一个良好的外交环境。亚投行的建立对金融支持"一带一路"倡议产生了重要影响，具有重大战略意义。亚投行筹建从金融支撑、经济合作平台建立和融资链完善等方面与"一带一路"形成了战略互动关系。亚投行的成立将加快推进中国全面融入国际社会，也将加快推进中国和各国间的经贸合作。在战略上，亚投行是完成"一带一路"倡议的重要手段。因此，亚投行的快速成长将加快推进"一带一路"建设，成为"一带一路"建设的探路者和开路先锋。亚投行将构建一个国际经济合作平台。在以英国为首的欧洲国家作为创始成员国组团加入以来，亚投行受到了世界的广泛关注。同时，中国倡导建立合作共赢、互联互通的"一带一路"倡议，旨在以亚投行为金融平台，实现欧亚大陆的经济整合，为世界的经济、政治、文化发展创造更多机会。北欧五国均是亚投行成员国，同时具有自己鲜明独特的法律制度。制度经济学家认为现代经济的效能依赖于各种经济游戏的规则，这些规则也就是制度，法律制度就是现代经济效能所依赖的基本规则。所以，法律制度能够确定经济交易游戏规则，从而使社会按照某一特定的规范运行，发挥规范的激励与约束作用，为经济交往主体提供较为准确的预测，保障资源有效配置的实现。因此学习借鉴北欧五国犯罪防控体系的内容有利于更好了解北欧五国的政治法律制度，使我国在亚投行平台内与其他成员国更好地交流与合作。亚投行和"一带一路"倡议是中国的一扇窗户，世界可以通过这扇窗户了解中国，消除误解与疑虑，看到中国和平发展的诚意，看到中国树立负责任大国形象的决心。犯罪学的本质即研究犯罪现象存在的原因。过分强调犯罪现象本身（负面），使得对不犯罪即守法行为（正面）的探索往往被忽略。正如对刑罚的研究一直受到过度刑罚主义所主导，美国高犯罪率、高监禁率的形象似乎代表了整个西方社会的情形。监禁率较低的北欧地区的犯罪与刑罚是西方刑罚制度的"例外"。

一、全球过度刑罚主义下的例外：北欧社会的犯罪情况概览

北欧是政治地理名词，特指北欧理事会①（Nordic Council）的五个主权国

---

① 北欧理事会是瑞典、挪威、丹麦、冰岛和芬兰5国议会及政府间的合作机构，成立于第二次世界大战后（1962年3月21日）。秘书处设于哥本哈根，并在各会员国设有分支机构。北欧理事会采用瑞典语、丹麦语以及挪威语作为工作语言。

家：丹麦、瑞典、挪威、芬兰、冰岛。北欧社会的犯罪概况呈现以下特征：

（一）犯罪率和监禁率双低

北欧是犯罪发生率和监禁率双低的地区。根据2010年联合国毒品和犯罪问题办事处（UNODC）公布的数据显示，以谋杀犯罪发生率为例，世界的平均水平是每10万人6.9起。北欧地区各国谋杀发案率远低于世界平均水平，分别是：丹麦为0.9起，芬兰为2.1起，挪威为0.6起，瑞典为1.0起。根据UNODC最新的统计数据，每10万人口的监禁人口数量，世界平均水平是158人。北欧地区各国监禁率远低于世界平均水平，为65人，其中：瑞典和挪威为74人，丹麦为71人，芬兰为61人，冰岛为47人。与之对比，西欧国家的平均监禁率为107，东欧国家为201，世界最高的美国为730。

（二）重新犯罪率水平较低

根据2010年北欧研究组织的研究，丹麦监狱释放人员的重新犯罪率为34%，社区矫正人员的重新犯罪率为18%，家中拘禁的重新犯罪率为20%，整体为26%；[①]芬兰监狱释放人员的重新犯罪率为35%，社区矫正人员的重新犯罪率为24%；挪威监狱释放人员的重新犯罪率为19%，社区矫正人员的重新犯罪率为20%；瑞典监狱释放人员的重新犯罪率为42%，社区矫正人员的重新犯罪率为19%。

（三）居民安全感高，对国家应对犯罪措施认可

北欧各国人民的公共安全感较高，同时对国家应对犯罪的举措普遍感到比较认可。这也是北欧地区能够适用较为谦抑的刑罚的社会基础。人民对犯罪和罪犯持有相对宽容的态度，刑事司法机构采取轻刑的理念和实践才能够

① 数据来源于丹麦监狱与缓刑局提供的材料。

得以顺利实施。2010年度欧盟社会调查结果显示，北欧国家整体比较信任本国的警察机构，并十分认可他们的工作。这一评价在欧洲是最高的。

二、北欧的社会整体犯罪防控体系

犯罪问题不仅是刑事问题，更是一个社会问题。正如李斯特所言，最好的社会政策即是最好的刑事政策。从整个社会角度多层次地应对犯罪问题才能够起到标本兼治的作用。北欧国家力求调动整个社会的资源，最大力度防控犯罪，主要分为五个层次：

（一）社会领域加大预防犯罪措施的应用

主要是争取在犯罪发生前予以干预，防患于未然。以芬兰为例，芬兰第一个国家犯罪预防项目在1999年得到了政府的批准，主要集中于对环境犯罪和本地犯罪的预防。经过10余年的发展，芬兰国内目前的犯罪预防项目已然十分丰富，包括："国家犯罪预防项目"、"国家暴力犯罪预防项目"、"每日安全内部安全项目"、针对不同类别暴力犯罪的特殊预防项目（针对儿童的暴力，工作场所发生的暴力）、针对校园欺侮行为的Kiva项目以及为监测和预防青少年被边缘化而设立的"冰心"项目等。

（二）非刑领域加大调解手段化解社会矛盾的力度

调解制度于1981年引入挪威。挪威的刑事诉讼法典承认调解是一种独立的刑罚。成功的调解自动引发不起诉结果。但是在北欧其他国家，调解发挥的作用要相对非正式一些。芬兰于1983年引入调解，其适用的广泛程度同挪威类似。丹麦和瑞典于上世纪90年代起开始试行调解，目前两国正在加大调解的适用力度。尽管调解并不局限于某个年龄段群体，但实际操作中，大多数的调解案件都是涉及青少年或者不到刑事责任年龄的犯罪人。除了挪威之外，调解均不被看作是刑罚的一种。但是，刑法典大都承认调解可以作为检察官撤销起诉、法官不科处或者减轻刑罚的一个重要考量。值得一提的是，调解需要所有的相关方均自愿参加。

（三）制刑领域加大刑事犹豫制度的设置

在现有刑罚结构下，为了进一步体现慎刑的思想，刑事犹豫制度应运而生。正如我国针对死刑设立了的死缓制度，在实践中兼顾了刑罚的确定性和谦抑性，在执行中起到了很好的刑事效果。北欧国家设立了缓期起诉、缓期宣告和缓期执行制度。刑事犹豫制度中的缓刑制度最为普遍。目前，多数学者认同缓刑制度于1841年由约翰·奥古斯塔斯首先在美国波士顿首创，至今已经有170多年的历史。也有学者认为缓刑的最早萌芽在英国产生的。无论如何，发展至今，缓刑是当代刑罚制度的宠儿。在刑事政策中被称为除刑罚和保安处分之外的第三支柱。[①]立法方面，《丹麦刑法典》规定当法院认为没有必要执行一项刑罚的，其判决应当述明暂缓确定刑罚，缓刑期限内没有发生法定事由的，免除其刑罚。丹麦司法部监狱和缓刑管理局提供的数据显示，1984年至2010年间，丹麦判处监禁刑的人数基本保持平稳，而判处缓刑的人数在逐年上升。《挪威刑法典》规定如有必要，法院可以判处刑罚缓期执行，缓刑期一般为两年。

（四）量刑领域加大非监禁刑的适用

北欧国家的刑罚结构具有"重用罚金刑，慎用监禁刑，不用死刑"的特征。监禁刑仅适用于比较严重的犯罪，而较轻的犯罪则适用监禁替代方式，主要是罚金刑。居于较重和较轻犯罪中间的犯罪类型一般科以不同种类的社

---

① 林山田：《刑罚学》，台北商务印书馆股份有限公司1992年版，第207页。

区刑。罚金刑在北欧国家的刑罚典中占据重要的地位。挪威为了发挥罚金刑的最大效益甚至将罚金刑泛化，其《一般公民刑法典》更是不惜牺牲当代刑法之根基的罪刑法定原则为代价，规定法律没有明文规定罚金刑的犯罪可以适用罚金刑。①挪法院2009年判处的罚金刑约占当年科刑总数的50%，社区刑约为6%，无条件监禁刑约为21%，附条件监禁刑10%。芬兰法院系统2005年共判处罚金刑39420件，占所有科刑总数的57.3%。北欧国家社区刑的基本框架十分类似，但是也有一些差异。以挪威为例，2009年，挪威司法机关在判处的刑罚中，罚金刑比例约为50%，社区刑约为6%，无条件监禁刑约为21%，有条件监禁刑为10%。

（五）行刑领域加大其社会化、人道化程度

1.北欧国家的监禁刑短刑特征明显。根据2009年的数据，挪威89%的罪犯刑期短于1年，这其中43%罪犯的刑期短于30天。2.大量设置开放性监狱。北欧国家的开放式监狱关押约整个罪犯人口的20%（瑞典）至40%（丹麦）。3.设置完善的罪犯假释、休假和旅居制度。在芬兰监狱管理实际执行过程中，几乎所有的罪犯都以假释的形式提前得以释放，其他北欧国家以假释的形式提前释放的情形则更多地依赖于监狱管理当局的裁量，但通常都有绝大多数的罪犯可以得到提前释放。芬兰法律还规定，正在服刑期间，刑期在两个月以上的罪犯，可以短期离监休假。为了帮助罪犯适应社会生活，瑞典监狱还允许罪犯出狱前一段时间白天在外工作、学习，晚上返回监狱的旅居制度，旅居分为一般事务旅居、治疗型旅居、扩展旅居及中途训练营旅居。4.提供完备的罪犯矫正项目。为了帮助罪犯顺利回归社会，北欧监狱设置完

---

① 马建松译：《挪威一般公民刑法典》，北京大学出版社2005年版，第5页。

备的戒毒、戒酒、心理治疗、劳动技能培训及教育等项目。北欧国家刑罚执行当局重视把握"宽严相济的艺术"，在"监狱的控制和安全"与"对罪犯的支持和激励"之间寻找最完美的平衡。具体体现在以下几方面：

（1）刑罚的社会化理念

①监禁刑执行的正常化原则。英国前首相玛格丽特·撒切尔夫人曾说过："监狱是使坏事更糟的昂贵手段。"为了避免过度监狱化对罪犯本人及其家属、对被害人、对社会公众的负面效果，北欧国家均非常重视监禁的社会化。为此，北欧刑罚执行当局在监狱设置上划分为开放式监狱和封闭式监狱。与此同时，在监狱管理中融入大量的社会元素，尽量减少监禁的负面效果。挪威监狱管理当局认为罪犯在监狱中的生活应当尽最大可能与社会生活无异。

②开放性原则。除了让社会走进监狱外，监狱也对社会公开。主要包括：鼓励罪犯与家人、社区联系；对罪犯的探视、通信、请假制度提供便利；与社会上的监督、监察部门全力配合；对媒体、非政府组织等全面开放等。

（2）刑罚的人道化理念

①最小干预原则。司法机关在科处刑罚时只是将监禁作为最后的手段，以确保其被慎重地使用。挪威监狱管理机关认为满足监狱安全需要的重要原则是够用即可，因安全因素而过多地限制自由是没有必要的。

②重视人权原则。在监狱硬件设施和人员配备上应当考虑尊重罪犯的人权。北欧的监狱规模一般较小，每间监舍一般安置两名罪犯（过多太拥挤，只关押一人有禁闭之嫌）。警囚比率几乎能够达到1∶1，这在世界上是最高的。

（3）刑罚的个别化理念

①社会资源优化利用原则。确保监狱管理人员和罪犯之间的紧密联系，使得监狱的各种理念、项目能够被及时地跟踪、反馈和调整，以期达到最佳效果。

②增强责任感原则。有犯罪学理论认为，犯罪人具有只计自己当前的需要，不计将来的成本，不计别人感受的特点。因此重视重建罪犯的责任感是北欧监狱管理工作的重要原则之一。以丹麦为例，罪犯的饮食需要自理，鼓励他们自己负责自己的饮食，而不是坐等白食。另外一个重要的方面就是让罪犯参与自己服刑计划的制定过程，让他们对自己的将来，对监狱的安全负责，而这无疑会在一定程度上改变他们以前错误的认知和行为模式。

三、北欧社会刑罚制度的社会性根源：平等文化（likhet）

目前大多数西方国家过度刑罚的原因主要有：第一，公众对政府信任程度下降；第二，刑事政策的制定基于政治需求，而非刑事专家的观点；第三，媒体感性而非客观的报道和评价对社会的影响；第四，被害人主义的政治化。北欧国家的刑事政策之所以能够成为例外，根源于其独有的平等文化及福利社会所独有的安全结构。在这样的社会中，人们标榜同一性，尊崇集体主义而非个人主义，认为同胞之间相差无几，不愿成为例外，因此也更能够接受对误入歧途的同胞采取融入式而非排斥式的刑罚。

新西兰犯罪学家约翰·布拉特指出，北欧社会公民的同一性保证了公民日常生活行为的被动性、一致性并且强调集体而不是个人利益。在挪威语和瑞典语中的likhet即是指平等和一致，是一对不可分割的概念。一位早期到访北欧的访客克拉克指出："瑞典人本质上温和且自律，不易被激怒，在互相争执时很容易同情对方处境。"亨特福德更是指出，在瑞典，与众不同会使人产生罪恶感和最强烈的失败感。这种民族品质容易产生信任、自我约束以及合作精神，这些在当下北欧人的日常行为中仍能够得到反映。挪威的dugnad传统（芬兰语为talkoot）意为"朋友间主动帮助"，在实践中，导致更大范围内公民、邻里之间的互帮互助。

北欧平等文化的形成有其历史原因。19世纪以前，北欧地区地广人稀，土地贫瘠，因此抑制了富农将土地租给佃户收取租金，从而实现财富积累。北欧的经济生活以小经济体为主，没有形成传统意义上的上层阶级，因此也就没有形成封建制社会。相反，这些零散分布的小经济体通常都拥有较为相似的情况和更大的权利自治，这导致了地方民主自治的形成，而没有形成强大的拥有土地的贵族政治。19世纪初期，尽管保留了名义上的君主，挪威便废除了贵族体制。在北欧，没有拥有政治和经济特权的贵族，没有大地主，也没有资产阶级。

人口的同一性也加强了北欧社会的稳定性和紧密性。由于气候和贫穷的原因，直到20世纪初北欧地区都鲜有移民移入。唯一的少数民族就是北部的少许萨米人，以及一些犹太人和吉普赛人。与此同时，由于贫困的原因，从19世纪一直到20世纪初的向外移民（主要是美国）的浪潮也减少了北欧地区人口之间对资源的竞争而使这一地区更加安全。北欧的宗教也具有较高的同一性，大多数人口信仰基督教路德宗。

北欧人还十分看重教育和学习，并且深深地融入到社会传统之中，有早期北欧的访客写到，挪威人买书不是为了让书在书架上睡觉。挪威奥斯陆的克里斯蒂娜图书馆要比牛津大学图书馆的读者多近10倍。特维迪也曾指出："芬兰人阅读量很大并且勤于深思，无论贫富均受到非常好的教育。"也许是重视教育的间接影响，1960年时，瑞典拥有世界上发行量最大的报纸，同时期芬兰和挪威分别出版多达110和84种日报。芬兰媒体文章的基调也不像美国媒体那样情绪化，并且针对犯罪情况的报道一般都是附有数据分析的理性评论。联想到媒体宣传与犯罪之间的关系，我们逐渐能理解为什么北欧人们对犯罪的恐惧丝毫没有对他们的生活产生影响。根据欧盟的调查，芬兰人和瑞典人在所调查的欧洲17国内，自感受到盗窃风险的可能性最低，在街道上，芬兰人更是感觉到最安全，瑞典人排第四。与此同时，这两个国家实际上是这些国家中使用防盗门窗最少的国家。这些都印证了北欧社会比较高的社会信任和稳定。

四、几组比较体现北欧犯罪防控体系的制度根源

（一）南北欧对比

北欧国家具有高社会支出、劳动力市场的高就业率、家庭紧密程度较低的特点。从收入上讲，工资和等级差异较小、较少的贫困人口，但同时代际差异大。南欧国家具有低社会福利水平、低就业率但家庭关系密切，收入和阶级差异较大，贫困人口较多，但代际差异小的特点。北欧国家和南欧国家的差异导致其选择不同的应对犯罪策略，社会福利模式和刑罚控制模式。刑罚控制模式认为更多的警察和严苛的刑罚可以减少犯罪，而社会福利模式认为社会福利和收入公平能够达到同样的减少犯罪的效果。

（二）北欧的"平等文化"与美国的"荣誉文化"

与北欧的平等文化相比较，有一种荣誉文化。犯罪学家理查德·尼斯贝特在其著作《荣誉文化》中分析美国黑人暴力犯罪为什么比较严重时，认为其可能根源于美国南北战争之前在美国南部诸州中流行的一种荣誉文化。那

是个等级制度严格、奴隶主和奴隶身份明显的社会环境。那时的美国南方人（早期黑人主要集中在南部）把荣誉看得至关重要，因此一旦有人对自己的身份和荣誉稍微侮辱或不尊，就可能招致严重的暴力甚至死亡打击。因此北欧的"平等文化"也导致了犯罪防控体系的现状。

（三）与东方低犯罪率国家日本的比较

东方社会中的日本与北欧的情况类似，都是公认的低犯罪率和监禁率的国家。东西方两个低犯罪率、低监禁率的国家的共同之处是，两国均将犯罪人采取融入式而非排斥式的刑事政策。日本社会传统观念认为人犯罪是因为身体里有一种虫（mushi），犯罪人的亲属及社会都认为他们经过治疗后，即虫被驱除后，完全可以顺利回归社会。这与北欧社会中人民基于平等文化所产生的共鸣和怜悯而采用融入式而非排斥式的刑罚具有异曲同工的效果。巧合的是，无论是北欧还是东方的日本，在其较低犯罪率背后的是对同一文化的认同，而对这种同一文化的服从看来给人们带来的一定的压力，尽管犯罪率水平较低，但两个地区的自杀率一直都在世界的较高水平。有统计数据显示，2008年，按每1000人计算，挪威的自杀率为2.0‰，芬兰为1.2‰，瑞典为0.9‰，与之比较，英格兰为0.73‰，新西兰为0.5‰。众所周知，日本也以高自杀率闻名于世。

值得一提的是，由于北欧各国受到上世纪90年代经济萧条的影响以及多年来实行福利社会政策的沉重负担，整体社会政策发生了调整，其谦抑的刑事政策受到了一定程度的挑战。瑞典受到冲击最大，尤其是在其1995年加入欧盟之后，欧盟所要求的低通货膨胀率和金融诚信的政策改变了瑞典长久以来以完全就业和努力消除社会不平等的政策重心，这就破坏了其社会长治久安的基础——社会团结，导致了瑞典刑事政策与大多数西方国家一样趋向严厉。瑞典作为福利社会刑事政策的创始国渐渐失去了其光环。挪威和芬兰受到的冲击较小。芬兰更是从瑞典手中接过了刑罚例外主义的接力棒，成为北欧独特刑事政策的典范。

如果说刑罚的宽严程度是一个连续谱，美国和北欧似乎处于频谱的两端，形成刑罚的两种"例外"。美国刑罚界人士在意识到这一点后，曾经于上世纪30年代起对北欧的刑罚体系产生浓厚的兴趣，有许多的美国学者来到北欧，主要是在瑞典进行学习和研究，对美国的刑罚系统的发展产生了一定的影响，目前美国日额罚金刑制度就是这次学习浪潮的一个结果。

目前，随着我国经济社会发展水平稳步提升，我国的刑事政策正在经历由"严打"向"宽严相济刑事政策"的重要转变。如何在相对"宽"的背景下有效控制与应对犯罪，参考北欧国家的模式和经验，特提出如下建议：

第一，除刑罚手段外，更加注重从社会整体角度调控犯罪。结合我国目前的机构设置和职能安排，一方面涉及我国社会稳定的如公安、教育、司法、民政等诸多部门，应在中央社会管理综合治理委员会的领导下统一协调，全方位、多角度应对各种社会问题，不断提高社会的管理水平和能力。另一方面进一步加强人民调解化解社会矛盾的力度。

第二，应将对预防犯罪的重视程度提高到和打击犯罪同等水平。美国犯罪学界有句名言："犯罪其实和掉下悬崖一样，每个人都有可能。"社会所需要做的就是在悬崖边上按上围栏或者警示牌，最大程度预防犯罪的发生。

第三，进一步扩大非监禁刑以及监禁刑执行社会化的适用程度，减少监禁的负面效应，以更好地实现行刑的社会效果。

第四，重视刑事司法领域的数据统计和研究，为科学决策提供可靠依据。例如，当立法部门在修改法律可能导致犯罪圈的扩大或缩小时，刑罚执行管理当局应当科学评估目前的整体关押规模，制定相应的应对措施，以避免出现监狱过度拥挤，监狱改造质量下降的情况。

第五，除了犯罪率外，更应重视公民的公共安全感这一指标，这样才能使宽严相济的刑事政策得以顺利实施并得到社会的支持和认可。从北欧处理媒体与犯罪关系的先进经验来看，这就需要进一步规范我国媒体对犯罪的宣传和报道。

第三节　"一带一路"背景下国际商事合同仲裁条款独立性及跟随性问题研究

"一带一路"建设不仅仅是经济沟通的问题，更是重要的法律议题。"一带一路"途经亚洲、欧洲超过70个国家和地区，由于这些国家分属英美法系、大陆法系和伊斯兰法系，各国法律制度不同，且政治经济发展水平不一，这为经济贸易投资纠纷的解决增加了很大的难度。随着"一带一路"倡议的全面推进落实，国际商事仲裁将在解决沿线各国的国际商事纠纷中起着关键作用，尤其对预防并惩治"一带一路"建设海外投资中可能出现的腐败现象更为重要。毋庸置疑的是，一旦发生贸易纠纷，健全的仲裁条款将成为最主要的纠纷解决方式。有鉴于此，国际商事仲裁将成为我国"一带一路"倡议实施的重要司法保障。仲裁（Arbitration）作为ADR（Alternative Dispute Resolution）中最重要的一种纠纷解决方式，在其历史发展的长河中，产生出了多种具体的形式，比如国际争端仲裁、劳动争议仲裁、商事仲裁等等。在当今市场经济社会，商事仲裁更体现出强大的生命力，深受人们的推崇和喜爱，成为国际商事合同纠纷解决的重要选择。当事人通过签订仲裁协议的方式来选择仲裁，一般体现为专门制作的仲裁协议书和主合同中的仲裁条款。仲裁协议书是在争议发生之后当事人为解决他们之间的争议而专门订立的，是一项独立的协议，形式上不受主合同的影响。而仲裁条款是"合同双方当事人在争议发生之前订立的将合同执行过程中可能发生的争议提交仲裁解决的协议"①。一般表现为合同中的单独条款，与主合同在形式上联系密切。一般情况下在合同的履行过程中，如果发生争议，当事人就可以通过制定仲裁协议书或者援引仲裁条款进行仲裁，并且是"一裁终局"。但是在某些特殊情况下，比如争议涉及主合同是否有效，以及合同无效和失效的情况下，仲裁条款因作为主合同的一部分能否继续有效就成为研究的重点。现在学界流行的观点是仲裁条款在此种情况下仍然具有独立性，被称之为"仲裁条款的独立原则"②（The Principle of Independence Arbitration Clause）。有学者认为仲裁条款独立原则的具体含义是："尽管仲裁条款是合同中的一个条款，但此条款与它所属的主合同是两个相互独立的合同。如果争议涉及主合同是否存在及其有效性问题，或者主合同无效或者失效，仲裁条款作为双方当事人约定的解决合同争议的条款，仍可独立存在，并不因主合同无效或失效而当然无效或失效，除非该仲裁条款本身依据应当适用的法律为无效协议。"③仲裁条款独立原则已成为国际仲裁界理论的重要基石，不但各国的仲裁立法予以承认，在国际层面亦有仲裁案例和公约的认可。虽然我国《仲裁法》也有

---

① 赵秀文：《国际商事仲裁法原理与案例教程》，法律出版社2010年版，第78页。

② 也有学者论证的是"仲裁协议的独立性理论"，包含了仲裁协议书和仲裁条款两者的独立性。但是根据仲裁协议的表现形式，仲裁协议书是在争议发生之后制定的，当然具有独立于原合同的特性，而只有仲裁条款因其与原合同形式上联系密切，受传统合同法理论影响，才会有被导致无效的可能，才有讨论的必要。

③ 赵秀文：《国际商事仲裁法原理与案例教程》，法律出版社2010年版，第87页。

关于仲裁条款独立性的规定，但是在我国学术界对于独立性的理论研究尚有不足，司法界对于独立性的适用仍有待进步。

一、仲裁条款独立性的成因探讨

（一）国际商事仲裁本身的特性要求仲裁条款具有独立性

1. 商事或者商事活动的内在要求

在国际经济交往中，多数国家对于提交仲裁的合同都有商事的要求，只有商事合同才能提交仲裁解决，但是由于各国法律传统和文化的差异，对于何为"商事"分歧很大，难以在国际层面形成统一的认识，所以即使是有关国际仲裁的国际公约和示范法也多采用保留的态度对待此问题。

第一，《国际商事仲裁示范法》中对商事采取的是宽泛的定义。《国际商事仲裁示范法》是目前国际商事仲裁领域影响最广泛的一部示范法，对于商事，采用的是"commercial"这个词，规定为"对'商事'一词应作广义解释，使其包括不论是契约性或非契约性的一切商事性质的关系所引起的事项。商事性质的关系包括但不限于下列交易：供应或交换货物或服务的任何贸易交易；销售协议；商事代表或代理；保理；租赁、建造工厂；咨询；工程；使用许可；投资；筹资；银行；保险；开发协议或特许；合营和其他形式的工业或商业合作；空中、海上、铁路或公路的客货载运"[①]。

第二，《国际统一私法协会国际商事合同通则》（以下简称《通则》）中对商事也采取了宽泛的定义。《通则》的目标是要制定一套可以在世界范围内使用的均衡的规则体系，而不论在它们被适用的国家的法律传统和

---

① 参照联合国贸易法委员会1985年制定、2008年修改的《国际商事仲裁示范法》。

政治经济条件如何。这一目标在《通则》正式文本中和这些规则所反映出的总的指导方针中都能得到体现。[①]其对于商事，采用的英文表述依然是"commercial"，规定为"对'商事'合同的限定，并非照搬某些法律体系中对'民事'和'商事'、当事人和/或这两种交易的传统界定，即《通则》的适用仅依赖于当事人是否有正式的'商人'身份，和/或交易是否具有商业性质。……《通则》对'商事'合同并没有给予任何明确的定义，只是假定对'商事'合同这一概念应在尽可能宽泛的意义上来理解，以使它不仅包括提供或交换商品或服务的一般贸易交易，还可包括其他类型的经济交易，如投资和/或特许协议、专业服务合同，等等"[②]。除了将消费者合同排除在外，依然没有给出确切的定义，采用的是宽泛的解释。

第三，在我国，大多学者援引《国际商事仲裁示范法》中的定义，[③]并在著作中或翻译为"business"或"commercial"[④]；同样我国的国内立法中也没有给出确切的定义或者解释，只是我国在1996年加入纽约《承认及执行外国仲裁裁决公约》（以下简称《纽约公约》）时提出了商事保留，即中国仅对按照中国法律属于契约性或非契约性商事法律关系所引起的争议适用该公约。所谓"契约性或非契约性商事法律关系"具体是指：由于合同、侵权或者根据有关法律规定而产生的经济上的权利义务关系，例如货物买卖、财产租赁、工程承包、加工承揽、技术转让、合资经营、合作经营、勘探开发自

---

① 《国际商事合同通则·引言》，国际统一私法协会理事会制定，1994年5月于罗马。

② 《国际商事合同通则》中的"注释"部分，国际统一私法协会。

③ 沈四宝、王军：《国际商法》（第2版），对外经济贸易大学出版社2010年版，第444页；邓杰：《商事仲裁法》，清华大学出版社2008年版，第7页。两本书持的都是《示范法》的观点，邓杰还提到了我国提出的商事保留。

④ 这两个词在英语中几乎没有区别，但是多数立法和研究都采用了commercial这个词。

然资源、保险、信贷、劳务、代理、咨询服务和海上、民用航空、铁路、公路的客货运输以及产品责任、环境污染、海上事故和所有权争议等，但不包括外国投资者与东道国政府之间的争端。①由此可见，我国关于"商事"的解释也是一种较为广义的解释。

笔者认为，之所以"商事"一词无论在国际还是在国内都没有确定的定义和范围，与国际商事活动的自身特性是密切相关的。

商业是伴随人类文明一步步发展起来的，从原始的以物易物到金属货币、纸币，人类的商业活动始终在探索中前进。并且在历史的发展过程中，不同的地区和行业形成了不同的交易习惯，特别是当今国际商事交易更体现出广泛性和复杂性，这就使得对其下定义非常困难。商事内涵的广泛决定了商事合同类型的多样化，在当今国家间司法裁判还没有得到普遍承认的情况下，国际仲裁的裁决因《纽约公约》众多加入国的事实，使得国际仲裁裁决较容易得到外国法院的承认与执行。正如英国退休法官MichaelKerr先生比喻，即便是太空人仲裁员在月球上做出的裁决，也可以在英国得到执行。②

而商事交易是当事人之间的交易行为，是"以营利为目的的经营和交换行为"③，故追求效率实现利益最大化是商事交易的特征，因此客观上要求若发生争议当事人愿以更加经济、更加快捷的方式来解决，在这方面仲裁相对诉讼来讲，更显优势。同时仲裁更以其专业性和友好性更加符合商事争议的解决，这就使得商事合同中当事人对仲裁更加青睐。

---

① 《最高人民法院关于执行我国加入〈承认及执行外国仲裁裁决公约〉的通知》，第3条，1987年4月10日。

② 宋连斌：《国际商事仲裁权研究》，法律出版社2000年版，第23页。

③ 王晓川主编：《国际商事合同法》，北京师范大学出版社2010年版，第1页。

而当事人在合同中约定将争议提交仲裁，就表明了当事人希望若发生争议希望通过仲裁的方式，而不是诉讼的方式解决，且如今多数国际的买卖合同都是采用仲裁条款的形式来解决争议，①在这种情况只有保持仲裁条款的独立才可以更好保证当事人将争议提交仲裁的意愿得到实现。

2. 国际性商事交易的客观要求

商事仲裁一般区分国内商事仲裁和国际商事仲裁，从许多国家的立法和实践来看，后者在受案范围、受国内法院影响、仲裁裁决的执行等方面受到的限制都比较小，之所以有此区别，是由国际商事合同本身的特性决定的。

第一，《国际商事仲裁示范法》在第一章第一条第三款就指出："仲裁如有下列情况即为国际仲裁：（A）仲裁协议的当事各方在缔结协议时，他们的营业地点位于不同的国家；（B）下列地点之一位于当事各方营业地点所在国以外：（a）仲裁协议中确定的或根据仲裁协议而确定的仲裁地点，（b）履行商事关系的大部分义务的任何地点或与争议标的关系最密切的地点；（C）当事各方明确地同意，仲裁协议的标的与一个以上的国家有关。"可见，这个定义使得符合条件的国际商事仲裁是非常宽泛的。

第二，在我国，从《中华人民共和国民事诉讼法》第255条、《中华人民共和国仲裁法》第65条、2005年《中国国际贸易仲裁委员会仲裁规则》第3条以及有关的司法解释来看，我国对"国际"或者"涉外"的商事仲裁的认定基本采取争议性质标准，即以争议的国际性或者涉外性来确定有关的仲裁是国际（涉外）仲裁还是国内仲裁。同时对于何种争议具有国际性或涉外性，则做广义的理解："即只要民商事争议的主体、客体、内容三个因素中至少

---

① 宋连斌：《国际商事仲裁权研究》，法律出版社2000年版，第63页。

一个与中国内地之外的法域相联系，就构成所谓的国际性或涉外性。并且考虑到香港特别行政区、澳门特别行政区、台湾属于实行独特法律制度的与内地平行的三个法域，有关涉及这三个法域的仲裁可归为涉外仲裁或区际仲裁，并可参照适用有关国际或涉外仲裁的法律规定。"①

对于国际的定义坚持广泛性的标准，从客观上增加了符合国际仲裁的合同的数量，使得更多的合同可以仲裁的方式来解决。同时由于世界上已经有140多个国家加入《纽约公约》，也就意味着一国仲裁机构做出的裁决可以在这140多个国家执行判决，可执行的范围远远大于诉讼判决，这也是大多数涉外合同选择仲裁的根本原因。

故商事交易的特性和国际的宽泛定义客观上要求更广泛的适用仲裁解决国际商事争议，而仲裁条款独立性的存在能够更大程度上保障当事人将争议提交仲裁的实现。

（二）从国际商事仲裁的案例中梳理仲裁条款独立性理论的发展脉络

根据国内学者的研究，通常认为仲裁条款的独立性研究是按照如下脉络发展的：首先，1942年英国法院审理了荷曼诉达文斯（Heyman v. Darwins Ltd.）一案。在该案中确立了这样一个原则：在合同落空的情况下，仲裁条款可以独立存在；其次，1963年，法国最高法院在高赛特（SocieteGossetv. SocieteCarapelli）案中，确立了主合同因不能履行而无效时，仲裁条款独立的原则；接着，1967年，美国最高法院审理了马里兰州的首家涂料公司诉新泽西州弗拉德与康克林制造公司（Prima Paint Co. v. Flood & Conklin manufacturingCo.）案中确立了在主合同因欺诈而无效时，仲裁条款仍具有

① 邓杰：《商事仲裁法》，清华大学出版社2008年版，第10页。

独立性；最后，1993年，英国法院通过海港公司案（Habour Assurance Co. v. Kansa General International Insurance Co.），确立了在主合同因违法而无效时，仲裁条款仍具有独立性。

研究仲裁条款的独立性问题，起源于西方的商事仲裁案例，那么我们就重新审视这几个案例。

第一个案例，1942年英国上议院审理的Heymanv.DarwinsLtd.一案，在许多学者的研究中被称为仲裁条款独立性的理论起源。本案涉及一个包含有广泛仲裁协议的合同有效签订之后，因Darwins公司没有实际履行双方产生争议，原告Heyman等人诉至法院，被告英国Darwins公司申请仲裁。

但是最终上议院西蒙大法官（ViscountSimon）提出如下意见："If, however, the parties are at one in asserting that they entered into a bindingcontract, but a difference has arisen between them as to whether there has been a breach by one side or the other, or as to whether circumstances have arisen which have discharged one or both parties from further performance, such differences should be regarded as differences which have arisen 'in respect of', or 'with regard to' or 'under' the contract, and an arbitration clause which uses there, or similar, expressions should be construed accordingly." 意为：如果双方当事人都坚持认为他们已经签署了有拘束力的合同，但是他们之间的争议是关于其中一方当事人是否违约，或者是否存在着一方当事人不再继续履行或者双方当事人都不再继续履行合同的情况，这样的争议应被视为是与合同有关的争议。

另一段话："I do not agree that an arbitration clause expressed in such terms as above ceases to have any possible application merely because the contract has 'come to an end', as, for example, by frustration. In such cases it is the performance of the contract that has come to an end···. There is a previous decision of this House which establishes this precise proposition. I refer to Scott & Sons v. De; Sel （1923）, where sellers of jute contended that a contract to export from Calcutta 2800 bales to Buenos Aires was brought to an end, after a portion has been dispatched, by a government prohibition of further export, notwithstanding that the contract contained an express term exempting the sellers from liability for late delivery due to unforeseen circumstances. The arbitration clause ran: "Any dispute that may arise under this contract to be settled by arbitration. "这一段话西蒙大法官反对仅仅由于合同终结就导致措辞广泛的仲裁条款不能适用的观点，并通过援引先前案例的形式来进一步阐明即使合同"终止"，该合同中的仲裁条款仍应被适用。这样上议院就得出了在本案中仲裁条款让可以适用的结论。

但是判词中还有一段话："If the dispute is as to whether the contract which contains the clause has ever been entered into as all, that issue cannot go to arbitration under the clause, for the party who denies that he has ever entered into the contract is thereby denying that he has ever joined in the submission. Similarly, if one party to the alleged contract is contending that it is void ab initio （because, for example, the making of such a contract is illegal）, the arbitration clause cannot operate, for on this view this clause itself is also void."在这段话中，西蒙法官明确表达了如果争议是关于合同是否有效签订，或者合同因违法而无效，那么在此种情况下仲裁条款是不具有独立性的，因为仲裁条款应随着自始无效或违法合同而无效。

故本案例只是说明了一个有效成立的合同，在履行过程发生争议时仲裁条款能否有效的问题，而在这种情况下仲裁条款当然是发生效力的，这也正是案件中法官说到"the case was 'a very simple one'",根本不涉及仲裁条款的独立性问题。同时西蒙法官在判词中明确表示了在主合同是否有效签订和自始违法的情况下,仲裁条款当然是不具有独立性的,语言中非常明确地表示了对仲裁条款的独立性的反对,所以把本案例作为仲裁条款具有独立性的理论起源是不恰当的。

第二个案例,在1963年,法国最高法院在高赛特案中确立了仲裁条款独立的原则。本案涉及法国公司(Gosset,买方)与意大利公司(Carapelli,卖方)订立的含有仲裁条款的粮食买卖合同,后因仲裁产生争议,法国当事人上诉到法国最高法院,主张主合同及其所包含的仲裁条款由于不能履行而无效,法国最高法院认为,在国际仲裁中,国际合同中的仲裁条款是完全独立的,即使主合同无效时亦然。①

第三个案例,在1967年,美国最高法院审理的Prima Paint co. v. Flood & Conklin manufacturing co.一案,确立了仲裁条款可独立存在于自始无效的欺诈合同。本案涉及马里兰州的PrimaPaint买下了新泽西州F&C生产涂料的生意,并签订咨询协议,规定由F&C向PrimaPaint提供相关的业务咨询,该协议中含有措辞广泛的仲裁条款,后因F&C宣告破产双方就费用支付问题产生争议,PrimaPaint主张F&C在订立协议时有欺诈行为,因此双方签订的协议无效,而诉诸法院。美国最高法院最后确认:即使合同自始无效,通过仲裁解决合同争议的仲裁条款,同样也是一项可以独立实施的协议。②

第四个案例,1993年,英国上诉法院审理了海港公司案,即Habour Assurance Co. v. Kansa General International Insurance Co.一案。本案涉及芬兰一

---

① 赵秀文:《国际商事仲裁法原理与案例教程》,法律出版社2010年版,第88页。
② 赵秀文:《国际商事仲裁法原理与案例教程》,法律出版社2010年版,第89页。

些保险公司为了打入英国的保险市场，与英国海港公司订立了在英国从事保险和再保险活动的保险协议，合同中含有仲裁条款。后因根据英国国内法规定，在英国从事保险活动，必须取得英国工商局的认可，而本协议未取得英国工商局的认可，英国海港公司主张由于违反英国的法律，该协议无效，而提交诉讼。最后上诉法院民事庭审理后认为：即使合同因违反法律而无效，合同中的仲裁条款依然可以独立实施①。

通过对以上法、美、英等国的司法判例的分析，可以得出如下结论：在不违反社会公共利益的前提下，主合同因不能履行而无效，因欺诈而无效，因违反法律而无效都不能影响合同中有效成立的仲裁条款的效力，仲裁条款具有独立性。

（三）国际商事合同仲裁条款独立性的学理解读

仲裁条款之所以具有独立性，除了现实的需要外，从学理上也可找到依据。

首先，仲裁本身具有"合同性"的特征，商事仲裁亦不例外，是双方当事人合意的结果，仲裁协议的签订意味着双方同意把争议提交仲裁解决，因此即使在合同无效或失效时，仲裁条款具有独立性，是当事人意思自治原则的体现。

其次，我们通过研究可发现，从合同内容的构成角度上分析，一个国际商事合同实际上分为两部分，实体性部分和程序性部分，这两部分规定的内容和性质是截然不同的："英国Macmillan法官曾明确指出，仲裁协议于商事合同其他条款有着完全不同的性质。商事合同其他条款规定的都是当事人之

---

① 赵秀文：《国际商事仲裁案例解析》，中国人民大学出版社2005年版，第47页。

间相互承担的义务，而仲裁协议规定的不是一方当事人对另一方当事人的义务，它是双方当事人的协议，即如果产生了有关一方当事人对另一方当事人承当的义务的争议，则这些争议将由他们自己成立的法庭解决。"①实体部分解决实体问题，不同的合同是基本不同的；仲裁条款属于程序性部分，特别是仲裁条款在争议发生之前制定，一般比较宽泛，具有形式基本一致的特征，正因为如此，这部分实质上具有独立性。

二、仲裁条款独立性的精确表述及其相关的跟随性问题

（一）仲裁条款独立性的理解

仲裁条款作为主合同相对对立的一部分，应该有其自身的成立要件，笔者认为应当包括：A.当事人意思表示真实；B.当事人意思表示明确。只要符合这两点，我们就认为当事人就仲裁条款达成合意，仲裁条款就有效成立了。

有效成立的仲裁条款的效力表现为：A.当事人可直接依此仲裁协议提交仲裁，而排除法院的管辖；B.仲裁员可直接依据仲裁协议的规定对合同的争议作出裁决，当事人必须遵守。

故仲裁条款的独立性可表述为：在不涉及影响公共秩序问题时，作为主合同一部分的仲裁条款符合其构成要件即成立，其有效性不受主合同效力的影响。

（二）立法现状

随着仲裁条款独立性原则被各国法律吸收和在仲裁中的广泛运用，国际

① ［英］施米托夫：《国际贸易法文选》，赵秀文选译，中国大百科全书出版社1993年版，第612页。

社会开始通过国际公约的方式认可此原则。首先是《纽约公约》，该公约虽未就仲裁条款的独立性作出专门规定，但公约第2条（1）款则明确规定了缔约国应承认当事人之间书面达成的将他们之间可能发生的争议交由仲裁解决的协议（即合同中的仲裁条款）的法律效力。其次，由联合国国际贸易法委员会1985年制定的《国际商事仲裁示范法》第16条（1）款对仲裁条款独立原则作了表述："仲裁庭可以对它自己的管辖权包括对仲裁协议的存在或效力的任何异议，作出裁定。为此目的，构成合同一部分的仲裁条款应视为独立于合同其他条款以外的一项协议。仲裁庭作出的关于合同无效的裁定，不应在法律上导致仲裁条款无效。"最后，仲裁条款的独立性原则体现在了许多国际商事仲裁机构修改了他们的仲裁规则，比如国际商会仲裁院1988年仲裁规则第8条（4）款，1985年1月1日起实施的伦敦国际仲裁院仲裁规则第14条（1）款，美国仲裁协会1991年3月1日起实施的国际仲裁规则第15条（2）款，俄罗斯国际商事仲裁院1988年仲裁规则第1条（3）款，新加坡国际仲裁中心1991年仲裁规则第25条1款，加拿大不列颠哥伦比亚国际商事仲裁中心仲裁与调解程序规则第15条（1）款，等。[1]

我国《仲裁法》第19条规定："仲裁协议独立存在，合同的变更、解除、终止或者无效，不影响仲裁协议的效力。仲裁庭有权确认合同的效力。"同时，我国国际贸易仲裁委员会的仲裁规则第5条第4点规定："合同中的仲裁条款应视为与合同其他条款分离地、独立地存在的条款，附属于合同的仲裁协议也应视为与合同其他条款分离地、独立地存在的一个部分；合同的变更、解除、终止、转让、失效、无效、未生效、被撤销以及成立与

---

① 赵秀文：《论仲裁条款独立原则》，《法学研究》第19卷第4期，第72页。

否，均不影响仲裁条款或仲裁协议的效力。"

综上所述，仲裁条款独立原则已为现代国际商事仲裁立法与实践普遍接受，成为具有法律拘束力的原则。

（三）仲裁条款具有独立性而导致的跟随性（subsequence of arbitration clause）问题

在国际商事交易中，当事人订立合同后将其合同项下的权利与义务转让给第三人的情况是很常见的。如果合同中有仲裁条款，当合同向第三当事人转让后，该合同中的仲裁条款是否也向该第三人转让？并且在特定情况下，仲裁条款的效力出现了扩展的情形和趋势，不少国家的立法、司法和仲裁实践、仲裁理论逐步承认仲裁协议对未签字的当事人具有法律的约束力。在一定程度上，仲裁协议的"胳膊"正在"伸长"。[1]

当今世界范围内关于仲裁协议转让的问题，分为两种意见。一是认为仲裁条款与主合同可以同时转让，除非受让人在接受该合同时对此提出异议，在美国、法国、瑞典、瑞士等国有相关的法律明文规定或判例。此意见的主要依据是："仲裁协议作为主合同的一个组成部分，由此产生的权利与义务属于合同的附属权利。这种权利类似于合同中对法院的选择条款，是从属于合同项下的权利，在随主合同转让时，同样具有合同的后果。因此，仲裁条款项下的权利应当与合同其他条款项下的权利处于相同的法律地位，受附属权利转让规则的支配。"[2]另一种观点则认为仲裁条款与其所依据的主合同不能同时转让，除非当事人同意此项转让，在纽约州、意大利等国家和地区有

---

① 赵健：《长臂的仲裁协议：论仲裁协议对未签字人的效力》，《仲裁与法律》2000年第1期。

② 赵秀文：《国际商事仲裁法原理与案例教程》，法律出版社2010年版，第96页。

相关的法律明文规定或判例。此意见的主要依据是："第一，仲裁条款项下的权利是程序上的权利，而不是合同的实体权利，因而不能受支配合同权利的规则的约束。第二，在一些国家法院的判例中，尽管队仲裁协议的实体或程序上的权利不作区分，但认为仲裁条款项下的权利属于个人的权利，因而不能适用于一般的转让原则。第三，仲裁协议不仅包括当事人的权利，还同时包括相关的业务，即不得将协议项下的争议提交法院解决的义务，因此当事人在转让合同的实体权利是，对于仲裁条款项下的义务，如果没有受让人的明示同意，则不能转让。"[①]

正是由于在仲裁协议转让的问题上，有关的国际公约和多数国家立法并没有涉及，所以各国在处理这一问题时都依据各国的国内法律去处理，依据不同的理论往往会导致不同的结果。

仲裁协议具有的独立性的特征，已经被各国的仲裁法吸纳，以法律条文的形式确定下来，成为仲裁制度中的一项重要内容。我们发现，仲裁协议在主合同涉及权利义务转让时的情况下，展现出与独立性相对应的、能够归纳总结的另一种特征。我们将这种特征，用"仲裁条款的跟随性"予以表述。

所谓"仲裁条款的跟随性"，是指仲裁条款作为主合同的从属，在主合同因一定的原因发生权利义务转移或效力扩展后，仲裁协议作为解决主合同争议的条款，也发生转移或扩展，并继续存在法律效力的情形。

其逻辑思路是这样的，仲裁条款独立性原则已经得到世界大多数国家和国际公约的认可，认为仲裁条款有其自身的构成要件，主合同的效力变化不会影响到仲裁条款的效力，只要合同当事人符合仲裁条款的构成要件，仲裁

[①] 赵秀文：《国际商事仲裁法原理与案例教程》，法律出版社2010年版，第97页。

条款就在相关当事人之间产生了效力。

而仲裁条款是作为主合同的一部分而体现的，是主合同中关于解决问题的程序性规定，在形式上包含在主合同当中。那么当主合同转让时，受让人必定是要关注合同的，我们不能想象一个理性的当事人在签订合同时，连合同当中仲裁的内容都不去看就去从事国际商事贸易。所以当事人不可能不知道合同中所包含的仲裁条款的存在，如果当事人在明确知晓仲裁条款存在的情况下，同意主合同的转让，就表示当事人不但同意合同权利义务的转让，也同意仲裁条款权利义务的转让，合同受让人成为新的合同的当事人，也成为转让后仲裁条款的当事人。故可以总结为，除非当事人明确表示反对主合同中存在的仲裁条款，当主合同权利义务发生转移时，仲裁条款跟随转让适用于新的当事人之间，故可称之为仲裁条款的跟随性。

在明确了仲裁条款的独立性和跟随性之后，我们发现其实现实中很多理论和实践是蕴含这个理论的。

1.合同转让。根据合同转让的权利义务不同，合同转让可以分为三种情况：合同的承受、债务承担和债权让与。在合同承受的情况下，普遍认可的一个规则是仲裁条款"自动移转规则"。根据该规则，合同的转让人经合同另一方或者其他方当事人的同意，将其在合同中的权利义务概括移转给受让人，如果原合同中订有仲裁条款，该仲裁条款对合同的受让人与合同的其他方当事人具有约束力，除非受让人或债务人在合同转让前或得到合同通知时明确反对仲裁条款继续适用。

在债务承担的情况下，各国民法一般都规定债务人转让债务的前提条件是债权人的同意。因此，只要债务承担有效成立，即可以表明债权人已充分权衡过其与受让人之间的争议提交仲裁解决的情形并同意继续使用仲裁协议。对受让人而言，只要实际履行了主合同项下的义务，则受让人就必须受到主合同中仲裁条款的约束，即受让人履行合同义务的行为说明了他自愿接受仲裁协议。仲裁协议在债权人和受让人之间继续有效。

在债权让与的情况下，由于存在着债权让与生效自由主义和折中主义的立法例，而世界上大部分国家都采用这样的立法，即债权人转让债权给受让人时，不需要经过债务人的同意，而只需要将债权转让情况通知债务人（折中主义），甚至不必通知债务人（自由主义）。那么仲裁条款在债务人无权发表意见的情况下，能否跟随债权的转移而转移呢？对于这个问题，学术界存在着一定的分歧。在司法实践中，越来越多数的国家和地区确定和认可了在债权让与的情况下，仲裁条款可以将其效力延于原合同债务人和合同受让人。

2.代理。仲裁条款的跟随性于代理制度中的主要表现为，当英美法系中未披露本人代理的情况下，存在着委托人的介入权和第三人的选择权，当委托人或第三人在法定的条件下行使这样的权利并通过仲裁解决纠纷的时候，仲裁条款随着主合同中权利的转移而转移约束非签字方。在英美法系披露本人的代理、大陆法系直接代理及表见代理的情况下，代理制度本身的特征决定了非签字方，即被代理人受到仲裁协议的约束。

3.代位。在代位的情形下，仲裁条款的跟随性体现在代位权人和原债权人之间权利义务转让后，仲裁条款也随之发生转移。在因主合同发生争议的情形下，对原债务人而言，其面对的代位仲裁请求并不会发生实质变化，因为争议的范围还是原来的范围，内容也还是原来的内容。反过来说，原债务人在签订仲裁协议的时候，就放弃了通过以仲裁方式之外解决争议的权利，代位人行使仲裁权，恰恰不会对原债务人的上述权利造成实质影响。仲裁协议的跟随性在代位理论下得到了较好的支持。

4.揭开公司面纱。揭开公司面纱制度是公司人格独立性的例外情形，在适用这一制度时，需要严格把握，不能轻易使用，更不能滥用，否则将动摇整个法人制度的确定性。推及仲裁领域，仲裁协议因揭开公司面纱而产生跟随性的效果也是例外规则，而不是要去动摇仲裁制度中当事人意思自治的根本原则。另外，揭开公司面纱制度中关于滥用公司人格的标准，没有也无法划出是和非的具体界线，目前只能由法院根据个案的具体情况，来具体分析和具体掌握。因此要通过仲裁真正"揭开公司面纱"，有一定的不确定性。但无论如何，从保障债权人的合法权益、降低解决纠纷的社会成本、提高解决纠纷的效率乃至维护法律的尊严等方面来说，仲裁协议在公司人格否定的情况下跟随主合同将效力延及幕后的第三人是有积极意义的。

5.禁反言。《国际法院规约》第38条将"一般法律原则"作为法院裁判案件应该适用的法律依据，学理认为国际法院规约的这一条表明了国际法的渊源。而对于"一般法律原则"的理解中占有说服力的是将其理解为：世界各大法系共有之原则。即公平原则，还有这里的禁反言原则等等。世界各主要法系都普遍承认禁反言原则。一般认为，仲裁协议因禁反言原则体现跟随性的情形属于特例，只有在符合特定条件的情况下才能适用。美国司法实践和理论界对禁止反言原则的运用仍存在争议，主要的观点包括：禁反言原则违背合同法中关于当事人合意的要求，将未签订仲裁协议的当事人强行拉入仲裁中，无视该当事人的真实意思；法院有将禁反言原则作为万金油的嫌疑；禁反言原则的适用会导致不公平的结果，即原告必须放弃进行民事诉讼的权利，且与从未同意仲裁的人就争议进行仲裁。因此，就像揭开公司面纱原则一样，对禁止反言原则在仲裁中的运用要严格考量，谨慎判定，以真正实现通过仲裁解决纠纷的价值。

除了前文中介绍的五种理论，还有一些理论学说支持和解释着仲裁协议的跟随性，而且随着仲裁制度和司法实践的发展而随之变化着，比如提单的转让、第三方受益人、公司人格混同、公司集团、法人的合并与分立等不同程度体现了仲裁条款的跟随性的特征。

在仲裁制度高速发展的今天，仲裁协议体现出跟随性的特征已经成为不争的事实，并越来越多地在仲裁和司法实践中运用。对于此，欧美一些仲裁制度发达的国家走在了前列，他们运用实体法中创设的一些理论来解释仲裁协议在特定的情形下跟随主合同权利义务转移或扩展而转移和扩展，并通过一系列判例的形式加以确认。应该指出的是，虽然传统的仲裁理论坚持者对仲裁协议跟随性表示否定的态度，但是我们需要透过这些传统的理论去探求仲裁的本质，去追求仲裁制度诞生的目的和至今具有不懈生命力的原因。通过分析，我们可以看到，仲裁协议的跟随性并不是为了否定传统，相反是为了适应现代民商事发展中仲裁协议当事人需求越来越大的趋势，平衡当事人之间的利益，以坚守仲裁制度诞生的目的和延续其不懈的生命力。

三、对我国国内商事仲裁的启示

我国现行国际商事仲裁制度真正建立是从建国后开始的[①]，随着国际经济交往的发展，我国国际商事仲裁的影响力越来越过广泛，主要表现为涉外商事仲裁案件的增多和对国际商事仲裁理论的吸收和影响增强。同时，《中华人民共和国仲裁法》规定了我国商事仲裁的主要目的，这就使其具有"中

---

① 具体的标志事件有：1949天津市政府颁布《天津市调解仲裁委员会暂行组织条例》；1956年4月2日对外贸易仲裁委员会（后改称中国国际经济贸易仲裁委员会）建立，1959海事仲裁委员会（后改称中国海事仲裁委员会），这两个机构受理了我国绝大多数国际商事仲裁案件。

国商事仲裁制度不以盈利为目的，其宗旨是保障市场经济的健康发展"[1]的特征，区别于中介机构的律师事务所等。所以研究我国的国际商事仲裁，就要立足我国的实际，借鉴国际的先进经验，从而促进我国国际商事仲裁的发展。

我国的国内商事仲裁因为受到国内司法的更多的限制，在仲裁条款独立性及跟随性方面实践得还不够，但是国际商事仲裁给我们提供了一个正确的理论前景，是国内商事仲裁发展的引导方向，同时对国内司法对仲裁的让渡提出了迫切的要求。

第四节 "一带一路"倡议中的隐名投资合同效力要件研究

法律风险在"一带一路"倡议推进中应当予以特别注意，尤其是合同法律风险。"一带一路"倡议推进中各种经济交往不可避免地要签订大量合同，需要注意的是，合同的签订不等于合同的履行。尤其对于某些重大投资活动，其合同履行周期可能达几十年之久。因此，合同违约风险是"一带一路"倡议中最常见的法律风险。为了有效应对以上法律风险，应当坚持顾全大局的原则，运用事先预防、超越法律、适度维权和灵活处理的思路。同时，应当采取建立完善的法律制度，进一步加强与"一带一路"相关国家的执法与司法交流与合作等具体措施。一带一路"倡议的推进，必将为我国的经济发展提供新的动力，并在优化经济结构、拓展海外经济发展空间等方面大有作为，为实现我国经济的国际化、可持续发展做出重大贡献。提出完善

---

① 沈四宝、沈健：《中国商事仲裁制度的特征与自主创新》，《法学》2010年第12期，第31页。

隐名投资合同效力要件制度，这样才能科学、有效地指引我国建筑企业参与"一带一路"的建设。《最高人民法院关于适用〈中华人民共和国公司法〉若干问题的规定（三）》第二十五条第一款规定："有限责任公司的实际出资人与名义出资人订立合同，约定由实际出资人出资并享有投资权益，以名义出资人为名义股东，实际出资人与名义股东对该合同效力发生争议的，如无合同法第五十二条规定的情形，人民法院应当认定该合同有效。"如何对该条款进行正确解读，又如何正确认定实践中各类隐名投资合同的效力，不仅关系到实际出资人与名义出资人的切身利益，也事关公司其他股东、公司债权人以及其他善意第三人合法权益的保护，甚至影响到隐名投资所设公司的正常运行以及交易安全的维护，因此对隐名投资合同的效力问题进行研究具有重要的理论与实践意义，本文拟对隐名投资合同的效力要件展开探讨。

一、隐名投资合同效力概述

关于隐名投资，学理上有狭义与广义两种理解。从投资领域来看，广义的隐名投资，不仅包括有限责任公司领域的隐名投资，也包括合伙、股份有限公司、个人独资企业以及外商投资企业等各类企业组织形态中的隐名投资。[①]狭义的隐名投资则仅指公司领域范畴内的隐名投资，如"隐名投资是指投资人隐匿自己的真实身份，以他人的名义向公司出资，间接地享有公司股份利益的投资方式"[②]。从类型上看，隐名投资不仅包括协议型隐名投资，也包括非协议型隐名投资。需要指出的是，本文所指的隐名投资为狭义上的理

---

① 王尚：《试论隐名出资对有限公司股权转让效力的影响》，《法制与社会》2011年第33期。

② 王芳：《隐名投资人股东资格认定问题研究》，《河北法学》2012年第1期。

解，即仅限于有限责任公司中的协议型隐名投资，不包括合伙、个人独资企业等其他经济组织中的隐名投资，也不包括公司中的非协议型隐名投资。依据《公司法司法解释（三）》第二十五条第一款规定，借鉴学理上的已有研究，归纳社会经济生活中隐名投资的实践做法，本文对隐名投资合同的概念界定如下：隐名投资合同，是指隐名投资人与名义股东之间订立的，约定隐名投资人以名义股东名义向公司出资或认购出资，以获取公司股权为目的的投资合同。合同效力，又称合同的法律效力，或称合同的法律约束力，是指"法律赋予依法成立的合同具有拘束当事人各方乃至第三人的强制力"①。合同效力从其内容看体现在两个方面：一是当事人依法成立并生效的合同享有权利和承担义务，二是当事人不履行合同义务应承担违约责任。可以说合同权利义务就像一把"法锁"一样拘束着双方当事人。②合同效力分为对内效力与对外效力。对内效力是指合同对当事人的约束力，这是合同效力的主要方面；对外效力是指合同对当事人之外的第三人的拘束力，此乃合同效力的扩张。根据合同相对性原则，一般而言，合同对第三人不具有拘束力，即合同当事人之外的第三人既不享有合同权利，也不承担合同义务。但是随着社会经济生活的客观变化与实际需要，近现代以来各国立法及判例对合同相对性原则已有突破，在某些特定情况下对传统合同效力加以扩张，使合同效力不仅及于合同当事人也及于第三人，如确立债权保全（代位权、撤销权）的合同、确认利益第三人合同、承租权物权化的合同、附保护第三人作用的合同

---

① 崔建远、吴光荣：《中国法语境下的合同效力：理论与实践》，《法律适用》2012年第7期。

② 王利明：《合同法研究》第一卷，中国人民大学出版社2011年版，第200页。

等。^①此外，合同效力也包括依法成立的合同不受第三人非法干预和侵害的效力。关于合同效力的形态，学理上认为我国现有法律的合同效力制度是"有效、无效、可撤销、效力待定、未生效并存的模式"^②。具体到隐名投资合同的效力，因隐名投资合同目前并非我国《合同法》明确规定的一类典型合同，加之实践中隐名投资的动机与目的不同，成因各异，且合同当事人的订约能力与法律专业水平参差不齐，导致隐名投资合同在内容上千差万别，在形式上各呈其态，因此如何对实践中各类隐名投资合同的效力进行认定也就变得更为困难与复杂。学理上，关于隐名投资合同的法律效力主要存在两种观点。第一种观点认为，隐名投资以规避法律法规为主要目的，违反商法外观主义和公示公信等基本原则，因此应认定隐名投资合同无效。第二种观点则认为，对于实践中的隐名投资现象不宜一概否定，应具体问题具体分析，按照我国《合同法》等相关法律规定来对隐名投资合同的法律效力进行具体认定。^③两种观点，究竟孰是孰非？笔者赞同第二种观点，我国《公司法司法解释（三）》也采取了第二种观点的价值取向，认为隐名投资合同如无《合同法》第五十二条规定的情形应当认定有效。那么，隐名投资合同效力认定的要件包括哪些呢？关于合同的效力要件，我国《合同法》未作明确规定。学理上一般认为，包括当事人适格当事人意思表示真实、合同不得违反法律和社会公共利益、合同形式合法等。笔者认为，从当事人主体、合同内容、合同形式三个方面对合同的效力要件进行分析，逻辑层次更为简洁与清晰。

---

① 蓝承烈：《论合同效力的扩张》，《学术交流》2000年第6期。

② 崔建远：《我国合同效力制度的演变》，《河南省政法管理干部学院学报》2007年第2期。

③ 王玥：《论隐名投资合同的效力问题及其解决规则》，《商品与质量》2012年第4期。

因此，以下笔者拟从这三个方面对隐名投资合同效力认定的要件展开分析与探讨。

二、隐名投资合同效力的主体要件

隐名投资合同主体，即隐名投资合同的当事人，包括隐名投资人与名义股东。一份隐名投资合同要有效，首先订立合同的双方当事人须适格。当事人适格，是指做出意思表示并达成合意的隐名投资合同当事人必须具备法律规定的合同主体资格。具体而言，是指必须具备相应的民事权利能力与民事行为能力，否则，其所订立的隐名投资合同无效。作为隐名投资合同的当事人，既可以是自然人，也可以是法人，还可以是非法人的其他经济组织。以自然人为例，我国《民法通则》根据年龄和精神健康状况将自然人分为完全民事行为能力人、限制民事行为能力人与无民事行为能力人。根据我国《合同法》和《民法通则》等法律的规定，完全民事行为能力人具有完全的缔约能力；限制民事行为能力人可以订立与其年龄、智力、精神健康状况相适应的合同以及纯获利的合同，限制民事行为能力人订立其他合同须得到其法定代理人的追认；无民事行为能力人无缔约能力，其订立任何合同均须由其法定代理人代理。根据上述法律规定，完全民事行为能力人因具有完全的缔约能力可以订立隐名投资合同；限制民事行为能力人与无民事行为能力人订立隐名投资合同则须其法定代理人追认或代理订立。对于法人和非法人企业超越经营范围订立的隐名投资合同，其效力又如何认定呢？《合同法司法解释（一）》第十条规定："当事人超越经营范围订立合同，人民法院不因此认定合同无效。但违反国家限制经营、特许经营以及法律、行政法规禁止经营规定的除外。"比照这一规定，笔者认为，法人或非法人企业一般性地超越经营范围订立的隐名投资合同宜认定为有效合同，但是如果违反国家限制投资或禁止投资等法律、行政法规的强制性规定而订立合同，则该合同无效。关于隐名投资合同的主体效力要件，有一个问题需进一步讨论，即我国相关法律法规对于投资主体身份作了不同的限制，那么投资身份受限人签订的隐名投资合同是否有效呢？我国法律法规对于投资主体的身份限制主要有：国家公务员不得参与或从事营利性活动：国家事业单位法人、社会团体法人、机关法人，除国家法律法规另有规定外，不得投资企业作为公司股东：律师事务所、审计师事务所、会计师事务所和资产评估机构不得向其他行业投资设立公司：公司董事、高级管理人员的"竞业禁止"义务，不得投资于"与所任职公司同类业务"的公司获利：我国公民个人不得同外国公司、企业和其他经济组织或个人成立中外合资经营企业或中外合作经营企业：外国企业、其他经济组织或个人在涉及我国国家安全、经济命脉的某些行业或投资领域受到投资身份的限制或禁止；等等。投资身份受限的当事人签订的隐名投资合同的效力，根据我国《合同法》第五十二条以及《合同法司法解释（二）》第十四条的规定，主要在于确认关于投资主体身份限制的规定是否属于"法律、行政法规的效力性强制性规定"。如果属于，则该投资身份受限的当事人签订的隐名投资合同无效：如果不属于，且该隐名投资合同不存在其他无效情形，则宜认定其有效。笔者认为，对于规避投资身份限制的隐名投资合同效力，应在坚持"有效认定优先"原则的基础上，具体问题具体分析。在相关法律规定关于合同效力认定不明确的情形下，须进一步对该投资身份限制的法律规定进行立法目的分析，运用"法益权衡"原则对该法律规定所要保护的法益进行利弊权衡，对相关法律规定是否属于效力性强制性规定作出判断，进而对规避投资身份限制的隐名投资合同效力做出认定。

现代市场经济条件下，鼓励投资自由成为当今各国的立法潮流与发展趋势。在此趋势下，法律之所以还对某些民事主体进行投资身份限制，主要是基于保障国家经济安全、维护正常的市场竞争秩序、防止腐败等方面的考虑。也就是说，投资主体身份限制方面的法律规范，往往旨在保护国家利益或社会公共利益，其与维护投资者个体的私利益相比更为重要，因此该类法律规范常常属于强制性法律规范，相关主体必须遵守。应该说，投资主体身份限制方面的法律规范，其立法目的便在于限制特定主体取得股权。如果认可违法投资主体取得相关股权则势必严重损害该类法律规范目的之实现，是故，违反投资主体身份限制法律规范的隐名投资合同原则上一般应认定为无效。例如，《公务员法》禁止国家公务员参与或从事营利性活动，一方面是为了保障公务员的职务廉洁性，以树立国家公务员队伍的廉洁形象；另一方面是因为公务员往往掌握一定的权力，如果允许其从事或参与营利性活动容易产生权钱交易的腐败行为，导致不公平竞争，从而破坏正常的市场竞争秩序。由此看来，禁止公务员参与或从事营利性活动，其所维护的是公务员职务廉洁性等国家利益以及保障正常市场竞争秩序的社会公共利益，因此，公务员违反投资身份限制对公司进行隐名投资，其所签订的隐名投资合同应当被认定为无效合同。当然，并非是说凡是违反投资身份限制法律规范的隐名投资合同一律无效。例如，A有限责任公司（以下简称A公司）董事甲违反"竞业禁止"义务，与自然人乙、丙二人共同签订隐名投资合同，由甲实际出资，由乙、丙作为名义股东成立B有限责任公司（以下简称B公司），B公司实际由甲负责经营管理。甲利用其在A公司担任董事的职务便利，将A公司的许多商业机会转移给B公司获利，且B公司的大部分业务与A公司为同类业务。根据我国《公司法》第一百四十九条第一款第五项的规定，董事甲在未经A公司股东会同意的前提下，不得利用职务便利为自己或者他人谋取属于A公司的商业机会，也不得自营或者为他人经营与A公司同类的业务。也就是说，在本案例中，甲投资B公司的身份受到《公司法》第一百四十九条第一款第五项规定的限制，那么在此情形下，甲与乙、丙之间签订的隐名投资合同是否无效呢？

笔者认为，要对该隐名投资合同的效力做出准确合理的评价，不妨首先对《公司法》第一百四十九条第一款第五项规定的立法目的进行探究。该项法律规定，之所以对公司董事与高级管理人员设立"竞业禁止"义务，其目的是保护公司与公司股东的利益。那么本案例中，对该隐名投资合同作有效还是无效认定，首先需要权衡的法益就是董事甲的利益与A公司、A公司股东的利益，应该说前者与后者两种利益也都是私利益。其次，需要进行法益权衡的是A公司、A公司股东的利益与B公司、B公司股东的利益，前者与后者两种利益都是私利益。最后，需要进行法益权衡的是A公司、A公司股东的利益与B公司交易相对方的利益。从表面上看，似乎前者与后者两种利益也都属于私利益，但因B公司的交易相对方多为不特定的交易主体，且B公司与其交易相对方的交易大多已经完成，如果因否定隐名投资合同的效力进而否定B公司诸多已经完成的交易的法律效力，显然对B公司的交易相对方极不公平，且不利于交易安全，也不具交易效率，因此，在A公司、A公司股东的利益与B公司交易相对方的利益的衡量上，后者利益在某种意义上具有社会公共利益的性质。因此，本案进行法益权衡的结果，笔者认为，在坚持"有效认定优先"原则的基础上，不宜认定该隐名投资合同无效，而应让甲与乙、丙进行合同效力瑕疵补救。例如让甲取得A公司股东会的同意，以使该隐名投资合同效力瑕疵得到补救，或者按照《公司法》第一百四十九条第二款的规定，将董事甲在B公司的收益归A公司所有。

三、隐名投资合同效力的内容要件

根据我国《合同法》的规定，一份合同要有效成立并生效，在合同内容方面须符合"合同内容确定""合同内容可能""合同内容合法"以及"合同内容不违反社会公共利益"四个方面的要求，隐名投资合同亦须符合这四个方面的要求。

（一）合同内容确定

"合同内容是当事人因合同所欲使其发生的事项，也称为合同的标的。"①从民事法律关系的角度看，合同内容是指合同权利与合同义务。从本质上看，合同内容依当事人合意而产生，须根据当事人意思表示的内容来确定。如果当事人意思表示的内容不确定，或意思表示的内容前后矛盾，或意思表示的内容无确定意义，除依据法律规定，或依惯例或习惯，或依当事人所定的确定方法，或依其他情事，可确定其内容的以外，否则合同效力无从发生。具体到隐名投资合同，如果合同未约定出资的金额或出资的财产，或未约定拟投资的公司以及拟认购的出资额或股份，或未约定股权、股份或投资权益的归属，或未约定投资收益的分配与投资风险的承担，而且依据法律规定或依据惯例、习惯或依其他情事，都无法确定上述事项，则既很难确定该合同的法律性质究竟是隐名投资性质还是借贷性质，抑或是委托代理性质，也很难确定当事人的具体合同权利与合同义务，就有可能导致该合同无法有效成立或发生法律效力，从而无法产生当事人预期的法律结果。

（二）合同内容可能

合同要有效成立并发生法律效力，其重要的前提是合同的内容应当是

---

① 杨立新：《债与合同法》，法律出版社2012年版，第304页。

可能的，以不能实现的事项为标的的合同为无效合同。合同内容的不能，既包括法律上的不能，也包括事实上的不能：既包括客观不能，也包括主观不能。合同内容的不能，须是确定的不能，如果只是一时不能而嗣后可能的，不能视为合同内容不能。合同内容不能导致的合同无效，应当是合同内容自始不能。如果合同订立时合同内容可能，但是在合同订立后因客观情况的变化导致合同内容不能，并不必然导致合同的当然无效，而是应依情势变更原则，根据导致合同内容不能的客观情况变化是否归责于当事人的原因，或撤销合同，或对合同内容进行变更，或由相关责任人承担违约责任或侵权责任。例如，当事人因不知情，在隐名投资合同中约定对业已被吊销营业执照的公司进行投资便是属于合同内容在事实上的不能。因为拟投资的公司营业执照已被吊销，合同约定对其出资购买股权已经在事实上不可能，所以该合同无效。又如当事人在隐名投资合同中约定，以隐名投资人售卖某文物的价款作为出资，而该文物系隐名投资人非法占有的国家文物，且该文物属于国家明令禁止流通的文物，因作为出资的该文物售卖价款在法律上不可能实现，因此该合同无效。此外，需要指出的是，合同内容的全部不能导致合同彻底无效：部分不能导致合同部分无效，效力不受影响的部分则继续有效。

（三）合同内容合法

我国《合同法》第五十二条第三项与第五项明确规定，"以合法形式掩盖非法目的"以及"违反法律、行政法规的强制性规定"的合同无效。这一规定，在合同法理论上被简称为"违法无效"。换言之，合同要有效成立并发生法律效力，合同内容必须合法。又根据《合同法司法解释（二）》第十四条的规定，《合同法》第五十二条第五项规定的"强制性规定"指的是"效力性强制性规定"。因此，有必要对"强制性规定"和"效力性强制性规定"的概念内涵及其对合同效力的影响问题作进一步的探讨。对于"强制性规定"的立法表述，世界相关国家或地区不尽相同。例如，德国民法典称之为"法令禁止"规定，我国台湾地区民法典的表述是"强制或禁止之规定"。我国学界对强制性规定的称谓也不统一，存在"强制性规范""强行性规范""强制规范""强行规范""禁止规范"等不同的表述以及概念界定。例如，我国台湾学者王泽鉴教授认为，"强制规定"是指应为某种行为的规定（不得不为规定）："禁止规定"则是指禁止为某种行为的规定，旨在阻止从事某种行为。[①]我国大陆地区的王轶教授认为："所谓强行性规范就是必须得到执行、必须得到实现的法律规范，或者说不能通过当事人的约定排除其适用的法律规范。"根据功能和作用之不同，他将强行性规范进一步区分为强制性规范与禁止性规范，"要求当事人必须采用特定行为模式的强行性规范，我们称之为强制性规范：禁止当事人采用特定行为模式的强行性规范，我们称之为禁止性规范"[②]。也就是说，在他的概念体系里，强行性规范是强制性规范和禁止性规范的上位概念。应该说，王轶教授的此种概念体系建构借鉴了我国台湾学界的通行观点。然而，刘贵祥法官却认为，"应为一定行为"的强制性规范与"不应为一定行为"的禁止性规范，在很大程度上仅是考察视角或表达方式不同罢了，两者并无实质性的不同。"将规范分为强制性规范与禁止性规范，就像将行为分为作为与不作为一样，不能说没有意义，但这种区分显然仅具相对性。"[③]因此他对"强制性规范"作广义理解，并将之与"强行性规范"概念等同使用，在外延上涵盖了狭义上的

---

① 王泽鉴：《民法总则》，北京大学出版社2009年版，第166页。

② 王轶：《合同效力认定的若干问题》，《国家检察官学院学报》2010年第5期。

③ 刘贵祥：《合同效力研究》，人民法院出版社2012年版，第199页。

"强制性规范"和"禁止性规范"两种类型。本文认为,"强制"从某种角度上讲可以理解为是一种"禁止",任何一个"强制性规定"其本身都已内含了"禁止"排除其适用的意思;另一方面,"禁止"也可以理解为是一种消极意义上的强制。因此,本文采用我国《合同法》的法定表述,即"强制性规定",对其作广义理解,包括积极意义上的强制(应为某行为,狭义上的强制规范)和消极意义上的禁止(不为某行为,狭义上的禁止规范)。进而,本文把"强制性规定"作为与"任意性规定"相对应的一个法律概念,把"效力性强制性规定"作为与"管理性强制性规定"相对应的一个法律概念。对于我国《合同法》第五十二条第五项规定的强制性规定的理解,本文认为应该着重把握以下两个重点:一是强制性规定的范围。首先,《合同法》第五十二条第五项规定的强制性规定仅限于我国现行法律、行政法规中的强制性规定,而不包括地方性法规、行政规章等低位阶的强制性规定。其次,认定合同无效的强制性规定应仅限于效力性强制性规定,而不包括管理性强制性规定。第三,认定合同无效的强制性规定不仅包括民法内的强制性规定,而且包括民法外的强制性规定。二是强制性规定对合同效力的影响。学理上,我国一般将强制性规定区分为效力性强制性规定与管理性强制性规定。效力性强制性规定,是指对违反强制性规定的私法上的行为在法律效力上用私法上的方式予以制裁的一类强制性规定。管理性强制性规定,是指对于行为人的违反行为不给予私法上的效力后果的制裁,而是给予刑事上或者行政上的制裁的一类强制性规定。学界通说认为,违反效力性强制性规定的合同无效,而违反管理性强制性规定则主要是对行为人给予刑事上或者行政上的处罚或制裁,不一定导致合同无效。从司法实践的角度来看,我国《合同法司法解释(二)》首次在司法解释的层面提出了"效力性强制性规定"

的概念，《最高人民法院关于当前形势下审理民商事合同纠纷案件若干问题的指导意见》（以下简称《合同纠纷指导意见》）则在司法规范性文件的层面提出了"管理性强制性规定"的概念。根据《合同法司法解释（二）》和《合同纠纷指导意见》的相关规定，目前在我国司法实务界，一般也认定违反效力性强制规定的合同无效，而违反管理性强制规定的合同效力则有待具体问题具体分析，由人民法院根据具体情形认定其效力。综上，具体到隐名投资合同，如果隐名投资合同要有效成立并发生当事人预期的法律效力，其重要前提是该合同内容必须合法，既不得以合法形式掩盖非法目的，也不得违反法律、行政法规的强制性规定，尤其是不得违反其中的效力性强制性规定。如果隐名投资合同内容违反法律、行政法规的效力性强制性规定，则该隐名投资合同无效。例如，根据我国《公司法》第二十七条的规定："股东可以用货币出资，也可以用实物、知识产权、土地使用权等可以用货币估价并可以依法转让的非货币财产作价出资；但是，法律、行政法规规定不得作为出资的财产除外。"如果隐名投资人以犯罪所得作为出资，与名义股东签订隐名投资合同，则该隐名投资合同无效。

（四）合同内容不违反公序良俗

遵守公序良俗是世界各国关于合同效力的通行做法，在我国法律上的规定通常是指当事人订立的合同不得损害国家利益和社会公共利益。公序，是指公共秩序，是相对于国家层面而言的，对应国家利益；良俗，是指善良风俗，是相对于社会层面而言的，对应社会公共利益。其中，国家利益是指国家的整体性的政治、经济和安全利益。社会公共利益则主要包括四方面的内容：一是不特定第三人的利益；二是与人权等基本价值相联系的个人利益，如生命权、健康权、人身自由与人格尊严利益等；三是弱势群体的利益；四是与最低限度的道德相联系的私人利益，如约定故意或重大过失造成他人财产损害的免责条款无效。[①]

我国法律对于合同应遵守公序良俗有着明确的规定，例如《民法通则》第七条规定："民事活动应当尊重社会公德，不得损害社会公共利益，扰乱社会经济秩序。"又如，《合同法》第五十二条也明确规定，一方以欺诈、胁迫手段订立的损害国家利益的合同无效；恶意串通，损害国家、集体或者第三人利益的合同无效；损害社会公共利益的合同无效。

遵守公序良俗是对所有类型合同的共同要求，隐名投资合同也不例外。从发生论的角度来看，合同效力规则可以分为三个层次：违反公序良俗—违反强制性规定—具体的效力规则。其中，违反强制性规定是违反公序良俗的具体化，而各种具体效力规则又是违法无效规则的具体化。因此，笔者认为，在合同效力规则的适用顺序上，应先考察各种具体的效力规则，然后再考察是否违反强制性规定，最后才考察是否违反公序良俗，依此顺序最终确定隐名投资合同的效力。

四、隐名投资合同效力的形式要件

学理上认为，合同形式分为广义和狭义两种。从广义上看，合同的形式既包括各种关于合同的内容的表现方式，也包括法律和合同对于订约的特殊形式要求。例如，对于某些特定的合同，法律规定应该办理登记或审批手续以符合法律规定的形式要件要求。从狭义上看，合同的形式仅限于法律和合同所规定的订立合同的方式，不包括法律规定的特殊的订约方式。从比

---

① 王轶：《民法原理与民法学方法》，法律出版社2009年版，第89页。

较法来看，合同形式的选择原则上属于合同自由的范畴，该原则在许多国家都得到了法律的明确认可。根据我国《民法通则》以及《合同法》的规定，除了法律法规有特别规定的以外，合同当事人可以自由选择或约定合同的形式。但是，从维护交易安全、便于合同管理、保护当事人利益等角度出发，我国《合同法》对某些特定的合同也明确规定了合同形式的强制性规则。如《合同法》第十条第二款规定："法律、行政法规规定采用书面形式的，应当采用书面形式。当事人约定采用书面形式的，应当采用书面形式。"书面形式对于当事人而言，主要具有三个方面的功能：一是防止草率订约；二是防止欺诈，预防纠纷；三是具有证据保存的功能。合同形式是合同内容识别与确认的手段，合同形式对于判断当事人之间是否存在合同关系以及确认合同的具体内容，具有重要意义。尽管合同形式自由得到普遍认可，但是考虑到交易迅捷和交易安全的冲突性，为了兼顾交易迅捷与交易安全两项价值，法律在认可并尊重合同形式自由的同时，对合同形式有一定的干预和强制规定。特别是对一些交易金额较大、交易周期较长、交易规则复杂的合同，规定必须采用法定形式，以防止欺诈、保存证据，并督促合同当事人审慎交易。"遵循某种形式之必要，可给当事人产生某种交易性的气氛，可唤醒其法律意识，促使其三思，并确保其做出之决定之严肃性。""遵守形式还可永久性保全法律行为存在及内容之证据；并且亦可减少或缩短、简化诉讼程序。"[1]由此可见，法律对合同形式实行一定程度的干预和强制规定的正当性依然存在。因为我国《合同法》分则没有关于隐名投资合同的任何明确规定，因此对于隐名投资合同，只能依照《合同法》总则的相关内容以及《民

---

① ［德］迪特尔·梅迪库斯：《德国民法总论》，邵建东译，法律出版社2000年版，第266页。

法通则》等其他法律法规的相关规定对其进行规范。一般而言，隐名投资合同涉及的交易金额较大，交易周期长，交易规则复杂，更为重要的是，隐名投资法律关系复杂，涉及隐名投资人、名义股东，以及公司、公司其他股东、公司债权人和隐名投资股权受让人等其他第三人等诸多利益相关者，因此，为防止欺诈、保存证据、督促合同当事人审慎交易、明确合同当事人权利义务、便利合同管制、保障交易安全以及维护利益相关者的合法利益，隐名投资合同宜采取书面形式。那么，书面形式究竟是应该作为隐名投资合同的法定形式还是当事人的约定形式呢？笔者认为，今后我国《合同法》修订时，宜将书面形式作为隐名投资合同的法定形式，并对隐名投资合同的主要条款予以明确规定，以此达到警醒当事人慎重签订隐名投资合同的目的，也利于明确当事人权利义务，以及发挥书面形式在防止欺诈、预防合同纠纷等方面的作用。需要进一步探讨的是，书面形式究竟是隐名投资合同的成立要件还是生效要件呢？关于合同书面形式要件的效力，因为我国《合同法》没有明确规定，学理上目前存在不同的看法，主要有如下几种。第一，成立要件说。该观点认为，书面形式无论是作为法定形式还是约定形式，都是对于合同成立与否的规定，欠缺法定的或约定的书面形式，合同都不成立。简言之，该说将书面形式作为某些合同的特别成立要件。[①]该说中还有另一种分支观点，认为对于书面形式要件的法律地位，应区分法定书面形式和约定书面形式。约定书面形式是合同形式自由原则的体现，既非合同的成立要件，也非合同的生效要件。但法定书面形式是合同的成立要件，属于合同的特殊成立要件。第二，生效要件说。该说认为，欠缺法定或约定形式要件的合同应

---

① 张谷、王爽：《〈合同法〉：合同和合同书》，《北京科技大学学报（社会科学版）》1999年第4期。

被认定为未生效。①第三，证据效力说。该说认为，书面形式应作为合同成立的证据，不具备法定或约定书面形式的合同并非导致合同不成立和无效，而只是表明当事人没有足够证据证明合同已成立或者具备某项合同内容，合同形式欠缺导致合同不具有强制执行力。②第四，区别说。该说认为，法律在规定某种合同的法定形式时，可赋予其四种不同的法律效力：证据效力、成立效力、生效效力和对抗效力。只有区分了合同法定形式的四种不同效力，才能准确认定不符合法定形式的合同是否有效。笔者赞同区别说的观点。因为探究合同书面形式的立法目的以及当事人本意，无论是法律直接规定还是当事人约定合同采取书面形式，其目的无非包括证据目的、警告目的、警戒线目的、信息提供目的以及便利管理、仪式要求等其他目的，③也就是说合同成立与否或生效与否并非法律规定或当事人约定合同采用书面形式的唯一目的或最终目的，结合合同形式自由原则的合同法发展潮流与趋势。笔者认为不宜简单地将合同书面形式要件作为合同成立或合同生效的要件，而应具体情况具体分析，将合同书面形式要件区分为法定形式和约定形式两种，根据法律的明确规定以及立法目的（法定的书面形式），或根据当事人的具体约定与真实意思（约定的书面形式）来最终具体确定合同书面形式的效力以及合同欠缺书面形式要件的法律后果。对于当事人约定的合同书面形式，应尊重当事人的选择和约定，如当事人在合同中明确约定合同采取书面形式并经双方签字或盖章后生效，在合同未采取书面形式或书面形式不符合双方签字或盖章的明确约定时，该合同未生效。如当事人虽约定合同采取书面形式，但

---

① 邓小明：《欠缺法定书面形式合同效力的探讨》，《法律适用》2004年第10期。

② 董文军：《浅析合同书面形式的法律效力》，《人民法院报》2000年5月。

③ 韩世远：《合同法总论》，法律出版社2011年版，第201页。

当事人未明确约定书面形式是合同成立或生效的条件，则不宜将书面形式作为合同成立或生效的要件，而该书面形式的约定对于当事人仅具有证据效力而已。如当事人不能证明合同存在或合同某项内容，则仅承担该合同或合同该项内容不具有强制执行力的法律后果而已。又如，当事人虽约定采用书面形式订立合同，但实际上当事人并未采用书面形式，而一方已经履行了合同的主要义务且对方接受的，则应将一方履行合同主要义务、对方接受的事实行为视为对合同书面形式要求的变更，该合同有效成立。对于法定书面形式的合同效力，则应探求法律规定本身以及立法目的与本义，可以运用形式标准和实质标准相结合的方法，必要时进行法益衡量，来最终具体确定合同法定书面形式的效力。首先，确定法律、法规关于合同书面形式要件的效力是否有明确规定，如有明确规定则遵从其规定。其次，如果法律对合同书面形式的效力规定不明确，则应根据该具体法律规定的性质、法律设定书面形式要求的立法目的以及必要时，对法定书面形式所要保护的法益进行权衡，以最终确定没有采用书面形式的该类合同的法律效力。

综上，对于隐名投资合同，笔者认为，采用法定书面形式是要赋予隐名投资合同书面形式的证据效力和对抗效力，而非成立效力和生效效力。因为隐名投资人与名义股东订立合同对公司进行隐名投资，一般投资期限较长，涉及的法律关系复杂，为明确并保障隐名投资合同当事人的合法权益，维护交易安全，以及合理平衡隐名投资合同当事人与公司、公司其他股东等第三人的利益，笔者认为隐名投资合同应采用法定书面形式。但是，对于隐名投资当事人未采用法定书面形式订立隐名投资合同的情形，如果隐名投资人已经实际将资金等财产交付名义股东投入公司，成为公司资本的组成部分，出于维护公司的资本稳定和正常生产经营等经济秩序的目的，则不宜将该不符合法定书面形式的隐名投资合同作不成立或无效处理。赋予隐名投资合同法定书面形式的证据效力和对抗效力，也就是说不具备法定书面形式的隐名投资合同并非不成立或不具有法律效力，而只是对隐名投资合同当事人而言不具有强制执行力以及对抗公司等第三人的对抗效力，即由隐名投资合同当事人承担因欠缺书面形式而导致的证明不力之不利法律后果。此外，对于隐名投资合同是否应该采用公证或者鉴证的合同形式，笔者认为，鉴于隐名投资人进行隐名投资的目的与动机各异，应由隐名投资合同当事人自己决定是否采用公证或者鉴证的合同形式，法律没有必要也无需就此作出规定。

五、结语

理论是灰色的，而实践之树常青。对于隐名投资合同，在我国合同法缺乏明确规定的前提下，如何认定其效力，是颇为值得理论界与实务界人士深入探讨的一个问题。笔者认为，不能因为实践中隐名投资行为存在规避法律法规的现象而对隐名投资合同一概作无效认定。因为隐名投资合同效力的认定，不仅关乎合同当事人的切身利益，而且关系到隐名投资所涉公司、公司其他股东、公司债权人以及隐名投资股权受让人等合同外第三人的利益，甚至关系到交易安全、市场秩序、经济发展等国家利益和社会公共利益。因此，对于隐名投资合同效力的认定，需要综合考虑合同当事人与公司、公司其他股东、公司债权人等合同外第三人利益以及国家利益、社会公共利益的有效平衡，需要对隐名投资合同当事人主体、合同内容以及合同形式三方面的效力要件进行全面考量。综上所述，我们认为，我国"一带一路"倡议，为我国建设企业的国际化创造了一个绝佳的机会。我国需积极完善隐名投资合同效力要件，结合"一带一路"中国家的实际，制定出与国际全面接轨，又能维护我国自身利益和需求的投资合同文本。

典型案例研习——程慕阳案

2015年，中国红色通缉令所列涉案逃犯之一的程慕阳现身加拿大一家法庭，要求法官重新审理加拿大难民署驳回其难民身份申请的裁定，认为自己应该获得难民保护地位。程慕阳的律师——戴维·马塔斯在法庭上对加拿大难民署的立场提出质疑，认为难民署驳回程慕阳的难民申请，是基于"有理由认为程犯了罪"这样的认定，而所有针对程慕阳的指控都是围绕价值1000万元人民币的北京一处不动产出售给河北省政府一案，"并不存在犯罪，仅是财产问题"。程慕阳是落马高官、河北前省委书记程维高之子。在外逃加拿大前，程慕阳曾担任北方国际广告公司北京分公司经理、香港佳达利投资有限公司董事长。据媒体披露，程慕阳借其父亲职务之利，短短7年时间便身家数亿。代表加拿大政府的律师纳里尼·雷迪则在法庭上说，难民署只需要发现"那些与对程慕阳的指控有关的严重原因"，就可以驳回其获得难民保护的申请。报道说，依据此前中方法庭的描述，程慕阳从这笔"财产交易"中间人处获得了280万元的好处费，但加拿大难民署并没有得到相关证据。对此，程慕阳2014年曾在法庭指出，这笔钱来自其他交易。国际刑警组织中国国家中心局四月集中公布了针对100名涉嫌犯罪的外逃人员的红色通缉令，据悉，逃人员中的四分之一隐匿在加拿大。加拿大移民和难民署（IRB）5月2日发布文件显示，Michael Ching（迈克尔·程）"在加拿大境外犯了严重的非政治罪行"，因挪用公款罪被中国政府通缉，从而拒绝了他去年11月提出的难民身份的申请。加拿大反腐事务专家罗伯特·汉伦认为，程慕阳在申请难民身份时遭加拿大官方拒绝，这为遣返程慕阳埋下伏笔。像程慕阳这样的在逃犯都有贪腐行为，他们在加拿大被认定为"白领犯罪"。加拿大司法机关最终会根据法律规定来寻求任何将罪犯驱逐出境的可能性。程慕阳1996年成为加拿大永久居民，可以在加拿大无限期停留、生活和工作，但却不是公民。程慕阳曾于2001年和2004年两次提出申请加入加拿大国籍，都没有成功。而程慕阳的妻子和两个女儿于2004年成为加拿大公民。为躲避中国追捕，他此前曾申请难民身份，也遭到加拿大移民局拒绝，理由是程慕阳"不是联合国大会的难民，因此不需要保护"。可见，加拿大警方掌握着程慕阳的情况，"下一步需要中方向加方提供确凿证据和犯罪事实，加方才好配合"，加拿大当地律师分析说，鉴于中加之间并没有签署引渡条约，最可能的情形是同赖昌星案一样，启动遣返。程慕阳聘请律师戴维·马塔斯，以帮助他完成难民身份的申请。当年赖昌星雇用的也正是这个马塔斯。只是，赖昌星现在正在国内服刑。翻阅以往的案例，引渡、遣返和劝返的实例相对较多，方式也较为直接。其中，劝返较具有中国特色，也更加高效，可以避免在引渡、遣返等过程中的一些麻烦。然而，程慕阳已经公开否认自己在中国有犯罪活动，看来劝返这条路比较难走。那么，引渡和遣返又会如何呢？这其实取决于外逃者在被请求国的身份以及请求国与被请求国间有没有引渡条约。比如，赖昌星2011年就是经由遣返的方式返回中国。遣返与引渡相比，程序相对简单，更适用于没有签署引渡条约的两国之间，只要证明犯罪嫌疑人不具备合法居留身份及说明其从所属国非法出境即可，并不要求证明犯罪嫌疑人出逃前在本国所犯的犯罪事实。赖昌星在加拿大的居留身份一直有问题。他持香港护照居留加拿大，但是随后香港护照被吊销。虽然赖昌星及其律师各种花招出尽，中加双方最后还是达成一致，将他遣返回中国，接受法律的审判。据了解，迈克尔·程是慕阳国际有限公司（MoYeung International EnterprisesLtd）的董事长，在温哥华主要从事地产开发，有多个地产项目，还是温哥华里士满豪华"生活馆"的老板。新华国际记者曾试图到程慕阳在里士满的办公室采访，发现他公司的办公室已是人去楼空，铁将军把门。据 *Vancouver Courier* 报道，迈克尔·程一家住在温哥华橡树岭社区，住宅目前估价约339万美元（约合人民币2101万元）。据了解，程慕阳平时比较低调，曾担任过亚太商会副会长，与加拿大自由党关系密切，有不少捐款。不列颠哥伦比亚省的地方选举记录显示，迈克尔·程曾向省内自由党的选举活动捐献7260美元，在里士满市长Malcolm Brodie去年的竞选活动中，他也捐出了2250美元。目前，中国与加拿大已谈判完成"分享和返还被追缴资产协定"，这对中国开展国际追赃合作具有重要意义。温哥华一名不愿意透露姓名的华人律师对新华社记者表示，"分享和返还被追缴资产协定"将鼓励加拿大司法部门和警方积极行动起来，因为他们通过追捕这些藏匿在加拿大的中国政府通缉犯，可获得实在好处，也可把这些在逃人员转移出来的部分赃款转变成加拿大政府的合法收入。该律师还表示，除行政和刑事程序外，中国还可动用民事诉讼要求赔偿或返还财产的办法，这对于像程慕阳这样通过非法手段获得巨额财产的被告人是极大威慑。天网恢恢，疏而不漏，程慕阳无论采取什么办法来拖延被遣返的日子，无论躲在何处，他最后都逃不脱司法判决和法律制裁。

参考文献

［1］中华人民共和国反洗钱法［M］．北京：中国法制出版社．

［2］何萍．中国洗钱犯罪的立法和司法［M］．上海：上海人民出版社．

［3］梁英武．支付交易与反洗钱［M］．北京：中国金融出版社．

［4］欧阳卫民．国际反洗钱重要文献选读［M］．北京：中国金融出版社．

［5］李若谷．反洗钱知识读本［M］．北京：中国金融出版社．

［6］杜栋．现代综合评价方法与案例精选［M］．北京：清华大学出版社．

［7］国家外汇管理局反洗钱课题组．美国反洗钱最新举措［M］．北京：中国财政经济出版社．

［8］李德，张红地．金融运行中的洗钱与反洗钱［M］．北京：中国人民公安大学出版社．

［9］高鸿帧．国家金融安全的统计分析［M］．北京：中国统计出版社．

［10］童文俊．恐怖融资与反恐怖融资研究［M］．上海：复旦大学出版社．

［11］徐汉明. 中国反洗钱立法研究［M］. 北京：法律出版社.

［12］苏宁. 中国反洗钱报告（2009）［M］. 北京：中国金融出版社.

［13］姜威. 反洗钱国际经验与借鉴［M］. 北京：中国金融出版社.

［14］张建军. 金融业反洗钱国际标准导读［M］. 北京：经济科学出版社.

［15］邝梅. 国际政治经济学：国际经济关系的政治因素分析［M］. 北京：中国社会科学出版社.

［16］约翰·瑞文. 现代社会胜任工作的能力：能力的鉴别、发展和发挥［M］. 钱兰英，等译. 厦门：厦门大学出版社.

［17］Lyle M. Spencer, Sige M. Spencer. 才能评鉴法：建立卓越的绩效模式［M］. 魏梅金，译. 汕头：汕头大学出版社.

［18］王利明. 合同法研究：第1卷［M］. 北京：中国人民大学出版社.

［19］杨立新. 债与合同法［M］. 北京：法律出版社.

［20］王泽鉴. 民法总则［M］. 北京：北京大学出版社.

［21］刘贵祥. 合同效力研究［M］. 北京：人民法院出版社.

［22］王轶. 民法原理与民法学方法［M］. 北京：法律出版社.

［23］迪特尔·梅迪库斯. 德国民法总论［M］. 邵建东，译. 北京：法律出版社.

［24］韩世远. 合同法总论［M］. 北京：法律出版社.

附录 "一带一路"沿线国司法协助法精选

中华人民共和国和俄罗斯联邦关于移管被判刑人的条约

（2006年12月9日生效）

中华人民共和国和俄罗斯联邦（以下简称"双方"），在相互尊重主权和平等互利的基础上，出于人道主义考虑，并为加强两国在刑事司法领域的合作使被判刑人得以在其国籍国服刑，以利于被判刑人重返社会，达成协议如下：

第一条　定义

一、本条约目的：

（一）"判刑国"系指对被判刑人作出判决的一方；

（二）"执行国"系指被判刑人可能或者已经被移管到该国境内以便服刑的一方；

（三）"判决"系指判处刑罚的、已发生法律效力的法院裁决；

（四）"刑罚"系指以下措施：

1.依中华人民共和国法律，有期徒刑

2.依俄罗斯联邦法律，有期的剥夺自由刑

（五）"被判刑人"系指根据判决服刑的人；

（六）"移管"系指将被判刑人移交到执行国以便继续执行判刑国判处的刑罚。

第二条　一般规定

任何一方应根据本条约的规定，向另一方移管具有该另一方国籍的被判刑人。

第三条　联系途径

一、为执行本条约，双方应指定各自的中央机关。

二、中央机关在中华人民共和国方面系指中华人民共和国司法部，在俄罗斯联邦方面系指俄罗斯联邦总检察院。在执行本条约时，中央机关应直接联系。

三、双方如根据本条约另行指定中央机关，应通过外交途径书面通知对方。

第四条　移管的请求与答复

一、判刑国应将本条约的内容通知本条约适用范围内的每一个被判刑人。

二、被判刑人、其近亲属以及其合法代理人可向判刑国或执行国的中央机关提出移管的申请，由接到该申请一方的中央机关决定是否向另一方中央机关提出移管请求。

三、任何一方中央机关均可向另一方中央机关提出移管请求。

四、被请求的中央机关应在收到所有必要文件之日起九十日内将是否同意移管的决定通知提出请求的中央机关。如拒绝请求，则应说明理由。

五、双方中央机关在作出是否移管的决定后，应书面通知在本国境内的被判刑人或其合法代理人。

第五条　移管的条件

一、只有符合下列条件时，方可移管被判刑人：

（一）被判刑人是执行国的国民；

（二）对被判刑人判处刑罚所针对的行为按照双方的法律均构成犯罪；

（三）被判刑人还需服刑至少一年；

（四）被判刑人书面同意移管，或者在被判刑人行为能力受限制或者无行为能力时，经其合法代理人书面同意；

（五）双方的中央机关均同意移管。

二、在特殊情况下，即使被判刑人尚需服刑的期限少于一年，双方中央机关亦可同意移管。

第六条 移管的拒绝

一、在下列情况下可以拒绝移管：

（一）一方认为移管有损其主权、安全、公共秩序或违反本国法律的基本原则；

（二）因犯危害国家安全罪对被判刑人作出判决；

（三）被判刑人在判刑国境内有尚未偿清的债务或因其他刑事案件被立案而尚未作出终审判决；

（四）请求被移管的人被判处死刑或者无期徒刑。

二、除前款规定的情形外任何一方对于是否同意另一方提出的移管请求可自主决定。

第七条 请求的形式和所附文件

一、双方中央机关应以书面形式相互提出移管请求。

二、执行国提出移管请求时，应附有下列文件：

（一）被判刑人的个人情况，即姓、名（名和父称）、性别和出生日期；

（二）证明被判刑人是执行国国民的文件；

（三）如可能，关于作出判决的日期、地点、判决理由和服刑地点的说明。

三、判刑国提出移管请求时，应附有下列文件：

（一）本条第二款第（一）和（二）项提及的内容；

（二）经证明无误的判决书副本以及判决所依据的有关刑法规定；

（三）被判刑人已服刑期的说明，包括判决生效前羁押和其他有关执行刑罚事项的说明；

（四）经证明无误的对被判刑人或其合法代理人对同意移管的书面确认；

（五）被判刑人健康情况以及其服刑期间表现的说明。

四、如有必要，双方中央机关可相互要求提供补充文件或者材料。

五、双方相互提交的文件均应由本国中央机关确认。这些文件不需其他确认和认证。

第八条　被判刑人的同意及同意条件的核实

一、判刑国应确保被判刑人或其合法代理人在完全知晓移管的法律后果的情况下自愿表示同意移管，并在同意移管的声明中对此予以确认。

二、如执行国请求，判刑国应提供机会，使执行国通过指定的官员核实被判刑人已按前款规定的条件表示同意。

第九条　移管的执行

如双方就移管达成一致，双方应通过执行刑罚的机关尽快协商确定移管的时间、地点和程序。

第十条　刑罚的继续执行

一、在移管被判刑人后，执行国应根据本国法律，保证继续执行刑罚。

二、如判刑国判处的刑罚种类或期限不符合执行国的法律，执行国法院应根据本国法律转换刑罚的种类或期限并遵循下列条件：

（一）应基于判决关于案件事实情况的认定；

（二）不得将刑罚转换为财产刑；

（三）转换后的刑罚应尽可能与判决所判处的刑罚相一致，不得加重判刑国所判处的刑罚，也不得超过执行国法律对同类犯罪规定的最高刑；

（四）不受执行国法律对同类犯罪规定的最低刑的约束；

（五）应扣除被判刑人在判刑国已被羁押的期间。

三、执行国根据本条第二款转换刑罚时，应将转换刑罚的法律文书副本送交判刑国。

四、执行国有权根据本国法律对被判刑人免除刑罚，包括假释等其他方式。

第十一条　对判决的复查

一、只有判刑国有权对判决进行复查。

二、被判刑人如在移管后向执行国提出对案件进行重新审理的申请，执行国应尽快将该申请转交判刑国。

三、如移管后判刑国作出改变判决的裁决，则此裁决副本和其他必要文件应立即送交执行国中央机关。执行国应根据本条约第十条予以执行。

四、如移管后判刑国作出撤销判决并不再追究刑事责任的裁决，则该裁决的副本应立即送交执行国中央机关，由其立即释放被判刑人。

五、如移管后判决在判刑国被撤销并规定重新调查或审理，则该决定副件刑事案件材料及其他必要材料应送交执行国，以便根据该国法律作出追究被移管人责任的决定。

第十二条　赦免

任何一方均可根据本国法律，对已被移管的被判刑人给予赦免，并及时就此通知另一方。

第十三条　关于执行刑罚的情报

遇有下列情况执行国应及时向判刑国提供有关执行刑罚的情报：

（一）刑罚已执行完毕；

（二）被判刑人在刑罚执行完毕前脱逃或死亡；

（三）判刑国要求提供特别说明。

第十四条　后果

对移管至执行国的被判刑人和在该方境内因同样行为被判刑的人而言，审判的法律后果一致。

第十五条　过境

一、任何一方如为履行与第三国达成的移管被判刑人协议需从另一方领土过境应向该另一方提出过境的请求。

二、前款规定不适用于使用航空运输且未计划在另一方领土降落的情形。

三、被请求方在不违反本国法律的情形下应同意请求方提出的过境请求。

第十六条　语言

在执行本条约时，双方应使用本国的官方语言，并附有对方官方语言或英文的译文。

第十七条　费用

一、移管之前所产生的有关移管费用，应由费用产生地的一方负担。执行移管和在移管之后继续执行刑罚所产生的费用，应由执行国负担。

二、过境费用应由提出过境请求的一方负担。

第十八条　争议的解决

因本条约的解释或执行产生的争议，应由双方中央机关协商解决，如未能协商一致，则通过外交途径协商解决。

第十九条　时际效力

本条约亦适用于本条约生效前被判刑人的移管。

第二十条　条约的生效和终止

一、本条约须经批准并自互换批准书之日起第三十日生效。

二、本条约无限期有效。但本条约自任何一方通过外交途径书面通知终止之日起六个月后失效。

三、条约的终止不影响在本条约终止前开始的被判刑人移管程序。

中华人民共和国和乌克兰关于移管被判刑人的条约

（2002年10月12日生效）

中华人民共和国和乌克兰（以下简称"双方"），在相互尊重主权、平等和维护共同利益的基础上，为加强两国在司法领域的合作，使被判刑人得以在其国籍国服刑，以有利于被判刑人重返社会，决定缔结本条约，并议定下列各条：

第一条　定义

在本条约中，下列用语的定义为：

一、"判刑国"系指该国法院对被判刑人判处刑罚的一方。

二、"执行国"系指被判处刑罚的国民被移管至该国以便继续服刑的一方。

三、"被判刑人"系指根据任何一方法院作出的发生法律效力的刑事判决被判处刑罚的人。

四、"刑罚"依中华人民共和国法律，系指有期徒刑或者无期徒刑，依乌克兰法律，系指有期的剥夺自由刑或者无期的剥夺自由刑。

第二条　一般规定

双方可以根据本条约的规定，相互移管被判刑人，以便在执行国境内执行判刑国对该人所判处的刑罚。

第三条　中央机关

一、为适用本条约的目的，双方应当通过各自指定中央机关进行联系。

二、前款所述的中央机关系指双方的司法部。一方如果变更其指定的中央机关，应当通过外交途径书面通知另一方。

第四条　移管的条件

一、只有符合下列所有条件时，才可以移管被判刑人：

（一）被判刑人系执行国的国民；

（二）对被判刑人判处刑罚所针对的行为按照执行国的法律也构成犯罪；

（三）在收到移管请求时，对被判刑人判处刑罚的判决已经发生法律效力，而且被判刑人尚需服刑的期限不少于一年；

（四）被判刑人书面同意移管，或者任何一方鉴于该人的年龄、身体或者精神状况认为有必要时，经被判刑人的代理人书面同意移管；

（五）双方均同意移管；

（六）提出移管请求的一方满足了本条约第七条规定的条件。

二、在例外情况下，即使被判刑人尚需服刑的期限少于本条第一款第（三）项规定的期限，双方也可以同意移管。

第五条　移管的拒绝

一、有下列情形之一的，可以拒绝移管：

（一）一方认为移管有损其主权、安全、公共秩序或者违反本国法律的基本原则；

（二）被判刑人在判刑国境内有尚未偿清的债务或者涉及其他尚未终结的诉讼。

二、除前款所述的情况外，一方仍可以自主决定拒绝另一方的移管请求。

第六条　请求与答复

一、判刑国和执行国均可以相互提出移管请求。被判刑人可以向任何一方提出根据本条约的规定得以移管的申请，由该一方决定是否提出移管请求。

二、被请求方应当将其是否同意移管请求的决定尽快通知请求方。

三、移管的请求和答复均应当采用书面形式，并通过本条约第三条规定的途径递交。

第七条　所需文件

一、在解决移管问题时，判刑国应当向执行国提交下列文件：

（一）判处刑罚所依据的刑法条文；

（二）本条约第四条第一款第（四）项所提及的、被判刑人本人同意移管的书面声明，或者被判刑人的代理人同意移管的书面声明；

（三）已经发生法律效力的判决副本，以及如果该判决发生变化，法院就该案作出的最终裁判；

（四）关于被判刑人已服刑期和尚需服刑期限的说明，包括审判前羁押、减刑和其他有关执行刑罚情况的说明；

（五）关于被判刑人健康情况的说明；

（六）关于物质损害和赔偿情况的说明。

二、执行国应当向判刑国提供下列文件：

（一）证明被判刑人是执行国国民的文件或者说明；

（二）关于对被判刑人判处刑罚所针对的行为根据执行国刑法也构成犯罪的法律条文。

三、如有必要，双方可以相互要求提供补充材料。

第八条　通知被判刑人

一、双方应当向在各自境内的、本条约适用范围内的被判刑人通知其可以根据本条约的规定得以移管。

二、双方应当将判刑国或者执行国根据本条约第六条和第七条就移管请求所采取的措施或者所作出的决定，书面通知在其境内的被判刑人。

第九条　被判刑人的同意

一、判刑国应当确保被判刑人或者其代理人在完全知晓移管的法律后果的情况下自愿表示同意移管，并在同意移管的声明中对此予以确认。

二、经执行国请求，判刑国应当提供机会，使执行国通过被授权的官员核实被判刑人已经按前款规定的条件表示同意。

第十条　确定移管的执行

双方如果均同意移管，应当尽快通过本条约第三条规定的途径协商确定移管被判刑人的时间、地点和方式。

第十一条　刑罚的执行

一、执行国应当根据本国法律，确保完全执行判刑国判处的刑罚。

二、如果判刑国所判处刑罚的种类或者期限不符合执行国的法律，执行国在征得判刑国同意后，可以将该刑罚转换为本国法律对同类犯罪规定的刑罚予以执行。转换刑罚时，执行国应当遵循下列条件：

（一）不得改变判刑国所作判决关于事实的认定；

（二）不得将剥夺自由刑转换为财产刑；

（三）转换后的刑罚在性质上应当尽可能与判刑国判处的刑罚相一致；

（四）转换后的刑罚不得加重判刑国所判处的刑罚，也不得超过执行国法律对同类犯罪规定的最高刑；

（五）不受执行国法律对同类犯罪所规定的最低刑的约束；

（六）应当扣除被判刑人在判刑国境内已经被羁押的期间。

三、执行国根据上述第二款转换刑罚时，应当尽快将转换刑罚的决定副本和转换刑罚所依据的法律条文送交判刑国。

四、执行国有权根据本国法律对被判刑人予以减刑或者假释。

第十二条　重新审理

一、只有判刑国有权对案件进行重新审理。

二、被判刑人如果在移管后向执行国提出申诉，执行国应当尽快通知判刑国，并向判刑国转交有关申诉材料。

三、判刑国应当将对上述申诉所作的决定，尽快通过本条约第三条规定的途径通知执行国。

四、如果判刑国重新审理后对被判刑人作出减轻或者免除刑罚的决定，执行国在接到判刑国的通知后，应当尽快修改或者终止执行刑罚。

第十三条　赦免

任何一方均有权根据本国法律，对已经被移管的被判刑人予以赦免，并应当及时将该决定通过本条约第三条规定的途径通知另一方。

第十四条 执行的情报

有下列情形之一的，执行国应当尽快向判刑国提供有关执行刑罚的情报：

一、执行国认为刑罚已经执行完毕的；

二、被判刑人在刑罚执行完毕前脱逃的；

三、判刑国提出要求的。

第十五条 过境

一、任何一方如果为履行与第三国达成的移管被判刑人协议需从另一方领土过境，应当向该另一方提出过境的请求。

二、前款规定不适用于使用航空运输且未计划在另一方领土降落的情形。

三、被请求方在不违反本国法律的情况下，应当同意请求方提出的过境请求。

第十六条 文字

在执行本条约时，双方应当使用本国官方文字，并附另一方官方文字或者英文或者俄文的译文。

第十七条 文件的效力

一、一方主管机关制作或者证明的文书，只要经过正式签署和盖章，即在另一方境内有效，无需认证。

二、在一方境内得到承认的官方文件，在另一方境内也有同类官方文件的证明效力。

第十八条 费用

一、移管被判刑人之前所产生的移管费用由费用产生地的一方负担。执行移管和在移管被判刑人之后继续执行刑罚所产生的费用，由执行国负担。

二、过境费用由提出过境请求的一方负担。

第十九条　时际效力

本条约适用于在本条约生效前和生效后所作出的判决的执行。

第二十条　争议的解决

因本条约的解释或者适用产生的分歧，双方中央机关不能自行解决的，应当通过外交途径协商解决。

第二十一条　条约的生效和终止

一、本条约需经批准。批准书在北京互换。本条约自互换批准书之日起第三十天生效。

中华人民共和国和西班牙王国关于移管被判刑人的条约

（2007年4月4日生效）

中华人民共和国和西班牙王国（以下简称"双方"），在相互尊重主权和平等互利的基础上，为加强两国在刑事司法领域的合作，使被判刑人得以在其国籍国服刑，以有利于被判刑人重返社会，议定下列各条：

第一条　定义

在本条约的表述中：

一、"判刑国"是指在其境内对可能或者已经被移管的人员判处刑罚的国家；

二、"执行国"是指被判刑人可能或者已经被移管到其境内服刑的国家；

三、"判决"是指判处监禁刑罚的司法决定；

四、"被判刑人"是指在判刑国被判处监禁刑罚的人员。

第二条　一般规定

一、双方承诺在本条约规定的范围内，就移管被判刑人相互提供最广泛的合作。

二、根据本条约的规定，在西班牙被判处监禁刑罚的中华人民共和国国民可以被移管到中国监狱服刑。

三、根据本条约的规定，在中国被判处监禁刑罚的西班牙国民可以被移管到西班牙监狱服刑。

第三条　移管的条件

一、根据本条约的规定，只有符合下列条件时，方可以进行移管：

（一）被判刑人系执行国国民；

（二）判决已发生法律效力，且被判刑人在判刑国无其他应承担的刑事责任；

（三）自接到移管请求之日起，被判刑人尚未服完的刑期不少于一年；

（四）被判刑人书面同意移管。如果任何一方鉴于该人的年龄、身体或精神状况认为有必要时，经被判刑人的代理人书面同意移管；

（五）据以科处刑罚的作为或不作为，依据执行国法律，也构成犯罪，或者如该作为或不作为发生在该国境内，尽管犯罪的定义不同，也构成犯罪；

（六）判刑国和执行国均同意移管。

二、在特殊情况下，即使被判刑人尚需服刑的时间少于本条第一款第三项规定的期限，双方仍可同意移管。

三、双方根据各自的法律，可以决定将本条约的规定适用于被判刑的未成年人的移管。但在任何情况下，均应征得该未成年人合法代理人的同意。

第四条　通知的义务

一、判刑国应当将本条约的内容通知本条约适用范围内的任何被判刑人。

二、如果被判刑人向判刑国表达了希望依据本条约被移管的意愿，判刑国应当在判决生效后尽快通知执行国。

三、通知的内容应当包括：

（一）被判刑人的姓名、出生日期、准确的出生地点，以及其父母的姓名；

（二）如果可能，还应当包括被判刑人在执行国境内的住址；

（三）据以科处刑罚的事实的说明；

（四）刑罚的性质、期限及开始执行的日期。

四、如果被判刑人向执行国表达了希望依据本条约被移管的意愿，判刑国应当根据请求向执行国提供本条第三款所述信息。

五、判刑国或执行国对于根据本条上述各款所采取的任何行动，以及任何一国就移管请求所做出的决定，应当以书面形式通知被判刑人。

第五条　中央机关

一、为适用本条约的目的，双方应当通过各自指定的中央机关进行联系。

二、双方分别指定中华人民共和国司法部和西班牙王国司法部为各自的中央机关。

第六条　请求与答复

一、判刑国和执行国均可提出移管请求。被判刑人可以向任何一方表示希望被移管的意愿。

二、移管请求与答复应当以书面形式，或者根据新技术的适时发展，以任何可以留下证明的方式，向本条约第五条指定的中央机关递交。

三、被请求方应当将其是否接受移管请求的决定尽快通知请求方。

第七条　证明文件

一、经判刑国请求，执行国应当向其提供以下材料：

（一）证明被判刑人系本国国民的文件或说明；

（二）执行国的有关法律条文，用以证明据以判处刑罚的作为或不作为依据执行国法律也构成犯罪，或者如发生在执行国境内也构成犯罪。

二、如有移管请求，除非任何一方已表示不同意移交，判刑国应当向执行国提供下列文件：

（一）经证明无误的判决书副本及其所依据的法律条文；

（二）关于刑期、已服刑时间、未服刑时间或刑满日期的说明；

（三）被判刑人同意移管的证明材料；

（四）视情况，有关被判刑人的医疗报告、在判刑国的治疗情况以及在执行国继续接受治疗的任何建议。

三、在请求移管或决定是否接受移管之前，判刑国和执行国均可要求对方提供本条第一款和第二款所列举的材料或证明。

第八条　同意与核实

一、根据第三条第一款第四项的规定，判刑国应当确保被判刑人自愿同意移管并完全知悉移管所产生的法律后果。有关程序根据判刑国法律进行。

二、经执行国请求，判刑国应允许执行国能够通过指定官员对被判刑人按前款规定所表达的同意移管的意愿进行核实。

第九条　移交的实施

双方如果均同意移管，应当尽快通过本条约第五条规定的途径协商确定移交被判刑人的时间、地点和方式。

第十条　刑罚的执行

一、对于被移管的被判刑人，执行国将根据本国法律继续执行判刑国判处的刑罚，并且不再对判刑国据以判刑的同一罪行重新进行审判。

二、如果判刑国判处的刑罚种类或者期限不符合执行国的法律，执行国可以将该刑罚转换为本国法律对同类犯罪规定的刑罚予以执行。转换刑罚时，执行国应当遵循下列条件：

（一）应当受判刑国判决关于事实认定的约束；

（二）不得将剥夺自由的刑罚转换为财产刑；

（三）转换后的刑罚在性质上应当尽可能与判刑国判处的刑罚相一致；

（四）转换后的刑罚不得加重判刑国所判处的刑罚，也不得超过执行国法律对同类犯罪规定的最高刑期；

（五）不受执行国法律对同类犯罪规定的最低刑期的约束；

（六）应当扣除被判刑人在判刑国境内被羁押的时间。

三、如果执行国根据本条第二款转换刑罚，应当及时将转换刑罚的法律文书副本送交判刑国。

四、执行国有权根据本国法律对被判刑人适用减刑、假释及其他刑罚执行中的勉励措施。

五、判刑国保留对本国法院判决进行复查以及对任何申诉做出决定的完全司法管辖权。

第十一条　赦免

判刑国或执行国均可对被判刑人实行赦免，并应当将有关决定通知另一方。

第十二条　终止执行刑罚

一旦判刑国通知执行国任何关于取消执行刑罚的决定，执行国应当终止执行刑罚。

第十三条　提供执行刑罚的信息

有下列情形之一的，执行国应当及时向判刑国提供其执行刑罚的信息：

（一）刑罚已经执行完毕；

（二）被判刑人在刑罚执行完毕前逃脱或者死亡；

（三）判刑国要求提供的被判刑人在执行国服刑的其他情况。

第十四条　过境

一、任何一方如果为移交被判刑人需从另一方过境，应当向该另一方提出过境请求。

二、被请求方在不违反本国法律的情形下，应当同意请求方提出的过境请求。

第十五条　费用

执行国自被判刑人置于其看管之下时起，承担移管的费用。

第十六条 语言

一、本条约第七条所涉及的材料，以被提供方的语言提供。

二、本条约第五条所述中央机关间的联系，以英语或者双方商定的语言进行。

第十七条 认证的免除

为适用本条约的目的，由双方主管机关制作并通过本条约第五条规定的途径递交的文件，经请求方主管机关签名或者盖章，即可在被请求方境内使用，无需认证。

第十八条 生效、修正和终止

一、本条约须经批准，批准书在北京互换。本条约自互换批准书之日后第三十天生效。

二、本条约无限期有效。

三、本条约可以经双方书面协议随时予以修正。修正的生效程序与本条第一款规定的程序相同。

四、任何一方可以随时通过外交途径，以书面形式通知终止本条约。终止自该通知发出之日后第一百八十天生效，但本条约将继续适用于在此之前提出的移管请求。

下列签署人经各自政府适当授权，签署本条约，以昭信守。

本条约于二〇〇五年十一月十四日在马德里签订，一式两份，每份均以中文和西班牙文写成，两种文本同等作准。

中华人民共和国和阿拉伯埃及共和国关于民事、商事和刑事司法协助的协定

（第八届全国人大常委会第十一次会议1994年12月29日批准，

于1995年5月31日生效）

中华人民共和国和阿拉伯埃及共和国（以下简称"缔约双方"），为了进一步加强两国之间的友好和合作关系，愿意在相互尊重主权和平等互利的基础上，进行民事、商事和刑事领域的司法协助，决定缔结本协定，并为此目的委派全权代表如下：

（1）中华人民共和国国务院副总理兼外交部部长钱其琛

（2）阿拉伯埃及共和国外交部部长阿姆鲁·穆萨

缔约双方全权代表相互校验全权证书，认为妥善后，议定以下各条：

第一章 总则

第一条 司法保护

一、缔约一方公民在缔约另一方境内，在人身和财产方面享有与缔约另一方公民同等的司法保护。

二、缔约一方公民有权在与缔约另一方公民相同的条件下，诉诸缔约另一方法院或其他主管机关。

三、本条第一款和第二款的规定亦适用于依照缔约一方法律在该方境内成立的法人。

第二条 诉讼费用的减免和法律援助

一、缔约一方公民在缔约另一方境内应在与缔约另一方公民相同的条件和范围内，免除交纳费用并获得无偿法律援助。

二、如果申请减免诉讼费用或申请法律援助取决于申请人的财产状况，关于申请人财产状况的证明书应由申请人的住所或居所所在地的缔约一方主管机关出具。如果申请人在缔约双方境内均无住所或居所，可由其本国的外交或领事代表机构出具证明书。

三、缔约一方公民根据本条第一款申请减免诉讼费用或申请法律援助时，可以向其居所或住所所在地的主管机关提交申请。该机关应将申请连同根据本条第二款出具的证明书一起转交给缔约另一方的主管机关。

第三条　联系方式

一、除本协定另有规定外，缔约双方请求和提供司法协助，应通过各自的中央机关进行联系。

二、缔约双方的中央机关应为各自的司法部。

第四条　文字

一、司法协助请求书及所附文件应用提出请求的缔约一方的语言制作，并附有被请求的缔约一方的文字或英文的译文。

二、请求书所附的译文应由提出请求的缔约一方的中央机关授权的人员证明无误。

第五条　司法协助的费用

除第十二条另有规定外，缔约双方不得要求偿还因提供司法协助所支出的有关费用。

第六条　向本国公民送达文书

一、缔约双方可以通过其外交或领事代表机关向本国公民送达文书。

二、此种送达不得采用任何强制措施。

第七条　司法协助请求书

司法协助请求书应包括下列内容：

一、请求机关的名称；

二、如已知道，被请求机关的名称；

三、请求司法协助所涉及案件的情况说明；

四、有关人员的姓名、住址、国籍、职业及出生地点和时间，如系法人，该法人的名称和住址；

五、有关人员如有法定代理人，该法定代理人的姓名；

六、请求的性质以及执行请求所需其他材料；

七、就刑事事项而言，犯罪行为的法律特征和详细情况。

第八条　司法协助请求的执行

一、在执行司法协助请求时，被请求机关应适用其本国的法律；根据请求机关的请求，它也可以采用请求书所特别要求的方式，但以不违反上述法律为限。

二、如果被请求机关无权执行此项请求，应将该项请求立即送交主管机关，并将此告知请求机关。

三、如果司法协助请求书所提供的地址不确切，或者有关人员不在所提供的地址居住，被请求机关应努力确定正确的地址。被请求机关在必要时可以要求提出请求的缔约一方提供补充材料。

四、如果司法协助请求无法执行，被请求机关应将文件退回请求机关，并说明妨碍执行的理由。

第九条　司法协助的拒绝

如果被请求的缔约一方认为执行司法协助请求可能损害其主权、安全、公共秩序或基本利益，则可以拒绝提供此项协助。但是，应将拒绝的理由通知缔约另一方。

第十条　请求证人和鉴定人出庭

如果提出请求的缔约一方认为证人或鉴定人亲自到其司法机关是特别需要的，它应在送达传票的请求书中予以说明，被请求的缔约一方应请证人或鉴定人出庭，并将证人或鉴定人的答复通知提出请求的缔约一方。

第十一条　证人和鉴定人的保护和豁免

一、即使在请求送达的出庭传票中包括一项关于刑罚的通知，证人或鉴定人不得因其未答复该项传票而受到惩罚或限制，除非他随后自愿进入提出请求的缔约一方境内并再次经适当传唤。如果证人或鉴定人拒绝出庭，被请求的缔约一方应通知提出请求的缔约一方。

二、经传唤在提出请求的缔约一方司法机关出庭的证人或鉴定人，不论其国籍如何，不得因其在离开被请求的缔约一方领土前的犯罪行为或被判定有罪而在提出请求的缔约一方境内被起诉、拘留，或者采取其他限制其人身自由的措施。对此种人员亦不得因其证词或鉴定而予以起诉、拘留或惩罚。

三、如经传唤机关告知已不再需要其出庭之日起连续三十日，证人或鉴定人有机会离开却仍在提出请求的缔约一方境内停留，或离开后又返回提出请求的缔约一方领土，前款规定的豁免则应予终止。上述期间不应包括证人或鉴定人因其所不能控制的原因而未离开提出请求的缔约一方领土的时间。

第十二条　证人和鉴定人费用的补偿

一、提出请求的缔约一方向证人或鉴定人支付的补贴（包括生活费）和偿还的旅费应自其居住地起算，并应按照至少等同于提出请求的缔约一方的标准和规则的规定进行计算。

二、提出请求的缔约一方应根据请求，向证人或鉴定人全部或部分预付其旅费和生活费。

第十三条　在押人员作证

一、如果缔约一方法院或其他主管机关认为有必要对缔约另一方境内的在押人员作为证人加以询问，本协定第三条规定的中央机关可就该人被移送到提出请求的缔约一方境内达成协议，条件是该人继续处于在押状态并在询问后尽快返回。

二、有下列情况之一的，可以拒绝前款所述的移送：

（一）在押人员本人拒绝；

（二）因对该人提起刑事诉讼而要求该人留在被请求的缔约一方；

（三）移送可能延长该人的羁押；

（四）存在不适合移送该人的特殊情况。

三、第一款所述的协议应包括对移送费用的详细规定。

四、不得因该人离开被请求的缔约一方领土前的犯罪行为、指控或判决而对该人提起诉讼。

第二章 民事和商事司法协助

第十四条 送达文书

缔约双方应根据一九六五年十一月十五日在海牙缔结的《关于向国外送达民事或商事司法文书或司法外文书的公约》，相互代为送达民事和商事司法文书和司法外文书。

第十五条 调查取证的范围

缔约双方应根据请求代为询问当事人、证人和鉴定人，进行鉴定和司法勘验并完成其他与调查取证有关的司法行为。

第十六条 调查取证请求书

一、调查取证请求书应具体说明：

（一）向被调查人所提的问题，或者关于调查的事由的陈述；

（二）被检查的文件或其他财产；

（三）关于作证是否应经宣誓，以及使用任何特殊形式作证的要求；

（四）适用第十八条所需的任何材料。

二、下列请求可予拒绝：

（一）调查所获证据并非准备用于已经开始或预期的司法程序；

（二）审判前对文件的调查。

第十七条 通知执行的时间和地点

被请求机关应根据请求将执行调查取证请求的时间和地点通知请求机关，以便有关当事人或其代理人可以依照被请求的缔约一方的法律，在被请求机关执行请求时在场。

第十八条 作证的拒绝

在执行请求时，有关人员遇下列有拒绝作证的特权或义务的任何一种情况时，可以拒绝作证：

一、根据被请求的缔约一方法律；

二、根据提出请求的缔约一方法律，并且此种特权或义务已在请求书中说明，或者应被请求机关的要求，请求机关已通过其他方式向被请求机关确认。

第十九条　通知执行情况

被请求机关应通过本协定第三条规定的途径，将执行请求的结果通知请求机关，并随附所获得的证据材料。

第三章　裁决的承认与执行

第二十条　范围

一、缔约一方应根据本协定规定的条件在其境内承认与执行缔约另一方作出的下列裁决：

（一）法院对民事案件作出的裁决；

（二）法院在刑事案件中所作出的有关损害赔偿的裁决；

（三）仲裁机构的裁决。

二、本协定所指的"裁决"亦包括法院制作的调解书。

第二十一条　承认与执行的拒绝

对于本协定第二十条列举的裁决，除可根据本协定第九条拒绝承认与执行外，有下列情形之一的，亦可拒绝承认与执行：

（一）根据作出裁决的缔约一方的法律，该裁决尚未生效或者不能执行；

（二）根据第二十二条的规定，裁决是由无管辖权的法院作出的；

（三）根据作出裁决的缔约一方的法律，在缺席判决的情况下败诉一方当事人未经合法传唤，或者在当事人无诉讼行为能力时未得到适当代理；

（四）被请求的缔约一方法院对于相同当事人之间关于同一标的的案件已经作出了生效裁决，或者已经承认了第三国对该案件作出的生效裁决；

（五）被请求的缔约一方认为该裁决有损于该方的主权、安全、公共秩序或基本利益。

第二十二条　管辖权

一、作出裁决的缔约一方法院遇有下列情况之一的，应被认为依照本协定对案件具有管辖权：

（一）在提起诉讼时，被告在该方境内有住所或居所；

（二）被告因其商业活动被提起诉讼时，在该方境内设有代表机构；

（三）被告已书面明示接受该方法院的管辖；

（四）被告就争议的实质进行了答辩，未就管辖权问题提出异议；

（五）在合同争议中，合同在该方境内签订，或者已经或应该在该方境内履行，或者诉讼标的物在该方境内；

（六）在合同外侵权案件中，侵权行为或结果发生在该方境内；

（七）在身份关系案件中，诉讼当事人在该方境内有住所或居所；

（八）在扶养义务案件中，债务人在该方境内有住所或居所；

（九）在继承案件中，被继承人死亡时其住所或者主要遗产在该方境内；

（十）诉讼标的是位于该方境内的不动产。

二、（一）第一款的规定不应影响缔约双方法律规定的专属管辖权；

（二）缔约双方应通过外交途径以书面形式相互通知各自法律中关于专属管辖权的规定。

第二十三条　请求的提出

承认与执行裁决的请求，可以由当事人直接向有权承认与执行该项裁决的法院提出，亦可由缔约一方法院通过本协定第三条规定的途径向缔约另一方有权承认与执行该项裁决的法院提出。

第二十四条　请求书应附的文件

承认与执行裁决请求书，应附下列文件：

（一）裁决的完整和真实的副本；

（二）证明裁决已经生效的文件，但在裁决中对此已予说明的除外；

（三）对于缺席判决，证明缺席判决的被告已经合法传唤的文件，但在裁决中对此已予说明的除外；

（四）证明无诉讼行为能力的当事人已得到适当代理的文件，但在裁决中对此已予以说明的除外；

（五）上述裁决和文件经证明无误的被请求缔约一方的文字或英文的译文。

第二十五条　承认与执行的请求

一、关于承认与执行裁决的程序，缔约双方适用各自本国的法律。

二、被请求的缔约一方法院应仅限于审查裁决是否符合本协定规定的条件，不应对裁决作实质性审查。

第二十六条　承认与执行的效力

缔约一方作出的裁决经缔约另一方法院承认或决定执行，即与缔约另一方法院作出的裁决具有同等效力。

第二十七条　仲裁裁决的承认与执行

缔约双方应根据一九五八年六月十日在纽约缔结的《关于承认和执行外国仲裁裁决的公约》，相互承认与执行仲裁裁决。

第四章　刑事司法协助

第二十八条　范围

缔约双方应根据请求，在刑事方面相互代为送达文书，询问证人、被害人、鉴定人，讯问被告人，进行鉴定、司法勘验以及完成其他与调查取证有关的司法行为，安排证人和鉴定人出庭，通报刑事判决。

第二十九条　刑事司法协助的拒绝

一、除可根据本协定第九条拒绝提供刑事司法协助外，有下列情况之一的，被请求的缔约一方亦可拒绝提供刑事司法协助：

（一）被请求的缔约一方认为请求所涉及的犯罪是一项政治犯罪；

（二）根据被请求的缔约一方法律，请求所涉及的行为不构成犯罪；

（三）在提出请求时，该项请求所涉及的罪犯或嫌疑人具有被请求的缔约一方的国籍，并且不在提出请求的缔约一方境内。

二、被请求的缔约一方应将拒绝提供刑事司法协助的理由通知提出请求的缔约一方。

第三十条 送达的证明

一、送达文书应根据被请求的缔约一方的送达规则予以证明。

二、送达证明应注明送达的时间、地点和受送达人。

第三十一条 调查取证

本协定第十七条、第十八条和第十九条亦适用于刑事方面的调查取证。

第三十二条 赃款赃物的移交

一、缔约一方应根据缔约另一方的请求，将在被请求的缔约一方境内发现的、罪犯在提出请求的缔约一方境内所获得的赃款赃物移交给提出请求的缔约一方。但此项移交不得侵害被请求的缔约一方或第三者与上述财物有关的合法权利。

二、如果上述赃款赃物对于被请求的缔约一方境内其他未决刑事诉讼案件的审理是必不可少的，则被请求的缔约一方可以暂缓移交。

第三十三条 刑事判决的通报

一、缔约双方应相互提供对对方公民所作的刑事判决的副本。

二、在可行的情况下，缔约双方应根据请求相互提供本条第一款所指人员的指纹。

第五章　其他规定

第三十四条　交换情报

一、缔约双方应相互提供关于各自境内有效的法律与实践的情报。

二、提供情报的请求应说明提出请求的机关，以及请求提供的情报所涉及的案件的性质。

第三十五条　认证的免除

在适用本协定时，缔约一方法院或其他主管机关制作或证明的文件和译文，如经正式盖章，则无须任何形式的认证。

第三十六条　争议的解决

因解释或实施本协定所产生的任何争议均应通过外交途径解决。

第六章最后条款

第三十七条　批准和生效

本协定须经批准。批准书在开罗互换。本协定自互换批准书后的第三十日起生效。

第三十八条　协定的有效期

一、本协定自生效之日起五年内有效。

二、如果缔约任何一方未在五年有效期届满前六个月通过外交途径通知缔约另一方终止本协定，本协定在随后的五年内继续有效。

本协定于一九九四年四月二十一日在北京签订，一式两份，每份均用中文、阿拉伯文和英文写成，三种文本同等作准。如有分歧，以英文本为准。

中华人民共和国和泰王国引渡条约

中华人民共和国和泰王国（以下简称"缔约双方"）在互相尊重主权和平等互利的基础上，为促进两国在惩治犯罪方面的有效合作，缔结本引渡条约，并达到协议如下：

第一条　引渡义务

缔约双方有义务根据本条约的规定，相互引渡在缔约一方境内发现、在缔约另一方境内被追诉的人，以便就可引渡的犯罪对其提起诉讼、进行审判或执行刑罚。

第二条　可引渡的犯罪

一、就本条约而言，可引渡的犯罪是指根据缔约双方法律可处一年以上监禁或其他形式的拘禁或任何更重刑罚的犯罪。

二、如果引渡请求所涉及的人因任何可引渡的犯罪被请求方法院判处监禁或其他形式拘禁，只有在该判决尚未执行的刑期至少为六个月时，方可予以引渡。

三、就本条而言，在决定某一犯罪根据缔约双方法律是否均构成犯罪时，不应因缔约双方法律是否将构成该项犯罪的行为归入同一犯罪种类或使用同一罪名而产生影响。

四、对被请求引渡人因一项可引渡犯罪予以引渡时，如果该项引渡请求还涉及其他犯罪，只要其符合除本条第一、二款规定的刑罚或其他形式拘禁的期限以外的全部条件，也可因这些犯罪引渡该人。

第三条　应当拒绝引渡的情形

有下列情形之一的，不应根据本条约予以引渡：

（一）被请求方认为请求方提出的引渡请求所涉及的犯罪属于政治犯罪，但政治犯罪不应包括谋杀或企图谋杀国家元首、政府首脑或其家庭成员；

（二）被请求方有充分理由认为请求方提出的引渡请求旨在对被请求引渡

人因其种族、宗教、国籍、政治见解等原因而提起刑事诉讼或者执行刑罚，或者被请求引渡人在司法程序中的地位将会因上述原因受到损害；

（三）引渡请求所涉及的犯罪只是请求方军事法规中所规定的犯罪，而根据该方普通刑法不构成犯罪；

（四）根据缔约任何一方法律，包括其关于时效的法律，对引渡所涉及的犯罪已不予追诉或执行刑罚；

（五）在提出引渡请求前，被请求方已对被请求引渡人就同一犯罪作出判决。

第四条　可以拒绝引渡的情形

有下列情形之一的，可拒绝根据本条约予以引渡：

（一）根据被请求方法律，该方对引渡请求所涉及的犯罪具有管辖权，并应对被请求引渡人提起诉讼；

（二）特殊情况下，在考虑犯罪的严重性及请求方利益的同时，如果被请求方认为由于被请求引渡人的个人情况，引渡不符合人道主义精神；

（三）被请求方正在对被请求引渡人就同一犯罪进行诉讼。

第五条　国民的引渡

一、缔约双方有权拒绝引渡其本国国民。

二、如果根据本条第一款不同意引渡，被请求方应根据请求方的请求，将该案提交其主管机关以便起诉。为此目的，请求方应向被请求方提交与该案有关的文件和证据。

三、尽管有本条第二款的规定，如果被请求方对该项犯罪无管辖权，被请求方不应被要求将该案提交其主管机关以便起诉。

第六条　联系途径

为实施本条约的目的，缔约双方应通过外交途径进行联系，但本条约另有规定者除外。第七条引渡请求及所需文件

一、引渡请求应以书面形式提出，并附有：

（一）足以表明被请求引渡人的身份及其可能所在地址的文件、说明或其他证据；

（二）关于该案事实的说明；

（三）说明引渡请求所涉及的犯罪的要件和罪名的法律规定；

（四）说明对该项犯罪所处刑罚的法律规定；

（五）说明有关该项犯罪诉讼时效或执行刑罚时限的法律。

二、旨在对被请求引渡人提起诉讼而提出的引渡请求还应附有：

（一）请求方法官或其他主管机关签发的逮捕证的副本；

（二）表明应当逮捕并羁押该人以便进行审判的证据，包括证明被请求引渡人就是逮捕证所指的人的证据。

三、对已被定罪的人提出的引渡请求，除本条第一款所要求的项目外，还应附有：

（一）请求方法院判决书的副本；

（二）证明被请求引渡人就是判决所指的人的证据；

（三）有关服刑情况的说明。

四、请求方根据本条约的规定所提交的所有文件，应经正式签署或盖章，并应附有被请求方文字或英文的译文。

第八条 补充材料

如果被请求方认为，根据本条约的规定引渡请求所附材料不足以使其同意引渡，该方可以要求请求方在指定的时间内提交补充材料。如果请求方未在该期限内提交补充材料，应视为自动放弃请求，但不妨碍请求方就同一事项再次提出请求。

第九条 临时羁押

一、在紧急情况下，缔约一方可以请求缔约另一方临时羁押被请求引渡人。此种请求可通过外交途径或国际刑警组织以书面方式提出。

二、请求书应包括：对被请求引渡人的说明；已知的该人的地址；对案情的简要说明；对该人已签发第七条所指的逮捕证或已作出第七条所指的判决的说明；以及将对被请求引渡人提出引渡请求的说明。

三、被请求方应将该项请求的处理结果立即通知请求方。

四、在羁押被请求引渡人后六十天内，如果被请求方的主管机关未收到正式引渡请求及第七条所要求的有关文件，临时羁押应予撤销。

五、如果请求方后来提交了引渡请求及第七条所要求的有关文件，则根据本条第四款对临时羁押的撤销应不影响其对被请求引渡人的引渡。

第十条　移交被请求引渡人

一、被请求方应通过外交途径将其对引渡请求所作出的决定立即通知请求方。

二、如果同意引渡，被请求方和请求方应协商约定执行引渡的有关事宜。

三、被请求方应说明部分拒绝或全部拒绝引渡请求的理由。

四、除本条第五款另有规定者外，如果请求方自约定执行引渡之日起十五天内不接受被请求引渡人，则应被视为放弃引渡请求。被请求方应立即释放该人，并且可以拒绝就同一犯罪进行引渡。

五、如果缔约一方因其无法控制的原因不能在约定执行引渡的期限内移交或接受被请求引渡人，该方应将此通知另一方。缔约双方应重新协商约定执行引渡的有关事宜，并适用本条第四款的规定。

第十一条　暂缓移交和临时移交

一、如果被请求方正在对被请求引渡人因引渡请求所涉及的犯罪以外的犯罪提起诉讼或执行判决，被请求方可以移交被请求引渡人，或者暂缓移交直至诉讼终结或全部或部分判决执行完毕。被请求方应将暂缓移交通知请求方。

二、如果认为某人可以引渡，被请求方可以在其法律允许的范围内，根据缔约双方商定的条件，将被请求引渡人临时移交给请求方以便起诉。临时移交后返回被请求方的人，可以根据本条约的规定被最终移交给请求方，以执行判决。

第十二条　数国提出的引渡请求

被请求方对缔约另一方及一个或一个以上第三国对同一人提出的引渡请

求，有权决定优先接受其中任何一个国家的请求。

第十三条　特定原则

一、根据本条约被引渡的人，除引渡所涉及的犯罪外，不得在请求方境内因其他犯罪而被拘禁、审判或处罚，或者由该方引渡给第三国，但下列情况除外：

（一）该人在引渡后已离开请求方领土但又自愿返回；

（二）该人未在其可自由离开请求方之日起三十天内离开请求方领土；

（三）被请求方同意对引渡所涉及的犯罪以外的犯罪拘禁、审判或处罚该人或将其引渡给第三国。为此目的，被请求方可以要求提交第七条所述的文件和说明，包括被引渡人就有关犯罪所作的陈述。

二、此种规定不适用于引渡之后实施的犯罪行为。

第十四条　财物的移交

一、被请求方应在其法律允许的范围内，根据请求方的请求，扣押并在引渡时移交下列财物：

（一）可被作为证据的财物；

（二）作为犯罪所得的财物，以及在逮捕被请求引渡人时或在此之后发现由该人占有的财物。

二、在同意引渡后，如果因被请求引渡人死亡、失踪或脱逃而不能执行引渡，本条第一款所指的财物仍应予移交。

三、如果上述财物在被请求方境内应依法予以扣押或没收，被请求方可因未决刑事诉讼临时保留该项财物，或以返还为条件移交该项财物。

四、被请求方或任何国家或个人可能对上述财物已取得的权利，应予保留。如果存在该项权利，则应根据其请求在审判后尽快将该项财物无偿返还被请求方。

第十五条　过境

一、缔约一方从第三国引渡的人需经过缔约另一方领土时，前一缔约方应向后者提出允许过境的请求。如果使用航空运输且未计划在缔约另一方境内降落，则无需后者同意。

二、在不违反其法律的情况下，被请求方应同意缔约另一方提出的过境请求。

第十六条 结果的通报

请求方应向被请求方及时通报对被引渡人起诉、审判、执行刑罚或者再引渡给第三国的情况。

第十七条 协助和费用

一、被请求方应代表请求方出庭，进行和执行由引渡请求而产生的诉讼。

二、被请示方应承担移交被引渡人之前在其境内因引渡所产生的费用。

第十八条 与多边国际公约的关系

本条约不影响缔约双方根据多边国际公约所承担的义务和享有的权利。

第十九条 争议的解决

因执行和解释本条约所产生的任何争议，均通过协商和谈判解决。

第二十条 批准、生效和有效期

一、本条约须经批准，批准书在曼谷互换。本条约自互换批准书之日后第三十天开始生效。

二、缔约任何一方可以通过外交途径书面通知缔约另一方终止本条约。本条约自缔约另一方收到上述通知次日起六个月后失效，否则本条约无限期有效。本条约的终止不应影响任何在本条约终止前已经开始的引渡程序。

下列人员经各自国家适当授权，签署本条约，以昭信守。

本条约于1993年8月26日在北京签订，一式两份，每份均用中文、泰文和英文写成，三种文本同等作准。如在解释上遇有分歧，以英文本为准。

中华人民共和国和蒙古国引渡条约

中华人民共和国和蒙古国（以下简称"缔约双方"），在相互尊重主权和平等互利的基础上，为发展在引渡领域的司法合作，达成协议如下：

第一条　引渡义务

缔约双方有义务根据本条约的规定，经适当请求，相互引渡在缔约一方境内发现而被缔约另一方司法机关通辑的人员，以便对其进行刑事诉讼或者根据已生效的判决执行刑罚。

第二条　可引渡的犯罪

一、就本条约而言，"可引渡的犯罪"系指根据缔约双方法律均为可处以至少一年有期徒刑或者更重刑罚的犯罪。

二、在符合本条第一款规定的条件下，如果引渡请求旨在执行刑罚，则仅在尚未执行的刑期至少为六个月时方可准予引渡。

三、就本条而言，在确定某一犯罪是否属于触犯缔约双方法律的犯罪时，不应因缔约双方法律是否将构成该项犯罪的行为归入同一犯罪种类或使用同一罪名而产生影响。

四、如果引渡请求涉及若干犯罪行为，且每一项犯罪行为按照缔约双方法律均为可处罚的犯罪，但其中某些犯罪行为并不符合本条第一款和第二款规定的其他条件，只要被请求引渡人犯有至少一项可引渡的犯罪，即可就该项犯罪准予引渡。

第三条　拒绝引渡的强制性理由

有下列情形之一的，不予引渡：

（一）被请求引渡人为被请求方国民；

（二）被请求方根据本国法律，已给予被请求引渡人受庇护的权利；

（三）被请求方有充分理由认为，请求方提出的引渡请求旨在对被请求引渡人因其种族、宗教、国籍、性别或政治见解而提刑事诉讼或执行刑罚，或者被请求引渡人在诉讼程序中的地位将会因上述任何一项原因而受到损害；

（四）根据请求方法律，引渡请求所依据的犯罪纯属军事犯罪；

（五）根据被请求方法律，由于时效或赦免等法律原因被请求引渡人已被免予追诉或执行刑罚；

（六）被请求方主管机关已对被请求引渡人就同一犯罪作出终审判决或终止司法程序。

第四条　拒绝引渡的任择性理由

有下列情形之一的，可以拒绝引渡：

（一）被请求方根据本国法律，对引渡请求所依据的犯罪具有管辖权；

（二）被请求方正在对被请求引渡人就引渡请求所依据的犯罪进行刑事诉讼。

第五条　被请求方进行刑事诉讼的义务

如果被请求方根据本条约第三条第（一）项和第四条第（一）项不同意引渡，该方应根据请求方的请求，将被请求引渡人转交其主管机关，提起刑事诉讼。为此目的，请求方应向被请求方提交与该案有关的文件和证据。

第六条　联系途径

为本条约之目的，除另有规定者外，缔约双方应通过各自指定的机关进行联系，亦可通过外交途径进行联系。

第七条　语文

在执行本条约时，缔约双方应使用本国官方语文，并应附有缔约另一方官方语文或英文的译文。

第八条　引渡请求及所附文件

一、引渡请求应以书面形式提出，并附下列文件：

（一）请求机关的名称；

（二）有关被请求引渡人姓名、国籍、住所地或居所地的情况及有关其身份的其他资料，如有可能，有关其外表的描述，该人的照片和指纹；

（三）关于犯罪及其后果，包括其所导致的物质损失的概述；

（四）有关的法律条文，包括认定犯罪、可处刑罚和追诉时效的法律规定。

二、除本条第一款规定者外，旨在对被请求引渡人进行追诉的引渡请求还应附有请求方主管机关签发的逮捕证副本。

三、除本条第一款规定者外，旨在对被请求引渡人执行刑罚的引渡请求还应附有下列文件：

（一）已发生法律效力的刑事判决书或裁定书的副本；

（二）关于已执行刑期的情况说明。

四、请求方根据本条约规定所提交的文件，应经正式签署并盖章。

五、为本条约之目的，所提交的引渡请求及所附文件的原件及经证明的副本应免除任何形式的认证。

第九条　补充材料

如果被请求方认为，根据本条约的规定，引渡请求所附的材料不充分，该方可要求请求方提交补充材料。请求方应在收到该要求后两个月内提交补充材料。如有正当理由，这一期限可延长十五天。如果请求方未在上述期限内提交补充材料，应视为已自愿放弃请求，被请求方可释放被请求引渡人。但这并不妨碍请求方就同一犯罪重新提出引渡请求。

第十条　为引渡而羁押

收到引渡请求后，除根据本条约的规定不允许引渡的情形外，被请求方应立即采取措施羁押被请求引渡人。

第十一条　临时羁押

一、在紧急情况下，缔约一方可以请求缔约另一方在收到引渡请求前临时羁押被请求引渡人。此种请求可通过外交途径或通过国际刑事警察组织以书面形式提出。

二、请求书应包括本条约第八条第一款第（一）、（二）、（三）项所规定的材料，请求方主管机关签发的逮捕证或羁押决定的副本，或本条约第八条第三款规定的材料，并说明对被请求引渡人的引渡请求即将发出。

三、被请求方应及时将处理该项请求的结果通知请求方。

四、如果被请求方自根据该项请求采取羁押措施之日起三十日内，未收到正式引渡请求和本条约第八条所要求的文件，应释放被羁押人。如有充分理由，被请求方可根据请求将上述期限延长十五天。

五、如果被请求方随后收到了引渡请求和本条约第八条所规定的文件，即使该方根据本条第四款将被羁押人释放，也不影响对该人的引渡。

第十二条　暂缓移交

如果被请求引渡人在被请求方境内因引渡请求所依据的犯罪以外的犯罪被提起刑事诉讼或服刑，被请求方可在作出引渡的决定后，暂缓移交被请求引渡人，以便进行刑事诉讼或执行刑罚。在此情况下，被请求方应通知请求方。

第十三条　对请求作出决定

一、被请求方应根据其本国法律处理引渡请求，并应迅速将其决定通知请求方。

二、全部或部分拒绝引渡请求，均应说明理由。

第十四条　移交被引渡人

一、在请求方得到被请求方关于同意引渡请求的通知后，缔约双方应商定移交的时间、地点及其他有关事宜。

二、如果请求方在约定移交之日起十五天内不接受被引渡人，应被视为放弃引渡请求，被请求方应释放该人，并可拒绝请求方就同一犯罪再次提出的引渡请求。

三、如果缔约一方因其无法控制的原因不能在约定的期限内移交或接受被引渡人，应及时通知缔约另一方。缔约双方应重新商定移交日期，并适用本条第二款的规定。

第十五条　移交财物

一、被请求方应在其法律允许的范围内，并在不损害第三方合法权利的情况下，根据请求方的请求，向其移交犯罪中使用的可作为证据的物品和犯罪所得的财物。即使因被引渡人死亡、逃脱或其他原因而不能执行引渡，上述物品和财物仍应予以移交。

二、为审理其他未决刑事案件，被请求方可暂缓移交上述财物直到诉讼终结。

三、如果根据被请求方的法律，或为保护第三方的权利，所移交的财物应退还被请求方，则在被请求方提出这一要求时，请求方应当在诉讼终结后免费退还上述财物。

第十六条　数国提出的请求

如果缔约一方和第三国对同一人提出引渡请求，被请求方可决定将被请求引渡人引渡到哪一个国家。在作出决定时，应考虑各种因素，特别是犯罪的严重性及犯罪地点、被请求引渡人的国籍及其住所、将该人再引渡的可能性以及收到引渡请求的日期。

第十七条　特定规则

一、除引渡请求所依据的犯罪外，未经被请求方同意，请求方不得对根据本条约引渡的人就其在引渡前所犯的其他罪行进行追诉或判刑，也不能将其再引渡给第三国。

二、下列情况无须被请求方同意：

（一）被引渡人在离开请求方领土后又自愿返回；

（二）被引渡人在可自由离开之日起三十日内未离开请求方领土，但由于其无法控制的原因未能离开请求方领土的时间不计算在此期限内。

第十八条　过境

一、缔约一方经缔约另一方领土从第三国引渡某人时，前一缔约方应向后一缔约方提出允许其过境的请求。如果使用航空运输且未计划在被请求方领土内降落，则无需该方同意。

二、在不违反其法律的情况，被请求方应同意请求方的过境请求。

第十九条　通报结果

请求方应及时向被请求方通报其对被引渡人进行刑事诉讼或执行刑罚或将该人再引渡到第三国的情况。

第二十条　费用

因引渡发生的费用应由支出费用方承担。但与引渡有关的交通费用和过境费用应由请求方承担。

第二十一条　争议的解决

因解释或执行本条约所产生的任何争议，应由缔约双方通过外交途径解决。

第二十二条　与其他条约的关系

本条约不影响缔约双方根据其他条约所享有的权利和承担的义务。

第二十三条　最后条款

一、本条约需经批准。批准书在北京互换。

二、本条约自互换批准书之日后第三十日开始生效。

三、本条约自缔约任何一方通过外交途径书面提出终止之日起六个月期限届满后失效，否则，本条约无限期有效。本条约的终止不影响本条约终止前已经开始的引渡程序。

下列签字人经各自政府正式授权，签署本条约，以昭信守。

本条约于一九九七年八月十九日订于乌兰巴托，一式两份，每份均用中文、蒙文和英文写成，三种文本同等作准。遇有解释上的分歧，以英文本为准。

后 记

　　2015年，中国深度参与金融行动特别工作组（FATF）、欧亚反洗钱和反恐怖融资组织（EAG）、亚太反洗钱组织（APG）等多边合作组织的全球性、区域性反洗钱事务，在反洗钱国际标准制定以及新一轮互评估等方面做出贡献，国际影响力进一步提升。利用FATF指导小组平台及核心小组成员身份，在全球反恐怖融资战略制定、国际组织内部治理，以及吸纳新成员方面发挥了重要作用。应APG邀请，派专家对孟加拉国开展互评估。继续利用中法高级别经济财金对话、中德高级别经济财金对话、中英高级别经济财金对话等高层次机制与相关国家进行反洗钱交流，双边反洗钱监管合作取得实质进展。2015年，中国人民银行与澳门金融管理局签署《防范洗钱和恐怖融资活动谅解备忘录》，并与香港特别行政区相关机构就开展反洗钱监管合作进行磋商。在中美战略与经济对话框架下，中国人民银行牵头参加了第六次中美反洗钱与反恐怖融资研讨会和工作组会议，与美方就打击恐怖融资、反洗钱监管合作以及新型洗钱类型研究等重要议题进行深入交流。首次与美国金融监管部门就开展反洗钱监管合作进行细节磋商，积极推进双方在反洗钱和反恐怖融资领域的务实合作。根据中美两国元首达成的共识，中国反洗钱监测分析中心与美国金融犯罪执法局签署了反洗钱和反恐怖融资信息交流合作谅解备忘录。截至2015年底，中国反洗钱监测分析中心已与35个境外对口机构建立了合作关系。全年反洗钱监测分析中心接收反洗钱国际情报交流函件565份，对外发送353份。外交部不断健全国际司法合作法律网络，为合作打击涉及洗钱等的跨国犯罪提供法律依据。2015年，完成了中国和阿根廷刑事司法协助条约，中国和法国引渡条约，中国和意大利刑事司法协助、引渡条约的生效程序；签署了中国和越南引渡条约、中国和智利引渡条约、中国和马来西亚刑事司法协助条约、中国和亚美尼亚刑事司法协助条约；并进行了中国和德国刑事司法协助条约等8项条约的谈判。2015年，外交部就1起洗钱案件向外国提出引渡请求，共处理外国向我国提出的6起涉及跨国洗钱犯罪的刑事司法协助请求。公安机关协助境外警方调查480余起涉嫌洗钱等经济犯罪案件。

在本书的研究写作过程中，笔者真切地感受到了追逃追赃工作的不易，甚至说大国司法外交的不易！当前国际国内洗钱和恐怖融资活动的规模、形势正在发生明显变化，国际社会正面临"9·11"事件以来最严峻的恐怖主义威胁，我国的反洗钱和反恐怖融资工作面临巨大挑战，任重道远。国际反洗钱监管压力加大也对我国金融机构的反洗钱有效性提出了新的考验。国内方面，以互联网金融为代表的新型金融业态在提供便捷金融服务的同时，也为洗钱犯罪提供了新的渠道，依托互联网金融的涉众型犯罪呈爆发式增长，不法分子利用P2P网络借贷、金融互助、资产交易所等名义大肆从事违法活动，涉案资金和影响范围日益扩大，严重扰乱金融秩序；离岸公司和地下钱庄为国内各类非法资金提供出境通道，给打击犯罪及外汇管理造成威胁。除了书中分析的一些困难因素以外，其实还有不少法律障碍是本文所未能涉足的。

比如跨境腐败资产的返还与分享、《伊拉克和黎凡特伊斯兰国（ISIL）恐怖融资》研究报告问题等。此外，对于如何提升我国的国际法治形象、减少外国对我国追逃追赃设置人为障碍的问题，笔者也感到任重而道远，绝非本书所能一言以论之的话题，不过笔者坚信这项长期的工作终有成功的一天。在"一带一路"背景下，面对当前的跨境腐败犯罪追逃与追赃问题，笔者希望自己能够贡献一点绵薄的力量，为国家，为人民，最终也为我们自己。